丛　坤◎主编

黑龙江民间文学丛书

黑河卷

黑龙江大学出版社
HEILONGJIANG UNIVERSITY PRESS
哈尔滨

图书在版编目（CIP）数据

黑龙江民间文学丛书．黑河卷 / 丛坤主编．-- 哈尔滨：黑龙江大学出版社，2019.8（2021.7重印）

ISBN 978-7-5686-0255-6

Ⅰ．①黑… Ⅱ．①丛… Ⅲ．①民间文学－作品集－黑河 Ⅳ．①I277

中国版本图书馆 CIP 数据核字（2018）第 165089 号

黑龙江民间文学丛书 · 黑河卷
HEILONGJIANG MINJIAN WENXUE CONGSHU HEIHE JUAN
丛　坤　主编

责任编辑　张永生　于　丹　高　媛
出版发行　黑龙江大学出版社
地　　址　哈尔滨市南岗区学府三道街 36 号
印　　刷　三河市春园印刷有限公司
开　　本　787 毫米×1092 毫米　1/16
印　　张　26
字　　数　373 千
版　　次　2019 年 8 月第 1 版
印　　次　2021 年 7 月第 2 次印刷
书　　号　ISBN 978-7-5686-0255-6
定　　价　78.00 元

本书如有印装错误请与本社联系更换。

编辑说明

　　《黑龙江民间文学丛书》各分卷所收文章多为民间百姓口口相传之作，有的故事流传时间久远，在流传过程中于不同地区可能演变成不同的版本。本丛书立足于选编内容的完整性及多样性，为了能向读者全面展示黑龙江各地区的民间文学，均予以收录。并且在收录、出版过程中，不做具体分类，各文章按照名称首字汉语拼音进行排序。

　　黑龙江地区具有独特的方言体系，在整理收录各文章时，均原汁原味将其展示，以体现丰富多彩的东北方言，并未做其他多余的文学美化装饰。

　　民间文学更侧重民间性，口语特点强烈，在编辑本套丛书时，我们只是对其中某些明显讹误进行订正，从而保存故事在民间流传时的口语形态，保留了其趣味性、地方性、故事性。

　　特此说明。

黑龙江大学出版社

《黑龙江民间文学丛书》前言

黑龙江省地处祖国北疆,具有独特的地理环境;气候上的特点是四季分明,冬季漫长。每当冬季来临之际,万物肃杀,大地一片银装素裹。正如《红楼梦》中那句人皆可诵的诗句:"落得一片白茫茫大地真干净。"黑龙江省的历史也如同它的气候一样,更迭起伏,在历史的长河中总是出现诸多空白,让今天的史学工作者费尽猜测。

一、孕育黑龙江民间故事的生态环境

黑龙江省位于中国东北部,地处欧亚大陆东部、东北亚的中心区域,是亚洲与太平洋地区陆路通往俄罗斯和欧洲大陆的重要通道。因境内最大的河流黑龙江而得名。

(一)得天独厚的自然条件

黑龙江省地处北纬 43°26′—53°53′,东经 121°11′—135°05′,位于欧亚大陆东部,太平洋西岸,是中国位置最北、纬度最高的省份。全省土地总面积 47.3 万平方千米,仅次于新疆、西藏、内蒙古、青海、四川,居全国第 6 位。

黑龙江省与俄罗斯水陆相连,边境线总长 2000 余千米。黑龙江是中俄两国界江,全长 4440 千米(海拉尔河为源),干流全长 2821 千米,其中中国境内流域面积 89.1 万平方千米。两岸植被完好,至今仍保持着原始生态环境,是世界上四大无污染水系之一。这条粗犷、寂静的大河山远水长,岛屿星罗棋布,是开发界江国际旅游的珍贵资源。

黑龙江省地貌形态差异明显,境内西、北、东三面有逶迤起伏的大兴安岭、小兴安岭和张广才岭、老爷岭等两大山区。在地图上,黑龙江省的形状很像一只展翅飞翔的天鹅。南北长约 1120 千米,东西宽约 930 千米,地势大致是西北、北部和东南部高,东北、西南部低。地貌类型比例:山地、丘陵占 60.5%,余为平原、水面及其他。

　　黑龙江省地处欧亚大陆东缘,深受日本海海洋季风的影响,南北相距 10 个纬度,从北到南分为寒温带和中温带,气候的地域差异明显。全省大部分地区气温年较差大于 40 ℃,大兴安岭地区大于 44 ℃。黑龙江省冬长夏短,全省大部分地区冬季都长达 6 个月以上(205—215 天);有些地方可达 8 个月左右(220—265 天),夏季不足 1 个月;甚至有一半左右的地区春秋相连,没有真正的夏季。西南部夏季最长也只有 50 天。冬季的北疆,坚冰锁寒江,瑞雪铺大地,为开展冰雪运动,制作冰灯、雪雕创造了条件;连绵起伏的山地,过去是冬季狩猎的好去处,如今是建设滑雪场的理想地。

　　黑龙江省总体生态环境呈现出特殊的多样性和相对的整体性。大、小兴安岭不仅是黑龙江省,也是东北、华北地区的天然生态屏障。黑龙江省资源丰富,大森林、大草原、大沼泽、大田作物都是国内罕见的,同时在国际上也颇闻名。森林覆盖率、木材蓄积量和木材产量均居中国之首。黑龙江省拥有世界公认的黑土带、大豆带、玉米带和奶牛带,非常适合发展粮食生产和畜牧业生产,尤其适合发展生态绿色食品生产;土壤有机质含量和养分高于全国其他省份 2—5 倍,素以世界三大黑土平原之一和中国"黑土地之乡"著称,是中国最大的商品粮战略后备基地,是大豆、玉米、水稻等绿色优质农产品的主产区。

　　黑龙江省野生动物区系组成复杂,种类较多,数量可观,加之得天独厚的自然条件和特殊的地理位置,其生物多样性较为丰富,更具有北方特色。黑龙江省野生动物种类众多,其中鸟类和兽类占全国的 20%—30%,为国内种类较丰富的省份之一。境内有东北虎、紫貂、貂熊、梅花鹿、丹顶鹤等 17 种国家一级保护动物。

黑龙江省现拥有国家级自然保护区 36 处,其中五大连池自然保护区已被列为世界自然遗产,扎龙自然保护区、洪河自然保护区已列入国际重要湿地名录,三江自然保护区、丰林自然保护区已加入世界"人与生物圈"保护网。

黑龙江省矿产资源在全国名列前茅,已发现矿产资源 135 种,其中石油、石墨、天然气、煤炭等资源量均位居我国前列。

改革开放以来,与东南沿海地区,乃至中原诸省相比较,黑龙江省属于经济欠发达省份。但自然生态环境破坏较小,已成为黑龙江省的后发优势。

(二)源远流长的文明历史

1857 年,马克思说,"黑龙江两岸的地方"是"当今中国统治王朝的故乡"。这一精辟论断印证了黑龙江流域少数民族对中华民族多元一体历史格局的形成所做出的卓越贡献。黑龙江省早在距今三万至四万年的旧石器时代,就有人类活动。在今黑龙江省五常市龙凤山乡学田村,曾居住着旧石器时代晚期智人,从伴生的具有人工打击痕迹的石片及哺乳动物骨骼化石看,当时这里的人们已将狩猎作为谋生的重要手段。位于哈尔滨市的阎家岗遗址中发现了旧石器时代的古人类头骨化石石片,石核和砍砸器,动物化石等历史遗迹,推断其地质年代距今约 22000 年。距今约 6000 年的密山肃慎先民(渔猎文化)的新开流古文化遗址,其存在年代大约相当于中原地区的仰韶文化、辽西地区的红山文化、山东半岛的大汶口文化以及龙山文化。距今约 6000 年的东胡族系(草原族系)昂昂溪遗址,广泛分布于嫩江流域。距今约 4000 年的小南山遗址是黑龙江流域文明起源过程中具有里程碑意义的界标。据考古发现,位于肇源县民意乡白金宝村的白金宝遗址分布范围有 20 多万平方米,是黑龙江省境内嫩江流域一处规模最大、保存最好、最有代表性的从新石器时代晚期经青铜时代到早期铁器时代的大型原始聚落遗址,是目前发现的黑龙江流域最早的文明社会。三江平原陆续发现的数百处汉魏时期遗址及黑龙江省文物考古研究所实施的"七星河流域汉魏遗址群聚落考古计划",初步确定农业生产是七星河流域汉魏居民的主要食物来源。凤林古城的发现证实,祭祀和战争在七星河流域汉魏居民中占有重要位置。如果以国家作为文明确立的标志,七星河流域的汉魏居民就已经跨入文明社会的门槛。

漫长历史传承中,黑龙江流域养育了为数众多的古代民族,主要分为三个族系:其一为东胡族系的乌桓、鲜卑、契丹、蒙古;其二为肃慎族系的肃慎、挹娄、勿吉、靺鞨、女真、满洲;其三为濊貊族系的扶余、高句丽。这些民族在此生息繁衍,发展崛起,纷纷踏上历史的舞台。从建立政权的时间上来看,濊貊族一系崛起得最早,早在秦汉之际,松嫩平原出现第一个国家——"濊王国",在汉代人们发现了"濊王之印",其"国有故城",经济也有很大的发展,开始饲养猪、马、牛等牲畜,并且善于狩猎。至西汉时期濊貊人建立了强大的扶余、高句丽政权。与中原王朝的联系不断加深,经济、文化也得到了长足的发展。但是到了北魏时期扶余政权在高句丽、慕容鲜卑等强邻的攻击下逐步走向衰亡,高句丽也于公元668年在唐朝和新罗军队的联合进攻下亡国;这两个民族分别融入新罗、靺鞨、鲜卑、突厥等民族之中,在中国的历史舞台上销声匿迹。东胡族系的慕容鲜卑与肃慎族系的粟末靺鞨随后开始崛起,慕容鲜卑在西晋时(265—317)建立起前燕政权,粟末靺鞨在唐朝时(618—907)建立渤海政权。而且这两个族系在中国历史上产生的影响与濊貊族系相比呈现出后来居上的历史趋势。特别是东胡族系的鲜卑、契丹、蒙古,肃慎族系的靺鞨、女真、满洲,不仅在黑龙江流域崛起发展,而且策马南下、逐鹿中原,甚至面南背北,君临天下,汇入了浩荡的中华文明之历史长河,创造了璀璨绚丽的民族文化,对中国和世界历史的发展与走向产生了直接而深远的影响。

在黑龙江斑斓多彩的历史文化中,渤海文化与金源文化是两座高峰。

渤海国是唐朝名重一时的"海东盛国",领有五京、十五府、六十二州,居民达十多万户,常备兵员数万人。国家机构设置、五京设置、宫廷建筑以唐朝为样板。畜牧业、农业、手工业、商业、交通运输业、城镇经济获得很大发展。诸京、府、州、县兴办学校。诗歌、音乐、绘画、雕刻、书法及造船、航海、历算、医药、育种、城邑、宫殿营造技术都达到很高水平。渤海国时期,出现了黑龙江历史上的几个"第一"——第一个图书馆、第一所大学,接受了第一个外国留学生。现宁安市渤海镇保存了上京龙泉府、兴隆寺、石灯幢、兽头石刻、渤海墓葬等遗址遗迹,还有见诸历史文献的书、表、牒、笺、碑文等。

金源文化是指女真民族以阿什河流域阿城为中心创造的文化,即金上京地区或金代早期文化。《钦定满洲源流考》称"白山黑水,其名始见于《北史》,而显著于金源"。乾隆帝曾作《望大房山作歌》,其中有"忆昔金源全盛时,半壁江山迹始发"。阿城是金源文化肇兴之地,金王朝开国之都。自海陵王迁都北京,1157年上京号降为会宁府,至金世宗1173年恢复上京号,返祖地巡视,使金上京会宁府的地位远远高于其他陪都,故获得规模空前的发展。金上京会宁府人口36万,是当时少有的大城市。金代以农为本,畜牧业、冶铁业、手工制作业发达,建筑业空前发展,商贸繁荣,文化艺术繁荣。金初使用契丹文和汉文,1119年创制女真文字。金人非常注重教育,设皇家藏书馆,兴办"官学""庙学",女真贵族设"私学",普及教育达东北边远地区;通过科举选用人才,《金史》称"终金一代,科目得人为盛"。文学艺术方面,曲艺、政令、文学、歌谣、舞蹈、杂剧、诗词、书画等风行一时。散曲是黑龙江地区的曲艺形式,便于清唱,包括散套、小令两种。女真人作家李直夫创作的院本杂剧《宦门子弟错立身》,描述了会宁府附近阿什河北岸蒲察部落的散曲艺术活动以及宦门子弟下海为艺的故事。

清代是黑龙江地区历史发展的重要历史阶段。康熙二十八年(1689),中俄两国通过谈判,签订了中俄《尼布楚条约》,明确了中俄东段边界的走向,以格尔必齐河和额尔古纳河、外兴安岭至海为界。1850年以后,俄趁中国清朝衰微,沙俄武力侵略黑龙江流域,强迫清王朝签订了《中俄瑗珲条约》《中俄北京条约》,抢占了包括黑龙江以北、外兴安岭以南、乌苏里江以东至库页岛的 100 万平方千米的中国领土。清朝末年,汉民族大量移民东北,成为东北的主体民族,也成为巩固东北边防的最强力量。

中东铁路是贯穿中国东北的铁路干线,1896 年清政府与沙俄签订的一个屈辱的条约——《中俄密约》造就了它的产生。中东铁路影响黑龙江政治经济长达一百余年。中东铁路的修建,以及哈尔滨处在"丁"字形铁路的交叉点这一特殊地理位置和铁路交通功能的作用,使哈尔滨由一个小渔村迅速发展为一个带有殖民色彩的近代城市。自 1898 年至 1918 年,东北最大的机械企业——中东铁路总工厂,最大的航运公司——中东铁路航运公司,最大的商业银行——华俄道胜银行在哈开办;第一家现代制粉企业——"满洲"第一面粉公司,中国第一家啤酒企业——乌卢布列夫斯基啤酒厂,远东第一百货商场——秋林公司相继开办;与此同时食品、电力、制茶、玻璃、制材、采矿、烟草、造船等行业如雨后春笋般在哈尔滨建立起来。

犹太人是随俄国人最早进入哈尔滨的,最初他们只是从事一些为中东铁路工人提供生活服务的营生,并向一些商人提供贷款。但到了 1913 年,犹太人的商业活动便活跃了起来,经营领域逐步扩大。"十月革命"爆发后,大批俄国移民迁居哈尔滨,至 1922 年,俄国移民多达 15 万余人。而日本,自明治维新后,提出"失之欧洲,取之亚洲"的亚洲侵略计划。1905 年日俄战争后,"日本挟战胜之余威",对哈尔滨实行经济扩张,开办数十家洋行,迅速完成了资本积累。据统计,1923 年仅大型日本企业就达 40 多家,借此之机日本向黑龙江输送了大量侨民;此后,为实现侵略东北的野心再次向黑龙江输送农民"开拓团",使黑龙江日本侨民数量大增。哈尔滨跃升为远东著名的国际贸易城和国际化大都市。20 世纪 20 年代,"仅外国洋行、商社就有大小2000 余家,同世界 40 多个国家和地区的 100 多个城市和港口保持着经常性的商贸联系",致使哈尔滨地区的外贸进出口总额直线上升,1926 年为 7525

万海关两,1927 年为 8545 万海关两,1928 年达到 9946 万海关两。哈尔滨国际化程度可与巴黎、莫斯科、东京相媲美,创造了中国近代城市化进程中的一个奇迹。哈尔滨的对外开放,不仅使俄日侨民纷至沓来,甚至到 20 世纪 20 年代末哈尔滨已侨居有 28 个国家的外侨,其中不仅有德国、法国、英国、美国、意大利、澳大利亚侨民,甚至还有塞尔维亚、亚美尼亚、立陶宛等国的侨民。16 个国家在哈尔滨设立了领事馆(前后共 19 个国家 21 个领事馆或代表部)。"九一八"事变后,黑龙江全境被日军占领,黑龙江人民开始了英勇的抗日斗争;中国共产党领导下的东北抗日联军成为东北沦陷区抗日的主力,涌现出了赵一曼、赵尚志、李兆麟、杨靖宇等著名的抗日英雄。1945年,骁勇善战的中华儿女浴血奋战后,东北地区重新回到祖国的怀抱。1946年,哈尔滨解放,在中国共产党的领导下黑龙江这片辽阔的土地开始了历史的新里程。

黑龙江革命历史悠久,1908 年哈尔滨中俄工人在太阳岛举行万人纪念"五一"国际劳动节的活动。1918 年,哈尔滨建立了工会组织。1923 年,成立"中共哈尔滨组"。1925 年,中共北京区委派吴丽石到哈尔滨开展活动,建立了中东铁路第一个工人党支部。1927 年 10 月在哈尔滨召开了东北地区第一次党员代表大会,成立中共满洲省临时委员会。哈尔滨和中东铁路被看作是联结中共和共产国际以及宣传共产主义和列宁主义的"红色丝绸之路"。1928 年中共"六大"在莫斯科举行,中共中央通过哈尔滨地方组织设立了接待站,代表从此通道前往苏联,负责护送中共"六大"代表。中共早期领导人李大钊、陈独秀、瞿秋白、张太雷、周恩来等都来过黑龙江。刘少奇、塞克、罗章龙、罗登贤等都曾在黑龙江从事、领导过反帝反封建反军阀斗争。

如此波澜壮阔、可歌可泣的历史,为黑龙江民间故事平添了无限色彩。文化需要创造,更需要传承。对于黑龙江省而言,很多历史文化资源还有待开发。因此,对历史文化资源的发掘、整理,是黑龙江历史文化工作者的一项艰巨而漫长的工作。

二、黑龙江的地域文化特征

清末后中原汉族大量涌入,以及以俄罗斯为代表的异域文化渗入,使黑龙江地域文化整体特征具有移民文化的强烈色彩,不同的民族、不同的地域和不同的文化,在与鄂伦春、鄂温克、赫哲族等土著文化和以俄罗斯为代表的异域文化的碰撞与融合中,形成了黑龙江地域的多元文化。这种多元文化的共生,促成了黑龙江厚重性、包容性、多元性与边缘性的地域文化特征,如此文化背景为黑龙江民间故事注入了鲜明的色彩。

(一)黑龙江地域文化的厚重性

黑龙江地域文化的厚重性体现在如下几方面。

一是黑龙江流域崛起的古代民族在中国历史格局中所产生的巨大影响。历史上黑龙江流域北方游牧民族曾五次入主中原:第一次是鲜卑族南迁西进,在华北高原建立北魏政权,统一了中国北方,打破了汉族一统中国的格局,为中华民族多元一体格局的出现和形成奠定了基础。第二次是源出宇文部鲜卑的契丹族建立了辽朝政权,辽与北宋鼎立,是继北魏后统治中国北方的又一个黑龙江流域少数民族。第三次是女真族雄踞东北,建立金朝政权。定都上京会宁府(今阿城区),后迁都中都(今北京)、开封等地,与南宋对峙,成为统治中国北部的一个王朝。第四次是蒙古族崛起,横扫欧亚,建立起大一统元朝政权。元朝时的中国疆域空前广阔,是中国历史上地理版图最大的时期。第五次是满族铁骑闯入山海关,建立了我国历史上最后一个封建王朝——大清王朝。北方游牧民族五次入主中原的历史在中国是独一无二的,南北文化的大碰撞、大融合促进了中华文明的发展。这些少数民族对中华文明的巨大影响是南方任何少数民族所无法比拟的。

二是渤海文化、金源文化以及黑龙江少数民族文化的辉煌成就。在龙江大地历史的长河中,有海东盛国之称的唐代渤海国是一颗耀眼的明珠。渤海国始建于公元698年,公元926年灭亡,先后存世229年。如同唐朝是中华民族的辉煌一样,渤海国也是黑土地上最辉煌的地方政权,展现了黑龙江先人的勤劳和智慧。由于渤海国"崇尚华风""革故鼎新",国势日盛,雄踞北方,与盛唐同期创造了北国辉煌。渤海人以辛勤劳动,发展和创造了繁荣的经济与光辉灿烂的文化,对古代东北地区的开拓和发展做出了杰出的贡献。金源文化,是指11世纪至12世纪中期以金上京为中心地域的女真民族文化,它是黑龙江地域文化发展进程中继"渤海文化"之后的又一座光辉的里程碑。从金上京地区出土的精美绝伦的各种文物中可以窥视到,800年前这一地区宗教、音乐、诗歌、文学故事、雕塑、碑刻、铸造、建筑都显示了古代社会的都市文明空前繁荣的程度。相较于渤海文化所受中原文明的浸染,金源文化似乎程度更深、内涵更广,民族融合的特点也更加鲜明。它上承辽、宋,下启元、清,为中华文明的血脉延续做出了积极的历史贡献。它是在我国的中原由以汉族为主的统治转变为由少数民族进行统治的时代中逐渐孕育成型的文化系统;它打破了汉文化血统论的封囿,是在少数民族文化自本自根、自立自强基础上,融入、汲取中原先进文化的精髓凝练而成的,隶属于中华大文化范畴的综合文化形态。鄂伦春、鄂温克及赫哲族等黑龙江世居民族虽然人口稀少,但其保留至今的民族文化具有鲜明的特色,尤其是在强调文化多样性的今天,其价值弥足珍贵。

三是近现代历史上黑龙江人民抵御沙俄、抗击日寇、建立东北解放区的光荣历史。从17世纪40年代起,沙俄一直觊觎我国黑龙江流域领土,对于沙俄的侵略行径,自雅克萨战役起,黑龙江各族人民进行了英勇的抵御。尽管腐败无能的清政府在沙俄的威逼下相继签订了《中俄瑷珲条约》和《中俄北京条约》,使中国丧失了黑龙江以北、乌苏里江以东100万平方千米的领土,但沙俄的野心仍不满足,20世纪初,沙俄对中国的侵略更加疯狂。1900年7月,沙俄将海兰泡的中国人用鞭挞、刀刺、斧砍、枪击等手段逼进黑龙江中,夺去5000多同胞的生命。继之,对江东六十四屯的中国人大屠杀,使我国同胞死亡700余人。八国联军中沙俄出兵17万,充当主力,7路中有4路经过黑龙江地区,沿途烧杀抢掠,激起我国各族人民反抗。副都统杨凤翔、将军寿山等以身殉国。沙俄从《辛丑条约》中得到了最多"赔款"。黑龙江各族人民为了捍卫祖国边疆与沙俄进行了长期的斗争,在中国近代史上谱写了光辉的一页。继沙俄之后日本帝国主义将魔爪伸向中国东北,"九一八"事变后,东北沦陷,日本帝国主义对其进行了长达14年的侵略。在这期间从义勇军到抗日联军(其中11个军中的9个军活动在黑龙江)黑龙江人民始终未放弃抵抗。马占山、赵尚志、李兆麟、赵一曼、杨靖宇等英雄人物,以及"江桥抗战""八女投江"等震惊中外的事迹铸就了中华民族的悲壮之歌。解放战争时期,黑龙江成为中国共产党军事战略中心,进入辉煌历史时期。黑龙江作为战略大后方,在人力与物资上保障了三下江南、四保临江、四战四平和辽沈战役的最后胜利,为新中国的成立做出了重大贡献。

除此之外,20世纪五六十年代在黑龙江进行的北大荒农垦开发、大小兴安岭林业开发和大庆石油开发在共和国发展史上都不同凡响,堪称壮举,为黑龙江地域文化增添了厚度。

(二)黑龙江地域文化的包容性

黑龙江地域文化具有多民族、多地域、多国度的色彩,南北、中西文化相互交融,造就了其博采众长、兼容并包的地域风格,也培养了黑龙江人直爽仗义、心怀宽广的豁达性格。这种思维开放、胸怀大度、兼容并蓄、博采众长的胸襟和气度,与对弱者和落难者的同情、帮助融为一体,突出体现在以下四方面。

一是北大荒——"流人""右派"的安身地。近代以前未开发的黑龙江自然条件十分恶劣,气候酷寒,人烟稀少,人称"绝域",所以统治者把这里作为流放地。历代流放到黑龙江的人员成分复杂,其中大多数人是反抗了统治者或触犯了统治者利益的受贬官员、知识分子和内地百姓。这些所谓"流人"在黑龙江并未受到太大歧视,因而,他们才有了从事撰述及其他文化活动的可能。下放北大荒的"右派"也是如此。当时,这些来自城市的高级知识分子精神上的痛苦,生活上的落差可想而知。逆境中能够支持他们生存下去的勇气来自垦荒人所给予的温暖。这见于许多当年"右派"的回忆。

二是北大荒——"知识青年"的第二故乡。黑龙江是知青三大聚集省份之一(另有云南、内蒙古),当年曾先后接收了来自全国各地的50余万知青。"苦难是最好的大学"这句话在广大知青身上得到充分印证,北大荒走出来一大批改革开放后在政治、经济、文化等领域国家层面上堪称一流的人才。虽然当年的生活是艰苦的,但北大荒人是热情的。因此,如今功成名就的官员、学者也好,拥资千万的富商巨贾也罢,即使是仍生活在社会底层的市井平民,北大荒都是他们难以割舍的第二故乡,一年年的回访,见证了知青们对第二故乡的深厚情感。

三是善待犹太人——人道主义的光辉记录。19世纪末,"排犹"与中东铁路的修建使大批俄籍犹太人来到黑龙江,到1985年最后一位犹太人在哈尔滨辞世,犹太人迁居哈尔滨近一个世纪,最多时达2万人。他们为哈尔滨城市建设、经济文化发展做出不可磨灭的贡献。至今哈尔滨存留的犹太历史文化遗址遗迹保留完好的多达十余处,包括犹太会堂、犹太中学、犹太医院、犹太银行,以及闻名于外的马迭尔宾馆。犹太人之所以在哈尔滨取得如此巨大的发展成就,是因为黑龙江人对外来文化具有开放、包容的传统,自觉地抵制了世界性的"排犹"浪潮。中国人民的老朋友,美国前国务卿基辛格博士(犹太人)以"人道主义的光辉记录"来表达对哈尔滨善待犹太人历史的称赞。

四是接纳"日本遗孤"——博大胸怀的展现。"八一五"日本战败投降,侵略者们在撤退与遣返期间,将众多"残留孤儿"弃置在黑龙江的土地上,在中日两国人民之间制造了一个特殊群体——日本遗孤。战争使那些本该依偎在父母身边享受天伦之乐的孩童沦落为孤儿,并被遗弃在异国他乡,以他们的幼小身躯忍受了常人无法想象的痛苦折磨。但他们又是幸运的。这些日本遗孤被黑龙江一位位善良的母亲所收养,她们的节衣缩食,如亲生母亲般的关爱、呵护,使这些"弃儿"在异国他乡有了家的归宿。多年后,中国养父母再次表现出宽厚的胸怀,按日本政府规定:中国养父母不在"放行"材料上签署"同意"条款,日本政府对海外遗孤不予接收。这些养父母没有一人"拒签"。他们以德报怨的博大胸怀和仁爱之心,谱写了人类战争史上的仁义之歌。数十年过去了,回到日本的这批遗孤对中国养父母顾念之情从未割舍。"对于我来说,给我生命的母亲的面孔早已模糊,而养育我的母亲的影像却是那么清晰!"这是一位日本遗孤在纪录片《母之爱》中的深情表达。这段沉痛深婉的历史彰显着黑龙江人以德报怨、宽广而博大的胸怀。

(三)黑龙江地域文化的多元性

黑龙江独特的民族衍变与历史变迁,决定了黑龙江地域文化的多元性,其多元性最鲜明的体现在于如下几方面。

一是城市建筑的多元。哈尔滨是黑龙江城市的代表,其城市建筑多元化闻名已久。据统计,哈尔滨现存欧式建筑 213 处,俄罗斯式、拜占庭式、哥特式、犹太式、伊斯兰式各类建筑,无一例外都可以在这里找到。道里中央大街现有欧式及仿欧式建筑 70 余座,西方建筑史上最有影响的四大建筑流派尽纳其中,彰显着浓郁的欧陆风情。而道外南二道街、南三道街的"中华巴洛克"建筑区则与中央大街风格迥异,被称作"中国式西洋建筑"。联合国人居范例奖的评选专家和国际建筑艺术专家来哈尔滨考察后予以其很高评价:"无论是从巴洛克建筑的数量,还是它的历史厚重感来说,价值都超过了中央大街。"此外哈尔滨友谊宫、哈尔滨医科大学、哈尔滨工程大学的大屋顶建筑又是典型的中国传统建筑。这种中西建筑风格的融合为中国其他城市所不多见。

二是宗教信仰的多元。黑龙江宗教历史悠久，佛教、道教唐朝时期就已传入。随着中东铁路修筑，大批外国人进入，先后传入哈尔滨的宗教还有：东正教、天主教、基督教、伊斯兰教、犹太教以及日本佛教和神道教。据20世纪30年代统计，哈尔滨的教堂寺庙多达128座，穹顶林立的教堂凸显出哈尔滨宗教的繁盛。多民族、多信仰、多宗教共聚一城、友好相处，反映了以中华传统文化为核心的黑龙江人在对待外来文化时的宽容心态，这一点在全国其他城市中是绝无仅有的，在世界其他多元文化城市中也是不多见的。在尚志市一面坡这样一个小镇，各种宗教也齐头并进。据资料介绍，20世纪二三十年代，小小的一面坡，居然东正教、天主教、基督教、佛教、道教、伊斯兰教，六大宗教一应俱全。

三是文化消遣的多元。黑龙江人文化消遣的多元现象十分突出。二人转、龙江剧等地方戏曲、曲艺在黑龙江群众中，特别是在广大农村群众中，经久不衰；京剧、评剧等传统剧种也不乏戏迷。在此之外，话剧、声乐、交响乐更深受喜爱。这突出反映了黑龙江移民文化的特点。黑龙江文化消遣群体主要应在农村与城市间进行区分。而哈尔滨作为欧陆文化影响强烈的城市，它与其他东北城市在文化欣赏情趣上有一个很大不同，哈尔滨许多市民对二人转是不欣赏的。因此，二人转在哈尔滨曾长期不能登上大雅之堂，只能生存在道外的小巷里。

四是风俗习惯的多元。在各类习俗方面，黑龙江整体上属于中原汉文化序列，但因地理环境的不同而发生了很大变异。世居民族虽各有其风俗习惯，但由于人口较少，随着历史发展，文化融合难以避免，表现在风俗习惯上就是你中有我，我中有你。譬如黑龙江当下的婚俗，真可谓天南海北大杂烩，最具多样性。在饮食方面，东北菜很难以独立的菜系存在。它源于鲁菜，炖菜为主，菜口偏咸，但又吸收了原住民饮食文化的一些特点，并杂糅了中原其他地区的饮食习惯。此外，俄罗斯、日本等都对黑龙江的饮食文化产生过影响，"罗宋大菜"（俄式西餐）、"东洋料理"、"韩国烧烤"不仅存在于城市,也传播到大部分乡村。

五是方言词汇的多元。黑龙江方言(属于东北方言)是南腔与北调相互融合而产生的一种语言系统,同时也深受俄、日、韩等周边国家的影响。其中,至今还保存着很多反映黑龙江世居民族风俗文化的词语,如肉和油变质称"哈喇",遇事疏忽称"喇忽",称唱歌为"喝咧",称陡峭的石头山为"砬子",均源于满语;称边防哨卡为"卡伦",这源于锡伯语。另外,黑龙江方言直接吸收的俄语词汇也非常多,如称下小上大的水桶为"畏大罗",称面包为"列巴",称连衣裙为"布拉吉"等等。黑龙江方言另一特点是,当汉语由中原地区向东北扩散时,由于发展的不同步和传输手段落后造成的差异,有很多正字在传播中被误读,并约定俗成为方言。如,东北人常说的"母们"(我们)、"那嘎哒"(那个地方),农村称呼老夫妇为"老姑姆俩"(老公母俩),"干哈"(干啥)、"稀罕"(喜欢)都是误读而形成的,从而使黑龙江方言呈现出别具一格的特色。

(四)黑龙江地域文化的边缘性

囿于特殊的历史、地理、生态环境,黑龙江地域文化具有与中原文化极为不同的个性特征,是一种多元一体的边缘文化。边缘文化,是黑龙江各民族在各个不同历史阶段和社会经济发展层面上长期积淀的特色区域文化。黑龙江地域文化既要应对中原文化和周边文化对本土文化,特别是对各世居民族原生文化形态的撞击、渗透、挤压与同化,同时也要考虑其本土文化的生存和发展,并对外来的中原文化和周边文化的进入采取宽容、妥协与吸纳等灵活姿态。这样双方长期不断碰撞与交融的结果,一种非此非彼、既此亦彼、你中有我、我中有你的新型文化形态多元一体,既开放又封闭的边缘性文化特征便形成了。

一般语境中,边缘文化总是弱势的、次要的文化,人们热衷于追逐主流文化,从不重视边缘文化的研究。"共生"思想和"边缘效应"理论是边缘文化产生的科学依据，"文化多样性"的思想是边缘文化存在发展的理论根据。这一理论认为，边缘文化是文化交流互动的产物，边缘文化也就是"杂交文化"或"共生文化"。它具有特殊的优势，在共生语境中，边缘文化与主流文化之间不断发生双向运动，二者不是敌对关系，而是共生的"伙伴关系"。从黑龙江地域文化发展来看，其边缘性体现在如下三个方面。

一是黑龙江历史文化的边缘性。黑龙江流域的历史就是民族融合的历史，首先是东胡、肃慎与濊貊三大族系间的冲突与融合。在相当长的历史时期，这三大族系之间总是处于此强彼弱或彼强此弱的状态，在这一过程中黑龙江流域文化在对峙、碰撞中融合发展。其次是黑龙江流域诸民族与中原汉民族间的冲突与融合，在文化上，两者有明显的强弱之分，中原文化处于主流文化地位，予黑龙江流域文化以巨大影响，而黑龙江流域文化虽处于弱势，其对中原文化也曾产生过诸多影响。

二是黑龙江当代文化的边缘性。黑龙江当代文化虽然已纳入中华文化体系之中，但由于历史、地理原因，在中华文化体系之中仍处于边缘状态，从主体文化样式及文化发展速度的比较上，黑龙江均不处于上游位置。因而，黑龙江文化整体上仍处于吸收、接纳的从属地位，具有不稳定性。黑龙江经常会出现"跟风"现象，如在餐饮经营上曾有一段时期，一会儿开封包子，一会儿鸭脖子，最后都成过眼云烟，这是文化边缘性的突出表现。文化边缘性从积极因素来看，是对新生事物不加排斥，接受得快。如哈尔滨至今仍被视为时尚之都，休闲方式、女性着装引领新潮，是文化边缘性的另一种表现。

三是黑龙江原住民文化的边缘性。黑龙江原住民文化是指以鄂伦春、鄂温克和赫哲族为代表的黑龙江世居少数民族文化。由于这些民族地处边远地区，人口稀少，其文化价值往往被忽视，在城市化快速推进的时代，原住民文化边缘性的问题越来越突出。在文化多样性理论受到普遍重视的今天，人们终于认识到黑龙江原住民文化是黑龙江不可多得的宝贵资源，应加以认真传承与保护。

三、黑龙江民间故事形成及其特点

（一）原住民族创作具有举足轻重的地位

长期以来，在黑龙江省的人口构成中，原住民族一直占据主体地位，汉族移民反而居于少数地位。这种现象直到相对较晚时期——19世纪中叶以后方逐渐有所改变。所谓"原住民族"，一般是指鄂伦春、赫哲、满、锡伯、蒙古、达斡尔、鄂温克等民族。今天，这些民族的人口在黑龙江省虽然已占绝对少数（不足10%），但故事的蕴藏量却极为丰富。

小兴安岭和黑龙江省东南部山地之间，是松嫩平原和三江平原，松花江和嫩江从中流过。这里是满族的先世——女真人的发祥之地，沿松花江和嫩江坐落着往日的金上京白城子、三姓、卜奎等古老的居民点，流传着关于阿骨打、金兀术、落难的徽钦二帝、老罕王以及清朝历代皇室人物脍炙人口的大量传说。

以农牧为生的蒙古族、达斡尔族和鄂温克族也大多聚居于此。其中蒙古族主要聚居在松嫩平原的草原和农业地带，以杜尔伯特蒙古族自治县、泰来县、肇源县等地为中心；达斡尔族75%以上人口分布在以齐齐哈尔市为中心的地区；鄂温克族则分布在齐齐哈尔市的讷河、富裕、嫩江等县，居住相对比较集中。他们都是农牧兼营的民族，他们的故事显示着草原文化和农耕文化结合的特色，同以山林文化为特色的民间故事大异其趣。

朝鲜族分布在以牡丹江为中心的东南部山区、三江平原大部以及松嫩平原南部等盛产水稻的地区。这是一个具有悠久文化传统的民族，早在商周时代就同中原有着密切的联系。他们的故事富含教化意义，历史和伦理道德蕴涵深厚，结构精美，叙事细腻，具有典型农耕民族的文化特色。

赫哲族主要分布在由黑龙江、松花江和乌苏里江冲积而成的三江平原，从事渔业,他们人数虽然不多,但却拥有足以引为民族骄傲的极为丰富的民间口头文学,创造出了大量独具特色的渔猎故事、动物故事、英雄故事、萨满故事、生活故事、滑稽故事……

从黑龙江省采集到的民间故事来看,满族故事占有特别的地位。这不仅因为满族在本省少数民族中人数最多,曾经在中华民族的中央政治舞台上长期扮演过重要角色,而且还因为黑龙江省的满族口头文学传统极为丰富,独具特色。一批满族故事家,具有厚重、独特的民族口头文化传统积累,为我们保存了丰富而宝贵的民族精神文化遗产。宁安地区流传的大量满族神话,全面展示了早期满族神话体系的精髓,其想象力之独特神奇,叙事结构之宏伟严密,故事情节之生动紧凑,人物性格之鲜明壮美,叙事语言之丰富流畅,堪称我国少数民族民间故事中不可多得的珍品。它们的文化内涵和深层文化价值有待于进一步研究开发。

(二)文化结构的多元性

从黑龙江省民间故事的总体状况来看,最引人注目的特点就是文化结构的多元性,以山林渔猎生活为背景的满族和鄂伦春族故事,以草原牧猎生活为背景的蒙古族、达斡尔族、鄂温克族故事,以江海渔猎生活为背景的赫哲族故事,以农耕生活为背景的汉族、朝鲜族和部分满族故事,无不各具鲜明的文化特色。这里包容了风格迥异的文化习俗、民间信仰、语言特色,不同的想象空间和思维方式造就了五彩缤纷的幻想天地,这就使得黑龙江省民间故事呈现出五色斑斓、无限丰富的整体面貌。

有关族源族史的传说,如《七兄弟的后代》《九姓的来历》《黑龙江的达斡尔人》《鄂温克人和鄂伦春人是亲兄弟》等等,在黑龙江省民间故事中占有重要地位,反映了各民族在历史上寻根的巨大兴趣,对我们认识和研究族源问题起着不可忽视的作用。残存于各民族记忆中的许多零散而模糊的"史实",曲折地反映出民族的经历和历史上民族间的关系,它们也许同真实历史相去甚远,甚至完全属于牵强附会,但却是一种更高意义上的具有超越意义的真实,在各民族的精神生活中和心理上占有重要地位,起过重要作用,甚至起过"历史教科书"和"信史"的作用。

萨满文化是一种在渔猎社会中广泛流行的文化形态。萨满是人神之间的使者,掌握着神异能力,能沟通三界。萨满文化观念的核心就是对于具有特异能力的萨满的崇拜。这种崇拜现象在黑龙江各少数民族的历史上曾经是一个十分普遍的现象,流传在民间的许多萨满神话如著名的《女丹萨满》《尼顺萨满》《尼灿萨满》,以及《萨满过阴》《他拉伊罕妈妈》《阿达匹汗奇》等,都赞颂了"法力无边"的男女萨满。有的萨满身份十分明显,有的萨满这种身份已相当模糊,但一个个武功超凡,能驱使鬼神,过阴追魂,变化无形。萨满神话是萨满文化观念的主要载体之一,对省内少数民族口头传说产生的影响至为深刻。可以说,萨满文化观念在黑龙江省少数民族的民间故事中是无所不在的,它不仅存在于神话中,也存在于传说故事中,形成了独特的情节模式、人物关系、讲述特点。

与其他少数民族神话相比较,具有鲜明特色的是满族神话。它们数量可观、内容丰富、叙事手段发达、自成严整系统,包括阿不凯恩都哩创世、人类始祖佛赫妈妈、诸神与恶魔耶路里之间的大战,以及祖先神、部落神、海神、豹神、鹿神的神话等等,涉及满族先民对宇宙起源、人类起源和繁衍、原始信仰和崇拜、民俗等诸多问题的认识,是一个值得特别深入关注的文化现象。

(三)与大自然的亲和力

人同自然之间这种直接而牢固的联系,长时间以来一直曾是实际生活的需要。人和自然,特别是人和动物之间,往往存在着一种朋友的关系,是互相依赖、互相帮助、互相信任的关系。这种关系通过幻想的纽带,编织出大量动物故事、植物故事、渔猎故事、大山的故事、怪石的故事、森林的故事……它们至今尚未脱离人和自然的一体。一山一水，一石一砬，一草一木，往往都能产生隽永的故事或动人的传说。有的民间故事中，熊、虎还得到特别尊崇，显示出历史心理上人对它们在起源上的认同。这就使得黑龙江省民间故事具有粗犷、质朴、率真的品质，毫无雕琢痕迹，充满山林的清新与泥土的芬芳。

少数民族中流传着大量的神话，且每一种类型几乎都有，如创世神话、人类起源神话、祖先和部落神话、民间信仰神话等等。从故事本身来看，大多比较短小，结构和情节往往很简单，叙事手段朴素。人们对宇宙万物的解释，自身来源的探寻，以及对各种神灵的崇拜，构成了这些神话的主要内容，清楚地反映出渔猎社会世界观的特色，显示出它们同"万物有灵"思想之间的直接联系。在神话故事之外，还存在着大量神话思想，体现在其他各种不同的物质和精神"载体"之中。这说明可能在不远的过去，神话本身也是一个相当发达的系统。只是由于种种原因，包括民间传承人群体的没落，神话这种形式才逐渐凋零了，然而保存到现在，还有如此丰富的存留，实属难能可贵。

黑龙江省的山山水水产生了大量地方传说，构成了传说的又一重大特色。许多传说附会历史和神话，使平凡的土地平添了神秘的浪漫色彩，如《会宁府的传说》《兀术母顶山》《卡仙洞和奇奇岭》《镜泊湖的由来》等等。不少秀美的山川湖泊，如五大连池、兴凯湖等，大多根据自己的地形地貌、景致特点，附丽出美妙动人的爱情故事。此类传说大多产生于晚近时期，至今仍具有很强的产构能力。数量不多但丰富多彩的地方风物传说具有深厚的民间基础，它们往往以地方特产的来历为内容展开。从黑龙江的大马哈鱼、东海的螃蟹、兴安岭的桦皮小篓和桦皮小舟，到柞木台子的黄烟、荒原上的乌拉草、克东腐乳和三姓火锅、深山老林中的人参和猴头蘑、黑龙江边的金矿……都留下了众多脍炙人口的"讲究"，从中折射出百姓对历史的态度，对家乡风物的热爱，对地方生产生活特点和风俗习惯的诠释。

有些原住民族,如鄂伦春族、赫哲族、达斡尔族、鄂温克族等,历史上一直没有能够创制出自己的民族文字。他们利用口耳相授的传统,不仅娱乐生活,联系亲朋,而且还传扬民族历史,歌颂民族英雄,传承民族伦理道德观念和行为准则,教育后代,传授生产劳动知识,培养同自然斗争的顽强精神。所以,民间故事又起到了教科书的作用。几乎直至 20 世纪 30 年代,在某些少数民族如赫哲族、鄂伦春族中,民间故事依然能够在对民族产生潜移默化作用的同时,起到一部包括哲学、历史、宗教、伦理、民俗、生产知识等在内的民族生活百科全书的作用。在距今尚不算久远的族内老辈人观念中,某些种类的传说故事(如关系到"民族信仰"的故事、族源故事、祖先故事等)甚至还能产生这样的效果:无论情节多么离奇,幻想成分多么浓重,故事还是会被作为"真实"接受下来。许多故事不仅是讲给人听的,讲故事甚至成了一种礼仪、一种传统。它们是献给灶神、家神、各种自然神、山林水泽渔猎之神,献给林中鸟兽、水中游鱼的。人们在愉悦自己的同时,还以此来愉悦大自然,愉悦神灵,以求好运和好收获的回报。在民族心理上,某些故事甚至具有"圣经"的地位,它们代代相传,不容随意"篡改"。在民族生活中,故事曾经是一种无法取代的实际需要,是民族精神生活极为重要的组成部分。

黑龙江省的民间故事,早在 20 世纪初即曾引起过俄国学者的注意,但并没有像样的采录成果存世。凌纯声先生于 1934 年发表的《松花江下游的赫哲族》一书中,采录整理了 19 个赫哲族长篇故事,是为黑龙江省民间故事有文字记录之始。从 20 世纪 50 年代后期(1956—1959)起,随着对省内少数民族开展全面系统的社会历史调查,对本省少数民族民间口头文学作品也有所采录整理。其间经 60—70 年代有所停顿,但于 80 年代初又恢复了这项工作。先后有隋书金、马名超、王士媛等人采录、编辑、出版了一些故事集,如《鄂伦春族民间故事选》《赫哲族民间故事选》等,所取得的成绩引人注目。从 1981 年开始,中国民间文艺家协会黑龙江分会由王士媛主编的《黑龙江民间文学》(不定期集刊)陆续发表了大量以省内少数民族民间故事为主体的民间故事(至 1991 年停刊止,前后共发表民间故事、神话、传说 2000 余篇,约 400 万字)。20 世纪 80 年代后期起,全省共出版地方《民间故事集成》95 卷,收入故事近 2 万篇,总数约计 2356 万字;采集期间共整理出文字资料和录音资料 5000 余万字,积累故事总计约 5 万篇。2005 年,《中国民间故事集成·黑龙江卷》(主编 徐昌翰)出版,该卷选入神话、传说、故事计 580 篇,异文 22 篇,约 140 万字,基本涵盖了全省所有地区和县、市,具有广泛代表性,比较集中地折射出黑龙江这块土地的历史文化特色。

本套丛书主要以《中国民间故事集成·黑龙江卷》为蓝本,以全省 13 个市、地为划分,每一市、地各出 1 卷,共计 13 卷。在此谨向徐昌翰、栾文海先生,以及为黑龙江民间文学整理工作做出过突出贡献的王士媛、马名超、隋书金、李路、郭崇林等先生表示由衷的谢意。

《黑龙江民间文学丛书》编委会

目录

阿尔塔奈莫日根

很早以前,有一个小男孩生下来左胸就长有一颗金痣,父母疼爱地管他叫阿尔塔奈。

阿尔塔奈从小能骑善射。在他十岁那年,部落中瘟疫流行,他的父母也被夺去了生命,只剩下年迈的爷爷和他相依为命。

在阿尔塔奈十八岁那年,由爷爷做主娶了邻近部落聪明美丽的姑娘依拉嘎。不久,爷爷也生病了,在临终前,爷爷告诉他:"咱祖上留有一匹宝马、一副金马鞍和一把银弓。宝马在部落南面的艾连山下的草滩上,金马鞍和银弓在山上的德儿肯①上。"说完爷爷就咽气了。阿尔塔奈和妻子含着眼泪埋葬了爷爷后,就去艾连山找回了马、马鞍和银弓。从此,阿尔塔奈每天都能打到很多飞禽走兽,小两口的日子过得很红火。

在邻近部落里住着阿尔塔奈的远房伯父。他是一个狠毒、贪财的老头子,很早就看中了阿尔塔奈的宝马、金马鞍和银弓。有一天,他突然热情地

---

① 德儿肯:游猎时存放物品用的储藏库,由四根柱子架起。

请阿尔塔奈去做客。依拉嘎不放心地说:"昨晚我做的梦不好,你要少喝酒,把马拴在小树上。"阿尔塔奈满不在乎地说:"女人家头发长、见识短。"说完,骑上宝马就去伯父家了。伯父热情地迎到门外,拉着阿尔塔奈的手进屋入席。在酒桌上,伯父频频劝酒。酒过几巡后,伯父长叹一声,说:"阿尔塔奈,你知道伯父无儿无女,年纪也大了,身体又有病,说不定哪天就死了。前几天,我请人做了一个柏松包银的棺材,咱俩身材一样,你躺进去试试尺寸如何?"等阿尔塔奈一躺到棺材里,伯父就"咔嚓"一声扣了棺盖,又塞进一只千年成精的吃人肉的乌龟,然后把棺材扔进了波涛滚滚的大河里。

宝马见到主人被害,咆哮如雷,挣断缰绳跑回了家。依拉嘎见到宝马回来,一切都明白了。她飞身上马,沿着大河飞奔,追赶装着阿尔塔奈的棺材。她悲伤地唱道:

阿尔塔奈莫日根①(因佐②、因佐),你现在怎么样了(因佐)?

阿唱:

亲爱的依拉嘎呀(因佐、因佐),乌龟已经吃到我的脚脖子了(因佐、因佐)!

依唱:

阿尔塔奈莫日根(因佐、因佐),前面看见一个村子(因佐),

这里有没有你的朋友(因佐、因佐)? 我去找他救你吧(因佐)!

阿唱:

亲爱的依拉嘎呀(因佐),村中有一个嘎莫日根(因佐)。

他是我的朋友(因佐),你去找他吧(因佐)。

依拉嘎飞快地跑进村子,找到嘎莫日根。嘎莫日根急忙拿起带单钩的长杆子,沿着河岸追赶棺材。他用钩子钩住棺材拼命地往岸上拖。水急浪大,嘎莫日根被拖进湍急的大河里淹死了。依拉嘎骑上马又追赶棺材。她悲伤地唱道:

---

① 莫日根:好猎手。
② 因佐:歌中的一种衬词。

阿尔塔奈莫日根（因佐），嘎莫日根他淹死了（因佐）。

你现在怎么样了（因佐、因佐）？我该怎么办呢（因佐）？

阿唱：

亲爱的依拉嘎呀（因佐），嘎莫日根淹死了，我很悲伤（因佐）。

乌龟已经吃到我的膝盖了（因佐、因佐），我疼痛难忍（因佐）。

依唱：

阿尔塔奈莫日根（因佐、因佐），前面又见到一个村子（因佐），

这里有没有你的朋友（因佐、因佐）？我去找他救你吧（因佐）！

阿唱：

亲爱的依拉嘎（因佐、因佐），村中有一个德莫日根（因佐）。

他是我的好朋友（因佐），你去找他吧（因佐、因佐）。

依拉嘎跑进村子，找到德莫日根。他拿起带双钩的长杆子跑到河边，用双钩钩住棺材拼命往岸上拖。可是河岸太滑，德莫日根一脚没踩住，也被拖进河里淹死了。依拉嘎又骑上马去追赶棺材。她唱道：

阿尔塔奈莫日根（因佐、因佐），德莫日根也淹死了（因佐）。

你现在怎么样了（因佐）？我该怎么办呢（因佐）？

阿唱：

亲爱的依拉嘎（因佐、因佐），德莫日根他死了？

一切都完了（因佐），乌龟已经吃到我的肚子了（因佐、因佐），我连气都喘不上来了……

阿尔塔奈的声音越来越小。依拉嘎一路追赶，已经跑了七天七夜了。她又累又饿，连说话的气力都没有了，可她还是拼命地追赶。她还唱道：

阿尔塔奈莫日根（因佐、因佐），我也快死了（因佐）。

如果你还能活着（因佐、因佐），你到昆毕其河找我的尸骨吧（因佐）。

可是，阿尔塔奈再也没有回答她，棺材仍然在水中浮动。依拉嘎摔下马来，死在了河滩上，宝马静静地站在她的身边。

装着阿尔塔奈的棺材在河中又漂浮了几天几夜,这一天漂到了满盖①的领地。老满盖在这条河上挡了九道鱼亮子,装着阿尔塔奈的棺材一连冲毁了八道鱼亮子,被第九道鱼亮子挡住了。第二天清晨,老满盖去溜鱼,一看八道鱼亮子全被冲破了,觉得很奇怪。再一看,在第九道鱼亮子上挂着个棺材,在他眼里棺材小得像个小匣子。他很高兴地自语道:"这么好看的小木匣,拿回去给我女儿装针线用吧。"说着,夹起棺材就回家了。老满盖还没进屋就高声喊:"姑娘啊,我给你拿回来一个漂亮的小木匣子,你装针线用吧。"老满盖的女儿把棺材放在炕上,打开一看,里面有一具尸骨。她睁开慧眼认出这是一具魁梧、英俊的小伙子的尸骨。她立刻爱上了他,于是决心要救活他。晚上,老满盖的女儿开始施展法力。她先把乌龟精用金索套住,再把尸骨摆在红绸褥子上,上面盖好红绫被。然后,她在尸骨上跨了三下。小伙子马上睁开眼睛,说:"哎呀!我怎么睡了这么长的时间!"老满盖的女儿下地,把乌龟精的脑壳砍开,取出脑浆子,用红糖水冲开给阿尔塔奈喝了下去。阿尔塔奈浑身有了力气,坐起身来。老满盖的女儿高兴地跑到父母那里,告诉他们她已经有丈夫了。老满盖两口子非常高兴,立刻杀猪、宰羊招待他们的女婿。就这样阿尔塔奈又娶了老满盖的女儿。

老满盖的女儿是个美丽善良的姑娘,她和阿尔塔奈情投意合,生活得很幸福。有一天,阿尔塔奈对老满盖的女儿说:"我要出去打猎,打一只红毛狐狸给你做一条围脖。"说完,阿尔塔奈就出去打猎了。当他走到昆毕其河口附近时,在一个小山坡上,见到宝马在那里吃草。阿尔塔奈高兴极了,跨上宝马飞奔起来,打到了很多飞禽走兽。这一天老满盖也去溜鱼,老远就看到了骑马飞奔的阿尔塔奈。宝马身上的金鞍射出的光,把老满盖的眼睛都刺痛了。他吓坏了,急忙跑回家去。晚上,老满盖对老婆说:"我们的女婿实在是不寻常,有那么好的箭法,还有他马上的那块闪光的铁,是什么东西呢?说不定他会杀死我们。"

阿尔塔奈每天都出去打猎,老满盖每天也都被吓得胆战心惊。有一天,

---

① 满盖:传说中的魔鬼,也叫蟒猊。

老满盖和老婆商量好,要杀死阿尔塔奈,除掉这块心病。老满盖两口子偷偷地磨快了两把斧子。这一切都让老满盖的女儿看到了,她急忙告诉了阿尔塔奈。小两口子赶紧收拾东西。老满盖的女儿施展法力,把屋后的大山钻了一个通道。小两口子牵着马钻过洞,一直来到昆毕其河口。在河边的沙滩上,他们见到一具白森森的尸骨,这是依拉嘎的尸骨。老满盖的女儿救活了依拉嘎,又从宝马身上揪下两根鬃毛向空中一抛,变出了两匹马。这样,三个人骑上马一齐回到家乡,过上了幸福的生活。

狠毒的伯父见到阿尔塔奈回来了,还领来两个漂亮的媳妇,很是惊讶。于是,他又做了一个棺材,自己钻到里面,让别人将棺材扔到河里。装着伯父的棺材又漂到满盖的鱼亮子上被卡住了。老满盖见到卡在鱼亮子上的棺材,怒气冲天,骂道:"又是这种小木匣子,这里面都是坏东西!"说着,架起火堆,焚烧了棺材。狠毒的伯父就这样被满盖烧成了灰。

讲述者:关吉瑞

整理者:莫桂茹

阿莫力

黑龙江的江水平滑得像面大镜子，那岸边光华耀眼的玛瑙石，就像镶在镜框上的宝石，一闪一闪的，真是美极了！

很久以前，在玛瑙石最多的江岸上有一座达斡尔族的城寨，名字叫托尔加。城寨的首领多音恰布有个十岁的儿子，这孩子长着一双神奇的大眼睛。据说他刚生下来就认得各种飞禽走兽，并且能看见江水最深处的鲤鱼。他刚会走的时候，就跟随大人们打猎、捕鱼。在那双神奇的眼睛的帮助下，托尔加城寨的人们打的野兽最多，捕的鲜鱼也多极了。因此，他的阿爸给他起名叫阿莫力，意思是神赐给他的眼睛。

在一个金秋，当夕阳为江面撒满了金花的时候，临近部落的首领巴尔达依发来邀请，多音恰布便率全寨族人应邀去赴宴。临走前，多音恰布把阿莫力叫到跟前，说："阿莫力，你留下吧，城寨里有你一个人，大家就放心了。"多音恰布都已经上马了，却又折回来说："别忘了，快到大雁飞回南方的时候了……"

聪明的阿莫力眼睛里顿时闪出了光彩，他高兴地答道："大雁飞回南方的时候,就是给朝廷献玛瑙石的日子!"

"对呀!我的好小子!"多音恰布的笑声随着飞驰的猎马渐渐远去了。

阿莫力像只撒欢儿的小鹿跳着、跑着,在沙滩上拾着最亮、最圆的玛瑙石。拾啊、拾啊,阿莫力明亮的大眼睛突然被一道金光闪了一下,他立即向金光奔去。阿莫力来到水边,像被磁石吸住的铁屑一样一个猛子扎到水底。过了一会儿,阿莫力举着一颗比金子还亮、比天鹅卵还圆的玛瑙石上来了。呀!这原来是金色的玛瑙啊!

阿莫力高兴极了!他捧着这玛瑙,眼前立刻闪出一道道五彩的光圈。光圈里有嫦娥奔月啦,有天空里的二郎神啦,还有二龙戏珠啦……光圈里还有一顶圆形的官帽,帽顶正是一颗圆形的玛瑙!

阿莫力捧着金色的玛瑙玩呀、照啊。到了太阳落山的时候,他累了、困了,就躺在比毯子还软、比毛褥子还暖的草地上,甜甜地睡着了。金色的玛瑙在他的胸脯上,放着迷人的金光。

突然,一片黑云飘来,却没有打雷,也没有闪电。过了一会儿,从山峰背后悄悄地驶出几艘大帆船,那肮脏的帆篷上尽是破窟窿、烂眼子,远看就像江面上几片包脚的破布头。平静的江面破碎了,清澈的江水污浊了,来历不明的船被玛瑙的金光吸引住了。可就在这时,阿莫力醒了,是被一种血的腥味和火烧的焦味熏醒的。他睁开那双明亮的大眼睛。怪呀!这是些什么人呢?黄黄的头发,蓝蓝的眼睛,高高的鼻子,特别是那蓬乱的胡子,就像一堆烧焦了的兽毛。他看到这些人的胸脯上长满了茸毛,满是污血的手里都握着一杆带着铁筒的家什。

阿莫力一想,既然长着人的模样,又是外来的,没说的,就得当客人待了。谁都知道,这是达斡尔族的老规矩。于是,阿莫力学着阿爸迎客的样子,上前热情地说道:"尊贵的客人,你们是从哪儿来呀?"黄头发的人中有个穿袍子的大胡子说:"我们是世界各邦之主、伟大的沙皇陛下的忠实臣民,而沙皇是世界上最仁慈、最善良的君主!""那么,你们来这里想干什么呢?""是来保护你们的。""保护……"阿莫力开心地笑了,"谢谢你们沙皇的好意!告诉他,我们达斡尔人从来没有受过外来人的保护!""英俊的小王子,您听我说,只要向沙皇交了实物税,沙皇的恩典就会像影子一样跟上你们的……"
"那么,是什么样的实物税呢?"大胡子贪婪地瞅着阿莫力手里的金玛瑙,挤了挤眼睛,说:"比如,就像您手里那块闪光的宝石就行……""这个嘛,是要献给沙姆沙汗的。"阿莫力诚实地说。"噢,既然如此,咱们就交换吧。我们也有自己的宝物,瞧啊!"大胡子说着让属下打开了舱门。阿莫力用眼睛一扫,那哪是什么宝物! 可又怎么能说这东西不好呢? 于是阿莫力只摇了摇头,并没有开口。

大胡子的眼睛一直没有离开阿莫力的玛瑙,他满脸堆笑地说:"既然如此,小王子,你可愿意让我摸摸你的宝石吗?"阿莫力见他说这话的时候眼里闪过了一道寒光,便不由自主地握住了背上报警的弓弩。因为,这种寒光只有当他发现匿藏的野兽时才会闪现。可是阿莫力又一想,既然是要摸摸,又不是拿走,不妨就让他摸摸。于是,阿莫力放下握着弓箭的手,把玛瑙递给了大胡子。

大胡子捧过金色的玛瑙,就像偷着宝贝的贼一样,立即把它揣在了怀里。阿莫力生气了:"你已经摸过了,为什么不还给我?"大胡子仰天大笑:"东西在谁手里,就是谁的! 我们站在哪里,哪里就是我们的!"阿莫力的心里腾起一团火,他冷不防地用头向大胡子冲去,大胡子被顶了个大跟头。金色的玛瑙从大胡子身上掉落到地上,阿莫力赶忙拾起来,接着向祖先留下的烽火台跑去。"抓住他! 掐死他!"随着大胡子的吼叫,强盗们扑了上去。

阿莫力奔向烽火台,迅速地解下弓,"嗖"的一声,向远处射了一支响箭。就在这工夫,强盗们把烽火台围住了……

却说在巴尔达依举行的酒宴上,多音恰布正兴致勃勃地一边饮酒一边说着笑话。突然,一支响箭落在多音恰布和巴尔达依面前所铺的一张大兽皮上。草地上欢宴的人们把端到嘴边的酒放下了,把举到嘴边的手把肉搁下了,人们心想,这准是出了什么意外……

"来吧! 咱达斡尔人喝完了酒不去打猎,还算什么勇敢的猎手!"在多音恰布的率领下,几十匹快马奔向了托尔加城寨。但是已经晚了,人们看到烽火台上腾起了浓烟烈火。在火光里,一群像魔影似的人正拉牛赶羊,扛着从库房里搬出的成捆的黑貂皮……

纯朴、善良的达斡尔人看到美好的家园闯进了强盗，从心底里刮起了仇恨的风暴。看哪！马蹄比雨点还急，箭矢比冰雹还密。经过一场短暂而激烈的战斗，活着的强盗们留下了几具尸体，上船逃走了。

"阿莫力！阿莫力！"人们到处寻找着阿莫力，可是直到夜幕降临、火光熄灭，还是不见阿莫力的踪影。多音恰布和全寨人们的心里从来没有这样悲伤过。人们找着、找着，突然，从坍塌的烽火台上射出了一道红光，红光越来越亮，把整个江面、城寨和天空都映红了。悲痛的人们向烽火台走去，向红光射出的地方走去，人们在一堆玉石般的白骨上，发现了一颗沾满血迹的玛瑙。

多音恰布捧起沾血的玛瑙，含着眼泪说："这上面的血要是我儿子的，就一定能和我的血液溶在一起。"说着，多音恰布咬破了自己的手指，把鲜血滴在玛瑙上，只见血滴很快扩散、溶尽……

多音恰布捧着这玛瑙，满怀仇恨地说："你要是有我儿子的灵魂，就一定能照出披着人皮的妖魔。"话音刚落，只见玛瑙里映出了一个小小的魔影——一个栖在树上的魔影。多音恰布立刻率族人朝一棵大黑树奔去。当猎人把箭瞄着浓密的树叶时，一个满身污血的人从树上下来了。啊！原来正是那个强盗头子。只见大胡子恭顺地说："可怕极了！一个善良的人怎么能抵得住野兽呢？没有办法，我上了树……"

多音恰布哪里还信他这一套，立即拔剑把他刺死了。人们在他的胃肠里还发现了不少人的头发和牙齿……

多音恰布捧着用鲜血染红的玛瑙，落下了激动的泪水。这时，他突然发现玛瑙里又漂来几只载着魔影的小船。噢，他明白了，原来这树上的大胡子是等待强盗们来接应的。在用阿莫力鲜血染红的玛瑙的帮助下，有准备的达斡尔人终于打败了那些扮着人的模样的妖魔，并且给他们起了个名字叫"罗刹"，意思是"吃人的恶魔"。

整理者：刘邦厚

阿气木其

有个叫阿气木其的小小子正在河边练射箭的时候,被蟒猊抓住给背走了。

蟒猊把阿气木其背到住的地方,咧着大嘴喊:"老婆子,快来帮一把!"女蟒猊听见掌柜的叫她,就从他们住的房子里跑出来,看见掌柜的抓来一个小小子,高兴地说:"哎,好多天没吃人肉了,这回好好做点人肉吃!"两个蟒猊动手把阿气木其绑起来,挂在了树上。男蟒猊对他老婆说:"别忙,把菜墩子放在下面,先给毛毛贴①上供吧。"这时候,蟒猊的十多个小孩也都跑过来看热闹。女蟒猊对小蟒猊们说:"我们俩再出去转悠转悠,看看还能不能多弄点人肉来。你们要是饿了,就自己动手把这个小孩先煮着吃了。"女蟒猊说完就和掌柜的一块走了。

阿气木其一看老蟒猊都走了,就对小蟒猊们吵吵巴火地说:"快把我放下来! 我要撒尿!"小蟒猊们早就听说过,喝了小小子的尿不会得病,于是一

---

① 毛毛贴:木制的神像。

齐冲着小小子说:"不行不行!你就挂在树上撒吧,我们在底下接着。"阿气木其实在憋不住了,就哗哗地撒起尿来。十多个小蟒猊在下面你争我抢地喝着。

阿气木其撒完了尿,对小蟒猊们说:"你们要吃我的肉,我才不在乎呢!可是我会做弓箭,你们要是把我放下来,我给你们一人做一副弓箭玩多好啊!等把弓箭做好了,我自己蹦进锅里,让你们煮着吃还不行吗?"十几个小蟒猊看阿气木其一点也没有要跑的意思,还要给他们做弓箭玩,哪有不乐意的呢?于是几个小蟒猊上了树,把绳子解开,放下了阿气木其。阿气木其站在地上,抻抻胳膊、活动活动腿,然后问小蟒猊们:"做弓箭得用刀削木头啊,去把你们爸爸的大刀拿过来给我用一用。"几个小蟒猊进房子里把大刀抬了出来。阿气木其接过大刀抡了一抡,还行,能抡动,又摸摸刀刃,还挺快。他假装犯愁地说:"你们十多个人都要做,我先给谁做呀?""先给我做!"小蟒猊们争先恐后地喊着。阿气木其把手一摆,说:"别吵吵!你们从大个开始,一个挨一个地站着,谁也不准动。我先从大个开始做。"十几个小蟒猊乱乎一阵后,排成了一行。阿气木其让小蟒猊们站好了,就对他们说:"我是请神仙来帮助做弓箭的,你们都得闭上眼睛,谁不闭上眼睛就不给谁做!"十几个小蟒猊都急着要弓箭呢,就都乖乖地闭上了眼睛。阿气木其等十几个小蟒猊都闭上眼睛了,就看准他们的脖子,使足了劲儿砍去,"唰"的一声,十几个小蟒猊的脑袋咕咚咕咚地掉在了地上,轱辘到一边去了。阿气木其把小蟒猊们的身子一个一个地扔进预备煮他的锅里,抱来柴火,点着火,不一会儿就把水烧开了。他看看煮得差不多了,就把小蟒猊们的脑袋搬进房里,一个挨一个地摆好、盖上皮被,然后就钻进房子里面的炕洞子里藏了起来。

两个老蟒猊出去转悠了半天,一个人也没抓着,只好回到了住的地方。他们一看外面大锅里的肉煮好了,就吃了起来。男蟒猊说:"这肉怎么有股孩子味儿呢!"女蟒猊说:"孩子们煮的怎么能没有孩子味呢!"两口子一会儿就把肉全吃光了。

两个老蟒猊打着饱嗝进了房里,看见十几个小蟒猊的脑袋排成了一溜,上面盖着皮被,还以为他们在睡觉呢。女蟒猊对男蟒猊说:"你把他们都招呼起来喝口汤吧!"男蟒猊就上前去扒拉小蟒猊的脑袋。一扒拉就从皮被里滚出来一个小脑袋,扒拉一个是一个光秃秃的脑袋,十几个脑袋全扒拉完了,也没一个是囫囵个儿的小蟒猊。

两个老蟒猊都气疯了,这块儿敲、那块儿砸地找阿气木其。阿气木其听见他们乱敲乱砸的声音,觉得挺好笑,就在炕洞子里喊:"别敲了,我在这儿呢!"男蟒猊对他老婆说:"你在灶坑门口守着,我进灶洞子里抓他去。出来脑袋你就使劲砍。"说完就钻进灶洞子里去了。灶洞子里黢黑的,他上哪儿去找哇?女蟒猊等了好半天,冷不丁看见灶坑门口露出了一个脑袋。她早就气红眼了,以为是阿气木其的脑袋,也没来得及细看,一刀就砍下去了。她把那脑袋扒拉出来一看,原来是她掌柜的的脑袋。

这时候,阿气木其从烟囱里钻了出来,冲着女蟒猊喊:"哎,我在这儿呢!你干啥把你掌柜的的脑袋砍掉啦?"女蟒猊更急眼了,一头钻进炕洞子里去追阿气木其。阿气木其知道女蟒猊追他来了,就跳出烟囱,趴在旁边。等女蟒猊的脑袋刚从烟囱里露出来,阿气木其咔嚓就是一刀,把女蟒猊也给砍死了。从此以后,这个地方再也没有蟒猊祸害人了。

讲述者:莫庆云

整理者:白水夫

阿塔浪火若锅里

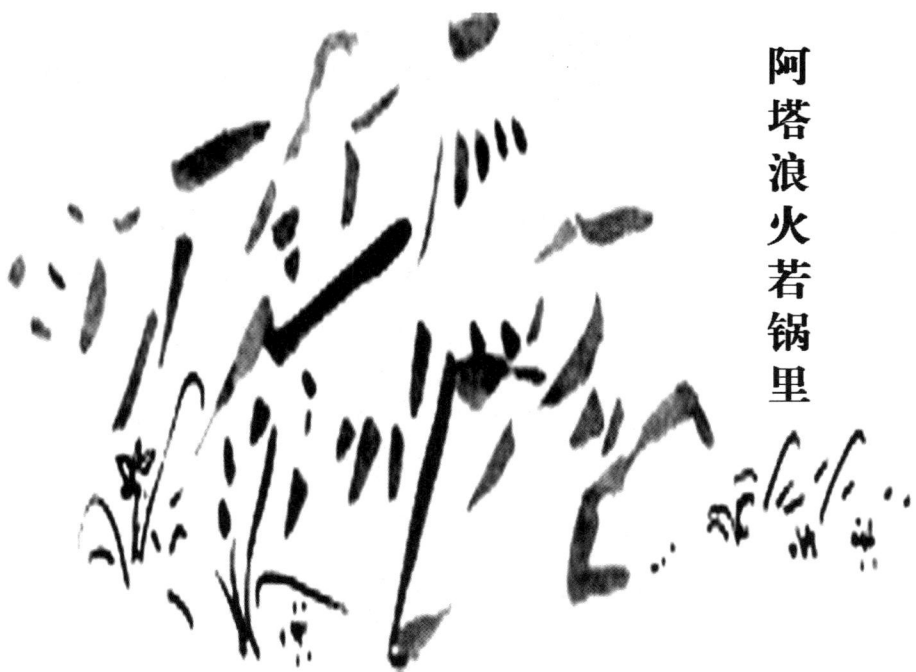

　　从前,有个叫阿塔浪火若锅里的人,家里有一个老婆和一个妹妹,靠着他打猎过日子。他老婆总是嫌他妹妹不能顶门过日子,要靠哥哥、嫂子养活。阿塔浪火若锅里总劝他老婆,说这是当哥哥、嫂子应该做的。

　　有一天,阿塔浪火若锅里出门打猎去了。他走之后,他老婆和他妹妹在家闲着没事,两人玩起了嘎拉哈。当他妹妹把嘎拉哈含在嘴里的时候,他老婆冷不防地用手挠她的胳肢窝,嘎拉哈一下子掉进妹妹的嗓子眼里,把妹妹给憋死了。

　　几天后,阿塔浪火若锅里回到家,知道妹妹死了,好一顿哭。他用石头做了棺材,装好妹妹,又把老虎套上,让老虎拉着棺材往山里跑。老虎不知跑了多久、多远,绳子断了,棺材就撂在那儿了。

　　在这山里,住着一个小伙子。一天,小伙子捡柴火时看见了石头棺材,听见里面有人说话。原来,装着阿塔浪火若锅里妹妹的石头棺材被老虎拉着跑时不停地震,震掉了卡在嗓子眼里的嘎拉哈,于是她又活了。小伙子把姑娘救回家,两个人成亲了,转过年,又生了个小孩。阿塔浪火若锅里的妹妹每次悠小孩时,都唱着说孩子的舅舅叫什么名字、舅母叫什么名字、舅母怎么坏呀、怎样害了妈妈的事。孩子听惯了,每次睡觉前都要听这个歌才能睡着。

　　一天,阿塔浪火若锅里来到这个山上打猎,听见这个歌觉得奇怪,就顺着歌声找了过去,一下子看见了妹妹。兄妹俩抱着脑袋好一顿哭。妹妹就把嫂子怎么害自己的事从头到尾讲了一遍。阿塔浪火若锅里气得两眼发黑,回到家把他老婆狠狠地打了一顿,又撵走了她。

讲述者:吴振海

整理者:郭树绵

敖古杜报仇

清初的时候,黑龙江东岸有六十四个大屯,其中有一个叫大水泡子的屯子,屯前是大片平坦的黑土地。这地肥得直冒油,种苞米,苞米棒子能长一尺半长,种谷子,谷穗儿长得像狗尾巴一样粗。人们要想吃鱼,拿根鱼竿到水泡子现钓都赶趟,不一会儿就能钓一盆。这里真称得上是鱼米之乡。

大水泡子屯有个叫敖古杜的满族小伙,十七岁就长得膀大腰圆,力大无比。他能把老牛搬倒,干起地里的活,年轻人谁也比不上他。

屯子里还有一个满族姑娘叫桃鲁格,也是十七岁。桃鲁格长得非常受看,圆圆的脸蛋,乌黑的头发,弯弯的眉毛下一双大眼睛像一汪清水。敖古杜和桃鲁格从小就由父母定下了婚事,长大了又在一块儿干活。他们真心地相爱着,乡亲们都说他俩是天生的一对。

这一年风调雨顺,家家都是好收成,全村人杀猪宰羊,感谢老天爷的保佑。

这一天,敖古杜家杀了三口猪、两只羊,请来乡亲们庆贺丰收。到了晚上,宽敞的院子里点上几堆火,大伙围着火坐在地上,嘻嘻哈哈地大口吃着燎毛肉，大碗喝着自家烧的苞米酒。萨满也来了，他头上戴着神帽，身上系着腰铃，手拿单鼓，边舞边唱起了拉空齐①。大家正在欢乐的时候，一个小伙子进院把敖古杜叫到一旁，说："桃鲁格姐姐找你。"敖古杜急忙走出院子，见桃鲁格正站在房山头上哭。敖古杜问："喂，你咋的啦？"桃鲁格哭着把原因告诉了他。原来，屯子里有个叫伊尔诺夫的毛子青年，他早就看上漂亮的桃鲁格了，只是没有机会对她下手。这晚，伊尔诺夫见全屯的男人都到敖古杜家喝酒去了，就偷偷地溜进了桃鲁格的房间。桃鲁格这几天不太舒服，早早就上炕睡了。伊尔诺夫像只饿狼一样地扑向了桃鲁格，桃鲁格被惊醒，一边反抗一边大声喊人。桃鲁格的额娘见女儿不出个好声地叫喊，急忙跑过来，伊尔诺夫见事不好就慌忙地逃跑了。

敖古杜听说心上人受到了侮辱，肺都快气炸了，恨不得马上把伊尔诺夫抓住胖揍一顿。他拎了根大棒去找伊尔诺夫，结果全屯子找遍了也没见到伊尔诺夫的人影。原来，伊尔诺夫知道敖古杜不会轻饶了自己，就逃到远处一个亲戚家藏起来了。过了不久，他就到沙皇的队伍里当了兵。

第二年秋天，敖古杜和桃鲁格成亲了。一年后，他们添了个胖小子，一家人欢欢乐乐，日子过得很好。

三年后，伊尔诺夫才敢回家探亲。快进村的时候，天已到晌午了，他在道上正好碰见去地里给丈夫送饭的桃鲁格。几年不见，桃鲁格出落得更丰满、更好看了。伊尔诺夫一瞅四下里无人，就把桃鲁格打昏了，然后将她抱到路边的草棵里。突然，一只大黄狗汪汪地叫着向伊尔诺夫扑来，一口咬住了他的腿，伊尔诺夫立刻痛得号叫起来。大黄狗十分厉害，伊尔诺夫怕狗的叫声招来行人，只好狼狈地跑了。

敖古杜在地里早就饿了。他见天过午了，桃鲁格还没送饭来，就骑马去接她，半道上碰见自己家的大黄狗汪汪地直叫唤，知道她出了事，急忙下了马。大黄狗把主人领到草棵里。敖古杜见妻子昏迷不醒，忙摇醒了她。桃鲁格醒来说了一句话："伊尔诺夫……活牲口……"就又昏了过去。敖古杜

---

① 拉空齐：保佑平安、庆贺丰收的歌。

全明白了。他把妻子驮回家后,就去找伊尔诺夫算账。伊尔诺夫从窗户里见敖古杜满脸杀气地走进院子,知道大事不好,慌忙从后窗逃走了。敖古杜哪里肯放过他,就在后边紧追不舍,一直追出五六里路,在一处悬崖边终于把伊尔诺夫追上了。伊尔诺夫见走投无路,只得回身应战,可他哪里是敖古杜的对手,几下就被敖古杜打得鼻青脸肿。伊尔诺夫跪下哀求道:"敖古杜兄弟,你饶了我吧! 往后我再也不敢了。"敖古杜是个软心肠的汉子,见他一副可怜相,正想放了他。不料伊尔诺夫抱住了敖古杜的腿,想把敖古杜扔下悬崖。敖古杜气得大吼一声,一脚把伊尔诺夫踢下了悬崖。伊尔诺夫被跌得头破血流,当时就没气了。

敖古杜回到家里时,桃鲁格已经醒来了。他告诉妻子仇人已经死了,桃鲁格说:"你闯下大祸了! 咱赶紧收拾收拾回江那边去吧!"第二天,敖古杜变卖了田产,带着老婆、孩子回到了黑龙江西岸,定居在三架山下。从此,一家人过上了美满的日子。

整理者:关常斌

懊恨鸟

早年间，黑龙江边上有一个打鱼的叫胡四。胡四从十几岁起就在江上打鱼了，尽管经他手打的鱼堆起来比小山还要高，可他的日子还是过得很紧巴。他用的渔船、渔网都是从船主那儿租来的。他每天虽然能打不少鱼，可是除了船租和网租外，自己就剩不下多点了。因此，他和妻子每天都要为吃饭、穿衣发愁。

有一天，胡四又到江上打鱼。这天的天气挺好。胡四第一网撒下去，可拉上来的只是一些嫩绿的青草。他叹了一口气，又撒下了第二网，等拉上来再一看，网里只有一条小鲤鱼。小鲤鱼虽小，但尾巴却把船板打得啪啪直响。胡四捧起小鲤鱼一看，小鲤鱼眼中竟流下了眼泪。胡四很可怜它，就轻轻地把它送回了江里。小鲤鱼在水中朝胡四点了点头，然后就不见了。

胡四又连撒了半天网，仍然只打了很少的一点儿鱼。他十分着急：今天就到月底了，船主催着要钱，老婆还等米下锅。这可怎么办呢？他越想越愁，不觉唉声叹气起来。这时，胡四突然听见身后有人说："好人哪，别叹气啦！"他回头一看，原来是一个白胡子老汉站在旁边，手里拎着一根青高粱秸。老汉笑着对胡四说："多亏你救了我的孩子，我要好好报答你！你想要点什么？"胡四想了想，说："老人家，我打了半辈子鱼，连一条渔船和一片渔网也没有。您要是能帮忙的话，就给我一条船和一片网吧。"老汉点了点头，说："你到南山去吧。那里有一个百丈崖，到了那里你就会得到你要的东西啦。"老汉又把手里的青高粱秸递给胡四，说："你用这根高粱秸指着百丈崖念：'石门开，石门开，受苦的人儿要进来。'那石门自己就会打开。不过，你可千万别扔了这根高粱秸呀。"说完老汉就不见了。

胡四回到家，把遇到的怪事一五一十地对老婆说了，老婆埋怨道："你应该向他要点好东西呀！"胡四没理她，只顾收拾东西。他把打来的鱼装了两筐，用一根扁担挑着，然后两口子就向南山走去。

他们走了两天，来到南山脚下的一个小村庄。这个村庄只有十几户人家，有一个白头发的老婆婆坐在村口的大树下纳鞋底儿。胡四上前施了一礼，问道："老婆婆，这儿离百丈崖还有多远？"老婆婆向南一指，说："往南走五里地就是。"胡四说："我们去那办点事，把这担鱼先放在这里可以吗？"老婆婆道："行啊。"

胡四和老婆告别了老婆婆，来到了百丈崖下。胡四用青高粱秸指着百丈崖，说："石门开，石门开，受苦的人儿要进来。"话音刚落，百丈崖就像两扇巨大的石门似的向两边打开了。胡四两口子又惊又喜。忽然，从里面出来一个年轻女子，她的脸就像天上的彩霞一样漂亮。那女子说："受苦的好人哪，快进来吧。"胡四和老婆刚进去，那女子用手向石门一指，石门"哗"的一声又闭上了。那女子又问："勤快的好人哪，你想要点什么？"胡四说："我只要有一只渔船和一片新网就满足了。"那女子笑嘻嘻地点了点头，说："你会得到满足的。"她说完用手向东一指，胡四的眼前立即出现了一个无边无际的大湖，湖水平静得就像一面大镜子一样。湖边有三间新瓦房，房前的大树下拴着一条新船，船上有一片新网。胡四心中大喜。他老婆正想再要点什么，回头一看，那女子已经不见了。

从此，胡四每天驾着渔船出去打鱼，回来时都是鱼儿满舱，两口子过着不愁吃、不愁穿的好日子。这样过了不知多少天，因为这儿的太阳永远不落,只见湖边大柳树的叶子一阵儿黄、一阵儿绿。

渐渐地,胡四的老婆对这样的日子感到厌烦了。她成天在胡四跟前唠叨:"光有吃的、用的有什么意思? 你应该去找那个女人要点金子、银子攒着。"胡四不愿意听,他老婆就天天和他吵架。胡四让老婆逼得没有办法,只好答应道:"好吧,咱一块儿去找找她,想要什么,你自己跟她说吧。"

第二天一早,胡四拿着青高粱秸,他老婆拿着两条大布袋又来到了百丈崖。那女子问:"你们找我有事吗?"胡四的老婆用手戳丈夫,可胡四却怎么也不好意思开口。胡四的老婆忍不住了,只好自己说:"这种日子我早过够了。请您给我些金子、银子吧,我要出去过富贵人家的日子。"那女子听后皱起了眉头,但还是答应了。她往西边一指,说:"那里就是金山和银山,你们自己去拿吧。"胡四的老婆非常高兴,急忙拉着丈夫往西边奔去。他们走呀、走呀,虽然看着西山就在跟前,可就是走不到,直到太阳快落山时,才来到了金银山。胡四的老婆装了满满两大布袋金子、银子。这时候,天已经黑了,胡四犯愁地说:"黑乎乎的,怎么能找到咱的家和船呢?"他老婆却高兴地说:"咱不回去了。有这么多金子、银子,咱到外边去准成大财主。到那时雇几个丫鬟,过衣来伸手、饭来张口的日子多好!"胡四虽然舍不得渔船和瓦房,但又别不过老婆,只好和她一人背起一个布袋,向百丈崖外边走去。

刚走出不远,沉重的布袋就压得他们都喘不过气来,奇怪的是那青高粱秸也越来越沉。胡四想扔掉一些金子,他老婆骂道:"傻瓜! 干脆把那无用的高粱秸扔掉算了。"胡四想起那白胡子老汉的话,舍不得扔掉青高粱秸。他老婆气呼呼地说:"哼! 我们有这么多金子、银子,还要这根破高粱秸干什么!"说着,猛地从胡四手里把青高粱秸夺过来扔掉了。不料刚扔出去,只听"轰"的一声,青高粱秸化作一条青龙飞走了。胡四心里直后悔,可也没有办法了。

胡四两口子约莫走了五里来地,来到了一个村庄。这个村庄很大,有几百户人家。胡四碰到一个人,问:"这里是个什么村?"那人说:"这儿叫酱鱼庄。"胡四感到奇怪,没听说有这么个庄名呀,就又问:"为什么叫酱鱼庄?"那人告诉他:"听老人们讲,在好几辈子以前,那时候这村子只有十几户人家。

村里来了两口子,把一担鱼寄放在一个老婆婆家就上百丈崖去了,结果一去再也没回来。日子一长,鱼就霉了,霉得就像大酱一样。从此,这个庄就叫酱鱼庄了。"胡四两口子听了后感到十分惊异,他俩互相看了看,都还是三十多岁,怎么世上已经过去了几百年?

两个人又往前走,前面有一个饭铺,正好两口子都饿了,胡四的老婆就从布袋里掏出一锭银子,想买点饭吃。当她掏出来一瞧,心不由吓得怦怦直跳:哪儿是什么银子,分明是一块白石头!她慌忙又从胡四背的布袋里掏出一锭金子,结果也不是金子,而是一块黄石头。她的脸立时黄了,汗珠子也下来了,手直发抖。她指望布袋底下能有点金银,干脆把俩口袋的"金子""银子"全倒了出来,想不到倒出来的全是黄石头和白石头。胡四两口子惊得目瞪口呆。他们急忙又来到了百丈崖前,可是青高粱秸没有了,任凭胡四喊破了嗓子石门也不开了。胡四绝望了,想到还要回去过以前那样的苦日子,身子立刻凉了半截。他恨自己没主意,恨自己不该听老婆的话,结果落了这么个下场。他越想越后悔,便一头向百丈崖撞去,立刻头破血流而死。胡四的老婆见丈夫死了,东西也没了,就号啕大哭起来。她懊恨死了:如果不是自己出的馊主意,哪能落到这般地步? 便也一头向百丈崖撞去。

胡四和老婆撞死后,他们的魂魄化作了两只小鸟。它们成天盘旋在百丈崖上空,一边飞一边叫:"懊恨死了! 懊恨死了!"后来,人们便把这种鸟叫作懊恨鸟了。

整理者:吴云华

八卦炉

在早先,五大连池四周都是一眼望不到边的大甸子,野花盛开,啥都挺全科,就是没山,连点挡影儿的都没有。

有一天,韩湘子脚踏祥云从这路过,觉着肚子有点空,就从花篮筐里掏出个饽饽想垫补垫补。他张嘴一咬,直硌牙,低头一看,那饽饽干巴得开花裂瓣的,都长绿毛了,掰开一闻都馊巴了。他赌气地把那些饽饽掏出来都撒了,又把筐底儿翻过来磕打磕打就走了。十四个饽饽落到地上,变成了十四座大山;饽饽上的绿毛,变成了密密实实的树林子;饽饽渣就变成了那些翻花石。

多少年以后,五大连池跟前儿来了不少达斡尔人、鄂伦春人。他们搭起了撮罗子(仙人柱),做了快马子(小船),扛起激达(扎枪),过着"棒打狍子瓢舀鱼,野鸡飞到饭锅里"的富足日子。人越聚越多,一来二去地就有了不少屯子。

屯儿里有个年轻的莫日根叫伦吉善,是鄂伦春人。他的阿曼(父亲)、阿尼(母亲)都是老实巴交的人,因为指望着乌特(小子)长大了做啥事儿都能公正无私，所以才给他起了这么个名字。这小伙子也真没辜负他爹妈的一片苦心。他为人心细如毛、胆大似斗，天生的一副热肠子，谁要是求到他跟前儿，从没打过驳回儿。

伦吉善成天漫山遍野地去逮野牲口，不管打多打少，回来都分给大伙儿吃，没吃的了他就再去打。他长这么大，不知啥叫留后手儿。本屯子不说，就连方圆左右，一提起他来，不论大人、小孩，没一个不夸他仁义的。这不，他打的野物儿刚吃没，又拾掇拾掇进山了。

伦吉善迎面撞上个梅花鹿，立马一箭飞射到鹿的胯骨上。那头鹿一哆嗦，带着箭撒腿就跑，他在后边儿紧着追。他和那头鹿一前一后，总是离那么远，射箭又够不着，不撵心里还刺挠儿地舍不得。他就这么让那头鹿领着转变了十四个山头，足足逛游了一天，真应了"起个大早，赶个晚集"那句老话儿了。傍晚一擦黑前儿，他到了儿把个鹿给撵没了。按说常摆弄野牲口的都会码踪，一般是跑不了的，可他撵着撵着把踪给撵没了。

伦吉善又饥又渴地拉夜由儿往家走。约莫有小半夜前儿，他觉着瘆得捞的，头皮直发痳，总像有啥动静儿似的。他勒住马，支棱着耳朵细听，可不是咋的，就听见从四面八方传来了一片杀声。因为夜深人静，所以听得分外真亮。他灵机一动，寻思备不住是坏人打他们来了，得赶紧回去报信儿。他用鞭子紧着抽马，放八似的往家赶。进了乌力楞（部落）连气儿都没喘一口，他就挨家挨户地把大伙儿从被窝儿里抠了出来，把道上听见的跟大伙儿说了。这时候，大伙儿在屯子里也都听见了。年轻力壮的小伙子们各抄应手的家什站好了排，等着坏人上来好打。到了岁数的人跟小孩儿都被归拢到一块堆儿，小嘎儿们像被掐死了似的，连大气儿都不敢出。四外的杀声更大了，好像有千军万马把大伙儿围住了似的。大伙儿都把心提到了嗓子眼儿，就等着打仗了。可是，一直等到天亮，连个兔儿大人也没看着，那杀声也不知啥时候自消自灭了。

第二天晚上，那杀声照样复出，又是足足折腾了一宿。等到天亮，还是连个人影也没看着。就这么一连折腾了半拉多月，造得大伙儿人困马乏。虽说那杀声一天大过一天，但习惯成自然，听长了大伙儿也就不在乎了。大伙儿也都心里纳闷儿，可究竟是啥玩意儿，谁也琢磨不透。但是，光这么喊叫，老也不动真章儿，大伙儿慢慢地也就懈怠了。

伦吉善可一点儿不灰心。他成天还是东门儿出来、西门儿进去地劝大伙儿抱成团儿、别泄劲。但是，架不住天长日久，光咋呼也没咋的，谁，渐渐地听他话的人越来越少了。最后，就剩他老哥儿一个单枪匹马一张弓了。可他就这么个倔脾气，干啥都有始有终，绝不能半路途中撂下。他看别人实在是累了、烦了，心想：越是在这个节骨眼儿越不能大意。大意失荆州啊！大爽他自己一个人风雨不误地围着屯子成宿半夜地转悠，怕万一坏人抽冷子来了没人报信。那深更半夜的，就他老哥一个光杆儿司令，四外的喊声直震耳根子，真让人发瘆哪！

一晃儿，又是半拉多月过去了。

这些日子，伦吉善连眼皮儿都没眨，实在是太困了，走走道儿心里就糊涂了。他来到屯子头一棵白桦树根儿底下，坐下想歇歇腿、缓缓乏，谁知屁股刚一沾地儿就过二道岭了。他就看见眼前站了个白胡子老头儿，乐呵呵地招呼他："伦吉善！伦吉善！"

"老大爷，你咋知道我叫伦吉善呢？"他挺纳闷儿地问。

"别说你的名儿啊，"老头儿得意地说，"天底下还有能瞒住我的事儿？"

伦吉善忽然想起来这些日子的蹊跷事，就问：

"我问你老个事儿呗。"

"啥事儿？你说吧。"

"每天黑夜的喊杀声是咋回事儿？"

"我正为这个事儿找你呢。"

"找我？咱俩不认不识的，找我干啥？"

"干啥？这事儿可大发了。"老头儿慢声拉语地接着说，"有条孽龙要当混世魔王，他的保驾官是十四个王子，要不是被韩湘子的铛铛给压着，横是早反了。现在，快到成气候的时候了，他们每天晚上操练人马，想拱开大山闹事呢。"

"刚过不两天舒心日子，他们出来一折腾，又该老百姓倒霉了。"

"谁说不是呀！要不的我这老天巴地的,大老远地来找你干啥呀？你不知道啊,现在有两家王子已经出世都做到将军了,要是再不下手就制不了啦!"

"那可咋整啊?"

"别着急。招儿倒是有,就是缺个帮手。"

"啥样的帮手?"

"这个人得胆大心细,能豁出命来为大伙儿办事,还得不能见硬儿就回才行。"

"连这么个人都找不出来?"

"是啊。我可老也没琢磨着。找过几个,不是胆大心粗就是心细胆小,能为大伙儿干点啥的豁不出命来,能豁出半斤八两的,又不肯给大伙儿办事儿。唉!找这么个人,难哪!"

"这么个人,到底儿能不能找着啊?"

"刚才好像找着了一个。"

"在哪儿呢？让我看看不行吗?"

"这个人远在天边、近在眼前,管够儿你看!"

"这儿也没别人儿啊?"

"没别人,就是你呗!"

"我?"

"你咋的？不愿意给大伙儿办事儿?"

"乐意!"

"不怕把小命儿搭上?"

"不怕!"

"这不结了!"

"我怕我干不了耽误事儿。"

"世上无难事,就怕有心人。只要你想干,准能差不离儿,再说还有我呢。"

"好!我就试试吧。"

"咱们一言为定!"

"我可上哪儿找你去呀?"

"明儿个正晌午时,我来找你。"

"那我就在这棵树下等着。"

"行。你现在就回去告诉大伙儿,赶紧搬出一百里以外去,越快越好!"老头儿嘱咐完,转身走了。伦吉善刚想打听搬家干啥,老头儿就没影儿了,伦吉善撒腿去撵,刚迈步就被绊了个趔趄,一下把他惊醒了。他睁眼一看,自己还在树根底下,原来是做了个梦,可梦里的事还记得清清亮亮的。他寻思老头儿的话,都记得一清二白,就是忘问为啥要搬家了。他琢磨琢磨,呼呼地又睡了,一闭眼睛,还是那个梦,一点儿也不差。他一连做了三个一样的梦,就觉着这里准有个景儿,便急忙揉揉又红又涩的眼睛,爬起来挨家挨户地劝大伙儿搬家。他人缘儿好,大伙儿都信得着他,大多数人都听话地备上快马、套上大轱辘车,连夜搬走了。有几个胆子大、主意正的小伙子说啥也不走,非要留下跟伦吉善看热闹不可。

第二天正晌午时,有人跑来说,有个脚踩五彩祥云、身穿八卦仙衣的白胡子老头儿找他。伦吉善到桦树底下一看,正是给他托梦的那个老头儿。他俩好说歹说,才把那几个傻大胆儿哄着、捧着给劝走了。他俩一块堆儿来到腰池子水沿、火烧山根儿底下,相中好了八卦湖旁边拉儿。老头儿让大力士背来八卦神炉,安稳当了,又让伦吉善到十四座山顶上一个山上采来一块石头,搁到炉膛里,然后架起三昧真火就炼了起来。

这白胡子老头儿原来是太上老君。太上老君架上通天镜,回过头来嘱咐伦吉善,说:"你只管好好地看火,不管看着啥玩意儿,别害怕也别理它,到时候它就自消自灭了。你可千万记住了:就是天塌下来,你也不能离开八卦炉自个儿跑!一直得烧七七四十九天,才算炼好了。我就在你身边,别怕!"

伦吉善点头答应,闷头儿烧火。他烧到七天头儿上,就见十四座山上狼烟四起,耳边传来鬼哭狼嚎;一晃儿,烧到二七一十四天,只见天昏地暗,飞沙走石,瘆人巴拉的;等烧到三七二十一天,就见那些狼虫虎豹张牙舞爪地直往自己身上扑;烧到四七二十八天,火苗子乱蹿,烧成了一片火海;烧到了五七三十五天,树着得像根蜡似的,石头给烧得咔咔直蹦;烧到六七四十二天,石头化成了水,到处是一片红浆,狼虫虎豹都被烧得少屁股无毛,吱啦一股青烟儿就没了。伦吉善也喘不上气儿来了,嗓子像着火似的渴得要命,眼瞅着也要化了。太上老君给了他两丸药,他含在嘴里,就觉得从舌头底下往外冒水儿,把药丸冲化了一块堆儿咽下去,这才好了。等烧到了七七四十九天,火烧山崩成了两半儿(要不咋有人管它叫两半山呢),剩下那十三座山,也都跟着塌顶了。

这时候,一切反倒安稳了,风也住了,云开日晴。太上老君说:"行了。你把炉门儿开开吧。"

伦吉善答应一声,打开了炉门儿。突然,一溜火线儿从炉膛里蹿出来,一条火龙张牙舞爪地直奔南小河子去了。他连忙去关炉门,想把龙尾巴掩住,让它停下。没承想火龙把吃奶的劲儿都使出来了,一甩尾巴,把八卦炉扫翻了。这是它最后那股劲儿,使出来就完了,它在离讷谟尔河还有二十多里地的时候,就瞪眼儿动弹不了了。

十四座山都炼塌顶了,灵气也没了。十四个保驾官完蛋了,千军万马变成了满地黑灰。

火龙这一尾巴,把太上老君的八卦炉给交待到这儿了。只为这事儿,太上老君熬糟够呛,听说回到天上还得了一场夹气伤寒。五大连池就算偏得,从此多了一份古迹。到这儿来旅游观光的人,都争着、抢着来看八卦炉。

讲述者:赵毓侠

整理者:张文彬

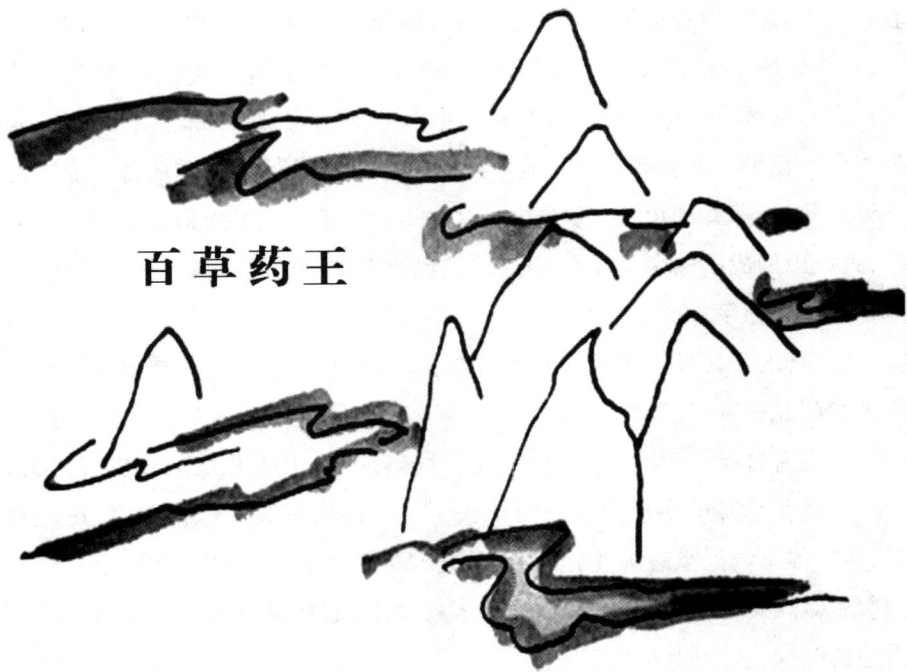

百草药王

很早很早以前，药泉山下还没有这么多能治病的药水泉子。这里蓬草遍地，常年开着各式各样的野花。不少从关里逃荒过来的人相中了这块宝地，脚跟脚地到这儿来落户。后来，人越聚越多了，就管这地方叫作百花坡。

最早来这儿落脚的是爷俩儿，老爹领个儿子。这爷俩儿忠厚老实，心眼儿好使，又是祖传的医道，因此乡亲们都尊敬这一老一少。老头儿没营生，就领儿子上山采药，可谁有个头疼脑热、大灾小病啥的，只要吱一声，无论刮风下雨、白天黑夜，随找随到，包你手到病除，临走还不收分文。后来，等老头儿病危的时候，把自个儿会的医道已经如数传授给了儿子，嘱咐儿子好好给别人治病免灾，与人为善。老头儿的儿子真的一心照着老爹的话做了，一步也不错迈。他采药踏遍了十四座名山，治病串熟了各家门户。三里五村、方圆左右的人们亲近他，敬给他一个外号，叫"百草药王"。日久年深，他的姓名倒没人记得了，直到如今，也没留下名字。

有一年春天，遇上了一场亘古未有的掐脖儿大旱。不用说下雨了，天上连根云彩丝儿都没有。地皮子七裂八瓣的，横竖净口子。小苗蔫巴得像麻秧儿，直打绺儿。有的种子像撒在了干炕上，压根儿就没拱土。天不下透雨，人就好闹毛病。天上的瘟神下了界，带来一场瘟疫，百花坡一左一右可就闹开了窝子病了。

原本一家子活蹦乱跳的，可说死就死得一个不剩。起先，死的人还有人埋，后来越死越多，埋都埋不过来了。死尸横躺竖卧，到处都是，大包小裹扔在大道上都没人捡。

药王看着真揪心哪！他没日没夜地上山采药，配成方子，连夜熬好，装在缸里让大伙去喝。不能来的，他就端着碗，亲自把药送到病人嘴边上。就这样，有不少人死里逃生。从此，大伙儿更感激他了。谁知，这样一来，却惹翻了瘟神，他恨药王恨得牙根儿直痒，一心要斗斗药王。

一天晚上，瘟神变了个病老婆子，躺在药王家门口儿，一声接一声"爹"呀"妈"呀地叫唤，央告着药王行好救命。药王这个人的心最软，别人的病比长在他自个儿身上还难受。他把老婆子搀到屋里后，就给她点火熬药。这工夫，瘟神现了原形，把药王费劲巴力采来的草药，扔得扬二翻天哪儿都是，把盛药的水缸也给砸了，药水淌了满地。他们两个丁当二五就打起来了，从屋里打到屋外，从地上打到天上，整整打了三天三宿。药王眼看就不行了，正好瘸拐李大仙从蟠桃会上回来时路过这里。他一顿拐棍儿愣把个瘟神给打跑了，总算搭救了药王，然后把药王带到蓬莱岛养伤去了。

人们不见了药王，都寻思他死了，个个号啕大哭。老天爷也生了气，霹雷闪电地下起瓢泼大雨，把被瘟神给扬乱的草药都泡在雨水里了。

药王的病好了，心里惦记着他的乡亲们，回来一看，遍地是水，泡着他从前采下的草药，于是就把水引到地底下，精心地收藏了起来。可是人们要有病了，怎样才能喝到药水治好病呢？这可把药王愁坏了。他正坐在药泉山的山坡上犯愁呢，瘸拐李大仙一瘸一拐地又来了，问他愁什么。药王说："怎么能让药水千秋万代地给大伙治病呢？"

"那还不好办吗？"瘸拐李想了想，"你随我来。"

两个人走不多远儿，瘸拐李用拐棍儿使劲往地下一锥，就冒出个泉眼来，咕嘟咕嘟地往外喷药水。又走不多远，他又一锥，就又出了个泉子。他这一瘸一拐地在药泉山下可就锥开了！药王一看这哪儿行啊，急忙上前把他的拐棍儿抓住了，说："行啦！行啦！留点儿吧。"

"这话你早说呀。"瘸拐李一摩挲自个儿的连鬓胡子，"早说不省着我费事啦！嫌多呀？嫌多咱再埋上几个。"他俩说着话跟取乐子似的，就又埋上了不少。随后，他俩就手拉手到山顶下棋去了。就因为这个，直到现在，药泉山底下还有不少没被发现的宝贝泉子哩。

整理者：张文彬

北海眼

　　五大连池顶数最末后了儿的那个池子最早、最小,也最深。听说它直通北海(贝加尔湖),不信你看:天头再旱,池子里的水一点儿也不少;雨水再大,池子里的水一点儿也不多。就因为它是"北海眼"才能这样,可"北海眼"是咋跑到五大连池来的呢?这里头有个瞎话儿。

　　听老辈子人说,自打太上老君炼山以后,把石头都烧化了,白龙河水也燡干了,想找一滴水都难。人要是几天不吃饭行,可离了水一天也不行。春天,种子就像被扔在了干炕上,都成炒米了,上哪儿发芽、结穗儿去?这儿的人都像长了大病似的,一点儿精神头儿也打不起来。但凡有点儿能耐的都搬走了,剩下些走不了的,捆倒挨打——干挨着。人总不能坐着等死,小鸡儿吃食儿还得刨刨呢,何况大活人了?有人就想打口水井,除了人吃、马饮,还能浇浇地,有点收成。石柱子就是张罗得最欢的一个。

　　石柱子一家是祖传的石匠,打碾子、打磨是老本行。现在到处是石头,要想打井,离了石匠还真玩儿不转。他发誓非打出一口井来不可。"鲇鱼找鲇鱼,嘎鱼找嘎鱼。"石柱子就联系了一些年轻小伙子,大伙儿一合计,说干就干,选好地场就开工了。他们辛辛苦苦地打了仨月,连一滴水也没看着。有些人灰心了,怕干了一溜十三遭儿弄个白忙活儿,杀猪不吹——蔫退了。石柱子领着剩下的几个人还往下打,打了足足有一年,还是不上水。剩下的这几个人心里也画魂儿:八成是打偏了,没在水线上。要是真这样,打一辈子也不带见水的。这谁干得起呀? 于是,大家就劝石柱子换个地场,可他说好不容易打这么深,不能白搭工。听石柱子这么一说,剩下的几个人也走了,这回就剩他老哥儿一个、光杆儿司令了。大伙儿都劝石柱子别费憨劲了,他不听,剩自己一个人也成天闷哧闷哧地干。这小子有个倔脾气:无论干啥,决不给你半截落儿撂下,非干完不可。石柱子打定了主意:打不出水来,决不罢休。就这么的,他打了三年。

有一天,他正打着,忽然听见下边儿有人说话,便停住手,侧棱耳朵细听,就听见有闺女说:

"二姐,我花撑子咋没了?"

"那不在柜盖上搁着嘛!"

"你看我这记性。"

"我看你不是记性不好。"

"你说咋的?"

"你心好像没在肝花上。"

"那也没在肚子里。"

"是没在肚(dǔ)子上,可好像在肚(dù)子上……"

"净瞎白活!"

"哈……"

听到这儿,石柱子脑袋发大、头皮发乍,心里真有点儿害怕:听老辈子人说,地底下还有一国人,备不住打透了? 这要是把井打到人家屋里去,人家能答应吗? 再说了,要是妖精可咋办? 他冷不丁地想起来小时晚儿听奶奶讲的瞎话儿:过去有对儿老两口子盼儿子,盼来了个豆儿大个的孩子。小豆儿在河沿儿上把瓶子里的妖精放出来却收不回去了……石柱子越想越发毛,不敢再往下打了。他一爬上来就觉得浑身没劲儿,骨头像要散花儿似的。人都这样：不管啥事儿，没干完的时候，能咬牙挺着干，一旦干完活了，反倒挺不住了。石柱子也是，三年来的劳累加上理想的破灭，一下子就把他压垮了。他就像被钉在井沿上似的，说啥也起不来了。他眼睁睁地瞅着井口，寻思这要是出水该多好，谁知费了九牛二虎之力，却打了口枯井。他想着想着，豆粒儿大的眼泪挤出了眼角，蒙上了眼睛。忽然，他眼前一亮，只见井口冒出个绿锥儿，眼瞅着它分瓣儿、蹿苔、长叶、开花。那大绿叶子像把小旱伞儿，粉红的花瓣儿像大闺女的笑脸儿，真好看！那像珠子似的露水，在花瓣儿里含着，在大叶子上滚动。他忍不住过去拿了一颗露珠搁到嘴里，就觉得一股甜凉的清香味儿，从舌头尖儿一直传到脚趾盖儿……石柱子真像旱苗得了场透雨，立刻亮地就支棱起来了。他寻思：这不是做梦吧？急忙揉揉眼睛，仔细地看，一点儿不错，一共是五朵莲花。他乐得一个高儿蹦起来，围着花儿左看右看也看不够。看着看着，五朵莲花变成了五个大水泡子。他急忙跑回去，挨家儿招呼人来挑水、浇地。屯子里的男女老少一齐出动，可劲儿地干了一天。地浇完了，家家也把水挑足了，这时花谢了，叶枯了，五个大水泡子也没了。从此以后，这五个大水泡子一个月出现一回，也满够用的。（这就是老辈子人说的"五朵莲花月月池"。）

这一天，石柱子干完活回到家里，洗了洗手，正想烧火做饭，忽然听见门"哗啦"一声开了，一水水儿地进来五个大闺女。这五个大闺女一色儿的黑头发、粉脸蛋儿、绿裙子，光着雪白的脚丫儿，一人打着一把绿绸子雨伞。她们一点儿也不眼生，进门儿把伞往门旮旯儿一戳，伸手就干活。抱柴火的、烧火的、淘米的、做饭的、扒葱的、捣蒜的，连说带笑、叽叽嘎嘎，像玩儿似的就把饭做熟了，把石柱子造了个丈二和尚——摸不着头脑。人家都拾掇好碗筷儿，招呼他吃饭了。

石柱子每天净他老哥一个，吃饭跟咽药似的，要不叫"人是铁，饭是钢，一顿不吃饿得慌"，他还真不想吃它。今儿个六个人吃饭，比每天热闹，饭下去得痛快，吃着也香甜，他一连溜儿造了三大海碗才撂筷儿。等姐儿五个拾掇完碗筷，他憋不住了，就问她们："你们是谁家的？在哪儿住？""咱们是邻居。"最末后了儿的说。"邻居？"石柱子拨楞拨楞脑袋，"我咋没看见过你们呢?""我可看见过你呢。"还是那个老五调皮地说。"在哪儿,我咋不记着呢?"石柱子想不起来。

"忘了你吭哧吭哧地打井了?"老五说,"我找花撑子把你吓跑了?""我们老妹儿可得意你了。"老大说,"这眼井就是她帮你打透的。""那你们……"石柱子脸色大变,吓得往后直躲。"我们不吃你,看把你吓的!"老五瞪了他一眼,"告诉你吧,我们是北海龙王的女儿。你那口井正打到'海眼'上了。我们在海眼里给爹爹看着定海神针。"她摸着胸脯子上别着的绣花针儿,说:"看你累得太可怜了,我一时来了淘气儿,就帮了你一把儿。""多谢大姐!"石柱子真心诚意地作了个揖。"别卸(谢)了。"老五把嘴一撇,"带套包儿喂吧。"说得大伙儿都笑了。石柱子灵机一动,试探着问:"那五个水泡子,能不能总留在那儿?""做梦娶媳妇儿——净想好事儿!一个月一回还不识足?说不上哪天要让我爹知道了,把我们看起来,连这个都没了,还钉架儿留着呢?哼!"老五又撇着嘴说。

石柱子一看这个架势儿,也就没敢再往下深谈。他们玩了一宿,鸡叫头遍时,五个大闺女就都挟着小绿伞走了。她们就这么暗里来、明里去地正经有一些日子呢。

有一天,老五跑得满头大汗自个儿来了。石柱子问她:"她们咋都没来呢?"

"姐姐们都让我爹看起来了,我还是偷着跑出来的呢。"

"出啥事儿啦?"

"不知是哪个欠嘴巴子的把我们的事告诉我爹了。老头子挺生气,从今往后,再也不让我们偷着出来了。"

"那可咋整啊?大伙儿不又跟以前一样了吗?还不得活活干巴死啊?"

"这回可就看你的了。"

"我有啥能水儿?"

"就看你有没有胆子。"

"别说胆子,只要大伙有水吃,要命都是现成儿的!"

"好!有小子骨头!"

"有小子骨头也不当水吃,有啥用?"

"你把这个,"老五边说边从大襟上拔出个绣花针儿,"明儿个插到井里一晃,我爹准出来。到时候,你跟他要水就行。"

"真的?"石柱子接过绣花针儿,还有点儿将信将疑。

"记住了!我这就得回去了。"话一说完老五就不见了。

第二天一早儿,石柱子拿着绣花针往井里一插,谁知那绣花针跟孙猴子的金箍棒似的,见风就长,可丁可卯地插到了井底。他双手使劲儿一晃荡,龙宫跟着直晃悠。北海龙王吓得连滚带爬地出来一看,石柱子还在那儿晃呢。北海龙王忙上前拽他的袄袖子,哀求他别晃了,他要啥就给啥。石柱子说:"我啥也不要,就要那五个大水泡子!"北海龙王真舍不得自己那五个大闺女,可架不住他这顿乱晃。眼瞅着龙宫就要塌了,北海龙王只得咬牙答应了。石柱子这才收起了定海神针。

那五个池子里都长着一人多高的莲花,因此早先叫"五大莲池"。后来不知咋的莲花都没了,才将"莲"字去了草字头儿,改成五大连池了。

整理者:张文彬

北饮泉

五大连池的人大都知道药泉山下的泉眼能治胃病是鹿发现的,可这些泉眼是谁留下的,为啥能治胃病,知道的人就不大多儿了。

据说在早有这么八个人,七个男的一个女的,就像亲哥们儿似的钉把儿在一块堆儿,后来都成仙得道了也不拆帮儿,大伙儿都管他们叫"八仙"。这八个人每人都有一手绝活,要不咋叫"八仙过海,各显其能"呢!这里头就数吕洞宾好信儿,他没事儿就到人间乱出溜,是没事儿找事儿的那路脾气。听说他三醉岳阳楼,戏过绿牡丹,斩黄龙、请白吃儿,啥都干。这泉子就是他请白吃儿时留下的。

原来这疙瘩有个姓白的小嘎儿,从小没爹没妈,也没人管教,长大了横草不拈、竖草不拿,油瓶子倒了都不扶。他一天没啥事儿,东门出来、西门进去,蹭吃蹭喝。他串门子净赶上人家吃饭时去。看你家烟筒一冒烟儿,他就开始往那儿溜达。早不进屋、晚不进屋,等你放上桌子,拾掇好碗筷儿,刚端起碗来要吃饭,他就"吱嘎"推门儿进来了,比掐钟点儿都准成。他进来后冲你嘿嘿一乐，说："来得早不如来得巧，正赶上吃饭。"看他那样儿，眼睛都要掉进饭盆里了，你就算再财黑食迷也得让让："小白，没吃呢吧？在这儿吃点儿吧。"他借高儿就凑上来："那敢情好啦！"他也不择食，甩开腮帮子，这顿胡拉，像风卷残云似的，工夫不大，就造了个沟满壕平。吃饱了饭，他松松裤腰带，嘴巴儿一摩挲，走人了。这要是一顿两顿还行，天长日久了谁也"让"不起啊。你说他讨厌吧，还真不咋讨厌，就是嘴巴子抹石灰——白吃儿这手儿讨人嫌。于是，大伙儿就给他起了个外号儿，叫"白吃儿"。他听着也不往心里去，当面这样叫他，他不但不生气，还答应，真像给他贺号了似的。

有一天，铁拐李从这儿路过。他有个毛病——好喝，拎个大酒葫芦走到哪儿喝到哪儿，成年到辈地迷迷糊糊。他云游天下来到了这个地方，知道这疙瘩水土好，酒也分外好喝，就下馆子来了，正好碰上了白吃儿。白吃儿拿他土鳖，贴乎上去造了一顿。等临走，铁拐李才知道让人家拿大头了。他没承想打了一辈子雁，这回让雁给叨了眼睛，这下酒也气醒了，非要往回找找脸儿不可。铁拐李二番脚又回来坐下，跑堂儿的问他咋又回来了，他说没吃饱。铁拐李招呼白吃儿过来，等他坐稳当了，对他说："老弟，这回咱俩一人一个菜，敞开了造，看谁能把谁造胎歪喽！"白吃儿说："行，蝎子教徒弟——就这么蜇（着）！"铁拐李听他答应得挺痛快，挤咕挤咕眼儿，嘴上不说心里想：这回你算上当了！饭馆里吃饭的老客儿听说白吃儿这回要出血，那可是开天辟地都没有的事儿，饭也顾不上吃了，都过来看稀罕儿。就看铁拐李吩咐跑堂的上厨房借了把菜刀来，他脱了靰鞡，扒了大布袜子，一刀就把脚丫子剁下来了，顺手交给了堂倌，让堂倌拿到灶房儿，叫掌勺儿的给做了。这回大伙儿可傻眼了，才都明白这个连鬓胡子的老头儿不是跟白吃儿吃饭，是找他晦气来了。就看这老头儿往干腿棒子上喷了口酒，用手一摩挲，连点血都没淌，接着穿上袜子、套上鞋，就跟没那回事似的。大伙知道这老家伙准不是凡人，都替白吃儿捏了把汗。大伙儿都寻思，等一会儿吃完老头儿的脚丫子，就轮到白吃儿了。身上的肉割哪儿哪儿疼，这回可要他好瞧儿啦。谁知这不知死的鬼，倒是沙胖子（一种陶制酒壶）装酒——满不在乎（壶）。菜一端上来,白吃儿照样儿是咧开腮帮子一顿猛胡拉。吃完了,他松松裤腰带,一摩挲嘴巴儿,抬屁股就要走。还没等铁拐李发话,看热闹的就不干了,七嘴八舌地吵开了:

"这可真是吃顺嘴儿、跑惯腿儿,吃完了嘴巴儿一摩挲,抬屁股就走!"

"老头儿不说了吗? 一还一报:吃完人家该你的啦!"

"还想白吃儿啊? 没门儿!"

"那儿有刀,痛快儿地自己挑肉厚的地方拉吧!"

"你想溜可不行!"

白吃儿明知道自个儿是老虎掉山涧——伤人太重(众),想走是走不了了。说实在的,他也没想走。他站起来伸个懒腰,卡巴卡巴眼睛,伸手抄起了切菜刀。大伙儿都大气儿不出地瞪眼儿盯着他,看他咋下刀,心想:让你钉把儿白吃儿,这回天老爷睁眼,报应! 活该! 自个儿把自个儿拉死,也算给这一方除了一害。白吃儿更麻溜,趁大伙儿转念这工夫,一刀把自个儿左手的小拇指盖儿给切下来了,顺手把它搁到盘子里,说:"这回我豁出去了,拿去吃吧。"真难为他了! 这招儿是怎么想出来的? 大伙儿让他逗得哭笑不得。这一下子,当时就把铁拐李气了个倒仰儿! 别人只好上来劝他:"老爷子,给个台阶就下吧。这就算一张纸画个鼻子——给你好大个脸。我们都让他白吃几十年了,连这个都从来没看着呢!"铁拐李长出了一口气,只好自认倒霉。打这儿起,"铁拐李"变成了"瘸拐李"。

瘸拐李刚出门儿正好碰着了吕洞宾,吕洞宾问他:"哎,铁拐李,你咋瘸了呢?"瘸拐李就把怎么让白吃儿吃了自个儿一只脚的事,从头到尾说了一遍。他们八个里头,顶数吕洞宾最好信儿不过了,非拽着瘸拐李再找白吃儿照量照量不可,不信一个凡人儿能白吃了神仙的东西。

瘸拐李和吕洞宾来到饭馆,大伙儿抬头一看,见上回让白吃儿吃了个脚丫子的老头儿又领了个老道来,知道准又有热闹儿看,呼啦一下都围上来了。瘸拐李给吕洞宾和白吃儿他俩引见完,仨人就围桌子坐下了。吕洞宾说:"还跟上回一样儿,一还一报。这回先吃我的。"说完,他从背后抽出宝剑就把肚子劐开了，接着从腔子里掏出肝花来，按在桌子上片巴片巴，倒上酱油、陈醋、大蒜、芥末就大口连吗地呛上了。白吃儿也不含糊，比吕洞宾造得还欢，说话儿的工夫就吃了个溜净。吕洞宾把明晃晃的宝剑递给了瘸拐李，说："该你的啦。"瘸拐李伸手接过剑来，"哧"的一声也把腔开了，把自个儿的心拽了出来，那心搁在桌子上还乱蹦呢。他也把心按在桌子上切巴切巴，然后搁盘子里造了。瘸拐李顺手把宝剑递给了白吃儿。白吃儿接过剑来往脖子上一横。大伙儿都以为他比不过这两位神仙要抹脖子呢，刚要上去拦，就见白吃儿把胡子剃了个溜净。他把剃下来的胡子往盘子里一搁，嘴里也不闲着，分别对吕洞宾和瘸拐李说："吃了你的肝花，吃了你的心，割绺胡子敬客人。别看礼轻人情重，搭根儿汗毛表表心。"这两个神仙，又让他白吃了一顿，气得连屁都没放出来就抬腿走人了。

谁知打那以后，白吃儿一天天地见瘦，就觉着膨闷胀饱，找大夫号脉，大夫说他吃出"食水"（消化不良）来了。大夫给他开了点儿消食化气的药，可他吃了也不抵事儿，这回好，直往外泛酸水儿，再也不能白吃了。

也是白吃儿命不该绝，碰巧儿有一天吕洞宾和瘸拐李又从这儿路过，便按下云头来看看他。就见白吃儿啊，这人怎么都脱相了！冷丁地都不敢认了！一问才知道，原来是那回吃饭坐的病根儿。吕洞宾和瘸拐李都觉得挺过意不去。吕洞宾的医道还不错呢，当时就给白吃儿号了号脉，觉着时间长了，不大好治。瘸拐李忽然想起来自个儿当年帮着药王打瘟神那档子事儿。药水都在地下埋着呢，能治百病，也该出世了。于是，他使铁拐敲石龙，锥了个小窟窿儿，从里面往外直冒水儿。吕洞宾又用宝剑把窟窿往大扩了扩。那水里直往外冒泡儿，看样子是年头儿多，把水劲儿都憋足了。吕洞宾让白吃儿趴在桌子沿儿上灌大肚儿。白吃儿喝得肚子实在装不下了，就坐起来歇歇气儿，歇完了再喝。他喝了这么几回儿，就觉得肚子里像气儿鼓的似的，咕噜咕噜直响，一门儿地打嗝儿，心口儿也不那么闷得慌了。也就是个把月，白吃儿的病就好得利索儿的了。

他的病这一好，比以前更能吃了。你要是一天不撤桌，他都能陪你一天,刚吃完,他喝了一肚子水回来照样还能吃。大伙儿供不起他,都搬走了。他一看没处打食儿了,也不知就跑哪儿去了。白吃儿走了,泉水还照样淌,也没人儿知道它能治病。多少年以后,达斡尔人打猎到这边儿来了,看梅花鹿喝水,才知道它能治病。就这样传出了个"神泉""神水"来,来治病的一年比一年多,药泉山也一年比一年出名了。

讲述者:张学儒

整理者:张文彬

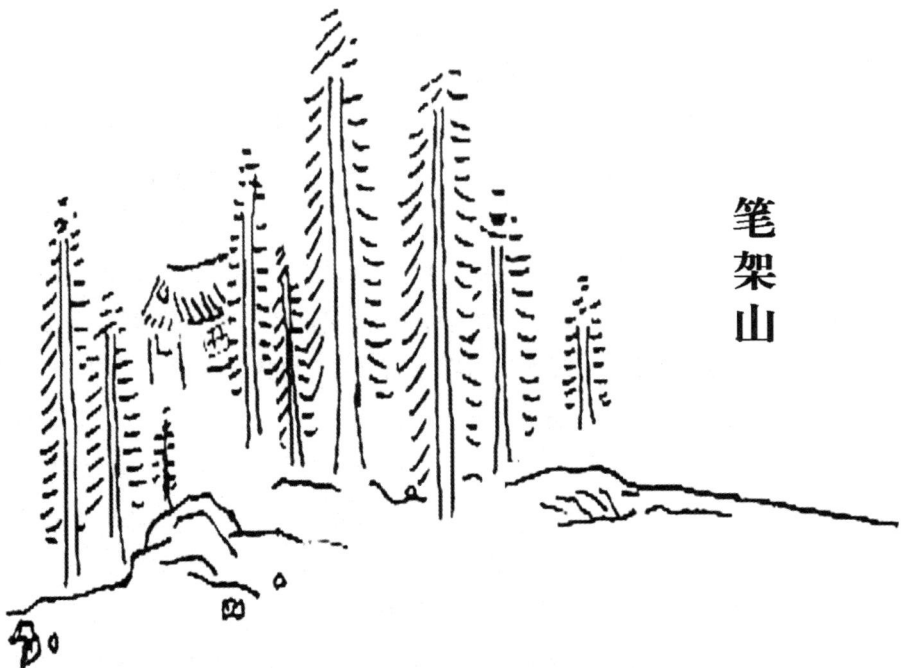

笔架山

太上老君炼完山不几天，这地场都是黑乎乎的石头，到处光秃秃的，不长树、不长草，连滴水儿都没有，更不用说喘气儿的了。可偏偏在这个节骨眼儿上，不知从哪儿来了三个大闺女。她们像赶了挺远的道儿似的，又饥又渴。那时候，笔架山这儿还是块平地呢，没有这三个山头。她们来到这儿，坐下歇了一会儿，养了养精神，然后起来向四外转了转，最后就在这儿落脚了。但是，谁也不知道她们的根底儿。

原来，她们是玉皇大帝的闺女。王母娘娘对她们可邪乎了，成天把她们关在机房子里织布，成年到辈地不让出来。她们都是年轻儿的，这要是三天两头儿行啊，咬咬牙就挺过去了，可日子长了就不行了。她们先是背着爹妈溜出来，在瑶池跟前儿玩儿，渐渐地她们的胆子越来越大，主意越正、走得越远。后来姐仨就搭伴儿来到了人间，一看比天上还强百倍。她们慢慢地吃顺嘴儿、跑惯腿儿，抽空儿就往下跑，什么东西两京、苏杭二州，都溜达个遍，哪儿好上哪儿去。她们的瘾头子也越来越大，一天不出来心里都鼓子格子地难受。

时间长了,没有不透风的墙。她们还以为自个儿做得挺神秘呢,到时候就走,溜达完了干活儿还有劲儿,不但没耽误活儿,反倒比以前织得快、织得多、织得好。王母娘娘有一回还夸了她们仨一顿,骂那些老老实实圈在屋里的仙女们偷懒、不好好干活儿。这一来,有知道底细的就气不忿儿了,自个儿不出头,杵咕别人告状。这状一告一个赢。玉皇大帝和王母娘娘都气得够呛,脸像紫茄子似的,浑身都哆嗦成一个蛋了,把她们仨每人打了顿屁股,贬下凡尘受苦。王母娘娘恨她们不听话,给自己打脸了,安心要好好地惩治她们,让她们知道当妈的厉害,于是,打算把她们下放到天下最苦的地方去,好让她们后半辈儿再也不敢偷着下凡。王母娘娘想来想去,忽拉想起来头两天听太上老君说起上五大连池炼山这码事儿。她寻思:那儿要啥没啥,连喝的水都没有,她们待不了三天就得告饶儿,准得哭天抹泪儿地跑回来求我开恩。到那时候,我再要她们个心服口服,起誓不往凡间跑,我才能饶了她们。要不然还能管得了?就这么的,王母娘娘把她们三个撺到这儿来了。

虽然她们都是仙体,不吃不喝也不致饿死,可那滋味儿也不好受。老三埋怨地说:"咱爹咱妈的心真狠!把咱们圈到这么个鬼地方来!"

"要是让你上个比天宫还好的地方,你就更不想回去了。"老大倒是比小妹想得周到,猜出了父母的心思,"咋的,想家啦?"

"我才不想呢!他们越是狠心调理咱们,咱们越是要长点儿志气。"老三发狠地说,"混出个样儿来给他们瞧瞧,非气他们个倒仰儿不可!"

"还气人家呢?连吃的、喝的都没有,小命儿还不得交待在这儿啊!"少言寡语的老二说,"咱得先想法儿活着。留得青山在,不怕没柴烧。"

老二说完,她们三个都茶铁了。闷了半天,老三的小倔脾气又上来了,站起身来,说:"不行,我回去找爹妈说理去!"

"你忘了不让咱们腾云驾雾了吗?咋回去?"老大提醒她,"驾云来的还能使脚量回去?"

"那就得等死了?想不到爹妈真坏,对亲生女儿下这么毒的死手!"说着老三就哭起来了。

大姐、二姐连忙一边一个地哄她,说:"别哭啊。活人还能让尿憋死?慢慢地想招儿呗!"

"你们就光会嘴上会气儿!有啥好招儿倒是使啊?"老三噘着嘴说。

"咱爹咱妈早都下话了,谁要是帮着咱们就一律同罪。人家都是多一事不如少一事,谁放着省心不去省心,找着蛐蜒钻耳朵?"老大跟小妹掰开饽饽说馅儿呢。

"现在就得依靠咱们自个儿,好就好了、孬就孬了。好了,算咱走运;不好,算咱倒霉,也埋怨不着谁。"老二一边想着一边说。老大和老三都觉着她说得有理,就跟她要主意。

"二姐,都说你有内秀,快拿出章程来吧。人家都快渴死了,嗓子直冒烟儿,要着火了!"老三搂着二姐的脖子撒娇,"我说往回走,你们还不干!"

"走还不赶趟儿!"老大一口咬住了,"不等走到地方就得累死。"

"再说天在高处,走也走不上去呀。"老二说。

"要是有个梯子多好啊!"老三抬头望着瓦蓝的天,"往云彩上一搭,噔噔噔地就爬上去了,还不用动地方。可上哪儿找这个天梯去呢?"

"有啊!"老二两手一拍。

"哪儿呢?"老大、老三都乐得一蹦儿,忙不迭地问。

"就地取材,用石头砌。砌高了顶上天,咱们不就爬上去了?"老二说。

老大、老三都说是好主意。于是,仨人一人一个地方,看谁砌得快、砌得高。可她们哪卖过这种苦大力?干了几天,都累得不像样了。再说了,就这么像蚂蚁搬山似的一块儿一块儿地往上垛,弄不好一歪歪,"哗啦"一声就倒了。因此得把底座儿打大点儿,可大了还费东西,那得等到驴年马月才能堆得跟天一般高。老大琢磨琢磨,跟两个妹妹说:"咱们要是能长高点儿、大点儿,身大力不亏,干得还能快点儿。"

"这话你咋不早说呢?白挨了这么半天累!"老三歇过乏儿来喊了一声,"长!"

就看她跟庄稼拔节儿似的,浑身的骨头节咔嚓咔嚓直响,一眨眼的工夫,长得身高丈二、膀大腰粗,脑袋像柳罐斗子,手像小簸箕。老大、老二随着也跟她长成一般儿大。仨人叽叽嘎嘎、说说笑笑,一撒欢儿又干了不少。

可是还不行,仨人又有点儿泄气了,就都坐在那琢磨高招儿。后来仨人一合计,这不是拙了吗? 净干倒巴儿活儿! 能长就直接长到天上去得了,何必费这个憨劲! 于是,姐仨脚踩着码起来的石头堆,喊着号子往上长。噌! 噌! 噌! 眨眼之时就顶破了天,蹿进了凌霄宝殿,把玉皇大帝吓了一哆嗦,以为地下又出了什么妖精找他晦气来了。

"爹! 你的心真狠哪! 常言说'虎毒不食子',你连亲生女儿都调理! 你……"老三先说话了。

玉皇大帝一听声儿觉得挺熟,仔细一看,原来是这么三个冤家,差点儿没把鼻子气歪了,大喝一声:"胡说八道!"他气得也不知说啥赶劲了,"你们死不要脸,败坏门风!"

"我们咋的啦?"老三到这时候不管不顾了,真顶他爹,"谁让你们养活我们了? 早时要是都搁尿盆子里沁死,你们省心,我们也省着遭罪了!"

"遭罪也是你们自个儿找的! 你们不是总嫌我这儿不好吗? 翅膀儿硬了往外挣,这回让你们下去照量照量!"玉皇大帝说道。

"我不怕照量!"老三一点儿过儿不落,"出大差还得给顿饱饭吃呢,何况我们姐妹还没犯到哪儿。你不给吃的不说,连点儿水也不让喝,哪儿有这道理?"

"你们不是成天寻思下边好吗? 这回让你们逛个够!"玉皇大帝咬牙切齿地说。

"逛个够就逛个够,哪儿都比在你跟前儿强!"老三也是越说越来气。

"那你们跑回来干啥? 滚下去逛啊? 咋不滚呢?"玉皇大帝明着是跟她叫号儿,其实是想让她服软儿。

老三正在气头上,也不听他这一套:"你寻思我乐意回来找你惹气呀?"边说边狠狠瞪了大姐、二姐一眼,心想:你们哑巴啦? 倒是帮着我说话呀! 看她俩绷着脸儿不吱声,又说:"好话说三遍,狗都不希见。我都嫌絮烦了。说一千、道一万,你把吃的、喝的、穿的、戴的、铺的、盖的、玩的都给我们预备全科儿的,后半辈儿不带来找你的。用八抬大轿抬,我们都不回来!"这几句话噎得他老爹直咽儿喽。当着那些神仙的面,玉皇大帝觉着脸上热忽燎地呼呼往外蹿火,真有点儿破门帘子——挂不住。

"我让你穷吧儿吧儿!"玉皇大帝急楞子了,不管不顾地随手从桌子上抓过来玉石笔架,照她们三个脑袋上就捅下来了。那笔架儿在桌子上面摆了不知有多少万年了,早就通灵性成了一件宝贝。就看它在空中见风就长变成了一座大山,劈头盖脸地就压了下来。这要让它砸上,非给砸成个肉泥烂酱不可。这时老三也不敢再跟他爹对付了,姐仨想使劲儿把它架住,可觉着这玩意儿比千斤闸都沉,浑身有劲儿也使不上,擎又擎不住、跑又不敢跑,只得死乞白赖地豁出命来招架。姐仨的身子被越压越矮,眼瞅着从天上给压下来了,往下的那股冲劲儿,把她们堆的石头推得往四外直轱辘。

笔架儿终于落地了,把姐仨压在了底下,真赶上当年如来佛压孙猴子的五行山了。不过这玩意儿是三个溜尖儿的山头儿,后来人们就根据山的形状管它叫笔架山,不知道它还真是玉皇大帝的笔架儿呢。

讲述者:李子新

整理者:张文彬

贬黑鱼

相传很久很久以前,五大连池边上有个老头。他本来不是打鱼的,就是抽空下下夜钩,钓几条鱼尝尝鲜儿。

一天晚上,他又到腰池子来下钩。下完钩,他觉得有点累了,就坐在一块石头后边歇息一会儿。

他掏出旱烟袋,装满了烟丝儿,又拿起火镰刚想打火,就听得那池水像滚开翻沸似的哗哗直响。老人大吃一惊,紧靠在大石头上,烟撒了都不知道。只听得"轰隆"一声,老人吓得紧闭起双眼,使劲往石头上靠,恨不得能把大石头拱个洞钻进去。他睁开眼,偷着往池子里一看:上拄天、下拄地,一根黑柱子立在池中心。他顺着柱子根儿往上看,发现上头有一缕锃亮锃亮的白光。不一会儿,就听"嗷"的一声,那柱子缩进水里去了。

老人呆呆地停了半天才算缓过口气来。他刚想往家走,就听池水又像先前那样翻腾起来了。他想,刚才没敢看,这回可得瞅个仔细。于是,又坐下来凝视着池水。

这一次和先前可大不相同了。那响声过去以后,又传来了吹打弹拉的乐器声,简直跟唱大戏差不多。起先,老人还以为是自己的耳朵听邪了呢,谁知后来这乐声越来越响亮，分明听得出是笙管笛箫在演奏。在一通锣响声中，水面上突然冒出了一座金碧辉煌的宫殿。随后就有十来个长袖宽带、浓妆重彩的女子，在里面跳起舞来。老人一看，这可真神奇了，也闹不清到底是怎么回事儿。

正看着，突然，那些舞女都倒身下拜，原来殿后转出一帮人来，中间站个穿龙袍的，好像天神下界一般。他慢慢地登上宝座，一时忙坏了那些宫娥、侍女，只见她们往来奔走，不一会儿，就摆上了满满一桌丰盛的酒宴。

那乐器吹打得更是优美动听，舞蹈也越跳越欢了。宴席上龙王、龙婆、龙子、龙女连连举杯，共赏明月。就在这时，老人却憋不住，咳嗽了一声。

这一来不要紧，那水上宫殿眨眼之间消失得无影无踪了。

老人后悔透了，还没看完这天上难找、地下难寻的大戏哪！他又向池子里看了一会儿，刚想转身回家，又听得池水哗啦翻响。这一次，可比前两回都剧烈，简直惊天动地。他不知又有什么好景可看，伸头一瞅，只见一个挺大个的黑家伙被甩出了水面，实实成成地摔到了岸上。他吓得头也不回，一口气儿跑回了家。

老人一宿没睡觉，又惊又怕。天刚蒙蒙亮，他又悄么声地来到了池边。嗬！就见一条两丈多长的大黑鱼直挺挺地躺在池边上，眼睛都被挖去了，血流了一地。

原来，先前那个大黑柱子就是大黑鱼，那白光就是它的眼睛。它没有看好池子，让那老头儿躲在暗处给偷看去了，犯了"谎报军情"的罪过，被龙王处死了。

当天上午，人们就见五大连池恶浪滚滚，沿着石龙河向外直涌。那石龙河水猛涨了三天，河水里干碴瓦全是黑鱼。黑鱼就此永世千年地被贬出了五大连池。

至今，松嫩平原的江、河、水泡子都有黑鱼，唯独五大连池啥鱼都有，就是没有黑鱼。

讲述者：姜英

整理者：王雪昆

冰洞的故事

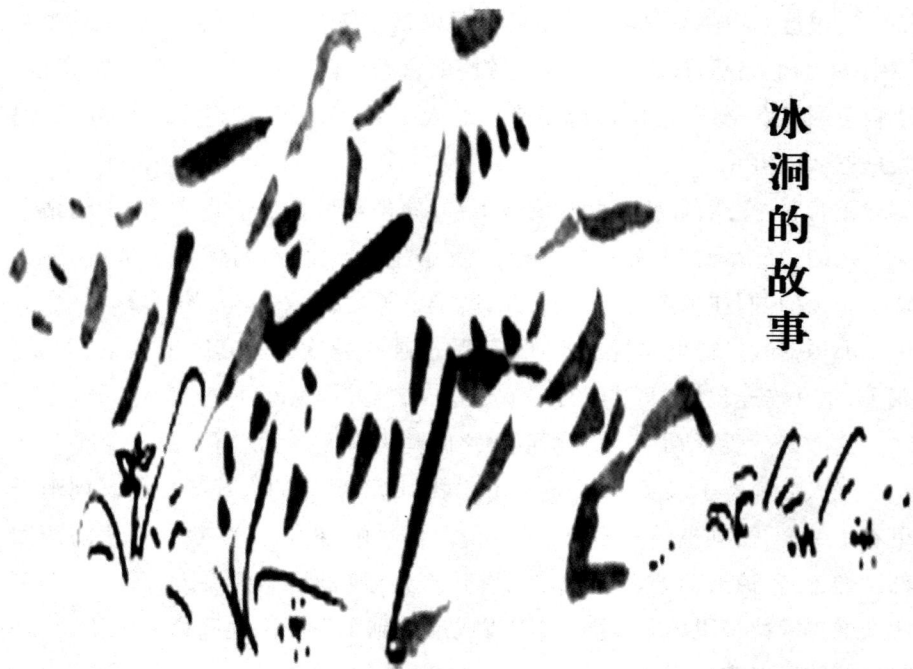

东焦德布山北坡,白桦林里有个天然的冰洞。洞里没别的玩意儿,一色儿是冰,无冬历夏,成年不化。三伏天前儿不管外边儿咋热,洞里照样能冻冰棍儿。人离洞老远儿能让冰吸得心里打寒噤,身上起鸡皮疙瘩,唰的一下子从头顶心一直凉到脚后跟。这冰洞真是个故气地儿。

世上的事儿都不是轻易来的,这个冰洞也是来历不凡。

听说早先的时候,东焦德布山根儿有个屯子,屯子里有个二丫头,爹妈死得早,跟着哥嫂过日子。那年头儿日子艰难,庄稼人苦巴苦掖地足足忙活一年,到头来打一担头子粮食,去了租子跟各式各样的花销,剩不下啥。家家都是糠菜半年粮。二丫头长到十七八,忙了帮着哥哥薅苗拔草、锄田抱垅,闲时帮着嫂子做针线、挖野菜。这两天地里活计忙,她跟哥哥下地干活。贴响前儿,嫂子挑挑子来送饭。大热的天儿,人们都早上起点儿早、晚上贪点儿黑儿,好躲过大晌午头子的毒日头,吃完晌饭,再找个阴凉地方眯一会儿,下午干活好有劲儿。

二丫头实在是累乏了,刚撂下饭碗,手里攥着筷子就睡着了。睡着睡着,她就觉得大腿底下有个东西把自己拱醒了,低头一看,吓了一大跳,原来是条长虫。她一着急,顺手就把那双筷子攮在长虫脑袋上了,长虫一下子蹿进草棵儿里不见了。她接着又睡着了,睡梦里就听"咔嚓"一声响雷,紧跟着下起了瓢泼大雨。大雨把她浇醒了,只见眼前金光一闪,离她不远儿的草棵儿里飞起一条金翅金鳞的大龙,钻进云彩里不见了。这时风停了,雨也住了,还是晴天露日的。

二丫头让长虫一吓、雨水一激,浑身滚烫火热,烧得直说胡话。哥哥赶紧把她送到家。她得了伤寒病,一躺就是半年。二丫头这场病病得可真不轻,瘦得像大眼儿灯似的,胳膊腿儿精细儿,两根大脖筋都挑不起脑袋来。二丫头眼看就不行了,大夫都不给开药吃了,说病人得意啥给整点啥,吃一口得一口了。谁见了二丫头谁说,可惜了儿个大闺女了。

这一天,哥嫂看二丫头真要不行了,便把她平时的几件干净衣裳找出来,给她穿巴上,然后把她抬到板子上瞅等咽那口气了。突然,有个半大小嘎儿呼哧带喘地从外边儿跑进来,说:"从屯子外来了一条大长虫,头上攮了双筷子。"大家都知道这是二丫头得病前干的事,有个到岁数儿的老太太说:"不好!长虫八成儿是报仇来了。快!用大缸把二丫头扣上。"大伙儿七手八脚地刚把她扣上,长虫就进来了。它踅摸踅摸就把大缸给盘上了。大伙儿咋轰它,它也不动弹,还怕把它整急眼了祸害别人,也不敢深撵。约莫过了有一个时辰,就听"咔吧"一声,那长虫把大缸给勒个稀碎,接着嘴对嘴把一块花花绿绿的五彩小石头吐到了二丫头的嘴里,然后就爬出去了。跟着又是一个炸雷、一阵大雨,长虫变成一条龙腾云驾雾地走了。

再看二丫头,只见她出了一身透汗,喘气儿也匀乎了。大伙儿把她抬到炕上让她睡了一大觉,她醒了知道要吃的了。大伙儿一看,她这是好了。从这以后,二丫头一天比一天硬实,等到百天儿就好得利利索索的了。

二丫头的病这一好,变得比从前更漂亮了,也更懂事了。大伙儿都说二丫头救了一条龙。这回本来该死,她救的那条龙为了报恩,又给她要来了一百年的阳寿。她可是个大命之人……越传越神,后来又变成了二丫头是王母娘娘养活的,本来就是仙女儿……这下可好,媒人把门槛子都踢平了,上至官宦人家,下至黎民百姓,都想把这个"仙女"娶回家去,就连五十多岁的县太爷都送来了花红彩礼,非要娶二丫头当第四房姨太太不可。全家这回可犯难了,答应吧,一个二十刚出头儿的黄花闺女哪能嫁个五十多岁的老头子? 再说还是四房。听说县太爷的大老婆是出了名的母老虎,把那两房小老婆折腾得半死不拉活儿的,可县太爷连扁屁都不敢放一个。要是答应了,那不明明是让二丫头往火坑里跳吗? 不答应吧,县太爷谁又敢得罪? 他的嘴一歪歪,想要你的命还不容易,加个罪名儿就是了。全家合计来、合计去,只有赶紧给二丫头找个主儿麻溜儿结婚,等县太爷来问时生米都做成熟饭了,他也没招了。可是连这都不好办,因为知道根底儿的还没人敢要呢,都怕县太爷来找麻烦!

隔壁老杨家的二小子从小儿就跟二丫头好,就是不趁啥家底儿,因此二丫头的哥哥一直没吐口儿。现在,二小子听信儿钉上来了。他说啥也不怕,今儿个结婚,明儿个让县太爷抓去上断头台也认了。二丫头的哥嫂也顾不得挑拣了,择日不如撞日,逮着个日子就挺好,让俩人儿连夜就成了亲。等过了三天县太爷派人再来催问,小两口回门儿都回来了。来人回去一学舌,好悬没把县太爷气死。他一气之下,连人妻也要,让人传话:要是三天以内把二丫头送来啥说没有;要不的,就带着三班衙役去抢,到时候顺手儿把小屯给平了。这些当官儿的啥缺德事儿干不出来? 那可真是说到哪儿、办到哪儿。

大伙儿这回可都犯愁了。这才叫"闭门家中坐,祸从天上来"。反正"是福不是祸,是祸躲不过"。这时候,有人就给二丫头出主意,让她去找王母娘娘,也有人让她去找那条龙。找王母娘娘纯粹是扯淡,找那条龙倒是个招儿。可是那条龙在哪儿呢? 上哪儿去找它呀? 三个臭皮匠——顶个诸葛亮,这么些人啥主意还想不出来? 大伙儿一商量,有人说龙在海里,这儿离北海最近,让二小子骑快马奔北海去找。这是实在没有招儿了,死马当活马医吧。

大伙儿给二小子备上两匹快马,让他换班儿骑,歇马不歇人,三天以内务必赶回来。临走时,二丫头给二小子带上干粮,把那块花花绿绿的五彩小石头也让他拿着，嘱咐他道："见着那条龙，就把小石头儿给它，它一定会来救咱们。"二小子点头答应，上马就跑。

单说二小子两匹马换着骑，饿了就在马身上嚼口干粮，把马打得四蹄蹬开放八地往前蹽，一直跑了两天两宿零半上午才跑到北海边儿。他下了马都不会走道了，咕咚摔了个大趴虎儿。他知道一刻也不能歇着，满打满算还有小半天儿了。不知从哪儿来股子急劲，他用波罗盖儿当脚使，硬爬到海边儿，一头就扎进了水里。

你说怪不怪？二小子一落水，海水就往两边儿一分，像两堵墙似的，当间儿让出一条道儿来。他顺着大道往前走，离老远儿就看见一片房子青堂瓦舍的，比大粮户修的大院都强上百倍。来到门口儿，就见有个年轻小伙儿。没等二小子走到跟前儿，小伙儿先搭腔了："你一定是老杨二哥了？"二小子点头答应一声："嗯！"随手掏出小石头儿递过去，说："二丫头打发我来求你……"小伙儿拦住他的话头，说："你不用说，我都知道了。进来歇歇再说吧。""那可不行！"二小子急道。"咋的？"小伙儿问。二小子答道："我光来就用了两天半！得紧着往回赶，哪还有空儿歇着？"小伙儿一听，笑着说："看你累成这个小样儿，不歇歇就往回赶，半路儿上要是累个好歹儿的，不更完了吗？"二小子心里一合计，可也是，就跟着小伙儿来到了里边。嗬！原来这里边儿比外边儿还阔。这时候，他已困得滴溜当郎儿的，到屋里屁股一挨凳子，还没等酒菜摆齐就过二道岭了。

小伙儿看二小子睡得这个香甜劲儿，也不忍心打搅他，就坐在旁边拉等着，看时间差不离儿了，才上前把他扒拉醒。二小子睁眼一看，连说："糟糕！睡过头了！"小伙儿说："没事儿！你快吃点饭儿，一会儿我送你回去，管保赶趟就得了。"二小子这才坐下狼吞虎咽地吃了起来。小伙儿趁二小子吃饭的工夫，拿过一个小匣儿来。那小匣儿半拉绿色、半拉白色。小伙儿指着小匣儿对二小子说："不管来多少人，你们俩站在高处拉开绿色匣盖儿，立马就平地发大水，等把他们都漂起，你再把小匣儿翻过来，拉开白色匣盖儿，把他们都冻住。这时候，你再找一把铁锹把他们的脑袋往下一抢就行了。"此时二小子也吃饱了，跳起来一把夺过小匣儿就往外跑。小伙儿说："老杨二哥，你别忙啊！我要是不送你，别说跑哇，就是飞都赶不上了！"二小子这才停住。随后二人来到了海边儿。这时候两匹马吃饱了，也歇过来了。小伙儿在地上画了个"十"字，让二小子牵两匹马站上去，闭上眼睛，嘱咐二小子在半空中有啥动静儿也不能睁眼看，多咱脚踩实地了再睁眼，那就是到地方了。

二小子牵着马从半空中落下来，还没等睁开眼睛呢，对面儿跑过一个人来，把他撞了个趔趄，好悬没摔倒了。得亏他手快，一反手抓住了那个人，一看正是二丫头。只见她跑得披头散发，张口直喘，又见县太爷一只手撩着大襟儿，一只手指挥衙役，扯着破锣嗓子喊："给我抓住她！谁放跑了她，我要他的狗命！"二小子一看来得早不如来得巧，正是节骨眼儿。他把二丫头抱到马背上，自己上了另外那匹马，掉头就往山上跑。二丫头得空儿就问他这趟去得咋样，他把根本来底一说，二丫头心里有底了。来到山根底下，二小子就要上山，二丫头把他拦住了，说："咱上山了，水淹不着咱。可是老乡们还不都得跟着喝大碗茶？""那咋整啊？"二小子一听她说得有理，可是县太爷他们眼瞅着就要撵上来了，急忙问，"那就这么白让他们把你抢去？"二丫头眼珠一转，说："你跟我来！"她一拉二小子的手就进了那片桦树林子。二丫头净意儿地让县太爷他们追了个首尾相连，让他们眼瞅着自己和二小子大摇大摆地进了一个山洞子。县太爷一看，可乐坏了，领着手下这帮人跟着也进去了。县太爷进到洞里，抬头一看，只见小两口儿肩并肩、手拉手地在大石头上站着呢，听见二丫头好像还在查数儿：一个、两个、三个……又听二小子问："都进来了？"二丫头说："嗯哪。"二小子说："好啦！"说着从怀里掏出个小匣儿，就看他把绿匣盖一抽，立马就平地大水齐腰深。县太爷知道上当了，刚想往外跑水就到脖颈儿了。县太爷他们一个个光留个小脑瓜儿顶，都一口一口地灌大肚子呢。二小子把小匣儿一掉个儿，把白匣盖儿抽开，立刻亮儿地就把他们都冻成冰棍了。

二丫头和二小子从大石头上下来，踩着冰走出洞来。二小子就要找把铁锹，把他们的脑袋都抢下来。二丫头不让，说："杀人不过头点地。反正他们也活不了啦，何必呢？咱们还是上北海给人家送宝贝去吧。好借好还，再借不难。千万别失了信用。"于是，他俩出了林子，找着那两匹马，一直奔往北海。这一去再也没回来。有的说他俩留在龙宫里了,也有的说小两口儿得道成仙了。

也不知过了多少年,风沙尘土把洞口给蒙住了,可是洞里的神冰一丁点儿也没化。人们光知道到了这跟前儿凉得受不了,三伏天铲地让日头晒得直冒油,傍晌午头子都好上这儿来凉快一下。有好信儿的小青年儿东刨刨、西抠抠,想看看到底是咋回事,碰巧抠到了洞门子上,才发现了这个冰洞。消息传开了,大伙儿都来看稀罕儿,就是伏天进去,也冻得直打牙帮骨,真是一座天然冰库。有位游客作诗说:

> 焦德布山有奇观,
> 桦林别具一洞天。
> 冰洞凛冽消暑气,
> 身置龙宫水府间。

讲述者:李子新

整理者:张文彬

茨尔滨莫日根

相传清康熙年间,在小兴安岭脚下茨尔滨河畔,有一位弓马娴熟、骑射十分出众的鄂伦春猎手,人们都叫他茨尔滨莫日根。

茨尔滨莫日根原来叫"依丘干·吉涝姆林",用汉语来说就是"小走马"的意思。因为他生下来时,小腿上长着两撮毛,人们断定他将来一定是一匹好"走马"。后来,他果真体轻似燕、行走如飞,五岁手能拽弓,六岁就能抓鬃上马。在刚刚十岁那年,一次随人出猎,他曾弃马追捕罕达犴,竟能和罕达犴跑得一样快,然后,腾身跃到罕达犴的背上,任凭罕达犴怎样飞沟过坎、穿林越岗,始终没有把他摔下来。

茨尔滨莫日根早在幼年时就父母双亡,是在亲友们的接济、扶养下长大的。他聪明好学,很快就掌握了茨尔滨河畔所有知名猎手们的箭术。有一年,他随部落首领进京贡貂,曾在京师演武场当着皇帝的面操演箭术。他手执祖传的红木宝弓,距靶心百步开外,竟然百发百中,把许多参加操演箭术的将军、骁骑校们惊得目瞪口呆。皇帝对他大为赏识,不仅设宴款待他,还赠给他很多宝贝,什么秀丽的牛皮包扎的雕弓啦、精巧的画鞍啦、令人眼花缭乱的银器啦、五光十色的缎衣啦,各式各样,应有尽有。可是他一件也没相中,只是从中拿起一匹布,带回来分给了同族的老人。人们都说他是恩都力①赐给鄂伦春的猎手。从此,"依丘干·吉涝姆林"的名字再也没人叫了,都叫他茨尔滨莫日根。

就这样,茨尔滨莫日根逐渐以勇敢、善射、漂亮、敬老而驰名,也成为姑娘们心中的英雄、追逐的对象,姑娘们纷纷托老人前来提亲。这可让茨尔滨莫日根伤透了脑筋。是呀,按照鄂伦春人的风俗,儿女的婚事只能由父母说了算,可茨尔滨莫日根没有双亲,那谁能替他做主呢? 他想来想去,发誓要找一个同样骑射出众、聪明能干的姑娘作为妻子。于是,他向那些前来提亲的人表明心迹:"金银绸缎虽然好看,可是好猎手喜欢的却是红木弓箭。哪个姑娘能在一天的时间里射死六只狍子,或者在两天内缝完一件漂亮的'红杠子'②,我就娶她为妻。"

一晃儿三年过去了,一天,茨尔滨莫日根身背红木宝弓,骑着红海骝马,正沿着茨尔滨河畔的雪地跟踪追捕一只被他射伤的罕达犴时,猛然发现雪地上并排放着五只狍子。他连忙下马察看,只见那五只狍子都是前裆中箭,不由得心里暗暗称赞猎人高超的箭术。这时,忽然从山冈背面飘来一阵歌声:

兴安岭再高那依耶,
挡不住天鹅的翅膀。
茨尔滨河水再急那依耶,
隔不断姑娘对情人的思念。
妈妈不要舍不得我那依耶,
姑娘早已长成大人。
爸爸不要阻拦我那依耶,
你的女婿一定会称心。

---

① 恩都力:鄂伦春传说中的天神。
② 红杠子:皮袍子。

　　清脆的歌声引得那调皮的茨尔滨河屏息静听,引得那娇嫩的小白桦林喊喊喳喳地称赞。歌声过后,一个头扎红巾的俊俏姑娘策马下山,飞驰而来,见到茨尔滨莫日根后,勒缰翻身下马,深施一礼,然后用手拍了拍马背上驮着的另一只狍子和六对飞龙,说:"人家都说梅花鹿茸稀少、娇美,依我看姑娘纯洁的心比它还珍贵。茨尔滨莫日根哥哥,我可是一天射中了六只狍子啦。"茨尔滨莫日根红着脸低下了头,可那头扎红巾的俊俏姑娘却笑得像银铃般清脆,那笑声使茨尔滨莫日根的心真比吃了蜂蜜还要甜呢!

　　当茨尔滨河水又卷着浪花奔跑、欢笑,兴安岭又披上红艳艳达子香花的时节,茨尔滨莫日根和那个一天射中六只狍子的姑娘吴妮花成了亲。婚后,两个人情投意合,恩爱无比。清晨,双双骑马出猎;傍晚,两个人的马背上驮着满满的猎物回到仙人柱①,烧好兽肉、煮好肉粥,约来那些无依无靠的孤独老人一起就餐。不久,吴妮花就怀孕了。一看要当爸爸了,茨尔滨莫日根高兴得整天地唱啊,说什么也不准妻子再跟他一起出猎了。吴妮花更是十分体贴丈夫。每天丈夫出猎后,她都早早地在河旁燃起篝火,架上吊锅子,把兽肉烧得十分可口,把肉粥煮得香喷喷的,有时还特意为丈夫烫上一碗酒。然后,她便端坐在仙人柱前,一边熟理兽皮,一边等候丈夫归来。人们都称赞他们夫妻俩像天上的一对鸿雁,相亲相爱,永不分离。

　　就在这一年河边的臭李果熟得又黑又甜的时节,却发生了一件意外的事。这一天,太阳还没落山,吴妮花照例早早地煮上肉粥,然后坐在仙人柱前,一边给未出世的孩子缝制狍头帽,一边等候丈夫归来。她缝呀缝,缝着缝着,眼眶一热,手里的狍头帽一下子变成一个又白又胖、能说会笑的孩子。她亲昵地问孩子:"你为什么生得这么早啊?茨尔滨莫日根还没给你起名字呢!"这时,忽然从仙人柱后面跳出一只黑熊来,伸出毛茸茸的掌从她怀里抢走了孩子。她急忙跳起身来,追上去同黑熊厮打着。茨尔滨莫日根上哪去了?她拼命地呼喊着:"茨尔滨莫日根,快来救孩子!"就在这时,她被推醒了,发现自己躺在丈夫的怀里。茨尔滨莫日根问:"吴妮花,孩子在哪儿?"吴

---

　　① 仙人柱:鄂伦春族过去的简陋房子,也叫"撮罗子"。

妮花这才发觉是在做梦,于是羞涩地向丈夫讲了刚才做的梦。说完,她抬头望着丈夫,以为茨尔滨莫日根一定会笑她心痴。可是,谁知道茨尔滨莫日根的脸上不但没有一丝笑意,反而十分难看,脖子上的青筋一蹦一蹦地跳着。他猛地起身,解下红木宝弓,对准仙人柱前的一棵黑桦树嗖的一箭射去,正中树干,枝叶被震得哗哗直响,几只乌鸦哇哇叫着腾空离去。吴妮花惊奇地望着丈夫一反常态的神色,急忙用桦皮碗盛来热气腾腾、香味扑鼻的肉粥,放在他的手里,温存、关切地问:"茨尔滨莫日根,为什么发这么大的脾气呀?莫非嫌我的肉粥煮得不香?还是……"没等妻子把话说完,茨尔滨莫日根就粗声大气地说:"不,不是。吴妮花,你说咱鄂伦春人在什么情况下才不得已打死黑熊?"吴妮花微笑着反问道:"黑熊不祸害人,咱什么时候打过它?""对,客人登门敬狍头,仇人来了怎能放走他?听部落首领说吃人的'罗刹'又来了,吴妮花,我要到精奇里江找他们报仇去!"茨尔滨莫日根恨恨地说。要问茨尔滨莫日根的心里埋着什么深仇大恨,还得从他的父亲说起。

茨尔滨莫日根的父亲原来在黑龙江北岸的支流精奇里江畔游猎。那里和茨尔滨河畔一样,山峦起伏,树高林密,野兽极多,什么紫貂、银狐啦,什么罕达犴、香鼠啦,多得像天上的星星数也数不清。据说,茨尔滨莫日根的祖上名叫章大罕,有一张用红木头做的宝弓,不论什么凶禽猛兽都能降服,所以他打的野兽多极了,直到肉都发臭了还吃不完。章大罕去世后,那张红木宝弓就成了氏族骄傲的象征,一辈又一辈地传到了茨尔滨莫日根父亲的手里。

一天傍晚,茨尔滨莫日根的父亲出猎归来,打来的野兽还没来得及剥皮,茨尔滨莫日根在摇车里睡得正香呢。这时一群背着火绳枪,身着暗绿色长袍、蓝眼珠、大鼻子、蓬头垢面、满腮大胡子的"客人"来到仙人柱前,说是要做生意,还说要和茨尔滨莫日根的父亲交个朋友。茨尔滨莫日根好客的母亲连忙请这些"客人"进仙人柱里歇息。她按照鄂伦春人的风俗,端来香喷喷的狍头肉和热乎乎的酒,招待这些从未见过的人。席间,这些大胡子"客人"一边狼吞虎咽地吃着狍肉,一边急不可待地探听当地的特产情况,茨尔滨莫日根的父亲都客客气气地告诉了他们。几杯酒过后,"客人"们的举止便放荡起来，不断地用闪着绿光的眼睛贪婪地盯着茨尔滨莫日根的母亲。她怀着不安的心情借故走出了仙人柱，谁知几个"客人"竟然挤眉弄眼地尾随了出去。茨尔滨莫日根善良的父亲没有介意，就在他兴致勃勃地向留在仙人柱里的"客人"们继续讲述当地风土人情的时候，突然，从外面传来妻子尖厉的呼喊声，他急忙转身冲出仙人柱，只见几个"客人"正同妻子争夺一捆貂皮。他强忍住火气，说："喂，尊贵的朋友们，你们这是干什么？要貂皮吗？那可是给额真的贡品。"那些"客人"们却不怀好意地奸笑道："嘿嘿，貂皮、狍肉、猎场、女人，我们都要！这是沙皇的旨意。"说着，就去夺貂皮，并把茨尔滨莫日根的母亲按倒在地上，扯开了她的皮袍子……茨尔滨莫日根的父亲眼里冒着火，正要解弓反抗，"砰"的一声，"客人"从仙人柱里打来一枪，他立刻倒在了血泊中……

不知过了多久，他被茨尔滨莫日根嘶哑的哭声惊醒了，一看妻子不见了，地上只留下那件被撕破了的皮袍子。几天后，茨尔滨莫日根的父亲从附近一个达斡尔朋友的口里得知，这群伪装成"商人"的强盗也窜到了他们那里，拘押人质，抢夺貂皮，砍死男人，将抢去的女人劈份奸淫，强要人们归顺沙皇政府，甚至灭绝人性地吃了人肉。达斡尔朋友骂这些强盗是"罗刹"，意思是吃人的魔鬼。茨尔滨莫日根的父亲为了使茨尔滨莫日根能够活下去，长大后好给自己和他的妈妈报仇，不得不忍住悲愤，拖着被"罗刹"射伤的身体，离开精奇里江，渡过黑龙江，来到了茨尔滨河畔。茨尔滨莫日根父亲的泪水哭干了，眼睛哭瞎了，伤势越来越重，只好把茨尔滨莫日根托付给亲友们照料。不久，他就离开了人世。

深知丈夫心中痛苦的吴妮花，怜惜地望着丈夫，乞求道："我不亲手杀死吃人的魔鬼，不配做你的妻子，咱们一同去！"可是不管她怎样苦苦央求，茨尔滨莫日根都执意不肯。他反复地说："为了我们的后代，说什么也不能同意你去。"吴妮花没有办法，只好转身走进仙人柱，把平日积贮的肉干统统装进大皮囊里，然后走到丈夫面前，深情地说："给你未出世的孩子起个名字吧！"茨尔滨莫日根苦笑着想了想，说："就叫莫痕宝吧。"

第二天，太阳还没爬上山顶时，茨尔滨莫日根就身背红木宝弓，骑上海骟马，匆匆地离开了茨尔滨河畔。

茨尔滨莫日根回到精奇里江畔，一不寻亲、二不访友，终日里骑着海骟马沿河谷奔波。天上成群的飞龙从头上掠过，他目不仰视；地上的银狐、香鼠在马前蹿来蹿去，他不眼热；有时罕达犴近得举弓可射，他手不痒，更不碰箭囊。他一心一意地寻找抢走母亲、杀死父亲的仇人。

雪地是猎人最好的朋友，它可以帮助猎人找到野兽的踪迹。茨尔滨莫日根报仇雪恨的机会终于来到了。在大雪铺地的一天下午，他骑着海骟马从一个荒芜的村寨穿过，看见一个须发斑白的达斡尔老人倒在雪地上，便急忙下马将老人搀扶救起。老人告诉他清早有一群"罗刹"来到这里，将老人毒打了一顿，抢走了老人仅剩的一点儿过冬的粮食。茨尔滨莫日根将自己皮囊里的肉干倒了个一干二净，都送给了老人，然后沿着"罗刹"们留下的踪迹追了上去。

追呀追，太阳出山，月亮离去，海骟马呼哧呼哧地喘着粗气。追呀追，越追山越高、林越密，海骟马终于支持不住了，一头倒在雪地里，闭上了眼睛。连冻带饿之下茨尔滨莫日根只觉得天旋地转，急忙抓了把雪擦擦脸，又徒步追了上去。他走啊走，越走风越紧，雪深过膝，渐渐地连"罗刹"们的踪迹也看不清了。他迷惘地望着漆黑的天空，眼前突然闪现出了火星，一点，两点……那火星越聚越多、越聚越大，最后变成了一个"火堆"……要是能烤烤火该有多美呀！他一边幻想着一边伸开双臂，笑着向"火堆"扑去，一下子摔倒在了雪地上。

茨尔滨莫日根为双亲复仇的事感动了恩都力。恩都力知道他遇险了，马上召集很多神鸟，派它们分别前往茨尔滨河畔给吴妮花报信以及到精奇里江畔协助茨尔滨莫日根打"罗刹"。神鸟奉恩都力的派遣落在茨尔滨莫日根的身上，为他取暖，给他叼来很多肉干，还用翅膀扫清了路上的积雪，一直扫到了"罗刹"们露宿的山谷里。

茨尔滨莫日根在恩都力的照顾下美美地睡了一觉。醒来时，他只觉肚子饿得咕咕直叫，记得肉干全都送给人了，再也没有什么东西可吃了。他正要解弓打点野味来充饥，忽然发现皮囊里鼓鼓的，伸手一掏，嘿，里面全是肉干！于是，他大口大口地吃了起来。吃了恩都力赐给的肉干，他的眼睛亮了，腿也轻松多了。他跑啊跑，快得赛过了罕达犴。不一会儿，他就来到了一个深谷，听到了一阵马嘶。他急忙止步察看，只见悬崖下面的避风处，一群"罗刹"正在为争夺一袋食物而厮打着。于是，他悄悄地绕到悬崖上，藏在一棵大树的后面，解下红木宝弓，居高临下，使出全力射去。"啊！"一个"罗刹"咽喉中箭，号叫着倒下。"罗刹"们被这突然的袭击惊呆了，纷纷趴在地上，惊慌地四处窥视，发现悬崖上大树的背后，仅有一个鄂伦春猎手，正手执宝弓将一枚枚箭矢向他们射来。于是，他们急忙爬起来，端着火枪一齐向茨尔滨莫日根射击，直打得树枝横飞，枯叶纷纷落地。茨尔滨莫日根被迫躲在大树后面，无法还击。

正当"罗刹"们得意忘形地一边放着火枪，一边准备包围茨尔滨莫日根的时候，空中猛然呜呜作响，一阵风雪卷来，直打得"罗刹"们分不清东西南北，一个个被冻得哆哆嗦嗦地畏缩在了一起，只胡乱放着火枪而不敢出击。随着风雪，一个骑着小白马、头扎红巾的鄂伦春女猎手从云中落下，只听得弦响箭鸣，一枚枚带羽毛的箭矢直插在一个个"罗刹"的背上。"罗刹"们被这突然从背后射来的箭矢弄乱了阵脚，慌忙丢下火枪，四下逃窜……枪声骤停，茨尔滨莫日根急忙探身观望，只见对面的山坡上突然出现了一位鄂伦春猎手。多么熟悉的红巾、白马呀！多么熟悉的身影啊！难道是吴妮花？她怎么能够来到这里呢？

原来，茨尔滨莫日根走后，吴妮花整日挂念着丈夫的安危。清早，太阳还没出山，她就起身站在仙人柱前向过路的猎手们打听有无丈夫的消息；夜晚，三星不斜她不睡觉，一直站在高坡向远处张望……一天夜里，她做了一个梦，梦见恩都力乘坐五彩祥云来到了仙人柱上空，告诉她茨尔滨莫日根遇险了，要她前去助战。听说丈夫遇险，吴妮花急忙向恩都力哭诉她不知道该怎样找到丈夫。恩都力没有说话，只是微笑着从手里放出一群神鸟来，落在仙人柱前的雪地上。吴妮花醒来推门一看，果然有一群从未见过的好看的鸟摇头摆尾、叽叽喳喳地向她说着什么。于是，她望着天空中正飘动的五彩云朵扑身便拜，嘴里不停地祷告："恩都力呀恩都力，如果您真有神灵的话，求求您,帮助我快快飞到茨尔滨莫日根的身旁,助他一臂之力吧!"拜完,她急忙整弓备箭,勒马跨鞍,匆匆赶路。说也奇怪,吴妮花骑在小白马身上只觉得耳边一阵风响,睁眼细看,只见小白马竟然像插上了翅膀一样,在神鸟的簇拥下,正飞越山川、河谷……

至于吴妮花为什么能够来到精奇里江畔,茨尔滨莫日根顾不得想那么多,他重执宝弓,一箭一个,不高不低、不偏不倚地都正中"罗刹"们的咽喉。两面夹击使"罗刹"们无力反抗,纷纷跪倒在地,不住地乞求饶命。最后,只有几个"罗刹"侥幸策马而逃。

风雪停了。茨尔滨莫日根为双亲复仇的夙愿终于得偿。夫妻俩呼喊着扑到了一块儿,互叙离别之情。他们望着五彩祥云,拜上了三拜,随后飞身跨鞍,渡过了黑龙江。这时正遇上朝廷的大军在江面上操演阵法,于是夫妻双双从军,随大军开往雅克萨驱赶"罗刹"去了。

讲述者:吴云花　关吉瑞

关春生

整理者:白水夫

达多联亲

从前，有个叫达多的小伙子和一个叫阿拉妲的姑娘同在一个乌力楞里生活。两个人从小就在一起，处得像亲兄妹一样，等到年纪大了，就偷偷地相爱了。两家老人也都看出了点儿眉目，觉得他俩情投意合，也挺般配，就托人说媒定了亲。当两家正准备让他俩成亲的时候，达多却被佐领选中，应召从军了。

达多临走的头一天晚上，和阿拉妲约好在小河边会面。两个情人恋恋不舍地互诉着衷情。

阿拉妲唱道：

> 河边的柳条子长出毛毛狗，
>
> 达多哥哥从军打仗就要走。
>
> 这一去不知哪年哪月回来，
>
> 阿拉妲的眼泪那耶往肚子里流。

达多唱道：

> 天上的云彩随风飘那依斯耶，

> 妹妹的情意我带走那依斯耶。
>
> 这一去三年五载说不准那耶，
>
> 也许会战死疆场葬荒丘那耶。

阿拉姐一听达多唱的歌是那样悲伤，忙用手绢捂住达多的嘴，不让他唱下去，而自己的眼泪却止不住地流了下来。达多从怀里掏出一条白手巾，递给阿拉姐。

达多唱道：

> 满山的杜鹃花有稀又有稠，
>
> 人间的事那耶谁也说不透。
>
> 白手巾若是变黑你别等我，
>
> 再找一个好丈夫陪你到白头。

阿拉姐把白手巾叠好放进怀里，随手掏出一只漂亮的烟荷包送给达多。

阿拉姐唱道：

> 河水能流山不动那耶，
>
> 我的心那耶像石头。
>
> 但愿白手巾不变黑，
>
> 把你藏在我心里头。

达多从军走后，阿拉姐把达多送给自己的白手巾包好，珍藏在撮罗子的梁上。她每天早晨起来，头不梳、脸不洗，做的第一件事，就是把撮罗子外面拴在长绳上的木棍拨向一边，计算着达多走了多少天。

一晃三年过去了，阿拉姐盼哪盼，天天盼人、盼信，可是三年来，达多一没回来过，二也没消息。天长日久，烟熏火燎，白手巾变了颜色，可阿拉姐从没往坏处想过。这一天，她实在想达多想得受不了了，就取下包，打开一看：白手巾真的变黑了。她的心顿时就凉了。她哭着跑向河边，面对河边的景物，泣不成声。

阿拉姐断断续续地唱道：

> 山坡的草青了又黄，
>
> 桦树上的叶子快要掉光。
>
> 盼达多能早日归来，
>
> 哪承想真的战死沙场。

阿拉妲哭着哭着，一头栽倒在了地上。家里的人发现阿拉妲不见了，都毛丫子了，就漫山遍野地四处寻找。最后，她被妹妹在河边的柳树林里发现了。妹妹叫来人，把昏迷不醒的阿拉妲抬回了家。家里的人给她喝生鹿心血，又熬鹿茸汤给她喝。可是，不论吃什么好药都不顶用，阿拉妲还是整日里昏昏沉沉的。

直到有一天，已经卧床不起的阿拉妲正在昏睡中，突然听见一个亲切、熟悉的声音在轻轻地呼唤自己。她使劲地睁开眼睛，发现站在身旁的竟是自己朝思暮想的情人达多。她高兴得想流泪，可是泪水早流干了；她想说话，可是连张嘴的力气都没有了。她打量着达多那熟悉的面孔，微微一笑，然后又昏过去了。

达多在阿拉妲身旁守了三天三夜，直到她闭上眼睛。阿拉妲离开了人世，达多痛苦得一句话也不说，只是拼命地干活。阿拉妲的阿曼眼见达多的小脸一天比一天黄、一天比一天消瘦，十分心疼。一天，他把达多叫到跟前，对达多唱道：

> 达多达多别伤心别忧愁，
>
> 有个道理你要细细品透。
>
> 树叶黄了妞尼嘿①要往南飞，
>
> 河水封冻大马哈还要顶水游。
>
> 虽说是阿拉妲离开了我们，
>
> 可那是奥伦博如坎②把她叫走。
>
> 我把阿拉妲的妹妹许配给你，

---

① 妞尼嘿：大雁。

② 奥伦博如坎：鄂伦春人信奉的北斗七星神。

你千万别再悲伤别再难受。

在老人的成全下,温柔、能干的阿拉妲的妹妹同姐姐的情人联了亲。她处处关心、时时体贴丈夫,两个人的小日子过得也不错。但是,达多没有忘记跟阿拉妲一起生活的往事。

他深情地唱道:

　　　　小河子的水流了一程又一程,
　　　　天上的云彩被风吹得无踪无影。
　　　　达多不是忘恩负义的人,
　　　　走到天边也忘不了阿拉妲的深情。

　　　　　　　　　　讲述者:关吉瑞　孟安臣
　　　　　　　　　　整理者:白水夫

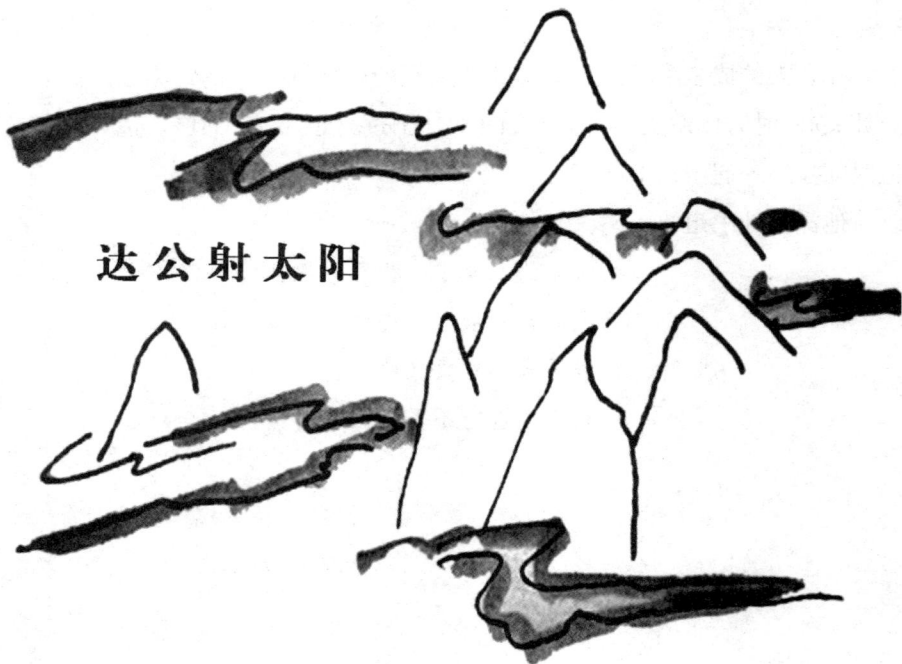

达公射太阳

　　传说,从前天上有十二个太阳。这十二个太阳像十二团大火球,把河水快烤干了,把树叶快烤枯了,把地面快烤裂了。地上什么庄稼都不能生长。人既没粮吃又缺水喝,怎么能活下去呢?

　　这时候,出现了一个为民除害的英雄好汉,名叫达公。他长得膀大腰圆,浑身有的是力气。达公拔下一棵依奇松,做了一张大弓,又拔掉十二棵白桦树,做成了十二支长箭。那箭头削得比锥子还尖。

　　达公把弓箭做好后,吃了一顿饱饭。这一顿饭,他吃了一只虎、三只熊和十二只狍子,还喝了一条小河的水。

　　吃饱喝足后,达公开弓射箭,一箭一个,一连气儿射掉了十一个太阳。那十一团大火球掉在地上,把地砸出了十一个大深坑,地下的水顺着坑滋滋地往上冒。流出坑外的水成了河,没流出去的水就成了大水泡子。

　　达公射掉十一个太阳后,力气就不足了。那么远的目标,要用弓把箭射上去,得费多大力气啊! 达公为了除害,还是拼着命把最后一支箭射了上去,可是劲头太小了,射中了却没扎透。这第十二个太阳在天上左摇右摆,晃荡了半天，就是没有掉下来。时间一长，用白桦树做的箭杆就被烧成白灰飘了下来，变成白茫茫的一片大雾了。

天上只剩下一个太阳，就不那么烤人了。地上又长出了庄稼，人也就有活路了。

哪承想，时隔不久世上出了个秦始皇。他为了修万里长城，几乎把天下所有的男人都抓去了。挖土、抬石头、垒城墙的活儿太多了，男人不够用，秦始皇又抓来女人干这些活儿。他又嫌人们干活的时间太短，一到天黑人们就得睡觉休息，太耽误工，就传下圣旨说："这太阳一出一落，就是一天。你们要好好干活，我一天管你们二十四顿饭。谁要是偷懒不干活，就把他当作石头垒在城墙上。"

传下圣旨后，秦始皇又派人用杆子把太阳给支住了。这一来可就毁了：太阳总是停在一个地方，不管过多长时间，就是不落。时辰不到，秦始皇就不给人们饭吃。没个黑夜，又不准休息，人们就得一个劲儿地干活儿。

打这时候起，修长城的人死得不计其数，都被垒在城墙上了。哪有干活累死的，十个里有五对是被饿死的。

死了那么多的人，又不准往家报信儿，家里的老婆、孩子哪有不挂心的？于是，劳工的家里人就仨一帮、俩一伙地从几千里以外，要着饭来到万里长城看亲人。孟姜女就是这时候来的。她趴在城墙上哭啊哭啊，把没死的人都哭得没心思干活儿了。

人间的灾难被哈刻梯恩都力①知道后，他很气不过，决心打抱不平。于是，就在孟姜女哭得最伤心的时候，他挥起双锤，一锤砸断了秦始皇用来支住太阳的那根杆子，又一锤砸向了万里长城。顿时，一个雷、一个闪，"哗啦"一声，长城倒了一大截。

长城倒了一大截之后，干活儿的人就成帮结伙地往外逃。看墙的大兵奉旨在后面追，刀砍箭射，又杀死了很多人。

在逃难的人群中，有一男一女跑得特别快，没等骑马的大兵追上来，就

---

① 哈刻梯恩都力：传说中的雷神。

跳进一条河里,漂入了大江。不知漂了多长时间,他俩好不容易爬上了一座山头。从此以后,这一男一女就结成夫妻,生儿育女,在山里安家过日子了。

自从哈刻梯恩都力一锤子砸断秦始皇用来支住太阳的那根杆子以后,太阳又像从前那样一升一落了,人间也就又有白天和黑夜了。

讲述者:莫庆云

整理者:白水夫

大马哈鱼的传说

很早以前，罗刹人本不在黑龙江这一带。到了清顺治年间，这些人偶然发现黑龙江这地方是块宝地，地底下埋着金子，地上跑着紫貂，于是就接二连三地往这派兵，没用多久，就把雅克萨给霸占过去了。他们挖沟、垒墙，修了个大兵营。从此以后，他们时常从这里往四处派兵，杀男霸女，什么缺德的事都干。老百姓叫苦连天，不断地禀官上报朝廷。

康熙皇帝即位后，十分体察民情。为了保住大清的国土，安抚民心，他决心赶走罗刹人，收回雅克萨。于是，康熙命令宁古塔副都统萨布素出任黑龙江将军，让他率兵从瑷珲城出发到雅克萨征讨罗刹人。可是，船上装的是要用十二匹马才能拉得动的无敌神威大将军炮，导致船吃水太深，再加上是逆流走，所以一天也走不出多远。这样一来，时间势必就被拖长，等战船行到呼玛尔河时，部队就会断了给养，四千多人就会没有吃的，几百匹马也会没有喂的。这可急坏了萨布素。他一面写了一份奏折，派飞骑马不停蹄地直奔京师，向康熙告急；一面命令部下在河岸上安营扎寨，等待救援的粮草。

康熙接到奏折一看，心里就犯了难。他想：京城离雅克萨至少有六七千里远，用什么办法才能解决这个燃眉之急呢？他思来想去，还是一筹莫展，于是急忙召开御前会议，商量应急之策。可是，满朝的文武大臣都是大眼瞪小眼，谁也想不出个好办法。退朝后，康熙没有回宫睡觉，独自坐在金銮殿上冥思苦想。朦朦胧胧中，他忽然看见玉皇大帝乘着七色祥云行至南天门，对他说："驱除害人之罗刹，乃是为万民解忧、顺乎天理之大事，卿为何不求东海龙王助你一臂之力？"康熙连忙跪拜启奏："玉帝明鉴，臣与东海龙王之间并无通途，何以能将臣的苦衷告诉东海龙王呢？"玉帝笑示："卿居当今真龙天子之位，为万民之首，四海皆知。天与地、地与海之间，皆有神灵可通。卿可于明晨星辰未落之际，在天坛设香案，将黄帕焚而告之。"说罢，玉帝将一条黄帕向康熙掷来，然后拂袖飘然而去。

康熙一觉醒来，耳闻宫外三更鼓响，低头一看，手中果然握有一条黄帕，再看那黄帕上面勾勾画画、圈圈点点，竟是从未见过的字。他将黄帕与梦中之事一联想，知是天意，随即传旨备驾，率文武百官出宫南行，在天坛摆起香案，亲手将黄帕投入了香炉之中。

东海龙王此时正在龙床上打瞌睡，忽然一阵奇香钻入鼻孔，被熏得连打了三个喷嚏。他睁眼一看，见床前正跪一龙女，手擎黄帕，口称："当今天子给大王投书，请大王过目。"东海龙王接过黄帕匆匆一阅，方知是玉帝降旨。于是，他一边捋着长须，一边传令虾兵蟹将，命他们速将宫前一棵由玉帝降旨定罪的大马哈精变成的大马哈树砍倒，削成几百万块木片，盖上龙府大印，即刻发往雅克萨。

说来也奇怪，那些木片被盖上龙府大印之后，立时都变成了一条条活蹦乱跳的肚皮上带有红色道道的大马哈鱼了。这些鱼在手拿兵器的虾兵蟹将的催促下，一队接着一队地进入黑龙江，不吃不喝，昼夜兼程，一刻也不歇息地游向呼玛尔河。等游到呼玛尔河口时，一个个累得筋疲力尽，实在游不动了，就一个接一个地跳到岸上歇气。正好被在这里安营扎寨、等待粮草的清兵看见了，于是人吃马喂的都有了。不久，清兵就在雅克萨打了一场胜仗。

从此,人们发现大马哈鱼的肉虽说瓷实得像木片儿,可是没有腥味儿,而且一年四季中还有不同的风味儿,于是,就流传下来"春吃头,冬吃尾,夏秋之时子味美"的美传了。

讲述者:何珍录

整理者:白水夫

德老板子拉脚

听说，过去五大连池里的鱼也算挺全科，可就缺鲤子和鳌花。那么，现在这两种鱼是打哪儿来的呢？

山有脉，水有源，这瞎话儿咱们先打头儿上说。

在早，德都还没几户人家，也就是十几户的小屯子。屯子里有个赶车的达斡尔人，姓德，大伙儿就都管他叫德老板子。他赶着一挂四套马的大车，专给老客儿们拉脚。这一年，也不知抽哪股子邪风，愣是一个雇车的也没有。一连好几个月，人嚼马喂的，德老板子坐吃山空，把往年积攒的几个拉脚钱都填进去了，眼瞅着再不开张就没着落了。

都说"车到山前必有路"，"老天爷饿不死瞎家雀儿"，备不住有点儿道理。就在德老板子眼瞅着揭不开锅的节骨眼儿上，忽然来了个老客儿。这人细高挑儿，三十来岁，长得细眉大眼，脸上黑黢黢的。德老板子问他雇车上哪儿，他说回关里家接俩人儿。两人当时就讲好了车脚钱。然后，德老板子套好车，带上行槽、草料口袋和水筲，拉着老客儿就上路了。

德老板子一边往前赶着牲口，一边顺口搭言地问老客儿："还没问大兄弟贵姓呢。"老客儿话语不多,说话倒也干脆:"免贵姓李。"德老板子又问:"在哪儿发财呀?"老客儿说:"就在北边拉,五大连池。"德老板子长这么大,还没听说五大连池有人家呢。那地场前几年地动,平地硬拱出两座山来。有人就说五大连池四周都是山。这些山在地下埋着呢,不知啥时候就会钻出来,因此人们被吓得都不敢去。这些年时兴跑马占荒,但也没人上那儿去。德老板子心里想着,嘴里就说出来了:"那边也没人家啊?"老客儿反问:"你到过?"德老板子拨楞拨楞脑袋。老客儿说:"这不结了。我现在也不跟你犟,等回来时,你到那儿一看就知道了。"德老板子还是半信半疑,但也不好往下唠了,便换了个话题:"听口音你好像不是当地人,老家在哪儿?"老客儿说:"山东登州。"德老板子说:"正在海边儿上,可是个好地方!"老客儿点点头,没吱声儿。德老板子闲不住,又问:"这是回去接谁呀?"老客儿说:"接俩亲戚。"德老板子本意是问接妈还是接老婆,可人家一说是俩亲戚就不好再往下问了。

于是,他俩走开了闷路儿。德老板子不时甩个响鞭儿,再有就是马蹄子、车轱辘的动静儿。两人一路上天亮起身,黑了住店。姓李的老客儿不吱声不言语的,花钱可是挺大方,住得挺讲究,吃得也不赖。就这样,两人一直走了一个多月才到了东海边儿上,再往前就是天连水、水连天的东海了。德老板子问:"大兄弟,这车还往哪儿赶呢?"老客儿说:"一直往前赶呗。"德老板子一听,心想:这不是想买我这条命吗?于是,赌气地把大鞭往车上一摔,说:"你赶吧,我可赶不了!"

老客儿微微一笑,也没客气,抄起大鞭啪地打了个响鞭儿,就见四匹马耳朵一支棱,眼睛一瞪,鬃毛和尾巴一挓挲,四蹄蹬开就往水里蹽。德老板子被吓得两眼一闭,心想:完了,我这是大老远地赶来给鱼送嚼谷儿来了!

德老板子夏天也常在小河沟儿里洗澡,这时他老早儿就憋足了一口气。过了一会儿,他实在憋不住了,想换口气,用手一摸,发现嘴边上没水,可是耳边却能听见哗哗的水响。于是,他把眼睛欠条缝儿一看,就见海水自动让道,像两堵墙似的往两边分,车一过去就又合上了。姓李的老客儿拖着大鞭也在看德老板子,脸上那意思好像说:"咋样?挺大个人就那么点儿个小胆儿！看刚才把你吓的,没尿裤子啊?"德老板子臊得脸上一白一红的,心里纳闷儿:这老小子准不是人！那么他是谁呢？德老板子想着想着,忽拉一下子想起来了:是不是五大连池里的秃尾巴老李呀？他正好姓李,准没错儿！

这下子还真让德老板子蒙对了。这个姓李的老客儿正是秃尾巴老李。他前几年打败了小白龙,搬进了腰池子,重修了水晶宫。之后,他看那些帮自己打跑小白龙的老百姓日子过得太苦了,就想帮他们点儿忙。秃尾巴老李是条黑龙,除了雨水归他管,别的也帮不上啥忙。他只能涝天少下点,旱天多下点。这雨下不下,他说了不算,还有玉皇大帝呢。就这么的,大伙儿都挺感激他,有事都好找他合计合计。

今年年成不好,从春起就来了个掐脖儿旱,但这可不是秃尾巴老李看大伙儿笑话不帮忙。其实,他都急红眼了,可玉皇大帝不让下,他有啥辙？他不敢违抗天命私自下雨,只好想别的招儿。五大连池是他管辖的地方,他只好让大伙儿打鱼去卖。近几年,从关里来的住户越来越多,这些人都愿意吃鲤子、鳌花。人家还有一套嗑呢,说"鲇鱼头,鲤鱼尾,鳌花身子重唇嘴"最香。可是这些鱼五大连池没有,于是,秃尾巴老李就雇车上东海求助来了。

德老板子知道秃尾巴老李挺仁义,从来不祸害人,心里就落底儿了。这时候,车顺着溜光的大道来到了一片青堂瓦舍的大院门前。"吁!"秃尾巴老李带住牲口,把大鞭扔给德老板子,跳下车就往门口走。巡海夜叉报了进去。过了不大工夫,东海龙王迎了出来,把秃尾巴老李接到了客厅。虾兵蟹将帮德老板子卸车、喂牲口、安排下处。

秃尾巴老李跟东海龙王说明了来意。东海龙王点头答应,留他住了几天。秃尾巴老李心里有事,像被火燎屁股似的待不住,吃不下也睡不好。东海龙王看他实在不愿意待,只好让他们往回走。临走那天,东海龙王让手下先扛来四个大行李卷儿,然后又让四个大闺女上了车。德老板子把她们挨个儿仔细地打量了一遍,觉着也没啥出奇的地方。这里头有一个姑娘漂亮,穿着青小褂、红裙子,那是真好看。剩下那仨,一个挺着大肚子,一个是小眼睛大嘴儿,最后那个长着挺厚个嘴唇子,还往外翻翻着。德老板子也不知她们都是秃尾巴老李的什么人,接她们去干啥,当面儿还不好细打听,便只好套上牲口，把车赶出了东海，上了大路往回走。

一路上，住店、打尖还都是秃尾巴老李张罗。他俩去的时候坐的是空车，走了一个多月；回来时是重载，就慢多了。大伙儿小大溜儿地走了两个来月，才到德都。德老板子回家看了看，好好地睡了一宿消停觉儿。第二天，吃完早饭，套好车，一直往北走。出了德都，就见一片荒草，也没个道儿，德老板子抱着大鞭直挠脑袋。挠头事难办，这是有数儿的。秃尾巴老李一看就明白了，便从德老板子手里接过大鞭，自个儿赶开了。就见那一人多高的青草，也像海水似的往两边分，让出了一条大道来。四匹马拉着车一溜小跑，不到晌午就赶到五大连池了。大伙儿坐车上了石龙，离老远就能看见那五个白亮亮的大水池子。这时，秃尾巴老李把大鞭交给德老板子，说：“这回该你的了，一直往前赶，奔当间儿那个最大的池子。”

德老板子点头答应。这回他心里有底了，到了池子沿儿上连奔儿都没打就一直赶进去了。

这里的龙宫虽说没有东海的规模大，可是比东海的可新多了，看样子是刚修不久的。车到了大门口，不少人出来迎接，七手八脚地把车给卸了。有几个女的把四个大闺女都接到后边儿去了。秃尾巴老李过来拍拍德老板子的肩膀，说：“大哥，这回可多亏你了！你在我这儿多住几天，歇歇乏儿。等歇过来了，我领你到沿儿上看看山景儿，好好玩玩。”说完，叫过一个手下来，命其好好招待，领德老板子下去歇歇。

德老板子在秃尾巴老李的龙宫一连住了十来天，吃得比在东海龙宫还好，净是他长这么大都没听说过的新鲜物儿。他待够了想家，就打算走。这时，秃尾巴老李像知道他心思似的就来了，递给他一小口袋豆子，说：“你回去把这点东西卖了，就算是我给你的车脚钱。”德老板子接过来一掂量，觉得分量不轻，也不知是啥豆子。他寻思既然是秃尾巴老李给的，准没错儿，一定是稀罕玩意儿，便跟秃尾巴老李客套了几句，然后赶快出来了。

德老板子出来后，回头一看，还是原来白亮亮的那五个大水池子。这时，他见池子沿儿上像唱戏似的热闹，不少人赶车往这儿来。德老板子一抬头，正好碰上跟自个儿在一块堆儿拉过脚的老刘，便问：“老刘大哥，你们这是干啥呀?"老刘反问:"你也来拉鱼了?"德老板子不知咋回事儿,又问:"拉鱼?拉啥鱼呀?"老刘告诉他,秃尾巴老李新近从东海运来了鲤子、鳌花、鲇鱼、重唇鱼,让大伙儿把鱼拉到市上卖了,好买粮食、布匹准备猫冬儿。德老板子他这才明白,原来那四个不起眼儿的大闺女,就是这四种鱼。

他四外撒摸撒摸,一看连个鱼影儿也没有,就想看看他们咋个拉法儿。德老板子正琢磨着,冷丁地听有人喊:"来鱼喽!"就见池水像开锅似的直翻花,鱼从池子里像下雨似的往外飞,不大一会儿就把池子沿儿飞满了。德老板子也跟着拉了一车新鲜鱼。那些鱼好像还认识他,冲他直点头。

德老板子到市上把鱼卖了,留了几条大的想给老婆、孩子吃一顿,解解馋。他回到家,打开小口袋一看,原来是一袋子金豆子!德老板子一下子就发了,便置房子置地,再也不赶车了。他的后人们都念书、习武。听说他的老儿子后来打仗立了功,升到了将军,就是有名的德将军。

讲述者:孙万金

整理者:张文彬

地河

过了羊鼻子山,有个龙爪沟屯。清光绪以前,那里还没几户人家,只因有一年"出龙"了,慢慢地人烟才多了起来。

传说,有一年五月,大河涨水,庄稼眼看就要让河水给吞了。

庄稼就是老百姓的命啊!

荀天都老汉有心劲儿、要强,住在这么个十年七涝的蛤蟆塘,愣把自己逼出了不少看天识地的本事。有一回,他跟儿子说:"你去城里买本皇历。我攒,你攒,辈辈攒,记下它风雨阴晴、天挪地迁,攒它个千八百本。嗨,那还有不变成天书的!"老汉的儿子跟旁人说:"我爹净说玄乎话!"

大水涨到第四天晚上,漫了套子外边的条通,冲走了小秧苗,还是不见消。全村人都到坡上的窝棚里蹲宿儿。半夜,大伙儿都睡着了,可荀天都老汉说啥也睡不下,坐起、躺下,躺下又坐起,眼睛直盯着窝棚口外的大河。

这夜很黑。突然,远处传来了闷雷声,接着狂风骤起,下起了瓢泼大雨。刺眼的闪电,像要把天空猛然撕成两半似的;一声声霹雳,好像把人的魂都要摄去了。荀天都老汉就觉着头顶是雷,眼前是雷,耳边更是雷,一个接一个。就在这时，只见一条黑鳞闪闪的火龙抖动眉须，怒目圆睁，翕动着鼻孔，冲破浓云墨雾，自天而下，用钢钩似的利爪，狠狠地冲西猛抓一把，然后甩一下尾巴，旋了个身儿，跃上大河。接着，河上升起一个黑色水柱，紧跟着整个河槽里的水，"哗"的一声涌向黑龙刚刚抓出的四条大沟。由于水流太急，所以把河槽冲得越来越宽。这下庄稼和人口，全得救了。从那时起，这地方就被叫成了"龙爪沟"。

荀天都老汉领儿子记下了这笔账，想摸摸老天的脾气秉性。

有一个二八月庄稼人，放起谣言来了。他说龙爪沟的鱼多，有天后半夜，自个儿去取挂网，可是摘头片网时没啥，摘二片网时还没啥。他寻思：咋回事儿呢？于是就使劲拉，只听沟里边呜呜直响，见有个好大的黑东西漂在水皮上。这下吓得他往后再也不敢去了。

荀天都老汉不在乎这个。他领着儿子，摆着划子，指着前边一个回水窝子说："我总没探过龙爪沟的底儿。连扔根鹅毛都能沉下去，真怪呀！"说着，他边用千尺绳往下试边告诉儿子："记着，天外有天，水下有水，怕是不太深就有地河！说不定，那晚上的黑龙爷就卧在里边哩！"老汉的儿子听说水那么深，心里发惧了。荀天都老汉却拿起桨，顺着沟口朝里划，过了一段礁石砬子，钻进了一个黑乎乎的洞。洞里边传出呜呜的响声，往外直冒寒气，让人觉着瘆得慌。若依儿子的心意早就返回去了，可是荀天都老汉非要打破砂锅问到底。

两人正走着，就觉得一阵天昏地暗，星月无光，冰盘大的雹子劈头盖脸地直朝下砸。这时，一阵黑雾冲天而起。接着，就听"咕嘟"一声巨响，涌出一股黑水。那黑水涌得一声响似一声，一股大似一股，好像里边有个什么怪物往外喷吐一样。荀天都老汉稳坐船头，不动声色地把一个个神奇景象都记在心底，还跟自个儿说："备不住，这还就是地河呢！"

这还真不假，荀天都老汉真进了谁都没到过的地河。据说，旱沿上有啥，地河里也有啥，那里总是四季常春，野花遍地。从龙爪沟到五大连池，地下是直通着的，这都是当年黑龙爷的功劳。因此有民谣说：

　　　　黑龙江，黑龙江，

五大连池卧龙王。

黑土生,黑水养,

秃尾巴老李保四方。

整理者:夏千钧

囤鱼筐

很早以前，五大连池三池子北沿住着个姓张的老头，人送外号"老渔翁"。他的老伴为人忠厚、老实，待人和气、可亲。老两口子每天除了下池子打鱼以外，还在房后开了一块菜地，种了些茄子、辣椒、黄瓜、豆角。他俩勤勤恳恳，小日子过得倒挺红火。

这年夏天，雨水调和，加上老两口子手脚勤快，小菜地给侍弄得一干二净，连根草刺儿都没有，秧苗长得那个快。

一天，老两口子挎筐上菜地摘豆角，结果到地里一看，两人都愣住了。原来刚刚鼓豆的豆角全没了，只剩下一些稀嫩的小豆角纽儿了。老两口子你瞅我、我看你，心里直纳闷儿，也没说啥，鸟悄地挎筐就回去了。

过了几天，老两口子打鱼回来，又到菜地去摘菜，发现豆角不知又让谁给摘光了。

回到家，老两口子心里都犯疑。老太太说："这地方再没有别的住家的呀，豆角能让谁摘去了呢？"

老头儿说："是啊，谁摘的呢？今儿晚上咱们看着点儿，看看到底是谁摘的。"

到了晚上,两个人换班蹲到后墙旮旯,暗地里瞪大两眼看着,可是一直看了两宿,也没见有人来摘豆角。第三天晚上,到了半夜,老头儿叫老太太回屋暖和暖和,他一个人在这顶着。老太太进屋后,刚过了一袋烟的工夫,猛地闪过一道光,老头儿见池水往两边一分,当间儿闪出一条明晃晃的大道来,紧接着顺着大道走出两个黑乎乎的东西。因为是月黑头,老头儿看不太清楚,便憋住气,又往下蹲了蹲,用眼睛紧紧盯住那两个黑影。这时,黑影越来越近,老头儿用手揉揉老花眼,细细一看,原来是两个人:一个是老太太,一个是大姑娘。姑娘还挎个筐。两人直奔老头儿的菜地走了过来。老头儿心想:她俩是从水里上来的,不用说,除了鱼精就是水怪。于是,他一动不动地看着,想弄清楚到底是怎么回事。

只见那老太太和姑娘走进豆角地,动手就摘起豆角来了。老头儿一瞧,心想:噢,原来豆角都叫你们给摘去了!我得上去问问。又一寻思:不行!万一她们是鱼精、水怪呢?再说,她们是妇道人家,若是被惊吓着,我该多落埋怨呢。正在这时,那老太太说话了:"丫头,老渔翁好不容易种点儿豆角,自个儿还没舍得吃呢,咱都给摘走三回了。这个情,可怎么谢人家呀?再说了,他们要是知道了,准得生咱的气。"

姑娘说:"我爹不是说了嘛,他们老两口子都是热肠子人。明天我去串个门儿,表表心,他们就不能生咱的气啦。"

姑娘说完,两人顺着那条明晃晃的大道又回去了。老头儿觉着眼前一闪,池水跟着她们的脚步就合拢了。老头儿急忙回到屋里,跟老太太说:"老家伙,你麻溜儿预备预备吧,明儿个咱家要来客啦!"

老太太说:"你这个老糊涂!咱一没亲、二没故,哪来的客呀?"

老头儿就把刚才看到的情景,一五一十地对老太太说了一遍。两个人都感到又新奇又欢喜。

第二天晌午,果真来了个水灵灵的大姑娘,一身青衣素裙,手里还拎个小鱼筐。老两口子大老远地就带着笑脸迎了出来。姑娘一见,就问:"这是老张家吗?"

老太太忙不迭地回答:"是啊,是啊! 你打哪来呀?"

姑娘喜滋滋地说:"上你家串个门儿。"

老太太连说:"那敢情好啦,下帖子请都请不来呀! 快进屋里坐!"

姑娘一进屋,老两口子脱鞋的脱鞋、倒水的倒水,把姑娘让到了炕上。老头儿见这姑娘说话和气,举止稳重,也就放下心来了。老太太上下打量姑娘,见她长着一双水汪汪的大眼睛,小脸蛋长得粉嘟儿的白,可真俊啊! 姑娘见老太太这样看自个儿,扭头扑哧笑了,接着又臊得满脸通红,连忙低下了头。

老太太说:"姑娘啊,光顾说话了,我都忘问你姓啥、家在哪住了!"

姑娘说:"老人家,实不相瞒,咱们是近邻,我家就住在三池子。我姓李,排行老三,就管我叫'龙三姐'吧。"

老头儿一听,哈哈大笑,忙抢过话头,说:"知道,知道! 你爹就是大黑龙,人送外号'秃尾巴老李'。他可是好龙王! 见义勇为,和穷苦老百姓是一个心眼儿!"

姑娘说:"大爷、大娘,真对不住你们! 二老费劲巴力地种点儿豆角,还没舍得吃,就都让我们给摘了。前几天,我爹病了,饭水不进,单想吃挂着露水珠的鲜豆角。我和我妈连着摘了三回,两位老人家一不吵、二不骂,真可以呀! 如今我爹的病也好了,我们得怎么谢两位老人家呀!"

老头儿说:"姑娘啊,家出地产的算啥呀! 你爹为本地黎民百姓做的好事,三天三夜也说不尽! 别说他吃点儿豆角,就是想吃灵芝草,乡亲们也能给淘登去呀!"

姑娘说:"我今天来串门儿,没啥拿的,我爹叫我给二老送件礼物。"说着,姑娘把小鱼筐递了过去。老两口子高兴地接过来,顺手挂在了顶棚上的柳条钩上。姑娘起身要走,老两口子横拦竖挡地不让,非留她吃饭不可。姑娘一看两个老人也是实留,就没见外,欢天喜地地待下了。

吃过饭,姑娘不让二老下地,她亲自动手收拾桌子、刷碗,真是干净、利索又沙愣。

老头儿对老太太悄声念叨:"这姑娘多会来事儿,打灯笼也找不着啊!

要是有这么个姑娘该多好!"

老太太说:"咱们哪有那么大的福分哟! 我这一辈子没开怀儿,啥男孩、女孩,一孩也不孩呀。"

姑娘一听,止不住地抿嘴乐了,说:"二老如不嫌弃,我愿做个干闺女。"说完,跪到地上就磕头,连叫了三声"爹"和"妈"。这下把老两口子给乐得也不知说什么好了。三个人亲亲热热地上炕,又唠了半天家常嗑儿。

到了半夜,姑娘怕家里惦念,说要回去。只见池水一闪,龙三姐就不见了。

送完龙三姐,老两口子回到屋里,就不用说有多高兴了。老头儿回手摘下小鱼筐,在油灯下翻来覆去地看着。就见筐里装了一些小鱼,有鲤子、鲫瓜子、鳌花,凡是五大连池里有的,样样都有。老头儿伸手拿出一条小鲤子,送到灯下一看,只见它鼓腮摇尾地还活着呢! 小鲤子一扑棱掉到地上,立时成了一条活蹦乱跳、金翅金鳞的大鲤鱼! 老两口子才知道,这原来是一个宝筐! 两人真是喜出望外,高兴得一宿没合眼。

第二天,老两口子逢人便告,见人就说。老渔翁得宝筐的事儿,一传俩、俩传仨,不到几日,就传遍了十里八村、方圆百里。人们都知道老渔翁得宝了,还认了秃尾巴老李的三闺女做干姑娘,于是都来道喜。

从此以后,穷苦的渔民好天时下池子撒网捕鱼,遇有狂风暴雨不能出船时,就到老渔翁家里去取鱼。

自从秃尾巴老李留下了囤鱼筐,五大连池的渔民们就过上了无忧无虑的好日子。

讲述者:吕福

整理者:徐进

鄂伦春人祭祀的由来

　　过去，每年春天小草泛青的时候，人们都要走出撮罗子去祭祀山神，求山神保佑自己一年当中有吃有穿、太太平平的。那么，这个祭祀是怎么才有的呢？

　　传说在很久很久以前，有一个打鱼的鄂伦春老头儿，家中有个漂亮的姑娘。这一天是姑娘的生日，整个乌力楞的人都要来道喜。于是，老头儿一大早就起来去溜鱼亮子，心里盘算着：今天我的亮子里若是有满满登登的鱼该多好啊！这样全乌力楞的人就都能饱饱地吃一顿了。老头儿走着、想着，想着、走着，不知不觉地就来到了河边。他抬眼望去，只见满亮子里发着白光。老头儿三步并作两步直奔亮子跑去，到了跟前儿一看，却只有一个五色斑斓的小木盒，一条鱼也没有。老头儿的高兴劲儿顿时就没了。他呆呆地望着亮子里的小木盒，心里很不是滋味儿，但转念一想：给我的宝贝姑娘送个漂亮的小木盒也行啊！于是，老头儿抱起小木盒就急急忙忙地回家去了。

　　见老头儿回来了，他的宝贝姑娘跑出撮罗子，高兴得一个劲儿地喊着"爸爸"。老头儿把小木盒送给姑娘，说："这是爸爸送给你的。"姑娘接过爸爸赠送的礼物,当着来贺喜的人的面儿打开一看,原来里面是一些用木头刻的小人儿和画着龙、虎、蛇、鸟的桦皮。大伙儿看了之后,谁也不知这是干啥用的,有的人就说:"快把这些东西扔了吧,只留下盒子就行了。"老头儿就把那些东西一件一件地全扔了,就给姑娘留下了那个小木盒。

没承想,过了几天老头儿的宝贝姑娘突然病了,把家里的人都给急坏了。老头儿就想:我姑娘的病会不会和那些扔出去的东西有关呢?于是,老头儿赶紧把扔出去的木头人和画着蛇、鸟、龙、虎的桦皮都捡了回来,放在小木盒里摆好,然后供上山鸡、狍头等食物。把这一切弄好之后,姑娘的病果然就好了。老头儿高兴极了,便和女儿商量,以后每年一到春天,就打开小木盒,把木头人和桦皮画像拿出来,好酒好肉地祭祀它们。还别说,打这儿以后,老头和他的姑娘再也没得什么病。

就这样,鄂伦春人祭祀山神的传统从此就传下来了。

讲述者:车景珍

整理者:张玉环

二龙眼

药泉山上有座庙，叫钟灵寺。庙里种了二百来垧地，光和尚就有好几十个，再加上伙计、劳金，足有四五十口子人，伙夫就用了两三个。这地场哪样都好，就是吃水太艰难。别看到处是泉眼，泉水还能治各种各样的病，可就是不能做饭吃。用药泉水做出的饭像黑狗屎似的，人看着就恶心，不用说吃了。因此，庙上和跟前儿住户吃水，都得上二三里地以外的南小河子去挑。有的家里人口少，挑一挑子够吃一天了，省着点儿够用两天。但是，庙上就不行了。人一多吃水就费，再加上洗洗涮涮、煮料、饮牲口伍的，每天没有二三十挑子水是不够的。话说挑着挺沉的两桶水，还要走石龙、走山道，一个来回得有四五里地，又费鞋又累得慌，因此谁也不乐意干这活儿。伙夫一个个都被累得挠岗子了！新雇的人都先问挑不挑水，一听说挑水，扭头就走，给多少钱不干。这可把监寺和尚难坏了：好几十张嘴等着吃饭哪！他一琢磨，还是得到山下雇几个人来，要不然真就得炒苞米花儿吃了。他刚一出门儿，就见门外蹲着俩要饭的小嘎儿。

这小哥俩儿姓于，是对儿双棒儿，大的叫成龙，小的叫化龙。他们的爹妈都在逃荒的路上饿死了,光剩下小哥俩儿没着没落儿的,成天饥一顿、饱一顿地要饭吃。那年头儿,这饭实在难要。听说庙里指佛穿衣、赖佛吃饭,小哥俩儿一合计,就奔钟灵寺出家来了,赶巧碰上了监寺和尚。听他俩一哀告,监寺寻思:我正愁没人挑水呢,就算去雇也怕没人干。这俩小叫花子没家没业的,要是把他俩收留下来,光剩饭就够他们吃了,还省着我费劲巴力地花钱雇人挑水了。于是,他回到庙里跟老方丈一商量,都觉得挺合算,就把小哥俩儿留到庙里了。监寺和尚告诉他俩,别的啥也不用他们干,光供应庙上吃水就行。

小哥俩儿乍一听还真挺乐:好歹算是有地方吃饭了,用不着再去跑大门儿了。等一让他们挑水,小哥俩儿傻眼了。那年头还没有薄铁桶呢,使的都是柏木筲,又大又沉。挑一趟水,来回就是四五里地,这要是挑上二三十趟还不得要了他俩的小命?他俩虽说十二三了,可从小没吃过一顿饱饭,长得个小不说,还黄皮拉瘦儿的。他俩实在没招儿了,就得两人抬一桶。这样一来,小哥俩儿一天得跑百十来里地,到傍黑前儿,两人肩膀头子肿得跟发面馒头似的,脚丫子让石龙硌得直淌血,浑身骨头都快散架子了。等小哥俩儿走到东南山根儿底下时,脚像生了根,说啥也迈不动了,坐到地上像两摊泥似的。成龙搂着化龙呜呜地哭了起来。他俩也实在是累乏了,就这么哭着睡了。

到了半夜前儿,小风嗖嗖地穿过他们身上的破衣裳,像用锥子扎到肉上似的把哥俩儿给冻醒了。黑夜又冷又静。化龙扎到哥哥的怀里,连大气儿也不敢出。谁知越害怕还越有动静,就像净意儿吓唬他似的。突然,不知从哪传来了咚咚的响声,而且响声一会儿比一会儿大。化龙对成龙说:"哥,你听,庙里打鼓啦。咱回去吃下晚儿饭吧,我饿了。"

那时候,庙上的山门里都修着钟鼓二楼,早晨敲钟,晚上打鼓,因此叫"晨钟暮鼓"。和尚们听着钟鼓声拜佛、念经。成龙抬头看了看,都三星晌午了,便说:"傻兄弟,都过半夜了,老和尚早都睡了。咱们回去也没饭吃了,等亮天再说吧。"

"不对!你听,是打鼓呢。"化龙说。

其实,成龙早就听着了。不过,那响声可不是从庙里传出来的,好像是从他们身底下。于是,小哥俩儿趴在山坡上,把耳朵贴到地皮儿上——听大人说,这样能听出挺老远去——就听地底下咚咚地直响,跟打鼓二样不差。

化龙小声地说:"哥,咱快跑吧!"

"跑啥呀?"成龙问。

化龙说:"我害怕!"

"庙门早都关上了,往哪儿跑啊?"成龙又问。

化龙反问:"要是出来个妖精把咱俩给叼去了呢?"

"有哥哥在这儿。好兄弟,别怕!"成龙说。

小哥俩儿挤在一块堆儿,互相搂得更紧了。天一亮,响声就没有了。

第二天,小哥俩儿照样咬牙抬水,可心里老惦记着是个事儿。天一黑,他俩又来到东南山根底下了,今天的响声比昨天还大。等到第三天晚上,那动静就更大了。他俩心里有事儿,睡不着,就小声地唠了起来。

成龙问:"兄弟,你猜这里边儿是啥响?"

化龙说:"鼓响呗。你说啥响?"

成龙说:"准是金马驹儿在里边跑槽呢。"

化龙说:"金马驹儿? 爸爸活着时说过,那可是宝贝呀!"

成龙说:"要是有个金马驹儿,咱们哥俩儿就抖起来啦!"

化龙说:"哎! 哥,咱俩不会找两把镐把它刨出来吗?"

成龙说:"刨出来,还不得让别人抢去呀! 咱们两个小孩伢子,还能保住金马驹儿?"

化龙说:"咱们骑上它,远走高飞,再也不在这儿遭这份大罪了!"

成龙问:"刨出来要不是金马驹儿是妖精,咋整?"

"妖精就妖精呗。"化龙也没寻思,接着说,"我算是看好了,让妖精给呛了,也比让水筲压死痛快!"

成龙说:"对! 上坟的小羊羔儿——豁出去了。是金马驹儿,咱们就蹽杆子;是妖精,咱就把它捅死,省着祸害别人。"

小哥俩儿商量妥了,也不害怕了。到了第四天晚上,他俩吃得饱饱儿的，找来两把镐头、一把铁锨，成龙吭哧吭哧地刨，化龙往外铲土。化龙看哥哥累得不行了，就拎起镐来也帮着刨。他俩累得满头大汗，两手都磨出了大泡。一直干到东方发白，眼看又到抬水的时候了，小哥俩儿也累得实在拿不成个儿了，就想留着明天接着刨，可又怕被老和尚看着追问，来抢金马驹儿。他俩一着急，来了股急劲，这镐头刨下去可真煞碴。就听"咔嚓"一声，冷丁地像打了个沉雷似的，小哥俩儿的镐头被崩起老高。接着"咕嘟"一声，从刨开的窟窿里蹿出两股儿清清亮亮的泉水来。这泉水好像两条银龙一般迎着日头飞下山去，哗哗地在地上淌，不大一会儿就冲出一条小河来。小哥俩儿都傻眼了，过了老半天才回过神来。成龙猫腰捧了一捧水，给兄弟润润干裂的嘴唇儿。化龙喝了后，直吵吵："甜哪！好甜！"

成龙自个儿也一尝：可不是咋的，这水甜丝丝、凉哇哇的。他俩用泉水洗了把脸，觉着头清眼亮，分外精神。

打那以后，庙上和屯子里的住户再也不用上南小河子挑水吃了。每天傍黑儿，大伙儿干完一天的活儿，从这两股飞泉底下路过时，都要蹬着石头，洗几把脸、喝几口水。那可真是又解乏儿又凉快。有一天晚上，大伙儿听泉眼那儿叮叮当当地响了一宿，都不知咋回事儿。第二天早晨，有人去挑水，看见成龙、化龙刨出来的那块石头，不知被谁随方就圆地刻成了两个龙脑袋，虽说刻得有点粗拉，可是挺像。

大伙儿想起了刨泉子的两个小和尚，就给两个泉眼起名叫二龙眼。这泉水还专治暴发火眼呢！有人编了一套嗑儿：

南泉子睡觉（指治神经系统的病），
北泉子尿尿（指治泌尿系统的病）。
二龙眼更妙（指治眼科疾病），
赛过眼光娘娘的灵丹妙药。

讲述者：姜绍泉
整理者：张文彬

翻花泉的故事

药泉山下东北角平地上有一个泉子，叫翻花泉。传说这泉子是后出的，原先这里曾是一片大森林，有松树、杨树、桦树和柞树，都长得又高又密。

那么，这泉子究竟是怎么出的呢？

药泉山上有个大庙，叫钟灵寺，寺里有许多和尚。在众和尚中，有一个小和尚俗家姓张，法名纪文。他是因生活所迫出的家。纪文原想出家当和尚会比给地主扛长活好一些，但其实却不然，和尚的手段比地主更恶。纪文白天下田干苦活，早晚还要念经、打坐练苦功，一点儿空闲也没有，夜里只能睡四个钟头的觉。庙里规矩很严，连吃饭都有大和尚看着。小和尚们稍一不慎，就犯了清规戒律，要遭受惩罚。轻则面壁①、跪香②、打戒尺③，重则火化致死。

这苦熬苦煎、挨打受骂的日子，纪文实在受不了了，总想逃出去。可是，

---

① 面壁：面朝墙壁罚站。
② 跪香：罚跪时，用点着的香计算时间。
③ 打戒尺：用长1米、厚1寸、宽2寸的木板打小和尚。

这大森林里几百里都没人家,也找不着东西南北,他往哪儿逃啊?! 他想还俗,却又拿不出赎身钱。这可真是前进不得,后退不能,左右为难。为此,他整天愁眉苦脸、忧忧愁愁的,想不出个出路来。心里没佛,怎么能念下经去呢? 于是,趁别的和尚念经、打坐时,纪文便偷偷地溜了出来,想在这个清幽的大森林里放放悲愤和怨气。他一边走着一边想:像我这样上无爹妈、下无兄弟、孤苦伶仃的人,整天受气、遭罪,还不如死了干净。他想着、走着,来到了一棵歪脖树下。他抬头看了看,叹了口气,自言自语地说:"此地就是我归天的地方。"就在这时候,忽然听到一片锣鼓声,很像唱大戏的开台锣鼓。他心里很纳闷:哪儿来的呢? 这深山老林里也没人家啊。他以为可能自己心情不好,耳朵邪了,但细一听,那锣鼓敲打得有板有眼的,是真的。可是那锣鼓是在哪儿敲的呢? 他往上瞅瞅,又往旁看看,除了树,还是树。他又一听,觉得那锣鼓声就在脚下,再一看脚下,有一个像锅般大小的土包。他蹲在土包旁一听:嘿! 响声原来是从这里发出的。真怪! 这里怎么会有锣鼓声呢? 于是,他好奇地把耳朵贴在土包上去听。这一下听得更真亮了,不但有锣鼓声,还有笙管笛箫声和男女说话声呢。

这时,纪文把悲愁全忘了,一动不动地听了起来。就听锣鼓不响了,只剩三弦的弹奏声,紧接着一个清亮的女声唱起来:

> 山明明,
> 水清清,
> 山水宜人有深情。
> 年轻人儿莫悲伤,
> 你不要悲伤,
> 不要自己来轻生,
> 更不能无谓来牺牲。
>
> 山明明,
> 水清清,
> 山水宜人有深情。

> 年轻人儿莫悲伤，
>
> 你不要悲伤，
>
> 山产水产样样有，
>
> 你要自己去谋生。

女声唱完了，接着便是笙管笛箫吹打弹拉的悦耳声音，又过了一会儿，就什么响声也没有了。这时，天已大黑了，纪文便欣然地回到了庙里。现在，他想的不是悲伤、寻死，而是那莫名其妙的音乐之声。他寻思：人说天上有天仙，人间有人仙，地下有地仙，想必这地方是地下仙宫。那女声和音乐声难道是地下仙人在娱乐？他又一想：这歌是唱给我听的，她怎么会知道我的事呢？仙人嘛，当然什么都知道了。她劝我不能死，可是不死又怎么办呢？我明天再去听听，听她还怎么唱？

于是第二天傍晚，纪文又悄悄地来了，还和昨天一样把一只耳朵贴在了土包上。就听一阵锣鼓敲打过后，三弦又演奏起来，女声也唱起来：

> 山明明，
>
> 水清清，
>
> 山水宜人有深情。
>
> 他年宝泉出世来，
>
> 宝泉出世来，
>
> 人儿有新生，
>
> 人儿有新生。
>
>
> 山明明，
>
> 水清清，
>
> 山水宜人有深情。
>
> 待到他年龙华日，
>
> 他年龙华日，
>
> 天下扬美名，
>
> 天下扬美名。

歌声过后,还和昨天一样,又响起了一阵笙管笛箫吹打弹拉的美耳中听的响声。听完了,纪文又悄么声地回到了庙里,跟谁也不说。他知道这庙里的老和尚有几个作恶多端的坏家伙,若是叫他们知道了,非坏事不可。他想:那样我就有罪了!仙人救了我的命,我得报恩,保护他们。

自从听到那美丽的地下音乐后,纪文的愁苦悲伤之感便一扫而光了,心里像开了两扇门,有了向往和盼头。

第三天,他还是照样来听那让人快乐无比的音乐。可是,他还没走到土包跟前呢,就见土包旁站着一个美丽的姑娘,年纪在十六七岁上下,头上挽着双髻,身上穿着浓绿色纱衣,正笑眯眯地看着他。

纪文愣住了,心想:她是哪儿来的呢?难道她也知道这地下仙宫了?我跟谁也没说呀?这可不好!他正在踌躇呢,姑娘说话了:"你咋不过来呀?"纪文不好意思地向前走了几步,合掌、打躬,念了句佛语:"阿弥陀佛!"姑娘嘻嘻一笑,走过来,说:"算了吧。无心出家,还念什么佛呢?"继之又说:"你还想死吗?"纪文立刻脸红了,急忙行礼,说道:"多谢仙姑搭救之恩!小僧年幼无知,一时想不开,请勿见笑。"

姑娘问道:"你来这里听音乐,老和尚知道不?"

纪文说:"为报答仙姑的恩情,小僧誓死不敢泄露。不过,天长日久,恐怕经堂的那个贼和尚会知道的。"

姑娘说:"那也不要紧。他要是问你,你就说来听仙乐。他们来到这儿也听不到啥。"

从此,纪文天天就来到这里听仙乐,和这位仙姑唠嗑儿。仙姑告诉他自个儿是蚌仙,还说五大连池这地方是块宝地,很快就要变好了,并且叫他耐心地等待,不要着急。

就这样十几天过去了,经堂的大和尚老是见不到纪文在经堂里念经,问别的和尚,别的和尚都说不知道。

这天,经堂的大和尚把纪文找来,问道:"你天天傍晚不念经,到哪去了?"

纪文也不隐瞒,直截了当地说:"到山下的林子里听仙乐去了。"

大和尚不信，狠狠地说："听仙乐？胡扯！"纪文说："是真的。"大和尚说："真的？你明天领我去听听。"

第二天，纪文在头前走，大和尚在后边跟着。到了地方，纪文趴在土包上听，大和尚也趴在土包上听，可是他什么也听不着。大和尚问道："你听见啥啦？"纪文说道："可好啦！有京戏、评戏、梆子，还有说大鼓的。你听听！"大和尚趴在纪文刚才趴的地方，可还是听不到啥。他气呼呼地说："你净扯淡！就是不愿念经，出来闲逛，快回去受罚！"

纪文被大和尚赶了回去，罚跪了三炷香。

经堂的大和尚把这事跟当家的老方丈说了，老方丈贼眼珠子转了转，对大和尚说："你听不到啥，是你没有佛缘。我看还有比这更美的事，你要天天钉住他，及时向我禀报。"

大和尚答应着走了。从此，大和尚便在暗地里瞟着纪文，见纪文一下山，就去向老方丈禀报。

这天傍晚，纪文离开经堂，来到了土包跟前。仙姑又出来了，纪文说："这事叫大和尚知道啦！他来了没听到啥，罚我跪了香。"

仙姑说："老方丈也知道了，他就在你后边呢。你回去后，他问啥，你就说啥，他要什么，你就答应给他什么。"纪文摇摇头，说："不，什么也不能给他！"

这一切都被老方丈看在了眼里。他心里暗暗高兴地想：蚌精能变人，宝珠盛满盆。我该发大财了！

纪文一进庙门，老方丈假装生气地说："好啊！你说去听仙乐，原来是去和姑娘私会，败坏佛门清规！你说，那个姑娘是谁？"

纪文说："是仙姑！"

"什么仙姑？"老方丈说着拿起戒尺，如果纪文不说，就要用戒尺打他。

"蚌仙姑。"纪文说。

老方丈贼眼珠子一转，嘿嘿地冷笑一声，说："胡说！你把她抓来，我要亲眼看看。否则就是妄言①,佛法难容!"

纪文说:"那不行! 凭什么抓人家呢?"

老方丈恶狠狠地说:"不抓来,领来也行。"

纪文看透了老方丈的坏主意,大声说:"不领!"

老方丈非常生气地说:"好个小孽障! 犯了佛规,还敢强硬,给我打!"立即叫来了四个大和尚,把纪文按倒在地,打了一百戒尺,直打得纪文皮开肉绽、鲜血直流。打完,老方丈临走时对纪文说:"明天你要是不把她抓来,我就饶不了你,让你升天!"

纪文知道老方丈是个心毒手狠的坏家伙,宁可自己死了,也决不能去抓仙姑! 这时,他忽然想:我得告诉仙姑一声。要不然我死了仙姑不知道,老方丈再想坏主意把仙姑给抓住,那可就糟了! 想到这,他便暗暗下了决心。

到了半夜,大和尚们都睡了。纪文忍着伤痛,一瘸一拐地出了庙门,去给仙姑送信儿,没走多远,仙姑便出现在了他的眼前。仙姑急忙上前扶住他,问:"你挨打啦?"纪文就把老方丈如何叫他抓仙姑,他不肯,然后打了他一百戒尺,扬言明天不把仙姑抓来就整死他,一五一十地全说了。紧接着,他焦急地对仙姑说:"你赶快离开这吧! 我死后也就放心了!"

仙姑听了,心中非常愤恨,咬咬牙,说:"好吧! 明天你把他们领来,就说我在这等着呢。"

纪文说:"不能那样做! 有我一条命,什么都够了!"

仙姑说:"不,你没明白我的意思。"于是,她便趴在纪文的耳边悄声说了几句。可是,纪文还是摇头不肯。

仙姑说:"就按我的话办! 不要怕,我自有办法。"

说着,她从身上摸出雪亮雪亮的一颗珠子来,用珠子在纪文的伤处辘辘了几下,他觉得立刻就不疼了。于是,他按照仙姑的吩咐又悄悄地回到了庙里。

第二天一早,老方丈就来了,冲着纪文喝问道:"你想死,还是想活呀?"

---

① 妄言:撒谎。佛家五戒(杀盗淫妄酒)中的一戒。

纪文说:"当然想活,谁还愿意死呢?"

"那你去把那个蚌精抓来吧!"老方丈说。

纪文说:"我一个人怎么能抓来呢? 你跟大和尚一起去吧。"

老方丈很高兴,愉快地答应了。

纪文在头前走,老方丈和大和尚在后面跟着,不一会儿,就到了那里。仙姑正在土包前站着呢。

纪文对仙姑说:"老师父叫我来抓你,要不然我就没命了。"

仙姑说:"抓什么呀,不就是要珠宝吗?"

老方丈接着说:"是啊,佛家以慈悲为本! 仙姑既然和我这个徒弟要好,就救救他吧,免得让他遭处罚。"

仙姑说:"好吧。珠宝有的是,都在这边呢。"接着,指着土包又说:"这是地下的仙宫,里面什么宝物都有。你们动手拿吧。"

仙姑说完把纪文拉到一边,说:"让他们自己拿吧。"

老方丈和大和尚财迷心窍,信以为真,便一齐动手去扒土包。谁知他们的手刚一摸到土包,就听"咕咚"一声,土包开了花,一股非常强力的水从地下喷了出来! 那水的劲头可大了,呜呜直叫,把碾盘大的石头都吹上了天。老方丈和大和尚也被吹得粉身碎骨了。

仙姑领着纪文走了。他俩结为了夫妻,以采药、打鱼为业,过起了快乐的日子。

后来,这个喷水的地下仙宫变成了泉子,常年不断地喷水、翻花,所以大伙儿就叫它翻花泉。

因为这里是地下仙宫,所以喷出的水是仙水,能治疗各种疾病。

又过了一些年,这里果然变好了,成了非常著名的风景区和疗养胜地。疗养院美丽的楼房,高高耸立,鳞次栉比。到这里旅游观光和疗养的人,来自五湖四海。这里真可谓名扬天下了。

讲述者:孙利和

整理者:孙连金

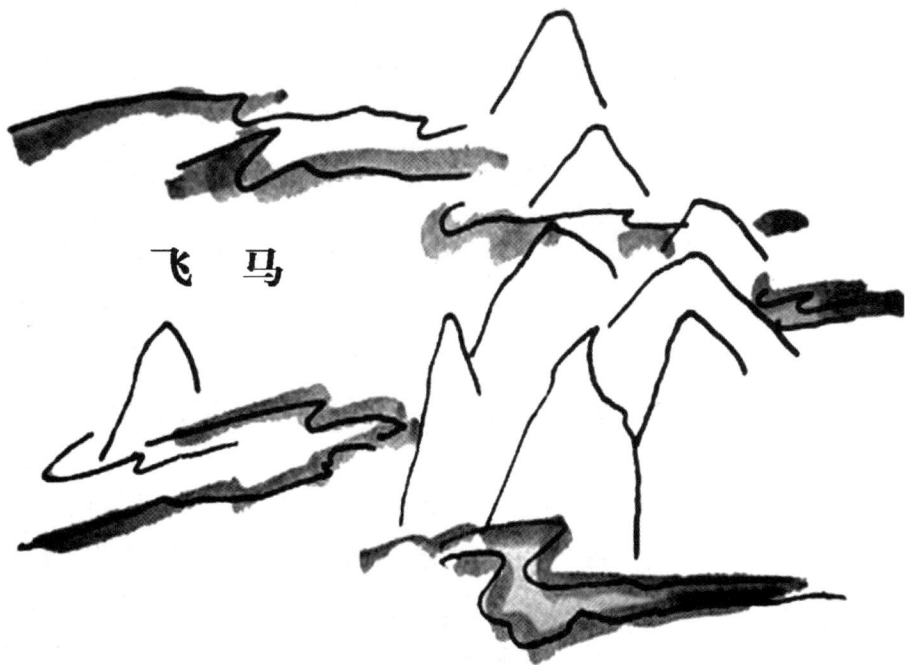

飞马

　　鄂伦春人非常喜爱自己的马，因为马通人性，危难时，它还能救主人呢。

　　传说，有个猎人有一匹好马。这马不但毛色油亮，而且跑起来四蹄生风，像飞一样快。于是，猎人就给它起了个名字叫飞马。

　　有一天，猎人去打猎，到了晌午，来到了一条小河边。猎人觉得有些饿了，就下马，把马拴在了一棵松树上，然后掏出肉干，就着清凉的河水吃了起来。猎人正吃着，忽然觉得眼前一亮，就见林子里冒出一股白烟，接着一个长得非常可怕的蟒猊站在了自己面前。还没等猎人抽出弓箭，蟒猊就一把抓住了他，接着两脚用力一跺，飞上了半空，转眼间就不见了。飞马一看主人被抓走了，急得大嘶大叫，想挣开缰绳去救主人。可是，缰绳拴得很紧，它使足了力气挣啊挣，挣了一天一夜，终于把松树连根拔了起来。它想跑起来，可是那缰绳拽着它，怎么也跑不快，于是它便决定把缰绳咬断。那缰绳是用犴筋编成的，又硬又结实，它又费了一天一夜的时间才把缰绳咬断。它学着蟒猊的样子，四蹄用力一跺，也飞上了半空，然后急急忙忙地寻找主人去了。

　　飞马驾着白云，飞过了小河，又飞上了高山。它发现山上有个洞，断定这是蟒猊住的地方，就收住云，落了地，朝洞里奔去。飞马跑进洞里一看，一下子惊呆了。原来，它浪费的时间太多了，猎人已经让蟒猊给吃了，只剩下一堆白骨凌乱地扔在地上。飞马狂怒地嘶叫着，眼里含着泪，四蹄使劲地刨着地，要和蟒猊决斗，可是蟒猊不在洞里。飞马忍着悲痛，把主人的尸骨驮在背上，飞回到小河边，在猎人吃饭的地方扒了一个坑，把骨头埋了。然后，它在小河里吸了一些水喷在猎人的坟上面，喃喃地说："主人哪，虽然蟒猊吃了你的肉，可是你的灵魂还在。三年后，你还是我的主人。"

　　飞马为了给主人报仇，到处去找蟒猊的行踪。三年后，猎人果然复活了，飞马便又驮着他去找蟒猊了。

　　猎人和飞马来到蟒猊的洞穴时，他正在睡觉。蟒猊听见声音，一下子就跳了起来。猎人抽出箭、搭上弓，"嗖"的一声射了出去。可是，蟒猊一点都不在乎，一伸手就把箭接住了，接着将箭一撅两截扔在了地上。猎人又射了一箭，可还是让他给撅折了。等猎人把箭都射完了，蟒猊"呼"的一声蹿了过去，一掌把猎人打昏在地，接着又抓住了飞马，用铁链捆住了飞马的四蹄，狞笑着说："等我睡好了觉，再来收拾你们！"

　　飞马看蟒猊走了，就用四蹄轮番地跳着，慢慢地把蹄子从铁链里抽了出来，然后驮起猎人飞回了小河边。

　　飞马又吸了河水喷在猎人的脸上，猎人就醒了。飞马一定要去跟蟒猊拼命。猎人说："我们这样去，还是要吃亏的，应该想个办法对付他。"从那以后，猎人每天苦练刀术、箭术，决心用智谋和勇敢去打败蟒猊，从而为鄂伦春人除害，让大家过安稳日子。

讲述者：吴双梅

整理者：阎志英

风 洞

在西焦得布山脚下,有个长年往外冒风的大石头窟窿,人们都管它叫风洞。

听说,很多年以前,山里出了个妖精。有人看见过,说那妖精长得挺特别:哈什蚂子脑袋、驴身子、牛蹄儿、马尾巴,头上长角,肚子底下长鳞。它一张嘴,就是一股大风。那大风刮起来,房倒屋塌,就连大树也都被连根拔起。大风把水都吹干了,把庄稼也都吹没了。大伙儿简直连一点儿活路都没有了。有钱的早都蹽杆子了,剩下的都是穷人,上有老、下有小的,东挪不得、西转不得,就得在这儿等死。到岁数的人求神仙、拜菩萨,把波罗盖儿都跪出血了,也没啥用。

有个出黑儿的阴阳先生,路过这儿。大伙儿一哀求,他也是喝了几盅酒,便大话连篇,一口答应了。阴阳先生让大伙儿预备三碗黑狗血、四个黑驴蹄子,然后仗着酒劲儿,上山找妖精去了。

妖精正趴着睡大觉呢,按理说正是制住它的好机会。阴阳先生可倒好,大概是让酒支的,离老远儿就喊:"我这两宗东西最能辟邪! 今儿个它要是能逃出我的手去,可真神了!"他的话音儿还没落,妖精就被惊醒了。它连窝儿都没动,张嘴儿就是一阵大风,把阴阳先生吹了个无影无踪。大伙儿山前山后地找了好几天,也没找着他。

谁知没过几天,那个阴阳先生像从天上掉下来似的又来了。大伙儿呼啦一下子就把他围上了,问他:"这些日子可把我们急坏了! 你上哪儿去了?"

阴阳先生说:"回家取样东西。"

"你家在哪儿住啊?"大伙儿问。

阴阳先生说:"交趾国嘎嘎县。"

"取来啥宝贝了?"大伙儿又问。

阴阳先生说:"到时候你们就知道了,可还缺几样东西。"

"又是黑驴蹄子、黑狗血吧?"大伙儿又问。

阴阳先生说:"这两样儿是少不了的,还得预备一把铡刀和一条锁链子。锁链子越长越好。"

大伙儿听明白后,赶紧置办,擒狗的擒狗,杀驴的杀驴,磨铡刀的磨铡刀。大伙儿又把各家各户拴狗的锁链子都收集上来,让铁匠给接到了一块堆儿。阴阳先生把烧酒就着驴肉、狗大腿儿,吃喝了三天。到了第四天头儿上,阴阳先生让大伙儿扛着铡刀,抬着锁链子,端着黑狗血,拎着黑驴蹄子,跟他一起上山。他让大伙儿都藏到大石头后边儿。等他跟妖精打起来时,大伙儿就往妖精身上泼黑狗血;妖精要是想跑,大伙儿就用黑驴蹄子狠揍它。大伙儿嘴上答应,心里寻思:等会儿妖精一口气儿不知又把你吹到哪儿去了,谁还能上得去前儿啊? 反正死马当活马治,大伙儿也不得不壮着胆子跟着他干就是了。

就见阴阳先生拎着铡刀,猫着小腰儿,弓着小腿儿,抻着小脖儿,瞪着小眼珠,抿着小嘴儿,到了妖精跟前儿抽冷子就是一铡刀。妖精"嗷"的一声蹿起,一张嘴就是一股大风,直吹得飞沙走石,树叶子乱飞。大伙儿一闭眼睛,寻思:完了,准找不着阴阳先生了。这时,就听阴阳先生没死拉活地叫唤:"快点儿! 泼黑狗血,用黑驴蹄子揍!"大伙儿睁眼一看,他已经跟妖精交上手了。

于是,大伙儿赶紧泼黑狗血,用黑驴蹄子捯。黑狗血把妖精的眼睛给糊住了。大伙儿这一吵吵,再加上那一口风没把阴阳先生吹跑,它心里也有点儿发毛。就在妖精刚想跑的时候,不知是谁一黑驴蹄子正捯在它鼻梁子上了。就在这工夫,阴阳先生一刀背就把它打趴下了。大伙儿过来七手八脚地用锁链子把它锁上了。阴阳先生从挎兜儿掏出一道符,舔点唾沫,"吧唧"一声就贴在妖精的脑门儿上了。他看见旁边儿正好有个石洞,顺手就把妖精塞进去了。

从那以后,这个洞里就呼呼地往外冒风,大伙儿就把这个洞叫风洞。

当时,阴阳先生为这地方除了这么大的害,大伙儿都想好好地谢谢他。更叫人过意不去的是,他来回两趟,待了这么些日子,大伙儿却连他的尊姓大名都不知道。事后大伙儿一找,这个人就像蒸发了似的,没了。于是,有上岁数的人说:"准是吕洞宾变的阴阳先生。八仙里就数他好管闲事儿了。"

有人不信,说:"要是吕洞宾,头回来就把妖精给制住了,还用来个二马投唐?"

上岁数的人说:"那可不一定。兴许他头回来得匆忙,忘带定风珠了,二番脚又回去取的。"

究竟他们谁说得对,也没处去考证了。后来,听说有个好信儿的人去往外拽过锁链子,想看看那个妖精。谁知拽到半截,就听洞里不是好动静,人也被风吹得站不住脚,一撒手锁链子又都秃噜回去了。后来锁链子也没有了,不知是让妖精带走了,还是让谁给撒洞里去了。

讲述者:张喜山

整理者:张文彬

夫妻坟

据说,这是一个真实的故事,发生在 16 世纪末、17 世纪初。

在黑龙江沿岸茂密的森林中,住着一对美丽的新婚夫妻。男的叫古拉印·玛力都列,女的叫丽格依尔·依英吉。他俩情投意合,恩爱无比。玛力都列年轻力壮,猎艺十分高超;依英吉纯洁貌美,心灵手巧。每天清晨,玛力都列都会挎上火枪,骑上骏马,出围猎兽。依英吉也不闲着,拾掇屋子、清院子、做皮活儿,还早早地点上篝火、支起吊锅,把兽肉烀得鲜嫩可口,把肉粥煮得喷香有味。她都是一边唱着歌儿,一边等待丈夫归来。有时,她还去采野果、鲜花,然后在茅道口上守候着自己的丈夫。玛力都列是个打猎的能手,每天驮回来的各种野兽吃不尽、晒不完,还用得着天天出猎吗?原来,这对新婚夫妻心地善良,经常接济左邻右舍,总是把打来的一多半野兽分给那几户缺吃少穿的孤儿寡母家和老弱病残的人家。因此,人们非常信赖和爱戴这对夫妻,待他俩像亲人一般,都祝福他俩和睦美满,白头到老,永不分离。

没过多久,正当狩猎到了最旺季的时候,突然传来了最坏的消息:猎户们大片大片的猎场被一伙外来的强盗霸占了。强盗抢占了最好的猎场，逼着猎人们上交猎品，什么虎皮、貂皮、猞猁皮、水獭皮、狐狸皮、香鼠皮、麝皮、鹿皮、犴皮、狍皮……什么兽皮都要，还要飞龙、松鸡、野鸭等。强盗规定，每个猎手要按期上交鹿茸、熊胆、熊掌、犴筋、犴鼻子、虎骨、豹心。如不按期交纳这些珍禽异兽，猎人们便会遭到残杀。这伙强盗抢男霸女，无恶不作，因此，所有山里的猎人都无比愤怒，于是便纷纷组织起来，组成了一支支抗击强盗的精骑马队。猎人们高举弓箭、猎刀、梭镖、火枪，同武器精良的强盗展开了激烈的战斗。

几乎所有的青壮年猎手都应征去杀敌了。玛力都列早被强盗的罪行气炸了肺，因此也决心出征抗敌，加入反击侵略者的行列。他选了一匹日行千里的白鼻梁子快走马，穿上依英吉为他赶制的合身而漂亮的猎装，拿起祖传的薄木弓和利箭，挎上火枪，带上火药，驮上装满肉干的皮口袋。待一切都准备好了，玛力都列也与美丽、温柔的妻子依英吉依依惜别了。

玛力都列对妻子说："我的爱妻呀，为了保护我们的猎场，消灭魔鬼强盗，我就要弃家从军去杀敌了。爱妻放心吧，我会像虎豹一样勇猛无比，像猞猁一样机警、伶俐，像雄鹿一样沉着、聪颖，像二岁子犴一样机智、敏捷。我要用一百支利箭射死二百个强盗；我要用四百颗火枪弹打死八百个敌人；我要用宝刀割断魔鬼强盗的喉咙，挖出歹徒们的心！我的白鼻梁子快走马，会驮着我像狂风一般冲进敌群。我的爱妻亲手绣制的精制猎装，会使我力量倍增，会保我不受半点损伤。当魔鬼强盗被我们斩尽杀绝的时候，我就立刻像天鹅一样飞到爱妻的身边；当山野开满艳丽花朵的时候，我就会如同蜜蜂一样落在花朵一般爱妻的身上。我的爱妻呀，我走了。你要多保重，耐心地等待着我的归来吧。"

玛力都列说完，使劲地拥抱了妻子，然后噌地跨上了马背。依英吉看着面前威武、英俊的丈夫即将从军出征去杀敌了，既感到自豪，又感到一阵难受。她想到离别之苦，很是揪心，眼泪便不住地涌了出来。她走过去，扯了扯丈夫的袍襟，顺了顺马背上的皮口袋，拢了拢走马的头鬃，轻轻地拉起马缰绳,然后抬起美丽的眼睛,瞅着自己的丈夫。

依英吉对丈夫说:"我亲爱的丈夫啊,你放心地去吧。让那些吃人的强盗见了你,如同老鼠见了山猫;让那些魔鬼在你的神威面前吓掉了魂儿,像黑兔子一样逃窜而去!你放心地去杀敌吧!孤单的时候,我会弹着口弦琴,唱着歌等待着;当山珍野味被吃光了的时候,我会像男子汉那样驾马出猎,打来许多珍禽异兽,晒好多好多的肉干,存下好多好多的珍贵猎品;闲着没事儿的时候,我就给你做好多好多合体、精巧的衣物和用品。我还要采野菜、黑蘑、树蘑和榛蘑,并把它们晒干、藏好;我还要采集熟透了的臭李子、山丁子等甜果,并把它们装桦皮篓里埋在地下,留给你吃;我还要采榛子、打松子,用都柿果制酒,准备为你接风洗尘。让白那恰①保佑你英勇杀敌,胜利归来,早日回到妻子的身边。你放心地走吧,我在家等待你的归来。"

依英吉说完,禁不住失声哭了起来,然后又抬眼,笑着和丈夫告别。

玛力都列听了连连点头。为了保卫猎场、消灭强盗,他不愿意再耽搁,便深情地望了妻子一眼,然后挥手与她告别。他手持缰绳,扬起马鞭,一阵风似的驰向崇山峻岭,消失在了茂密的树林之中。

自从玛力都列走了以后,依英吉便一边操持家务、备衣备食,一边四处打探丈夫的消息。

在这期间,依英吉采的榛蘑已装满几大桦皮篓,山果也已装满了几大桦皮桶。依英吉还成了熟练的猎手,她打来的野兽和飞禽多得晒架上已经装不下了。

起初,从战场上撤回来的几个老猎手说:"仗打得很激烈。"后来,各种各样的消息不断地传来。有的说:"我们的骑士们非常勇敢,个个是神箭手,人人是百发百中的火枪手,把强盗打得稀里哗啦、哭爹喊妈,死伤了大半。剩下的强盗连滚带爬、屁滚尿流地逃窜啦。"有的说:"强盗增加了人数,又开始反扑,我们的骑兵队遭到炮火的袭击,伤亡很大。"有的还说:"强盗一看是猎

---

① 白那恰:山神。

民的骑兵队，吓得掉头便逃，连枪都没敢放。骑手们追杀过去，搣死不少强盗。"

依英吉听到这些，一会儿高兴，一会儿担心，恨不得立刻策马过去厮杀一番。她日夜挂念丈夫的安危，天天遥望远山，天天唱着歌，天天向过路的猎手打听丈夫的消息。就这样，过去了几个月，从军的猎手们仍不见回还。

这一天，依英吉穿上猎装，戴上皮帽、皮手套，骑上小青马，踩着即将融化的积雪，去追踪野兽。两只猎狗跟在她的身旁，一前一后，蹦蹦跳跳，跑得好欢实。突然，前面的猎狗稍停了停，用机警的目光注视着前方，同时竖起耳朵谛听着四周的动静。依英吉心里明白：准是发现兽群了。于是，她便解囊、抽箭，顺手又解下了弓。这时两只猎狗汪汪地叫着，一前一后地向前方冲去，眨眼就不见影了。依英吉抖动缰绳，夹打马肚，也如风似的尾追向前。她策马赶到了一片深谷里，见两只猎狗一左一右拦住了一头大得罕见的野猪。依英吉自打出围以来，射杀鹿、狍子、犴倒也没费多大劲儿，可是对付凶暴的大野猪，还是头一回。这不，最好的都尔巴猎狗一下子就被大野猪那尖利的大獠牙给挑出了好远，猎狗的胸口被挑掉了一大块皮肉。这时，另一条猎狗猛地冲了上去，狠命地撕咬，拖住大野猪不放。依英吉来不及多想，边射箭边唤猎狗回来。射出去的箭倒是正中大野猪的喉部要害了，可惜臂力差、力道弱，没有穿透喉管。这下可惹恼了大野猪，只听它"嗷"的一声甩开猎狗，冲着人和马闪电般扑来。依英吉又放了一箭，虽射中了它的心口，却因臂力差，箭头还是没扎进野猪的心脏。野猪发起怒来是真吓人哪！依英吉慌乱中忙打马，小青马迅速地闪在一旁，这才躲开了大野猪的扑击。狂怒的大野猪忍痛喘息了几下，立刻又掉头扑向人和马。小青马拼命长嘶，猎狗声嘶力竭地狂叫着猛跳过来，试图保护主人。依英吉慌了手脚，眼看着大野猪的大獠牙逼近，禁不住发出了一声尖叫。正在这时，大野猪好像被什么东西重重地打了一下，没伤着人和马，歪倒在了一旁，翻着白眼睛，大口大口地喘着粗气。大野猪的嘶叫声好瘆人，但它的身子却瘫在地上爬不起来了。

依英吉被吓出了一身冷汗。她定了定神儿，莫名其妙地瞅了一眼快断气的大野猪,然后抬头望去,见不远的雪地上有几个骑马的猎手。她认出最前面的猎手是丈夫玛力都列的好友。他们一块儿从军杀寇,并肩冲上战场。依英吉心想:莫非从军的猎手们都回来了? 那玛力都列呢? 她翻身下马,朝他们拜道:"感谢兄弟们相救,请受我三拜!"不等下马的猎手们回答,她紧接着问道:"兄弟们,我的丈夫玛力都列,他——怎么没回来?"

猎手们听罢脸色骤变,你瞅瞅我,我看看你,都欲言又止。还是玛力都列的好友念头转得快,赶紧掩饰道:"弟妹莫惊慌,你丈夫他过几天回来。咱们先驮上野猪回家吧。"于是,几个猎手剥猪皮的剥猪皮,开膛的开膛,卸猪头的卸猪头,不一会儿就把野猪弄好了,驮上了马背。

依英吉听了兄长的话,不由得将信将疑。她是聪明人,从猎手们的脸上察觉出一点不对头的颜色。她没吭气儿,也没动一动,直到大家提醒她,她才赶紧和玛力都列的好友抬起伤狗,放在鞍座前面,然后上马与猎手们同行。一路上,她本该好好地向猎手们打听丈夫的情况,听勇士们英勇杀敌的经过,可她不敢出声,隐隐有不祥的预感。猎手们都显得非常疲惫,阴郁的脸上都没有一丝笑容,好像都在忍受着一种莫大的痛苦。玛力都列的好友不言不语,故意走在最前面,挥鞭策马疾驰不停。依英吉和其他猎手也随后追了上去。马蹄嘚嘚地踏着冰雪,蹄下扬起了一溜雪雾。人心焦急,马腾四蹄,不一会儿,大伙儿就回到了住的地方。

猎手们好像约好了似的,都没回家,而是跟随依英吉在她家门前下马、卸鞍,接着把马拴进马棚,把猎物抬进屋里。出征的猎手们进家歇息,依英吉当然欢迎了。她麻利地点火、支吊锅,收拾东西,弄水、端盆地忙活起来,非常高兴地招待客人,请猎手们席地围火盘腿大坐。猎手们还真就听从主妇的安排,默默地烤火、喝水。

依英吉把兄长割好的野猪肉一块块地放进吊锅滚开的水里,然后从屋脚的土层里扒出桦皮桶,又把一个个桦皮篓打开,放在客人们面前。请他们吃油黑甜透的臭李子果、红得透亮的山丁子果,请他们喝又甜又酸的都柿酒,还请他们嗑榛子、咬松子。她就这样热情地忙着招待客人,一点也没注意到猎手们的表情。等她忙活得差不多了,陪客人就座的时候,她才发现猎手们并不高兴,好像都有什么心事似的,眼神也总是躲躲闪闪的。他们面前的桦皮碗里有山珍,有野果,有鲜熟肉,有醇酒,可谁也没动口。有的猎手刚刚举起酒碗,但像捧着毒汁一样喝不下去,又把酒碗放在了地桌上。

依英吉一看,马上明白了,一定是丈夫玛力都列出了什么事,便焦急地追问丈夫的好友究竟发生了什么事。猎手们再也控制不住了,都呜呜地失声痛哭起来。玛力都列的好友边抽泣边叙述了玛力都列遇难的经过。不等他说完,依英吉便已昏了过去。猎手们慌了手脚,就近喊来了他们的妻子和邻居家的主妇。大伙儿围着依英吉呼号着召唤了半天,她才噗地呼出了一口气。她尖叫着丈夫的名字,号啕大哭起来。大伙儿忍不住,也都跟着哭。

依英吉哭得死去活来,最后连哭的力气都没有了。她双眼呆呆地盯住玛力都列的好友,听他慢慢地述说丈夫被害的经过。

原来,玛力都列和猎手们一块儿赶到战场时,双方已经开始交战了,仗打得相当激烈,双方都有伤亡。随着猎民的骑兵队先后赶到,形势大转。猎手们个个都是好汉,人人箭法、枪法高超,射出去的箭支支不落空,放出去的火枪弹颗颗击毙强盗。玛力都列更是英勇无比,猛打猛冲。就这样,经过好几场大战,猎手们终于杀退了强盗,夺回了一个又一个猎场,收回了不少被抢走的山珍野味。官府的将领们非常高兴,与士兵、猎手们一同举行了庆功大宴,并正式将猎手们编入了军内,又给了猎手们许多战利品,还给猎手们放假,让他们回家与亲人团聚。从军的猎手们有的死于战场,有的受伤,剩下的便星夜返家,其中就有玛力都列。他领着猎手们驰过山川,跨过深谷,不料遇上了一伙逃窜的强盗。猎手们一阵冲杀,把这伙强盗给消灭光了。谁知有一个家伙受的是轻伤,假装死去。这家伙趁猎手们正要策马离去的时候,悄悄地爬起来,抓枪举起就射,把跑在最后面的玛力都列射下了鞍。其他猎手回头一看,立刻掉头冲到了歹徒旁边,你一刀、我一刀地把这个强盗碎尸万段了。等大伙儿下马扶起玛力都列时,他已经奄奄一息了。从他背后射进去的火枪弹,把他的心肺给炸伤了。猎手们抱着他,呼唤着他,可是，他连眼睛都没有睁开，只是费劲儿地动了动嘴唇，喃喃地念叨着："依英——吉，依——英吉——"念着念着，就断了气。猎手们悲痛万分，一边哭一边扒开雪、挑开浅坑，草草地掩埋了玛力都列。大伙儿在他的坟上面盖了好多树枝和草，然后上马疾驰回家，正巧遇上了依英吉……

依英吉听到这里，又是一阵昏厥。她哭啊哭啊，一个劲儿地叫着丈夫的名字，那悲伤哀痛的心哪，简直没法说了。后来，猎手们都回家去了，只有两个女人陪伴着依英吉，跟着她流泪，一直到天亮。

这时，依英吉突然站了起来，慢慢地梳妆打扮了一番，然后穿上最漂亮的出嫁彩袍，戴上闪闪发亮的头饰，穿上精巧的彩靴，把自己打扮得跟新嫁娘一模一样。陪伴依英吉的两个女人起先只是呆望着她，但见她不像疯傻相，便忙上前帮助她。

依英吉默默地把自己为丈夫新做的一套猎装整整齐齐地放进拼绣卡皮①里，接着把卡皮挎在身上，然后对女伴说："我去给玛力都列送套猎装，你们在家等着吧。"说完，头也不回地开门出屋，直奔马棚而去。

两个女伴怔了半天，急忙跟出门外，见依英吉已经骑上小青马向远山飞奔而去，后面还跟了一条猎狗。两人赶紧跑回家里，招呼自己的男人赶快约上几个猎手去追依英吉。

猎手们听说后，立刻穿戴好，拉马、备鞍，上马直追依英吉。他们用力挥鞭打马，骏马腾起四蹄，像箭一般飞驰不停。骏马跑啊跑啊，不知跑了几天几夜，终于来到了玛力都列的坟旁。猎手们远远地就看见了卧在雪地上的小青马和猎狗，唯独不见依英吉。他们翻下马鞍，走近坟堆一看，只见玛力都列和依英吉并排紧挨地躺在坟坑里，身上都穿着结婚装，脸都跟雪一样白。猎手们赶紧伸手去扶依英吉，却怎么也扶不起来。他们一起去抬她，可怎么也抬不动。她已经死了。她不愿和丈夫分离。

猎手们见此情景，悲痛极了。大伙儿一边流泪一边重新添坟，把坟堆得

---

① 拼绣卡皮：多彩皮挎包。

像小山一样高,连冻僵的小青马和猎狗也一块儿埋了。

　　这就是夫妻坟的故事。据说夫妻坟还在原地方,只是上面已长出茂盛的树木和草丛了。那上面盛开的一对对的泡泡花,就是玛力都列和依英吉不死的灵魂。

讲述者:依波欠

整理者:孟淑珍

罕达敦寻找皇帝

盘古河口的石蛤蟆

罕达敦背着弓箭开始了漫长的游猎生活。在经过的许多山岭和密林中,他见到猎人们仍然在互相残杀,活着的没有死去的多。于是,他向着太阳升起的方向前进,去寻找皇帝来拯救山岭上人。

他翻过一座桦林山,眼前的一条大河拦住了他的去路。河水翻腾不止,呼啸声声。他很早就听老人说过,过了桦林山,就是盘古河。他抬头西望,见太阳已经沉入西山,一时想不出渡河的主意,便躺在河边的草地上睡着了。

深夜,一股巨浪突然把他卷入了河中,一群小蟒猊架起他就往河心沉去。罕达敦在蒙眬中只听得耳边呼呼作响,觉得自己好像是从悬崖上一步踏空坠落到了无底深渊似的,越来越觉得身子发冷,失去了平衡。他睁开眼睛,发现自己已经被架入一个深深的黑洞里,一只蛤蟆精正张开大嘴要把他吞入肚内。于是，罕达敦开弓发出一箭，射穿了蛤蟆精的咽喉。蛤蟆精吼叫一声，疼得翻滚起来，掀起了汹涌的波浪。罕达敦顺着翻滚的波浪像箭似的冲出了洞口。他一面与追赶的蟒猊搏斗，一面向岸上游去。

罕达敦游一步，河水撵一步；罕达敦游一程，河水涨一程。河水沿着山坡一个劲儿地往上涨，眼见桦林山就要被淹没了，罕达敦也累得筋疲力尽了。这时，河面上远远地漂来了一张桦树皮，它在风浪颠簸中变成了一只船，飞快地来到了罕达敦面前。他登上了桦皮船，一合眼就睡过去了。蛤蟆精还在不停地翻滚着。罕达敦恢复了体力，苏醒过来，而蛤蟆精却累得不行了。罕达敦对准蛤蟆精拉满弓弦，射出了第二支箭，正中其头部。蛤蟆精在水中惨叫一声便顺流而下了。罕达敦划着桦皮船紧紧追赶。这时，河水也飞快地下落了，不一会儿的工夫，整个一座桦林山又露出了水面。当追到盘古河口的时候，罕达敦正要射出第三支箭，忽见桦皮船前翻出一股白浪，一位美女跪在浪花上，哀求道：

"饶恕我吧！我听从你的使唤，为你效劳。"

罕达敦严厉地说："不准你再兴风作浪，残害岭上猎人！"

美女说："我认罪，就让盘古河做岭上猎人的渔猎大河吧。"

说完，她在水面上转了一圈，河水马上平静了下来。只见清澈透明的河水中，有无数的细鳞鱼和哲罗鱼在游，那些小蟒猊也都变作了各种小鱼。

罕达敦只顾着观看水中光景了，美女乘机踏着浪花向迎面的河口碴子逃去。他急忙箭上弦、弓拉满，大吼一声："水枯石烂，不准你变心！"接着就听"嗖"的一声，美女被箭射中，冒出了一股白烟，化成了迎面碴子前的石蛤蟆。

白依娜变猎马

罕达敦乘上桦皮船顺流东下，出了盘古河口进入了呼玛尔河。他饿了，就用箭杆扎起水里的鱼吃；渴了，就用手捧着河水喝；困了，就躺在桦皮船上睡。就这样,不知过了多少河湾,绕了多少河滩。在一个圆月高悬的夜晚,他见到南岸有一个长得比白云还美的姑娘向自己招手,但他毫不理睬地还是顺流东下。过了一会儿,他又见到北岸有一个长得比星星还美的姑娘向自己招手,但他还是毫不理睬地顺流东下。

罕达敦长途行船觉得很累,合上眼就睡着了,任凭桦皮船顺流往东漂。他睡得正香,却被女人的声音吵醒了。原来,桦皮船已经搁浅在河滩上了,南北两岸上两个美丽的姑娘站在船前,正争着要做罕达敦的老婆。南岸的姑娘叫白依娜,北岸的姑娘叫阿依吉伦。两个姑娘长得都很美,罕达敦一时拿不定主意。他想了想,说:

"谁最能干活、打猎,我就要谁做我的老婆。"

两个姑娘同时说:"那你就看三天吧。"

于是,罕达敦上岸,搭起仙人柱安顿了下来。早晨太阳刚一冒红,他就进山去打猎了。傍晚归来,他见仙人柱南边白依娜采集的牙格达①,堆积得就连一桦皮船也装不下;仙人柱北边阿依吉伦采集的马莲果,足有一桦皮船那么多。罕达敦心中暗想:她俩采野果的本领都一样,难以分出上下。第二天,罕达敦傍晚归来,见白依娜又来了一船细鳞鱼,阿依吉伦又来了一船哲罗鱼。两人还是不分高低。第三天,罕达敦归来,见白依娜和阿依吉伦每人打了一只狍子。于是,罕达敦想了想,说:

"你们俩不分高低、难分上下,我选不出让谁做我的老婆。这是恩都力的旨意。"

两个姑娘听完罕达敦的话,都伤心地哭了起来,从傍晚到清晨,从日出到满天星,哭个不停。两个姑娘的泪悄悄地流进呼玛尔河,沙滩被淹没了,河水也涨满潮了。罕达敦的心被哭软了,于是他拔出一支箭,说:"让恩都力做证吧!谁能取回我射出去的这支箭,谁就是我的老婆。"说完,他向呼玛尔河射去一箭。

---

① 牙格达:越橘,又名北国红豆。

白依娜和阿依吉伦一起乘上桦皮船去河中寻找罕达敦射出的箭。两个人找了好些时候也不见箭的影儿。如果箭被射入了河底，是无法被寻到的。这时白依娜起了歹心，她想：如果我俩寻找不到箭，那就只有剩下一人才能做罕达敦的老婆。于是，她就趁阿依吉伦不注意，冷不防地将其推入河中，然后自己一人乘船回岸了。

　　罕达敦得知阿依吉伦因寻箭而身亡，非常难过。他觉得阿依吉伦对自己的情意比河水还深，可又一想白依娜对自己的情意也不浅。于是，他就答应让白依娜做了自己的老婆。

　　阿依吉伦沉入河底后，拔出了射入河心的箭杆，牢牢地攥在手中便死去了。这时，一群大马哈鱼游来，将阿依吉伦的尸体托起，一直托到了岸上。这天晚上，有一条大马哈鱼对罕达敦说：

　　"五百年前，皇帝与外寇作战，粮草断绝，兵败如山倒。正在危急关头，我们从大海游到呼玛尔河为皇帝的军队做给养，将军队供养得兵强马壮。于是，皇帝战胜了外寇，打了胜仗。从那以后，每年秋天我们都要游来一次。你是皇帝的子孙，我们也要为你效劳。"说完，大马哈鱼就无影无踪了。

　　罕达敦翻身醒来，原来是做梦。他觉得奇怪，便直奔河岸，到了河岸，见阿依吉伦躺在草地上，手中牢牢地攥着一支箭。这时，他一切都明白了，猛一回头，见白依娜惊恐地站在跟前。罕达敦折下树枝，劈头盖脸地向白依娜抽打起来。白依娜跪在地上苦苦地哀求道：

　　"你狠狠地打吧！你打死我，我也要为你效力！"罕达敦不容分说地继续用桦树条子抽打她。白依娜惨叫一声，在地上滚了两滚，变成了一匹白色的猎马。这时阿依吉伦渐渐地醒来了，罕达敦扶着她进了仙人柱，让她做了自己的老婆。

　　过了几天以后，罕达敦离开了阿依吉伦，骑上白色猎马又出发了。

罕达敦和白布谷鸟

罕达敦飞马扬鞭，来到了白嘎拉山。他发现一群布谷鸟正围着一只白布谷鸟在咒骂和讥笑：

"死得活该！谁让你长得最白！""死得活该！谁让你唱得最美！"罕达敦冲着这群布谷鸟喊道：

"白布谷鸟已经死了，你们还妒忌她，不嫌害臊吗？！"说着，扬起桦树马鞭一轰，布谷鸟立刻飞散了。

罕达敦翻身下马，拾起白布谷鸟的尸体，仔细察看。原来她是被树上的毒蛇咬死的。他用犴筋给白布谷鸟缝合了伤口，然后把她放在红松树枝上风葬。

眨眼的工夫，天上浓云密布，电闪雷鸣，下起了骤雨。红松树被雷击得起火了，罕达敦忙用树枝扑打。他扑打一下，滚起一个火球；扑打两下，滚起两个火球。接着，一串火球滚到了树顶，发出了耀眼的金光，金光中飞出一只白布谷鸟。她在空中盘旋了三圈，立刻就云散天晴了。

罕达敦搭起仙人柱，准备在白嘎拉山下过夜。就在北斗星刚升上天空时，一位白衣仙女走来，见到罕达敦后，深深地打了个千，说：

"白嘎拉山顶有千年的冰雪，还从来没人能爬过这座山呢。像你这样赤臂露膀，只靠兽皮围身御寒的人，走到半山腰就会被冻死的！"

罕达敦问："那穿上什么才能抵得住白嘎拉山上的风寒？"白衣仙女回答："取来十张狍皮、十根犴筋、十朵云彩，你就明白了。"话音刚落，白衣仙女就无影无踪了。

罕达敦按照白衣仙女的话，第一天进林中猎取了十只狍子，剥下了十张狍皮。第二天猎取了十只犴，抽下了十根犴筋。第三天，蓝天上飘来十朵白云，罕达敦向空中射了十支箭，射下了十朵白云。这时，白衣仙女又来到了仙人柱前。她很快地熟好了狍皮,捻细了犴筋,缝成了绣着白云的苏恩①。罕达敦穿上苏恩,顿时觉得浑身发热。他正要答谢白衣仙女,却见她已经在漫天飞舞的雪花中飘然而去了。

罕达敦骑上猎马开始登白嘎拉山,雪越下越大,风越刮越紧,就这样,不知走了多少天、过了多少夜。困了,他就穿着苏恩躺在雪地上睡,比在皮被里还暖和。但是,越走雪越大,越走雪越深,最后,罕达敦和猎马都被埋在了比山还厚的雪下面。

不知又过了多少天,罕达敦在雪下听到了布谷鸟的叫声。那比山还厚的大雪,在布谷鸟的叫声中渐渐融化了,罕达敦和猎马很快就露出了雪面。随着布谷鸟的鸣叫,满山积雪也很快融尽了。罕达敦扬鞭催马,飞也似的登上了白嘎拉山顶。

山顶上有一个大冰湖,冰层下面冻僵了许多猎人,都是一些赤膊露胸的山岭上人。罕达敦正要凿冰救出冰层下面的山岭上人,突然,一个蟒猊由高空中俯冲下来,大吼一声:

"住手! 大雪没把你冻死,我要把你封在冰湖里!"

说着便与罕达敦厮打起来。蟒猊一脚将罕达敦踢进了冰湖,接着施展妖术封住了冰湖,然后得意地飞回了云层。

罕达敦虽然被冰封在了湖底,但因穿着苏恩,所以并不觉得寒冷。这时,猎马急得用四蹄去踢凿湖冰,眼见冰层就要被踢出洞来了,蟒猊又从云层中俯冲下来与猎马厮打起来。猎马扬起后蹄,将蟒猊踢得直翻滚。蟒猊见势不妙,忙又冲上空中,正准备再次俯冲下来将猎马置于死地。这时,一只白布谷鸟突然从空中飞来,与蟒猊搏斗起来。蟒猊被白布谷鸟啄得浑身是血,倒在地上就要死了。

白布谷鸟在冰湖上盘旋,咕咕地叫着。猎马在冰湖上踢凿着、嘶鸣着。渐渐地,冰湖解冻了,罕达敦从湖中走了出来,然后脱下身上的苏恩,盖在那

---

① 苏恩:皮袍。

些被冻僵躯体的山岭上人的身上。被冻僵的那些山岭上人不一会儿筋骨就都灵活了，一个一个地都醒了过来。

罕达敦提起桦树马鞭，走到奄奄一息的蟒猊身边，猛力地抽打下去。蟒猊在地上打了一个滚儿，变成了一只黑狗。它站在罕达敦面前，直摆尾巴。白布谷鸟落在罕达敦的肩上，说："它就是你的猎狗，也会忠实于你的。"话音刚落，白布谷鸟就飞向林中了。

罕达敦过冒烟山

罕达敦骑着白马继续向升起太阳的山顶奔驰，黑狗箭也似的冲在前面引路。就这样，穿过了无数森林，越过了无数河川，跨过了无数山峦。

越走天气越热，黑狗脱了一层毛，白马也脱了一层毛。罕达敦脱下苏恩还是热得难熬。这一天，罕达敦停在河边乘凉、洗涮，黑狗忽然叫个不停。罕达敦扭头一瞅，见一个农夫赶着牛在耕田，黑狗正围着大黄牛直叫。大黄牛一蹄子将黑狗踢出老远，黑狗从地上翻滚起来，又冲大黄牛叫了起来。农夫朝着黑狗猛抽了一鞭，黑狗浑身淌着鲜血跑回了罕达敦身边。罕达敦第一次看见黄牛，还以为是只大犴，于是抽出一支箭放在弦上，准备射死大黄牛。农夫见状，扬着鞭子冲了过来，正好被罕达敦的箭给射中了，便带着箭伤逃去了。罕达敦又射死了大黄牛，砸烂了农夫的木车，然后生起篝火，烧着香喷喷的牛肉，饱餐了一顿。黑狗也啃饱了骨头。吃饱喝足，罕达敦就地睡着了。

受伤的农夫领来四个兄弟，哥几个一见大黄牛被杀死还被烧着吃了，木车也被砸烂当柴火给烧了，都被气得火冒三丈。他们冲上来绑住了罕达敦，杀了黑狗，宰了白马，然后把罕达敦连同黑狗、白马的尸体都扔进篝火堆里烧起来。罕达敦用手一摸，发现自己的肉体都被烧焦了，知道自己已经死了，于是灵魂腾空而起，将自己的尸体以及白马与黑狗的尸体都带到了山岭上，藏在了林子里。罕达敦的灵魂正伏在尸体上痛哭，突然，林中来了一个

手持单鼓的萨满,他对罕达敦说:

"那五个农夫是冒烟山上的蟒猊,他们是要吃你以及白马与黑狗的肉的。他们不见了你们的尸体,正在寻找。"说完,萨满便敲起单鼓,使起法术来。不一会儿的工夫,罕达敦的灵魂就附上了身体,白马和黑狗也复活了。罕达敦谢过萨满,骑着白马就冲下山来。那五个农夫正在山下寻找罕达敦尸体的去向,突然见他还活着,而且怒气冲天地从山上冲了下来,便一齐迎上去交战。打着打着,五个农夫一跺脚就入了地,不一会儿的工夫,又从罕达敦的身后冒出,接着打了过来。罕达敦抡起桦树鞭子,抽得五个农夫在地上轱辘轱辘地都现了原形,接着冒了五股烟飞走了。罕达敦顺着五股烟逃跑的方向追去,一直追到了一座浓烟滚滚的山下。他仔细一看,发现山中有五股烟柱绞在一起。五股烟柱来势汹汹,呛得白马直打喷嚏,呛得黑狗狂吠乱窜,呛得罕达敦泪如泉涌。于是,他拉起弓弦,射出一箭,只见一股烟柱腾空翻卷,变成了一朵黑云;射出第二箭,又一股烟柱腾空翻卷,变成了一朵黑云。他一共射了五支箭,山上的五股烟柱就变成了五朵黑云。黑云密集,倾盆大雨下个不停,罕达敦冒着暴雨,飞马翻过了这座冒烟山。

皇帝接见罕达敦

过了冒烟山,天上万里无云,火红的太阳晃得罕达敦睁不开眼。他眯着眼仔细一看,只见远处有一座宏大的城郭,断定那里就是皇帝的住处。他骑马走到城门前,正要大摇大摆地进城,却被两个身着盔甲的卫士端着梭镖拦住了马头。他们要罕达敦下马请罪。罕达敦说自己是来寻找皇帝的。卫士大怒,他们从未见过这种胆大包天的野人来找皇帝,因此举枪就向罕达敦刺杀过来。罕达敦忙从马背上抽出两根牛大腿骨,与卫士打了起来。他左一抡、右一挥,把两个卫士的脑壳都敲碎了。然后,他催马加鞭闯进了皇宫内院。这时,迎面又冲过来一位身穿盔甲的将军,他指着罕达敦大骂,还要打死罕达敦。罕达敦一马鞭就把这个将军抽下马给摔死了。将军一死,罕达敦心里有些不安起来,暗想:我一进皇宫就杀死了三个人,皇帝非处死我不可。正在他不知所措时,从四面八方冲来了一群卫士。罕达敦见势不妙,扬鞭飞马,冲上了城墙顶上。卫士们在城墙下正要向他发射乱箭,皇帝走来,喊住了他们。皇帝知道罕达敦是山岭上人,是千里迢迢来找自己治理山岭的,便对城墙上的罕达敦喊话,让罕达敦下来。但是,罕达敦骑着白马,旁站黑狗,像被钉在城墙上似的,纹丝不动,一言不发。

皇帝知道罕达敦心有疑虑,便温和地对他喊道:"我是皇帝,你快下来叙述吧。"罕达敦骑在马上还是纹丝不动。

皇帝又喊道:"太阳就是从我这宫后升起的,你看——"说着,向宫后一指。就见一轮太阳正在升起,照得皇宫金碧辉煌,热得罕达敦浑身冒汗。

这回罕达敦才从城墙上走了下来,接着下了马,给皇帝打千,然后述说了山岭上人的苦难。

皇帝热情地接待罕达敦,让他挑最好的吃。厨子给罕达敦端来一碗面,罕达敦一看像绳子似的面条,心里犯了嘀咕,担心厨子会像冒烟山的蟒猊一样施展阴谋诡计,便坚决不吃。接着又来了一位宫女,端着一盘油饼给罕达敦吃。油饼很香,他拿起一张往嘴里一放,却让油饼粘了牙,便又把油饼放回盘里。就这样,皇帝命人端来了好多吃的,但罕达敦都没有吃。最后,罕达敦还是让厨子给自己煮了驮在马背上的黄牛肉来吃。

吃完饭,皇帝让宫女拿来许多绫罗绸缎缝制的衣服,让罕达敦挑自己最满意的穿上。结果他用手一摸这些衣服觉得发涩,怕里边有蟒猊的妖术,便一件也不穿。皇帝又让宫女拿来各种盔甲让罕达敦挑选。他一看盔甲都硬邦邦的,打心里不愿穿。最后,皇帝只好承认了苏恩才是山岭上人的衣服。

罕达敦在皇宫里住了三天后,正式请求皇帝把山岭上人管好,拯救苦难的山岭上人。皇帝笑了笑,说:

"这些你都能做到。我封你为山岭上人的'佐领'。你要用手中的桦树鞭把蟒猊都抽打成猎狗,为山岭上人效力;把昧良心的人都抽打成猎马,为山岭上人效劳。"

于是，罕达敦告别了皇帝，返回自己游猎的山岭。他走到冒烟山时，见五朵黑云还在山顶弥漫，便向空中的黑云甩了五鞭。五个蟒猊就变成了五条猎狗，跑进林中为猎人效力去了。

他走到白嘎拉山时，见猎人之间仍在成群地厮杀，便用桦树鞭惩罚了所有行凶的猎人。结果这些坏良心的猎人都变成了猎马，为受害的猎人效劳去了。

他走到呼玛尔河时，见阿依吉伦已经给自己生下了三个儿子和三个女儿，便牵来几匹猎马，把摇篮挂在马背上，带着老婆和孩子启程了。

他走到盘古河口时，见石蛤蟆还蹲坐在迎面碰子前，镇守着河面。河上，桦皮船漂来漂去；岸上，猎人都骑上了猎马，穿林登山。

他走到一年四季积雪不化的山岭时，见猎人们都穿上了苏恩。

自从罕达敦奉了皇帝之命后，游猎的山岭上人都被他管起来了，山岭中的蟒猊再也不见了。

整理者：董向华

罕王的传说

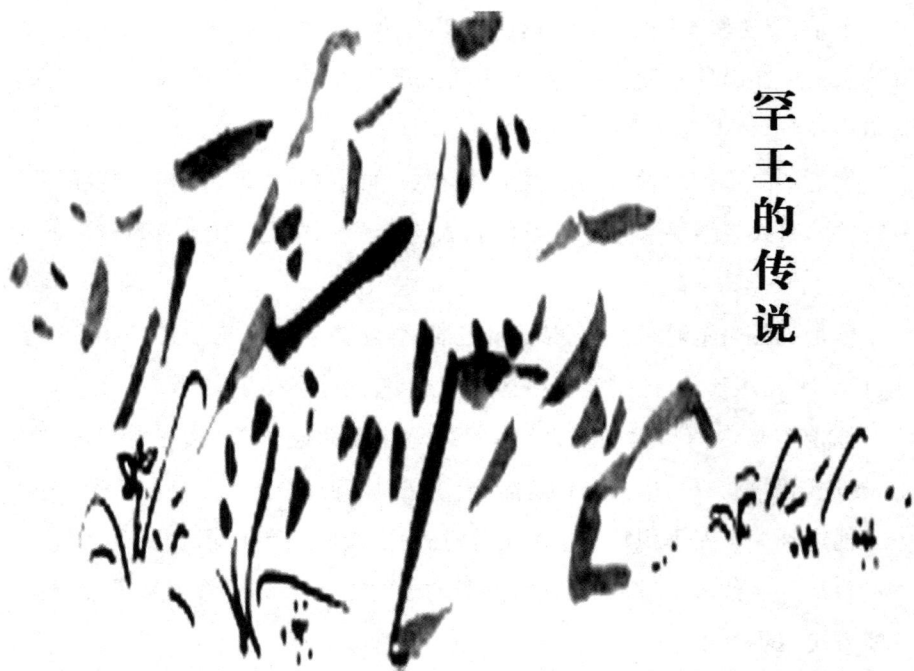

长白山上有个天池,池边绿树成荫,飞鸟成群。一天,有姐妹二人到天池洗澡。她俩来到池边,正巧吹来一股香气。姐妹俩往香气的来处一看,原来是先祖果熟了!那先祖果跟柿子一般大,又香又甜,真馋人。姐妹二人连蹦带跳地跑到树下,爱爬树的妹妹爬上树,伸手把果子摘了下来。妹妹从树上下来,把先祖果往姐姐的嘴里塞。姐姐说:"是你上树摘下来的,你把它都吃了吧。要是咱俩分着吃,谁也吃不出啥滋味来。"妹妹说:"谢谢姐姐!等再熟了摘下给你吃。"说完,三口两口就把先祖果给吞下去了。吃完,她吧嗒吧嗒嘴,说:"又甜,又香,又脆。"二人说笑着,脱下衣服就跳进天池洗上了。姐妹俩洗够了,便又说又笑地回家了。

过了两三个月,妹妹的肚子总觉得不好受,四五个月后,肚子就大了。这可把姑娘吓坏了、愁死了。怎么办呢?妹妹的事,姐姐知道。姐姐就让妹妹到天池边先祖果树下去生孩子。到了足月的时候,妹妹就到先祖果树下把孩子生下来了,是个白胖小子。怎么办呢?这孩子她也不能往家抱啊。于是,她就扒下了一大块先祖果树皮,将树皮从当腰一折,接着将一半树皮放在水中，然后把孩子放在树皮上，又把那一半树皮盖在了孩子身上，最后把孩子往水里一推。小孩哇哇直哭，妈妈淌着眼泪回家去了。

离天池边不远有一家茶馆，开茶馆的掌柜叫王镐。这一天，王镐才把茶馆拾掇完，冷不丁听到池子那边有孩子的哭声。王镐是个勤快、心细的好人。他往池子那边细看了看，见没有人，可孩子的哭声越来越大，于是就好奇地向哭声走去。离好远他就看见一群乌鸦在池子里的一块树皮上盘旋、鸣叫，而哭声正是从树皮里传出来的。王镐心里纳闷，赶紧找一个长杆子把树皮钩了上来。他揭开树皮一看，嗬！里面躺着一个胖小子！这下可把王镐给乐颠馅了。他都五十来岁了，还没有个儿子呢。这不是老天赐给他的嘛！他往四下又瞧了瞧，见一个人影也没有，就放心地把孩子抱回家了。

王镐老来得子，心里不知有多高兴了。这胖小子不光长得俊，还会逗人儿，见了人小嘴一张就笑起个没完。王镐好像一下子年轻了好几岁，对待喝茶的人更和气了，买卖也更兴隆了。南来的、北往的、挖参的、卖货的，都乐意在这喝茶吃住。日子过得好快呀，一晃儿王镐的儿子就五六岁了。他成天跟喝茶的人混在一块儿，人人都喜爱这孩子，就把他叫王罕。

小王罕长到八九岁时，也跟着大人们上山玩，学着挖参。没用多少天，小王罕就挖了棵八品叶参。这可真是稀罕事，别人最多只能挖着七品叶参。要知道头一年的参叫登台子；二年的叫二甲子；三年的是二品叶；八年以上直到三十五年的，都是七品叶。

那些挖不着参的人，整天没个好模样，都耷拉着脑袋，长吁短叹的。小王罕笑这些人没用，说满山有的是人参，没长眼睛才挖不着。大人们本来就又急又恼，结果又让个小孩给笑话了，但碍着王镐的面儿，见王罕又是个孩子，就都把气咽到肚里了，不理王罕。可这小王罕偏偏跟大人们较起真儿来了。他小手一指，说："南山坡就有。"谁能信他的？见大伙儿都不信，小王罕拉着一个挖参人就走。到了南山坡，小王罕用手一指，说："那不是？"那挖参人仔细一看，真是！这下挖参人可乐坏了，赶紧把整个的参小心翼翼地挖了出来。挖完这棵，小王罕往别处一指，又是一棵。这回所有挖参的人都服了，围着小王罕夸起来。小王罕更神气了，黑眼珠子滴溜溜一转，说："这算啥？那边还有大个的呢！"人们有信的，有半信不信的，还有不信的，但都跟着小王罕过去看。这时，王镐也来凑热闹了。王罕走了几步，看了看，说："这就是！"大家围上来，把参挖出来一看，齐声惊呼："好家伙！八品叶大参！"人们瞅着小王罕心里都直纳闷：他怎么能知道哪里有参呢？怪事！

王罕八岁了。王镐想：孩子天生精灵，光在老山老峪里待着有啥出息，得出去见见世面、学点本事、读点书才对。可是，出门学艺、读书得用钱，家里没钱咋办？活人不能让尿给憋死了，把人参拿出去不就变钱了嘛！于是，老爹领着儿子、带着人参，说笑着下山了。上哪儿去学艺呢？他们听说镇守山海关的李总兵有本事，就决定上那去。

爷俩走了一天，来到一个镇子。正好镇子中有个药铺，爷俩就走进了药铺。爷俩一进屋，掌柜就看出来了，跟王镐说："老客发财！"王镐笑眯眯地朝柜台走去。掌柜说："老客，把宝贝拿出来吧！"王镐说："哪有宝贝呀！"掌柜说："别唬人了，你一进屋我就看出来啦！"王镐说："我是来打听价钱的。"掌柜说："你领个孩子干什么？"

王镐就把要送王罕上总兵府学艺的事跟掌柜说了。

"老客，你是怎样挖着宝贝的呢？"掌柜问王镐。

"我这小子会看参。"王镐说完，摸了摸王罕的头。

跑堂的听说小孩会看参，都好信儿地围了过来。有个人故意给王罕出难题，说："小老疙瘩，你说我们这儿有没有人参？"

王罕黑眼珠子一转，四下看了看，用手一指，说："厨房的菜墩下面就有！"

众人听了哈哈大笑，鸡一嘴、鸭一嘴地说王罕是个魔怔，大白天说胡话。这下把王罕脸都气紫了，说："不信？你们挖呀！"

大家一看王罕那个认真劲儿，也是为了出他的丑，便七手八脚地挪菜墩挖上了。大伙儿挖呀挖呀，不一会儿真的挖出了一棵人参。这下子大伙儿服了，心里都纳闷：这孩子的眼睛怎么这么毒?！

爷俩走出药铺，还是一天一天地往前赶路，又走了四五天，终于到了山海关总兵府。见到李总兵，王镐把"宝贝"献了上去，又把王罕托付给了他。

就这样，八岁的王罕给李总兵当上了书童。

日子过得好快，一晃儿好几年过去了，王罕的能耐已经不小了，学会了武艺，又喝了不少墨水，就连李总兵的书都能看下来了。

有一天，朝廷忽然颁下圣旨，说钦天监的官员夜观天象，发现长白山下有一个"真龙天子"的星位，命山海关总兵赶快查抄，晚了会对大明朝不利。圣旨传给了李总兵，可是他带领兵将查抄了三个月，也没见着"真龙天子"的影儿，于是便人困马乏地回府了。

这一天晚上，李总兵要洗脚，王罕给他打洗脚水。李总兵洗完脚，王罕给他擦脚时，看见他的脚掌上有一颗痣子，觉得挺有意思，忙问李总兵："总兵大人，你脚掌上怎么长了一颗黑痣子呢？"

"哈哈，你小小年纪哪里知道，我当总兵全靠它呢！"李总兵笑着说。

王罕听了觉得好笑，心里想：你长一个痣子有啥稀奇？就对李总兵说："大人，那我脚上还有七个呢！"

李总兵以为小孩跟自己逗着玩呢，说："我不信，你把脚伸给我看看。"

王罕便把脚伸给李总兵看。李总兵一看，心里咯噔一下。他眨巴眨巴眼睛，心里有底了，说："你跟我的不一样，不过……你以后也能当官。把水倒出去吧，这里没事了。"

王罕端着洗脚水走了。李总兵狠狠地看了他一眼，心中好不痛快：查抄了几个月，累得够呛，没承想"真龙天子"就在身边！好小子，让你活这一宿吧，明天就把你交给皇上！

李总兵的一举一动早让他的小老婆看在眼里了。她趁李总兵不在，把王罕叫来，让他把脚伸出来给自己看看。她一看，被吓了一跳，觉得孩子可怜，就把李总兵要拿他的事说了。王罕跪在她面前哀求道："夫人，你得救我！我以后若真能称帝，让子孙万代都记住你的大恩大德！"她让王罕起来，叫来马童，让马童把王罕送出去。她又从李总兵那里偷来一支令箭，让二人一人骑一匹大青马，带上一条狗逃走了。第二天，李总兵听说小老婆上吊死了，心里咯噔一下，接着又有人来报，说王罕和马童不知上哪儿去了。

"坏菜了！小崽子跑了，快给我追！"李总兵气得边喊边照着小老婆的尸身踢了几脚,然后赶紧领人马去追。

在逃命的路上,马童的大青马被累坏了,跑着跑着一头倒在地上就没气了。马童也掉下来摔死了。王罕骑的大青马也被累死了。王罕只好领着一条狗没命地往前跑。李总兵不知王罕藏到哪去了,就想了个毒招:命令兵士放火烧!大火铺天盖地地烧了起来。这时,王罕又饿又累,早就跑不动了,倒在沟塘边就睡着了,大火着起来他也不知道。等大火烧过,王罕却被冻醒了。他坐起来,揉揉眼睛一看,发现狗死在了自己身旁,再一看狗浑身精湿,一下就明白了。原来,大火烧着了沟塘的草,狗就跑到水里把浑身弄湿,然后跑到王罕身边再把草弄湿。狗就这样跑来跑去地被累死了。就在这时候,一群乌鸦落在了王罕身上,李总兵以为乌鸦正在吃王罕的肉,就没派兵过去搜查,领兵回去交差了。

王罕好不容易逃回了自己的老家,家里人一见王罕这个样子都被吓坏了。王罕就把细情一五一十地跟乡亲们说了。众人看了他脚上的七星北斗,大声喊起来:"咱们反了吧!"

挖参人和附近的百姓早就把大明朝恨透了,都盼望着有一个"真龙天子"出世,改朝换代。"真龙天子"就在眼前!挖参人早就享受着"真龙天子"的恩赐了,挖着了不少七品叶大参!于是,众乡亲跟着王罕扯旗造反了。他们招兵买马,积草屯粮,声势越来越大,就立了王罕为王。从此,大伙儿都叫他罕王。后来,罕王的子孙打进了山海关,坐了江山,建立了大清朝。

讲述者:关银双

记录者:胡桂菊

整理者:关万发

好心的姐姐

　　传说,从前茨尔滨河这一带有一对孪生姐弟,父母早亡,只留下了一匹小红马。

　　这一年,弟弟从军打仗,在行军的路上,被人害死了。小红马驮着主人的尸体飞也似的往回赶。小伙子的尸首往后仰时,小红马的尾巴就翘起来挡住;向两边倒时,鞍鞯就托住;向前倾时,小红马的长鬃就竖起来支住。

　　小红马把主人的尸体驮到家后,冲着撮罗子直叫:"好心的女主人,出事了!请你快出来吧!"

　　姐姐在撮罗子里听见弟弟骑走的那匹小红马在叫自己,就急急忙忙地走出了撮罗子,一看,可不得了了!只见弟弟直挺挺地躺在马背上。她一摸弟弟的胸口,发现心都不跳了,顿时觉得头重脚轻,一把抓住鞍鞯才没倒下去。

　　小红马说:"好心的女主人,你先不要慌。你弟弟是被人家害死的,时间还不算长,你要想办法把他救活。"

　　姐姐问:"人都死了,怎能救活呢?"

小红马回答："必须给他娶来三个妻子,才能使他死而复生。"

姐姐说："人都死了,谁还能来给他做妻子呢?别说三个,就连一个恐怕也很难办到啊!"

小红马说："时间不能再拖了,你赶快想办法吧!"

姐姐搓搓手,想了想,然后把弟弟的尸体从小红马背上抱了下来,停放在撮罗子里,接着又出外捉来几只树鸡和飞龙,把它们分别捆在了弟弟的胳膊和腿上。这一捆不要紧,那树鸡和飞龙拼命地呼扇翅膀往外挣,把苍蝇给扇出去老远,苍蝇也就不能在尸体上下卵、生蛆了。

好心的姐姐为了救活弟弟,决心冒着风险女扮男装,到外面去替弟弟娶三个妻子。于是,她脱下自己的袍子,换上了弟弟的袍子。打扮好后,她掏出铜镜一照,嗬!她本来就长得很漂亮,这一化装,更显得英俊、洒脱了。说话之间,她已经骑上小红马走了。

好心的姐姐走着走着,来到了一个乌力楞。这里聚集了很多人,中间有一个姑娘正在向人群抛出一条红头巾。那红头巾在人们的头上忽东忽西、飘来飘去,小伙子们也随着红头巾忽东忽西、拥来拥去。好心的姐姐翻身下马,站在那里看热闹,没承想那红头巾一下子落在了她的头上。她不由得愣住了,刚要把红头巾还给那个姑娘,小红马却在她的耳边说:"好心的女主人,收起来吧。她就是你弟弟的第一个妻子。"

人群中的那个姑娘,一见自己的红头巾落在了一个英俊、诚实的小伙子手中,便满意地牵过一匹马,跟着好心的姐姐走了。

她们走着走着,来到了第二个乌力楞。这里又有一群人正在接一个姑娘抛出来的白头巾。那白头巾正巧落在了好心的姐姐肩上。好心的姐姐正在没主意的时候,小红马又贴近她的耳边悄悄地告诉她:"好心的女主人,为了救活你的弟弟,你就收下这条白头巾,答应这门亲事吧!"她听了小红马的话,把白头巾收了起来。

人群中的那个姑娘,一见自己的白头巾落在了一个眉清目秀、心地善良的小伙子手中,便高兴地牵过一匹马,也跟着好心的姐姐走了。

她们走着走着,来到了第三个乌力楞。这是一个很大的乌力楞,聚集的人也比前两个乌力楞多。人群中有一个姑娘扔出一条绿头巾。那绿头巾刚好落在了好心的姐姐手里,她连想都没想,就收了起来。

人群中的那个姑娘,一见自己的绿头巾落在了一个洒脱、俊朗的小伙子手里,就穿出人群,牵过一匹马,也跟着好心的姐姐走了。

好心的姐姐女扮男装,一连找了三个姑娘。小红马贴近姐姐的耳朵,说:"好心的女主人,你弟弟的三个妻子都找到了。救人要紧,赶紧往回走吧!"

此时,好心的姐姐心里比小红马还着急哪!于是,她带着三个姑娘急急忙忙地往回赶路。

一路上,好心的姐姐虽然亲亲热热地尽量照顾三个姑娘,却从来不尽丈夫的义务。因此,三个姑娘起了疑心,都怀疑自己的丈夫不是男人而是个女人。第一个姑娘偷偷地说:"明天,咱们三个向他提出一块儿赛马的要求。他要是个男人,骑在马上就会利利索索的,而且能跑出一条线;如果是女人,就免不了拖拖拉拉的,也跑不出一条直线。"

三个姑娘商量的话全都让小红马偷偷地听到了。于是,它故意失蹄停下来,让三个姑娘骑马超过去,让自己落下一段距离。然后,小红马就把三个姑娘商量好的事告诉给了好心的姐姐,让好心的姐姐提前有个准备。

果然,三个姑娘一齐向好心的姐姐提出了一块儿赛马的要求。好心的姐姐早有思想准备,二话没说就同三个姑娘赛起马来。她在小红马的帮助下,披挂整齐,像飞似的跑成了一条线,始终没有让三个姑娘追上。好心的姐姐没有露出一点破绽。

大伙儿又走了一段路。天渐渐地黑下来,好心的姐姐带着三个姑娘打小宿儿。她点上篝火,把路上打的一只狍子交给三个姑娘,让她们烧狍肉、烀狍头吃。第二个姑娘对另外两个姑娘说:"赛马中,虽然我们谁也没看出什么破绽,可谁能保准他不是个女人呢?依我着,咱们正好利用烀狍头的机会再考验考验他。烀好的狍头,咱们三个谁也不要伸手去捞,让他趁着开锅捞出来。他要是男人就不怕烫;他要是个女人,就非被烫得松手不可!"

三个姑娘商量好的话,又被小红马听见了。它悄悄地告诉好心的姐姐:

"好心的女主人，为了救活你的弟弟，无论怎样烫，你都不能松手！我会帮助你闯过这一关的。"

也就是抽袋烟的工夫，吊锅子里的狍头烀好了。三个姑娘一齐招呼好心的姐姐过来。第二个姑娘对好心的姐姐说："我们三个在家都没烀过狍头，不知烀好了没有。请你把狍头从吊锅子里捞出来好吗？"好心的姐姐见吊锅子里的水翻着花，心里也有点打怵，可三个姑娘都看着她呢。于是，好心的姐姐先往吊锅子里放点盐和野葱末，然后一狠心，伸手就捞出了狍头。她的手立时被烫得钻心似的疼。正在这时，一股凉气吹在手上，她的手就不疼了。好心的姐姐将狍头放在一个树墩上，抽出猎刀，一刀割下一只耳朵，又一刀绞出耳根肉，再一刀绞出眼窝肉，接着啪的一下，用刀背敲开头骨，露出了完完整整、颤颤巍巍的脑浆子。然后，她又一刀切开下巴骨，割下了舌头。就见她手起刀落，总共七八下，就把一个狍头剔得干干净净。三个姑娘瞪着六只大眼睛，你瞅我、我瞅你，谁也挑不出什么毛病来。

第二天是个大热天，一行四人骑在马上，被晒得汗如雨下。第三个姑娘对另外两个姑娘说："这山路两旁经常有河，咱们想办法让他下河洗澡。这下肯定就会知道他到底是男是女了。假如他真是个女的，那我们岂不是上当了吗？"另外两个姑娘也觉得这个主意不错，齐声说："好，就这么办！"

第三个姑娘出的主意又被小红马听见了。于是，它放开脚步跑在前面，在一条河边停下，对好心的姐姐说："好心的女主人，她们三个要是非让你下河洗澡，你就放心大胆地下河去洗吧。我一定帮助你闯过这最后一道关！"

过了好半天，三个姑娘才骑马赶来。三个人一齐对好心的姐姐说："天太热了，我们就在这条河里洗洗澡吧！"

好心的姐姐爽快地回答："洗吧！"

三个姑娘又一齐说："我们三个谁也不知道这条河的水是深是浅，你先下去探个底儿行吗？如果你连这点小事都不肯做，那我们就要回娘家了！"

好心的姐姐听了三个姑娘的话，心里暗暗好笑，便点点头，走到河边，然后当着三个姑娘的面一件一件地脱衣服。这时，小红马冲着好心的姐姐打了一个喷嚏。顿时，河面上起了一阵大雾，什么也看不见了。好心姐姐真的在河水里痛痛快快地洗了个澡。等到她爬上岸,快要穿完衣服的时候,雾也散了。三个姑娘傻呆呆地望着正在擦脸的她,一句话也说不出来。

好心的姐姐带着三个姑娘继续往家里赶,走了一会儿,迎面碰到一座大山。大伙儿翻过这座山,就到家了。走到山根儿,好心的姐姐故意回头跟后边的三个姑娘招招手,然后一提缰绳。小红马立时就明白了女主人的意思,伸开四条长腿开始猛跑,一气就翻过大山回到了住处。

好心的姐姐走进撮罗子,一看弟弟的尸体还停在那里,树鸡、飞龙还在不住地呼扇着翅膀,于是就解开绳子,把树鸡和飞龙放了。小红马对她说:"好心的女主人,一路上你受了很多苦,你该做的事都做完了。现在该轮到她们三个人救活你弟弟了。"好心的姐姐感激地拍拍小红马的脖子,接着咬破中指,在鞍鞯上写下了一行字,然后离开撮罗子走进了树林。三个姑娘紧赶慢赶,好不容易翻过大山,见小红马冲着她们咴咴直叫。于是,她们三个就翻身下马,一块儿进了撮罗子,却见地上停着一具死尸,细细一看,和她们的丈夫长得一模一样。三个姑娘都愣住了,不知这是怎么回事。过了一阵儿,第一个姑娘说:"你俩不用害怕,咱们三个想办法把他救活。"说着,便掏出红头巾放在了小伙子的心窝上,第二个姑娘把白头巾放在了小伙子的头下,第三个姑娘把绿头巾放在了小伙子的腿下。接着,第一个姑娘从头上取下银簪子,在小伙子的鼻梁上来回蹭了三下,小伙子就渐渐地醒过来了。

小伙子站起身,望着眼前的三个姑娘发愣,不知是怎么回事。这时,小红马在外面又叫起来。他听见了,便走出撮罗子,来到小红马旁,看见鞍鞯上有一行字。读完了这些字,他才知道自己被害和被救的经过,也猜想到姐姐为救活自己,冒了不少风险。

然后,小伙子按照姐姐的嘱咐,和三个姑娘成了亲。

成亲后不到三个月的时间,三个妻子发现家里的东西总是丢,不是今天肉少一块,就是明天小米缺一碗。而且,丈夫也好像有什么心事,总是闷闷不乐的。因此,三个妻子凑在一起瞎猜疑:"别看我们三个对他好,他对我们也不错,可谁能保准他没外心呢?"于是,三个妻子商量好,把每个人的绣花线都拿出来,等丈夫再偷偷走出去时,别在他的袍子上。小伙子当然是一点也不知道了。

这一天，天刚擦黑的时候，小伙子又不声不响地走了。他前脚走，三个妻子后脚就捋着绣花线跟上了，一直跟到密林子里。果然，这里有一个小撮罗子，丈夫正和一个长得特别漂亮的姑娘在一起亲亲热热地唠嗑呢！

三个妻子见此情景都没吱声，收起绣花线，回到了住处。第二天，丈夫打猎走后，三个妻子就来到了那个小撮罗子，一看里面住的人正是昨晚和丈夫亲亲热热唠嗑的那位漂亮姑娘。三个妻子便埋怨这个漂亮姑娘，不该勾引她们的丈夫到这里来。

好心的姐姐一看瞒不住了，就把兄弟从军被害、自己女扮男装替弟弟找来三个姑娘后又躲出来的经过，从头至尾详详细细地说了一遍。三个妻子都被姐姐的好心感动得流下泪来。她们好说歹说，才把好心的姐姐接回来住在一起。

小伙子打猎归来，看见姐姐被三个妻子接回来住在一起，非常高兴。当晚，一家人团聚在一起，吃啊喝呀，唱啊跳啊。三个妻子纷纷拿出娘家陪送的嫁妆给好心的姐姐看，可是哪会想到，一件金首饰传来扔去，不小心落在了正在哈哈大笑的姐姐嘴里。她一口气没喘上来，就被憋死过去了。

第一个妻子忙摘下银簪子在好心的姐姐鼻梁子上来回蹭了三下，可一点也没见效。见此情景，三个妻子放声大哭，一个个哭得死去活来。小伙子觉得自己不仅没有报答姐姐的恩情，反而断送了她的性命，思前想后，更是痛苦万分、追悔莫及。他连忙把姐姐装进桦皮棺材，又唤来一只鹿，把棺材放在了鹿角上。那只鹿就用角顶着棺材跑了。

卧肚河旁的一个山根底下有一户人家，就老两口子常年住在这里，靠打鱼为生。老两口子你尊我敬、你勤我俭，过着不愁吃、不愁穿的日子，可就有一桩心事。原来他俩曾经养活了好几个孩子，但不是这个摊上天花，就是那个得了抽风病。眼看着活蹦乱跳的孩子先后死去，一个也没站住，老两口子别提多伤心了。老阿尼总是磨磨叨叨地说自己命不好，连个孩子都养不活。老阿曼见老伴魔魔怔怔的，只得好言好语地劝说，生怕老伴也有个三长两短的。真要是剩下他自己了，那他得有多孤单哪！

一天，老阿曼又要下河去打鱼，刚走到鱼亮子，见河对面有一只鹿站在那里叫唤，就踩着石头亮子过河把鹿捉住了。他一看，鹿角上顶着一口桦皮棺材，心想：这是什么人干的？拿下来埋掉吧。

于是，老阿曼使劲地把桦皮棺材从鹿角上往下一撂。那桦皮棺材落在地上，一下子就散花了，里面竟露出来一个大姑娘！他小心翼翼地走近一看，只见那姑娘脸红扑扑的，过了半天喘出来一口气。老阿曼把姑娘抱上鹿背，一边扶着一边吆喝鹿，便从石头亮子上过了河。

到了撮罗子跟前，他就招呼老伴快出来。老阿尼正在撮罗子里缝靴子呢，心想：这老东西真不着调，刚走就回来啦。她刚起身撩起门帘子，就见老阿曼抱着一个姑娘着急忙慌地进来，把姑娘往皮垫子上一放，转身舀来一碗水喂进了姑娘嘴里。那姑娘喝过水后，睁开了眼睛。老两口子乐坏了，忙问姑娘是哪个地方的人，为什么被装进了棺材里。可是姑娘光张嘴，却说不出话来，后来又用手比画着说胸口堵得慌。老阿尼忙用手去拍，三拍两拍，姑娘只觉得胸口窝里咕咚一下，病立刻就好了。

好心的姐姐被救活了。她起身向两位老人跪拜，述说了自己的身世，接着一定要拜老两口子为自己的父母。老两口子哪有不答应的！老阿尼老来得女，而且是一个容貌出众、贤惠能干的大姑娘，乐得合不拢嘴，她那魔怔病没治就好了。后来，老两口子精挑细选，招来一个养老女婿。又过了一年，好心的姐姐生了个又白又胖的小丫头。

有一天，好心的姐姐随丈夫进山打猎，老阿曼也到河里去打鱼，家里只剩下老阿尼看孩子。她一边拽着摇车一边唱：

> 波巴列，巴列，波巴利巴利，
> 茨尔滨河上有名的好心姐姐，
> 这个人就是你的阿尼。
> 妞妞你好好地睡吧，巴利巴利，
> ……

这时，小伙子正好骑着小红马路过这里，听见有人在唱一支哄孩子的歌。那歌词的内容叙述的是孩子的阿尼怎样女扮男装，想尽办法救活自己弟弟的经过。小伙子一琢磨,这正说的是自己姐姐的身世,于是连招呼也没打,一头就钻进了撮罗子,直奔摇车。他看见摇车里的孩子和姐姐长得一模一样,就忙向老阿尼打听孩子的来历,然后也说了自己的身世。

老阿尼一听,知道他就是好心姐姐的弟弟,忙热情招待。等到好心的姐姐打猎回来,姐弟相见,又抱头痛哭了一场。

没过几天,小伙子领着三个妻子和儿女又来到这里,在离好心的姐姐家不远的地方,搭起一个撮罗子住下了。

就这样,好心的姐姐和弟弟再次团圆,成为一个乌力楞的人了。

讲述者:莫桂红
整理者:白水夫

火口森林

从前,有个老宋头儿,跟前儿有俩儿子,老大小名叫来子,老疙瘩小名叫跟来,哥俩相差十来岁。老大都娶妻生子了,老疙瘩才十来岁。老宋头儿临死的时候不放心,提拉耳根子嘱咐来子两口子好好地照看跟来。这两口子哼哈地答应,说得挺好,可老头儿一入土就不是那样儿的了。来子媳妇儿怕跟来长大了娶媳妇儿分家业,总瞅他像黑眼儿蜂似的,恨不得他一时死了,自个儿好独霸家业。

自打爹一死,嫂子就没给过跟来好脸儿。他一个十来岁的小嘎儿,就得像大人一样上山打柴火,供不上灶坑就吃不上饭。要是赶上来子媳妇儿心不顺,跟来还得挨顿胖揍。

有一天,跟来打的柴火比每天少了点儿,正赶上他嫂子因为做饭不应时、不应晌让他哥哥打了一顿没处撒气,一看跟来背着柴火撅搭撅搭地回来了。她过去连拧带掐,把跟来胖揍了一顿。她是出气了,可跟来一气儿蹽出来,一时也不敢回去了,在他打柴火的老黑山转悠了半下晌。天黑了,跟来又饿又冷,三舞扎、两舞扎舞扎进了个山洞子。洞里背风暖和点儿,他也累坏了,迷迷糊糊就睡着了。不知过了多大工夫,跟来听见进来不少也不知是人还是啥,黑黝黝地看不清。他把眼睛闭得紧紧的,藏在那儿连大气儿也不敢出。就听见这些人一个个地直抽鼻子四下闻,边闻边说:"好生人气!好生人气!"跟来被吓得更不敢动弹了。就听见有个声音说:"都刚从外边儿回来,还能没有生人气? 瞎吵吵啥?"听他这么一说,别人也都不吱声儿了。过了一会儿,有人说:"折腾一天了,又饿又累,快把宝贝请出来,要一桌上等酒席,大伙儿吃了好睡觉。"旁人都说:"对!对! 老肠子跟老肚子都打到一块堆啦,快点吧!"接着素静了一会儿,先前那个让大伙儿别瞎吵吵的声音又说:"坐好坐好,现在就开饭。"跟来也饿得肚子直疼,寻思:啥饭这么快,说吃就吃? 还是那个声音道:"葫芦大哥,你听我说,快来上等酒席一桌。"话音刚落,跟来就闻到了饭菜的香味儿,紧接着就听碗筷儿乱响,他们像猪吃食似的,造得挺欢,还有酒,连吃带喝的。吃完了,那个声音又说:"葫芦大哥,你听我说,酒足饭饱,收拾刷锅。"接着他告诉大伙儿都睡觉吧。临睡前有一个声音说:"大哥,你可把宝贝藏好了,别让别人偷去。"那个人答话说:"放心吧,谁还敢上这儿来偷,真是好大的胆子!"说着就打上呼噜了。

跟来听四外没动静了,便慢慢地爬起来,四下一撒摸,看见有个玩意儿直闪金光。他上前捡起来一看,是个黄澄澄的葫芦,寻思八成就是他们说的"葫芦大哥"了,忙把它揣到怀里。再一细看地下睡的,只见一个个龇牙咧嘴的,没个人样,吓得他急忙溜了出来。跟来跑回家去,进了他那个像狗窝似的小屋,饿得实在挺不了了,便把葫芦从怀里掏出来,连忙念叨:"葫芦大哥,你听我说,快来上等酒席一桌。"话音一落,就看炕上摆着一桌热气腾腾的酒席。跟来长这么大,别说吃啊,连看都没看见过,有些菜真不知咋吃。他也实在饿急眼了,拿来就呛。跟来吃得正香,没承想他嫂子推门就进来了,说:"哟,孩子他老叔多咱发财了? 吃这么好的嚼谷也不招呼嫂子一声儿,光自个儿蹲屋里吃?"原来这娘们儿晚上起夜,听见跟来的屋里有动静儿才进来看看的。她这一哨皮,把跟来造了个满脸通红。他是老实人,不会撒谎,就把根本来底说了,说完让嫂子把哥哥叫来一块堆儿吃。吃完,他还学着念叨:"葫芦大哥,你听我说,酒足饭饱,收拾刷锅。"一下子就啥都没了。

来子媳妇儿一看这玩意儿可真好，不操心、不费力的，要啥来啥。她吃饱喝足了，躺在炕上琢磨：爹有娘有，不如怀揣自有。这玩意儿再好是人家的，自个儿要是有个就好了。晚上在被窝儿里，她就跟来子嘀咕这套嗑儿，话里话外的意思是让他也去整个宝葫芦来，省着使唤人家的。常言说，"家有贤妻，男人不遭横事"。摊上这么个不贤的娘们儿，那还能好得了？来子架不住枕头风吹，说实在的，他对兄弟的宝葫芦也挺眼气，寻思自个儿要是有一个也不错。

来子为了把握起见，又找跟来详细地问了一遍。吃完晚饭，来子就自个儿摸黑进洞匿起来了。果然工夫不大，从外面进来一大帮人，也是有人抽搭鼻子直闻，边闻边说："好生人气！好生人气。"来子被吓得一动也不敢动。这些人吵吵半天，就听有个声音说："都刚从外边儿回来，还能没有生人气？瞎吵吵啥？"有个声音马上顶回来："得啦得啦！上回不叫你这句话，哪能把宝葫芦丢了？"接着大伙儿一哄声儿地说："对！大意失荆州！今儿个得搜搜，省着上当。"他们说着四下一搜，当时就把来子给拎出来了，都说："好啊！你偷了宝葫芦，让我们挨了好几天饿。今儿个你又来了，真是该死的兔子往萝卜锅蹦！快把宝葫芦拿出来！"来子这时候被吓得魂儿都没了，边磕头边说："宝葫芦真不是我拿的。""谁拿的？快说！""是跟来拿的。"来子答道。"你跟谁来拿的？""不是我跟谁来拿的，是我兄弟小名儿叫'跟来'，他拿去了。"来子又答道。"那你又干啥来了？"这时候，来子在心里直骂他老婆：放着好日子不过，这不是让我送死吗？人家一问，他不敢说实话，只得支支吾吾的。这帮家伙一听他说不出，知道没安啥好心，都说："我们都饿好几天了，正好拿你开斋吧。"说着，这个拧条大腿，那个卸个胳膊，不大一会儿就把来子撕巴着给吃了。

来子媳妇儿在家乐颠颠地等他，连晚饭都没吃，可是左等不回来，右等还不回来，一直等到天大亮了，还没有影儿。她这回可真是老太太穿毡袜——毛了脚了。她哭得眼睛像烂桃儿似的，嘴咧得像破瓢儿似的，脖子伸得像蒜薹儿似的，鼻涕淌得像两根面条似的，央告跟来去找他哥哥。都是一奶同胞，就算嫂子不说跟来也得去找。他找到洞里，只觉得一股血腥味儿直打鼻子,又见哥哥的衣裳、鞋都在地上扔着,上边儿血糊淋拉的,知道哥哥准是让妖精给吃了。他一琢磨,待会儿妖精一回来,自个儿也是没好儿,咋整呢? 他就寻思让洞浅点儿,妖精要是回来了自个儿好跑。他把葫芦从怀里掏出来,念叨:"葫芦大哥,你听我说,让洞缩缩! 让洞缩缩!"眼看这洞一会儿比一会儿浅,正在这时候,就听脚步声响越来越近。他一寻思:坏了,这帮玩意回来非收拾我不可。他急中生智,寻思要是来一片大树林子把自己挡住,妖精就找不着了,忙说:"葫芦大哥,你听我说,来片林子遮遮! 来片林子遮遮!"果然,他的身前身后立马长满了大树,成了一片树林子。他就听这帮妖精来到跟前儿,说:"是这地方啊,咋不对劲儿呢? 怎么从地底下冒出了一片林子来? 八成走错了,走吧走吧。"

等妖精走了,跟来才从林子里钻出来,回去给他嫂子送信儿。从此就留下了这片地下森林,有人管它叫火口森林。

讲述者:王经奉

整理者:张文彬

姐妹山

南来进山的阿哥，

这里来，

这里有泉水，

焦得布，焦得布。

北来进城的阿爸，

这里来，

这里有泉水，

焦德布，焦德布。

这是两座山唱出的歌。

十四座名山中有两座山的名字相似，只差一个字，东边的叫焦德布，西边的叫焦得布。两座山的形状一样、高矮一样，相距二里，人们叫它们姐妹山。咋不叫兄弟山呢？因为这两座山是一对孪生姐妹变的。

从前，这里没有这两座山，是一片大森林。森林里鸟兽很多，成群结队，此外，还有挖不尽的药材，采不尽的猴头、木耳和各种山产品。在这森林的南头住着一个猎户，叫焦世海，全家四口人，夫妻俩领着一对孪生女儿过日子。这里资源丰富，加之夫妻俩勤劳能干，每年除打猎外，还采些药材和各种山货到城里去卖，所以家境是很富实的。

焦世海住的这个地方是个由城里到山里、由山里到城里的中间地带，往南走四十里进城，向北去四十里进山，都是半天的路。那时候，上山下山的都是做木头、采山珍、烧炭、打猎的穷苦人，没车没马，所得山货也都是人背人扛。焦世海为了让这些人来往存站歇脚方便，特地盖了几间房子给他们用，但从不收店钱。谁来谁住，住完就走，大伙感到很方便。

人无百年寿，花无百日红。在两个女儿刚刚懂事的时候，焦世海的妻子忽然病故了。老猎人倒挺刚强，也没续弦，自己又当爹又当娘，领着两个女儿过日子。就这样又过了些年，老猎人的年岁大了，加上常年住在深山老林里，坐了不少病，身子骨渐渐地不行了。这时两个女儿才十一二岁，还不能自立，怎么办呢？他想了想，想出一个办法：把叔伯弟弟叫来经管家业、抚养女儿吧。于是，他就给叔伯弟弟去了信。他的叔伯弟弟叫焦世信，是个抽赌嫖逛、好吃懒做的人。焦世信的生活正无着落呢，接到哥哥的信非常高兴，急忙就往这里来。从关里到这关外的大北方，路是很远的，他走了很多日子才来到这。这时候焦世海的病就很重了，他把弟弟焦世信和两个女儿叫到跟前儿，说："弟弟，我知道你没正当职业，瞎混了这些年，景况很不好。我叫你来，一是给你弄个正当职业，二是给我拉扯你这两个侄女。我这些年的积蓄足够你们用的了。你今后可不能再胡混了。你的职业就是抚养孩子，采集各种山货。等把你这两个侄女抚养到该出嫁的时候，给她俩找着合适的人家，打发她们出了阁，就算对得起我了。之后，你再安个家。"

焦世信点头答应着。

焦世海喘口气儿，停了停，又说道："我这里是那些穷哥们上山下山的必经之路。前面那间房子是我为他们准备的，你要把它看管、维修好，给大伙儿用，不准收一文钱。"

焦世信也点头答应了。

过了不多日子，焦世海就与世长辞了。

焦世信把哥哥安葬完,便过起了富实、安稳的日子。

人怕有钱,马怕有膘。马有膘就龙性,人有钱就洋兴。没过三年,焦世信的老毛病犯了,肥吃肥喝不算,又耍起大钱、抽起大烟来了。后来,他竟违背哥哥的叮嘱,没等两个姑娘出阁就早早地娶了个女人。他本人走邪路,娶的这个老婆当然也就不是什么好货,既贪心又刁狠,总在背后吹邪风、点邪火。从此,这个家就不安宁了。

"我们这是给人家拉套呢!"

"养活两个赔钱货。"

头几次焦世信不听,而且还会反驳几句。

"你说这干啥? 我们是哥兄弟,我应该帮哥哥拉扯两个孩子。"

"这也是水帮鱼、鱼帮水。"

"大哥有积蓄,没花咱们的也没吃咱们的。"

一次不听,两次不听,可坏老婆天长日久地老劲儿说,焦世信也就由不听到听、由不信到信,以至照办了。他对两个姑娘也不那样好了,常常以大辈掌家人自居,疾言厉色地支使两个姑娘做这、做那。

人心不足蛇吞象。焦世信觉着整天上山爬岭地打柴、采山货太累,总想弄个不费力的来钱道儿,便首先在店房上打起了主意。坏老婆说:"好几间房子年年白给别人用,还得修理,太不合算了。住店花钱是古来的规矩,光一年的店钱就够我们花了,何必上山爬岭累得腰酸腿疼。"焦世信一听更同意了,于是便收起店钱来,每年都能收很多钱。

这时两个姑娘已十六七了,懂点事了,看着实在气不过,就对焦世信说:

"叔叔啊,你这几年可不像乍来的时候啦。爸爸说的话你都给变了。爸爸不是说不收店钱吗! 你咋收人家那么多钱呢?"

没等焦世信说话,坏老婆抢过说:"你爸爸是个傻心眼儿! 孟尝君子店,千里客来投。开店收钱古来在理,哪有白住店的?"

俩姑娘说:"我们也不是开的什么店,喝水人家自己挑,吃饭人家自己做,那几间房子就是给上山下山的人挡风避雨歇脚的。"

坏老婆恨恨地说:"房子是大风刮来的呀? 你爸死啦,他的话不顶用啦!"

焦世信也附和着说:"是啊,咱们的房子怎么能叫人家白用呢?"

一晃儿又是一年过去了。坏老婆对焦世信说:"两个姑娘都十七大八啦,不能干吃闲饭,得叫她俩干点啥!"

焦世信说:"毕竟是两个女孩子,家里的活儿就不少了,还能干啥?"

坏老婆指着他的鼻子说:"现在都十七大八啦,啥不能干? 人的样子也挺美,叫她们到前面店房里去招揽客人,不是能挣大钱吗?"

焦世信本来觉着不太好,可他被钱和烟酒麻醉了神经和理智,完全忘了天理良心。但是,两个姑娘不让了,气呼呼地骂起来:

"这是哪个坏良心的下流货,出这种下流主意? 我们山里人是石头心眼儿,干不了那种花花下流事。谁要是再出坏主意就砍谁的脑袋!"

坏老婆和焦世信碰了一鼻子灰。俗话说,"当着矮人不说短话"。焦世信倒没说什么,可坏老婆却怀恨在心。

两个姑娘看坏老婆和焦世信已坏透了心肠,偷偷地跑到爹妈的坟上大哭了一场,诉说事情的经过和苦处。人死不能再活,哭也没用,自己的主意还得自己拿:得赶紧离开这个家,日子长了不知道还有啥坏事呢。姐俩儿合计合计后,对焦世信说:

"叔叔,爸爸临危时不是说了嘛,等我们长大了叫你给我们找人家。现在我们已长大啦,该走啦,你给帮着办办吧。我俩走了,你们也就过清闲日子啦。"

焦世信刚想说"行",未等开口,坏老婆抢着说:"那可不行! 你们走啦,我们谁来养活? 还指望你两养我们老呢。"她嘴上是这样说,可心里却在打俩姑娘的坏主意。

又过了一年,两个姑娘都二十岁了,又向焦世信提出阁的事。坏老婆不但不允许,还出起了更坏的主意。她背地里对焦世信说:"咱的钱不少啦,够下半辈儿过了,老在这深山老林里有啥意思? 把这里的房子、东西都变卖了,到南边的大城市里住吧。那里吃的、喝的、穿的、戴的、玩的、看的,什么没有。何必在这老林子里受清罪呢?"焦世信当然愿意,可是两个姑娘咋办呢?

坏老婆扒着他的耳朵说:"你可真是死心眼儿!凭这俩漂亮姑娘还换不出钱来?带到大城市不是能卖很多钱吗?"

"那也太……"焦世信不太忍心地说。

"太什么?管那个呢!都看活人享福,谁见死人受罪啦?就这样办。"焦世信也就默默地同意了。

俩姑娘大了,有心计了,对叔叔和坏老婆的坏道道儿有所察觉,就又恳求焦世信说:

"我们都二十多啦,该张罗我们出阁的事啦。"

焦世信支支吾吾地说:"不忙,得找个好人家。"

坏老婆嘴甜心苦地说:"咱们两个侄女可不能在这找人家,要到南边的大城市里找有财有势的。就凭这好模样儿,在老林子里待一辈子,那太可惜了!"

没过几天,焦世信和坏老婆真的张罗着卖东西。

姐姐对妹妹说:"咱们得拿主意,他俩这坏心看样子是下定啦。"

妹妹气愤地说:"认死也不能离开这里!"

姐姐说:"对!到别处人地两生,更没有咱们的好,非把咱们卖了不可。"

于是,姐俩对焦世信和坏老婆说:"你们愿意走你们走吧,我们不走。我们住惯了大森林,把房子给我们留下。"

焦世信和坏老婆根本不听,三天工夫就把房子、东西全卖完了,又雇了两辆马车,准备第二天启程。他们叫俩姑娘一起走,俩姑娘说啥也不跟着走。这时焦世信和坏老婆凶相毕露,把姐俩绑了起来,放在黑屋子里,想等第二天一起带走。

妹妹气得边哭边骂,姐姐不哭也不骂,暗暗在想逃跑的主意。到了半夜,她滚爬到妹妹跟前儿,用牙解开妹妹身上的绳子,接着妹妹又解开了姐姐身上的绳子。然后,两人从窗户跳出去向北就跑。

焦世信和坏老婆原以为两个姑娘在这黑夜的大森林里,加上野兽又多,不敢跑,就未加防备,可第二天早起一看人没了,傻了眼,急忙出去找。

再说俩姑娘。夜本来就黑，又是在林子里，就更加黑了。姐俩手拉着手，深一脚浅一脚地跑，究竟跑出了多远、跑到了什么地方，谁也不知道。她们这是在逃命，什么狼虫虎豹都不顾了，只顾着跟头把式地跑。

人的心一慌，四肢就无力。天快亮的时候，她们实在跑不动了，想坐下歇歇，就见前面大石头上坐着一个白胡子老头儿。四外还很黑呢，可老头儿坐的地方却很亮，连老头的胡子、眉毛都能看得清清楚楚。姐俩一下子就愣住了。

姐姐厉声问："你是谁？"

老头儿笑笑，和蔼地说："孩子，不要怕，我是这里的山神。你们姐俩深更半夜地在大森林里不害怕吗？"

姐姐说："命都豁出去啦，还怕什么呢！"

白胡子老头儿说："好孩子。"

妹妹插嘴问："你在这坐着干什么？"

老头儿指指脚下，说："我不在这坐着，你俩早就掉坑里摔死啦。"

姐俩低头一看，可不是，脚边就是一个大石头坑，有一丈多深。

"你知道我们俩今晚逃出来？"姐姐问。

"知道，知道，我都知道。"老头儿说。

"那——你能救我们吗？"姐姐又问。

"能，能！"老头儿肯定地说，"想叫我怎么救你们呢？你俩想到哪里去？"

姐姐说："哪也不去，就在这林子里，可是不能叫他们抓住。"

妹妹说："要报仇，整死这两个坏人！"

老头儿说："我看你俩还是远走高飞到别处去谋个生路吧。"

"不！哪也不去，死也死在这林子里！"姐俩一齐说。

老头儿说："能豁出来？"

姐俩说："能！"

老头儿从怀里掏出两个红药丸儿，给姐俩每人一丸，说："这是力火神丹，不到万不得已不能吃，吃了身子就变成山啦！"说完，老头儿就不见了。

这时天已大亮，可林子里还是看不见啥。姐俩猛听得有人喊："焦得布，快回来吧!""焦德布,快回来吧!"一听出是坏老婆和焦世信的声音,姐俩吓得撒腿就跑,慌忙中忘了拉手,就跑散了,谁也看不见谁了。姐姐见身边没了妹妹,一边跑一边小声叫:"我在这呢,我在这呢。"妹妹见没了姐姐,也边跑边小声叫:"我在这呢,我在这呢。"可是姐俩谁也听不见谁的声音,结果越跑两人离得越远。

太阳出来了,林子里有了光亮,追找的人越来越多,喊叫声也越来越近。姐俩怕被人抓住,急忙把红药丸儿吞进了肚里。那药丸儿一进肚子,姐俩就感到火辣辣的热,身子也不能动了,竟变成了山,而且越长越大、越长越高。

姐俩的身子虽长成了大山,可人却没有死,眼睛还能看见东西,嘴还会说话,心还在跳,仇恨的怒火直冲脑门。

坏老婆和焦世信领一帮人满林子转,也没见着两个姑娘的踪影。可是林子里却多了两座山,这是怎么回事?这帮人正在纳闷呢!"我在这呢。"姐姐焦德布的声音,从东山上传出来。"我在这呢。"妹妹焦得布的声音,从西山上传出来。

两个坏人以为姑娘是在山上呢,于是他俩也分开,一个上了东山,一个上了西山。

姐俩见坏人来了,刚想骂:"你这个忘恩负义、丧尽天良的……"可一张嘴,心中仇恨的怒火立刻冲出了来。"轰"的一声,山上山下的树木、蒿草立马着起火来,两个坏人被烈火烧死了。

山着了,地着了,东西南北都着了;房子着了,车马着了,家什财物都着了。

两个坏人死了,冤仇报了。姐俩心里乐了,乐得那样开心,乐得那样甜,都乐出了眼泪来。第二年春天,在两座山的南山根上都流出了一股泉水,泉水非常清凉、非常甜。大伙儿说这是姐妹俩的眼泪变成的。

房子没了,上山下山的人没地方喝水、歇脚了。姐俩看着大伙儿又累又渴的样子,心里怪难受的,就唱起了这个歌:

南来进山的阿哥,

这里来,

这里有泉水，

焦得布，焦得布。

北来进城的阿爸，

这里来，

这里有泉水，

焦德布，焦德布。

　　来往的人们听到歌声，都到这山前来歇脚、吃干粮、喝泉水。人们感动地说："这是姐俩还在为大家开着不要钱的店呢！"

讲述者:孙万金

整理者:孙连金

金钢圈

过去,在一个破旧的撮罗子里,住着一位上了年纪的老猎人。一天,他蹲在火堆旁,用仅剩的一点面做成了金钢圈①,然后把它们丢进火堆里烧。他边烧边气狠狠地咒骂:

"该死的蟒猊,要是有法子抓住你,非得烧死你!把你埋在九层地下,除掉你这个大祸害,鄂族人就都高兴了……"

他用木棍将烧好的金钢圈拨出火堆,刚想去拿,只见金钢圈叽哩骨碌地转着圈子滚向撮罗子门外,后边还跟着一团火球。

老猎人非常惊讶,吃力地迈开腿,紧追在金钢圈后面,问:

"金钢圈,你到哪去?"

"老爷爷,您不必追我们啦,我们俩到卡达尼②深洞里,去杀蟒猊。"金钢圈带着火焰飞滚着回答。

---

① 金钢圈:用面粉做成的圆圈状食物。
② 卡达尼:山崖。

老猎人着急地说:"咳!蟒猊可有天大的本事,你们去有什么用!"

"老爷爷,我们想办法,会成功的。"金钢圈答道。

老猎人眼看着金钢圈和火球跑远了,便吃力地迈着脚步走回撮罗子,饿着肚子躺在了皮铺上。

金钢圈与火球正飞快地滚着,迎面飞来一只花蝴蝶,问道:

"金钢圈和火球,你们要上哪儿去?"

"我们到卡达尼深洞去杀蟒猊。"金钢圈回答。

"啊?为鄂族人除害,我也去!"花蝴蝶高兴地说。

金钢圈和火球一齐问:"花蝴蝶,你去能干啥呀?"

"哟,你们能干啥呀?"花蝴蝶问。

"我能套住它的脖子,勒死它。"金钢圈说。

"我能烧死它。"火球说。

花蝴蝶说:"我会跳舞,一迷住它,你们就好动手了。"

"行啊,咱们快走吧!"金钢圈和火球高兴地说。

它们正往前走呢,一根闪亮的针拦住它们,问道:"你们到哪去?"

金钢圈说:"我们到卡达尼深洞去杀蟒猊。"

"带我一起去吧!"针说。

金钢圈问:"你有什么用?"

"这不明摆着嘛,我能扎它的屁股啊!"针又说。

"哈哈,好啊!咱们快走,你可得加把劲儿,要不然就跟不上我们了。"金钢圈笑着说

它们翻过山,行走在草地上,一只绿色量天尺虫,翻着小小的绿眼睛问道:

"咦,你们这是干什么去呀?"

"我们到卡达尼深洞去杀蟒猊。"金钢圈答道。

量天尺虫高兴地说:"嘻嘻,原来是要做好事,我也去!"

"你有什么用呢?"金钢圈问道。

"嘿!可别小看我!我要是爬进蟒猊的耳朵里,它就没有办法;我转动

身子,就让它受不了。"量天尺虫说。

"好办法! 你就粘在金钢圈的身上别动,一起走吧。"火球说。

前面是一片塔头甸子,在一个很大的塔头上有一个大蚂蚁,旁边放着它偷来的面糊糊。蚂蚁看到这支奇怪的队伍,惊奇地问:

"喂! 你们这是干什么去呀?"

"我们到卡达尼深洞去杀蟒猊。"金钢圈说。

面糊糊就地一滚,土和小草粘了面糊糊一身,滚成了一个黑团子,它大声地说:

"我去! 我去!"

蚂蚁也说:"我也去! 我也去!"

大伙问:"去倒是可以,说说你们到底有什么能耐?"

面糊糊抢着回答:"我糊住它的眼睛,叫它变成瞎子。"

"不错! 不错! 那你呢?"大伙指着蚂蚁问。

"别看我小,我要是钻进它的鼻子里,让它管我叫爷爷!"蚂蚁答道。

大伙笑道:"哈哈,好极了! 好极了! 那就让蝴蝶背着你走吧。"

蝴蝶落在地上,蚂蚁爬上蝴蝶的背,一起飞走了。面糊糊就一边跳在这支队伍的前后,一边开着玩笑。

走啊,走啊,它们来到了小溪边,找到一棵放倒在小溪上的杨树,从杨树桥上走过,穿行在大森林里。

在一片白桦林边的山坡上有几个撮罗子。它们向最近的一个撮罗子走去。主人都出猎了,没有一点儿动静。

倒挂在门旁的锤子说了话:"哟! 你们这支奇怪又杂乱的队伍到这儿干什么来啦?"

"我们到卡达尼深洞去杀蟒猊,路过这儿。"金钢圈回答。

"嘻嘻! 真有意思。我的主人是百发百中的神箭手,一次碰上蟒猊交起战来,都差点儿丧了命。你们这杂七杂八地凑在一起,能行吗?"锤子疑惑地问。

大伙说:"你怎么知道我们不行呢? 等着瞧吧!"

锤子收起笑容,心中生起了敬佩之意,站在金钢圈面前,说:

"让我也跟你们云试一试吧!"

金钢圈拍拍它的头,微笑着说:"这是打仗,会死的,你不害怕吗?"

锤子说:"这我知道。方才就是试试你们坚决不坚决。"

金钢圈说:"那好,我们知道你的能耐,你就不用说了,到时候你可看准了下手,要狠点。"

锤子点着头,说:"一定! 一定!"

大伙继续往前走,突然,随着轻风飘来一股臭味儿,一堆稀屎挡住了去路。它笑着问:

"有意思,有意思! 你们这些奇形怪状的东西,凑到一起想要耍什么把戏?"

金钢圈说:"我们到卡达尼深洞去杀蟒猊。"

"啊? 有这样的好事,我可得去!"稀屎大声说道。

可是,谁也没有回答它。稀屎明白自己有臭味儿,别人不愿意和自己一块走,便说:

"那我远远地跟在你们后面还不行吗?"

金钢圈说:"好在我们都是去杀蟒猊的,还是一块走吧。"

于是,大家就欢欢乐乐地向前走去。笔直、粗壮的大松树一棵挨着一棵,好大的一片,大伙足足走了半天才走出松树林。一路上碰见的那些狍子、鹿、老虎、猞猁、罕达犴,都用怀疑、惊奇的眼光看着它们,谁也不敢接近,一个一个地都窜进森林深处去了。

它们正往前走着,忽然远远地传来呼叫声:"哎——金钢圈! 你们等一等!"

大家停下来,向后望去,原来是红腰带、马缰绳、猎刀子结成伙伴追来了。它们气喘吁吁地争着述说自己的本事。金钢圈说:

"你们的本事大伙都知道,不必说了,赶快走吧!"

这下队伍又扩大了。大家都加快了脚步,走啊走啊,越走越快。

急流滚滚的一条宽大的河挡住了去路。它们想不出渡河的好办法,急

得团团转,因为来的这支队伍都怕水。这时,红腰带飘飘悠悠地支起身,说:

"哟,你们等等,我立刻去求大雁姐姐带我们飞过河去。"它说着扭动波浪式的身腰在空中飘走了。

大伙坐在河沿上,一边歇着一边等红腰带和大雁姐姐的到来。

不一会儿,大雁披着闪光的羽毛缓缓地飞来了。红腰带缠绕在大雁细长的脖子上,显得大雁姑娘更加娇艳了。

"啊——勇敢的小英雄们,向你们问好! 来吧来吧,我带你们过河!"大雁微笑着说。

大雁落在地上,大伙伏在大雁的身上,只是火球会烧到大雁的羽毛,怎么办呢?

大雁对火球说:"你把火苗子缩小吧,然后伏在金钢圈的身上就不碍事了。"

火球按照大雁的话做了,接着大雁展开双翅平稳地飞过河去。大伙从大雁的背上下来后一齐说:

"大雁姐姐,谢谢你! 在这等我们的好消息吧。"

它们翻过山冈,一眼望见前面陡立的悬崖。金钢圈说:

"这就是卡达尼山峰了。大伙都跟上,爬上山顶找深洞子。"

它们绕到山崖背后,找到一条又窄又陡的小路,然后往上爬。

天黑了,火球伸出长长的火苗子在前面引路。

它们到了崖顶,开始寻找深洞子。

"你们看,这里有一个大洞口,里面黑乎乎的。"火球小声说。

金钢圈趴在洞口闻了闻,说:"对了,就是这,里面有血腥味儿。"

大伙闻了闻,都说是这个洞子。

金钢圈告诉大家:"咱们悄悄地进洞,看看蟒猊睡了没有。若是睡了,咱们大伙一齐上去弄死它;若是没睡,再想别的办法。"

大伙悄悄地摸进洞去,一看蟒猊没睡,正在石头屋子里吃着人肉、喝烧酒呢。

金钢圈对蝴蝶说:"你去迷住它。"又对针、蚂蚁、量天尺虫说:"你们三个悄悄地进去,施展你们的本领。"

它们四个进去了,其余的按照自己的本领站好位置,在门外等着。

蝴蝶飞到蟒猊面前,说:"蟒猊大王,你的力气最大,谁也打不过你,可是你一个人吃肉、喝酒太没意思了,我来跳舞给你助酒兴吧。"

蟒猊哈哈大笑,说:"好吧好吧。你好好地跳!"

于是,蝴蝶开始在蟒猊面前飘飘悠悠地飞来飞去。蟒猊光顾着看蝴蝶跳舞了,利用这个机会,针钻进了它的屁股底下,蚂蚁和量天尺虫一下子钻进了它的鼻子和耳朵。蚂蚁和量天尺虫一齐在里边翻腾起来,弄得蟒猊又疼又痒,不停地抓耳朵、抠鼻子。这时,针又立起来使劲地扎它的屁股。蟒猊大吼一声:

"哎哟!是什么东西来作怪呀?"

突然,门开了。火球跳动着挑逗蟒猊,说:"蟒猊,你出来,让我烧死你!"

蟒猊听了大怒,霍地蹦起来,扑向门口。蝴蝶和火球故意戏弄它,退向门外。蟒猊伸手去抓蝴蝶,可怎么也抓不着。它一脚刚跨出门外,守在门口的锤子"当"的一声击中了它的头骨,打得它眼冒金星。这时面糊糊一下子糊到了它的脸上,把它的两只眼睛全糊住了。与此同时,金钢圈从上边落下来,套住了它的脖子。

蟒猊跨出门去想要动武,不料踩到了稀屎上,"哧溜"一声滑倒了,摔了个仰八叉。马缰绳急忙过去捆住它的两腿,腰带过去绑住了它的双手。

这时的蟒猊,手脚被捆得动弹不得,脖子被勒得喘不出气来,眼睛被糊得什么也看不见。蚂蚁和量天尺虫搅得它脑袋疼,针也扎得它直叫,锤子急忙上来又砸它的脑袋,砸起了不少大包。这时猎刀也上来了,劐开了它的肚子,肠子、肚子和乌黑的血一齐淌了出来。过了一会儿,蟒猊就断了气,舌头伸出老长,眼珠鼓出眼眶子,死了。

花蝴蝶高声喊:"蟒猊死啦,收兵吧!"大伙听了都慢慢地退下来,一看蟒猊真的死了,都哈哈大笑起来。

这时火球说:"你们都靠后点儿,我把它烧成灰。"说着火球冲上了蟒猊的尸体,越烧越旺,火苗子越跳越高,一会儿就响起了噼里啪啦的声音。卡达尼深洞里全是一股难闻的气味。

金钢圈领着大伙出了这个深洞子,这时天亮了,火红的太阳升起来了。大家怀着胜利的喜悦下了卡达尼山峰,凯旋归去。

大雁姐姐还在河沿上等着呢,听到它们胜利的消息,非常高兴,向它们表示祝贺,又驮着小英雄们过了那条大河。然后,它就和蝴蝶去传送杀死蟒猊的喜讯了。

金钢圈带着伙伴们从原路回去,把它们都送回原处,最后和火球一起回到了老猎人家中。这时,猎人们都争着来看这个神奇的金钢圈。

老猎人把金钢圈捧在手里,说:

"你为鄂伦春人做了这样大的好事,你真是个'金钢圈'!"

讲述者:孟丁下布　卡鲁千

莫义生

整理者:孟淑珍

金结良缘

传说金子是活宝，会走。金子是不是真会走，这里有一个美丽的故事。

五大连池北边有一座大山，叫金山。山又长又高，山里藏着很多很多的金子，是个金矿。山前住着一个姓李的老头，人称他老李头；山后住着一个姓张的老头，人叫他张老汉。老李头和张老汉两家，都是兄弟子侄一大家子的人家。俗语说："守山烧柴，靠河吃水。"这两家因为靠近这座大山，所以就祖祖辈辈靠着挖金过活。金子虽然是值钱的东西、世上的稀货，但那时候，官府的搜刮、土匪的抢劫、金场主的剥削，常常使两家辛辛苦苦挖到的一点金子，所剩无几。因此，两家都过着不富裕的日子。

原先两家的关系很好，山前山后走动得很勤，见了面都是呼兄唤弟的。可是有一年官府下了一道法令，说皇上要修金銮殿，限期两家各交五千两黄金；说这是"命金"，到期交不上就是欺君之罪，要满门抄斩、夷灭九族。两家为了活命，都下力气挖金，哪儿金子多，就到哪儿去挖。后来，两家为了争夺一处金场伤了和气，打起架来。常言说："骂人没好口，打仗没好手。"这一仗打得很凶，动了家巴什儿，两家都伤了人，从此结下了不可解的冤仇。打这以后,山前的不到山后去,山后的也不到山前来;山前的姑娘不准嫁山后的小伙子,山后的小伙子也不准娶山前的姑娘。两家人见了面也都板着脸,谁也不跟谁说话,就这样一直过了好多年。

老李头的儿子叫李海,张老汉的儿子叫张江,他俩都干着父亲的旧营生,谁也没忘两家之间的这个仇疙瘩。

人都是干啥爱啥,干挖金这行的就爱金子,把金子视为真货,给孩子起名也都愿意用"金"字。这是希望他们的后代都能像金子那样纯真、光彩。李海的姑娘叫金英,不但模样儿长得美,嗓音也好听,说话、唱歌清脆得像金铃子一样响亮。张江的儿子叫金山,也是个标致的小伙子,还是个挖金的能手,他的岁数和金英相仿。

一天,两人都出去挖金,在山里碰上了。因为过去都有个耳闻,今天相遇之下,所以免不了互相看了两眼。金山一看金英那俊俏的脸蛋、窈窕的身条,心中暗暗称赞:不怪大伙说她好,真是个美天仙。金英一看金山那标致的身材、明亮的大眼睛,心里也在说:难怪大家都夸他,真是名不虚传。

两人互相看了一阵子,都默默地走开了。从此,两人心中互相产生了爱慕之意,但因为两家的宿仇很重,家里看管得又很严,所以不能经常相聚。有时出去挖金相遇了,两人就小声说两句话。日子长了,他们的举动叫家里人察觉了,家里对他们看管得也更严了,两人再也见不到面了。

俗话说:"快刀劈不开流水,铁手扯不断情丝。"金山很想念金英,金英也很想念金山。后来,两个人就用山歌来互诉衷肠,表达相爱的决心。他俩白天挖金时唱,在有月亮的晚上也唱,有时甚至一直唱到下半夜。他们的歌声充满着对爱情的真挚、对宿仇的凄怨、对官府的愤恨。他们的感情有时是高兴的、激昂的,有时是悲哀的、痛苦的。

没多久,他们用歌声表达爱意又被家里人发觉了。于是,两家又不准自己的儿女再唱歌了。从此,两人的歌声就消失了。山前山后好像隔了九层天一样,谁也听不见对方的声音了。

金山和金英虽然有情意,但没法结合。他们心中明白,要想继续相爱,两家必须人归旧好,可是都没有机会说明道理,因此无法解开这个疙瘩。要是有谁能够从中给说和说和就太好了！可是上哪去找这样的人呢！？

这年春天，金山和家里人在山上挖金。他用镐刨毛毡①，刨着刨着，忽听"当"的一声响，急忙蹲下用手扒，从浮土里扒出半块金砖来，黄澄澄的放着金光。金山惊喜地喊：

"金砖！"

大伙一听金山的喊声，都围上来看。张老汉拿起金砖看了看，只见它厚有一寸，宽有二寸，长有二寸多，真是块奇货，但是叫镐给刨断了，是半块。张老汉心想那半块一定在土里，就叫人快挖。可也奇怪，人们挖了很深、很大的一片地方，愣是没找到那半块。大家心里都很纳闷儿，这半块刨下来了，那半块怎么没了呢？难道还能飞？这时候有人说："那半块是不是叫金山藏起来了？"大伙一听，觉得也有可能，都问金山："是不是你藏了？"

"没有啊！我就找到这半块。"金山肯定地说。

"那半块怎么就没了呢？"大伙问。

金山说："我也说不上啊！"

张江走到儿子跟前，说："金山，你可不能撒谎、昧了金子，这是不好的行为。"

金山听爸爸这样说，火了，怒道："我从来没干过那样的事，不信你们翻！"说着把衣服脱下来，让大家看。

大伙素常知道金山是个实诚人儿，相信他不会把金砖昧起来，也就拉倒了。

按照挖金的规矩，得到成金是要庆祝的，这一块大金砖，当然更要庆祝了。第二天，人们都不出工了，杀猪宰羊、敲锣打鼓地庆贺起来。这时，忽然听见山前也响起了锣鼓、鞭炮声，原来老李头他们也在庆贺。山后好信儿的人就跑到山顶去看。这时山前的人也听到山后的响动了，也好奇地上山来看。因为彼此互不说话，所以究竟各自得的是什么货色，谁也不知道。原来，山前的金英在那同一天也得到了同样的半块金砖。

---

① 毛毡：挖金人术语，石、土一类的东西。

正在大伙发愣的时候,忽然由高处飘来了歌声:

> 大山高来大山长,
>
> 山前山后两相望。
>
> 为什么默默不言语,
>
> 老是仇恨锁心上。
>
> 冤有头来债有主,
>
> 你们仇人是皇上。
>
> 要不是"命金"催人命,
>
> 怎能夺金把人伤。
>
> 应当明理解仇冤,
>
> 人归旧好心欢畅。
>
> 两家合金共作美,
>
> 子孙后代幸福长。

随着歌声,走来一个老头。这个老头穿着黄袍子,戴着黄帽子,挂着黄金拐杖,自称是金子老人。大伙围着老人问:"你怎么知道我们两家的事呢?"

老人哈哈大笑,说:"我就住在这山里,你们两家的事我怎么能不知道呢!"

张老汉问:"你知道我们两家的事,你说我们两家都得了什么货色?"

老人一笑,唱道:

> 两家得了一金砖,
>
> 半块山北半块山南。
>
> 山南得的叫金英,
>
> 山北得的叫金山。

老李头看看张老汉,张老汉又瞧瞧老李头,为了证实金子老人的话,两人说妥明天上山来对金。

第二天,两家人敲着锣打着鼓,闹嚷嚷地来到山顶。金山、金英分别拿着自己的半块金砖,跟在张老汉和老李头身后。这时,金子老人又笑呵呵地走来了,大声说:"人都来齐了,对金吧!"金山和金英分别拿出自己得的半块金砖来,大伙一看,哈! 不大不小,两块一样,是一镐刨下来的。金山和金英把两块金砖一对,便合而为一长在一起了,连个缝儿都没有。这时,金子老人又唱起歌来:

金砖合一两家归好,

金山金英结成良缘。

随着金子老人的歌声,金砖上出现了"人归旧好,金结良缘"八个字。

"哈哈,哈哈!"老人笑着走了。

张老汉和老李头也对笑起来,互相拉着手,说:"怪咱们不明白,憋了这些年!"从这以后,两家来往得比以前更密切了。

讲述者:孙利和

整理者:孙连金

金壳娘娘

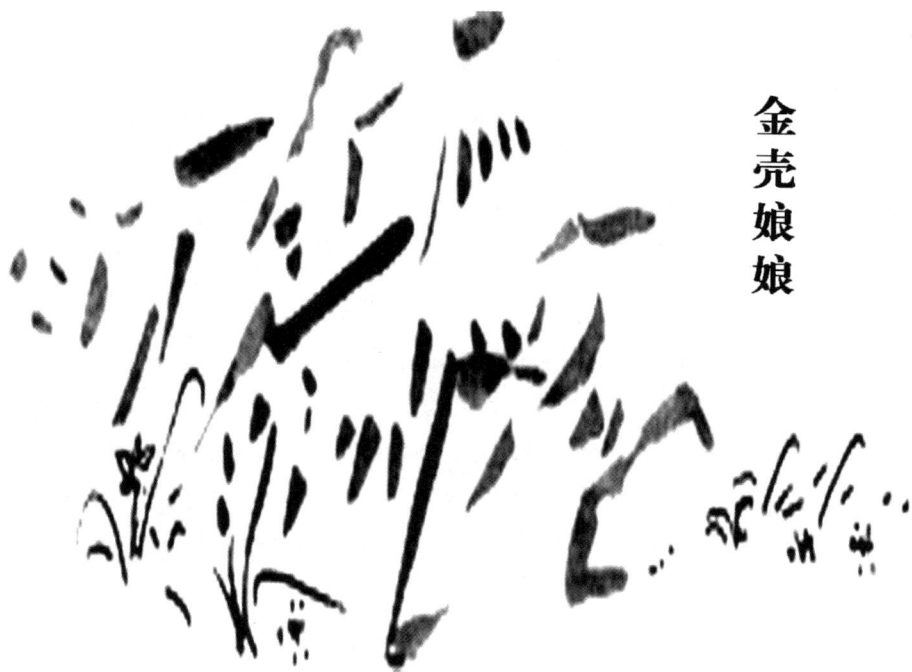

从前，有个打鱼的老头，家里有两个儿子和一个姑娘。

有一年的大年三十晚上，姑娘上邻居家串门去了，家里只剩下两个儿子和老头儿在一块儿商量守岁的事。两个儿子笑着和老头儿逗趣，说："你平常总说自己运气好，什么时候都能打着鱼，今天晚上就在咱家院子里打上两网三网的，要是能打着几条鱼让我们尝尝鲜儿，那才是运气好呢！"老头儿在心里骂道："这两个小兔崽子是成心捉弄我！"转念又一想，孩子们从小就没妈了，眼瞅着一天比一天长大，给他们扔两网，图个乐呵吧。于是，他就对两个儿子说："行啊，你们俩快去把网给我拿出来，我撒两网给你们瞧瞧。眼下正好星星没出全，要是出全了，就啥鱼都打不着了，你们也就别想尝尝鲜儿了。"

两个儿子去取了渔网，老头儿接过渔网，自己心里都觉得好笑：这大雪天的，旱地打鱼，谁见过呀？说话之间，老头儿就把网撒出去了，刚把网一收紧，就觉得网里有个东西乱冲乱撞的。老头儿心想：八成是猫吧？他紧拽、紧扯地把网收回来，摊开网一看，嘿，真邪门了！真就打出条金翅金鳞的大鲤鱼来！正赶巧儿，这时候姑娘串门也回来了。

大年三十晚上旱地里打出一条鲤鱼来，一家子都乐坏了。老头儿赶忙把鱼囫囵个炖好放在桌上。一家人小让老、老让小，你让我、我让你，让了半天，谁也不动筷儿。老头儿想：我打了大半辈子鱼了，啥新鲜鱼没吃过，让孩子们吃吧。两个儿子看见老头不动筷儿，心里也想：爸爸心疼我们，我们也得心疼小妹妹呀。他俩也不动筷儿，光瞧着妹妹笑。姑娘想：闹了归齐，三个人都不敢吃呀，看我的。她就一边吃一边吧嗒着嘴，不大工夫就吃得只剩下盘子底了。吃完鱼，姑娘倒在炕上就睡觉了。

姑娘这一觉醒来，只觉着浑身紧紧的，一看，自己的头发没了，满身是黄水疮。姑娘这时候都十二岁了，也懂得个好歹了，一见自己满身淌黄水，就哭得让人揪心抓肝的。老头更是窝囊透了，后悔自己不该一时心血来潮，在这旱地上打什么鱼。如今呢，姑娘岁数小还好说，等她大了，可怎么给她找主啊！

日子留不住啊，一转眼，姑娘就十七八岁了。这期间，老头倒托媒给姑娘找了好几个主，可是人家一看姑娘的模样，就全都呕了。说了一溜十三遭，哪家也没说成。

这一年秋季，皇上要选娘娘，文武百官都想巴结皇上，都惦记着把自己的姑娘送给皇上当娘娘。要是能被皇上选中了，自己不就成了皇上的老丈人了吗？这可比让皇上赏给自己几万两银子还有用呢。一时间，皇宫里可就闹腾欢了，一个个美女被送进宫里让皇上挑，皇上一时挑花了眼，各个都相中又各个没相中。皇上一时没了主意，就传来一个相面先生，对他说："我要选娘娘，你看我命中注定要选个什么样的人当娘娘？"相面先生眨巴眨巴眼，掐指算了一会儿，说："头顶明光光，脚有一尺长。骑着土龙，怀抱凤凰。当今娘娘在西方。"皇上听完，就带着相面先生朝西边去了。

这一天，皇上为访听娘娘来到了打鱼老头住的村子。村子里的人听说当今皇上来到这儿选娘娘，都站在大街上看热闹。秃头姑娘虽说不敢出门，但也想看个新鲜。于是，她用手巾把脑袋包上，推开门，一脚门里一脚门外地骑在门槛上。正巧，一只大公鸡见门开了也想跑出去，秃头姑娘一把抓住公鸡，将它抱在了怀里，倚着门框看热闹。等皇上走到她家门口的时候，院子里突然刮起一股黄风,顺着门钻了出去,把秃头姑娘包脑袋的手巾给刮飞了,不前不后,正好落在相面先生的脚面子上。相面先生往门口一看,忙指着秃头姑娘对皇上说:"皇上,娘娘选中了,就是那个!"皇上被刚才的黄风把眼睛给迷了,正让人给他揉眼睛、吹沙子呢,根本顾不得细看,就说:"好吧,召她进宫!"

打鱼的老头怎么也没想到,自己托媒都没人要的秃头姑娘,如今让皇上相中接进宫当娘娘去了,也不知是福是祸,心里一个劲儿地扑腾。

秃头姑娘被接进宫之后,让人打扮好了就和皇上拜了天地。到了夜里,皇上免不了要和娘娘近乎儿。等娘娘摘下凤冠,露出了秃脑袋,皇上一看,选了半天,竟然选的是这么个连眉毛都没有的秃子,气得摔门就到别的宫里睡觉去了。

秃头姑娘可没往心里去,她心里想:这也不是我非要进宫里的,是你们用八抬大轿抬进来让我当娘娘的。你皇上嘴大,我舌头也不短,让当就当,不让当我就回家侍候我爸爸去! 姑娘没啥心事,想得开,这天夜里舒舒服服地睡了一觉。

等到天亮的时候,姑娘觉得脑袋壳和肉皮子直刺挠,一紧一缩的。她被弄得难受,就使劲一伸腰,"哗啦"一声,从身上掉下一层黄澄澄的金壳,满屋放光。等宫女们进来收拾屋子时,一见娘娘的床上放着一个金壳,全都傻了,忙着禀报皇上。

皇上被气得一夜没睡着觉,正想发脾气,宫女们却进来报喜。皇上哪能信呢,就跟着宫女来看个究竟。这一见面不要紧,皇上自己也傻了:昨天晚上还是个秃头姑娘,如今却是长着一头青丝秀发,眉清目秀,千娇百媚,比花还漂亮的娘娘了! 皇上高兴得立时就传旨,封秃头姑娘为"金壳娘娘"。

这事传到打鱼老头住的村子时,那些当初打鱼的老头倒托媒给姑娘找主都没答应的人家,都后悔了。

讲述者:何珍录

整理者:白水夫

金魔姑

传说，从前的金子都是大块的，像狗脑袋那么大，因此称作"狗头金"。不论咋样穷的人，能得块狗头金就算得了珍宝。那么，后来为什么金子都变成碎末儿了呢？这里有个故事。

在十二座名山当中，别的山都叫太上老君给炼塌了顶，唯独小格拉球山没塌顶，像个圆鼓溜溜的大馒头。这是因为这山里藏满了金子，所以不怕天火烧炼。每到大年三十儿晚上百宝皆动的时候，金子就会闪放光彩，老远一看，就像着起了冲霄火一样，照彻半边天。

在山南的小屯里，有个叫黄三的人，从小就养成了好吃懒做的恶性子。等爹妈一死，他更是啥活也不会做，整天坐吃山空。爹妈积攒的几担家底儿，几年的工夫就让他花得罄尽，因此，他穷得连衣服都没有，整年赤皮露肉的，吃了上顿没下顿。就是这样，他还是不肯下力气，总想图个不费力的快当门儿，发笔大财。他一想，若是把"财神爷"接到家来，可就该时来运转了。于是，每到大年三十儿晚上，他就到屯外去接财神爷。虽然他年年接，可总是接不来，日子不但不见好转，还越发穷得邪乎了，家里连柴火都没一棵了。

一年春天，从南方来了个看宝的，住在黄三家里。看宝人白天在外边转山头，晚上在灯底下又指又画。有一回，他告诉黄三：

"兄弟呀，你跟我学看宝吧，一来有个营生干，二来吃穿就不犯愁了。"

黄三摇摇头，说："我可干不了，爬山越岭的，多累呀！"看宝人叹了口气，也就没再说啥。一来二去，到秋天了。这一天，看宝人从外边回来了，走得满头大汗，对黄三说：

"我家来了信儿，叫我回去开一座宝山。我走得实在太累了，你有什么吃的给我弄点吧。"

黄三红头涨脸地说："你还不知道我吗？如今什么也没有，只有凉水和咸盐了。"说着抓了把盐，舀了一碗凉水。看宝人看着黄三，对他又是可怜又是气，说：

"我在你这住了半年，也算有个情分了。我告诉你一件事，你要是能办好了就不再受穷啦。"

黄三问："啥事呀？"

看宝人说："开山。"

黄三说："我可干不了，那多累呀！"

看宝人说："哎呀！你这人就这样不好，还没等干呢，先怕累！这事不累，只要有胆量就行。"

黄三说："那行，你说说吧。"

看宝人说："西北那个小格拉球山，是个宝山。山里有一个紫金殿，紫金殿里有一个金魔姑，金魔姑有一盘金钢磨，她身边大块的金子有的是。金魔姑想用磨把那些金子都磨碎了，好藏在地下，不再叫人得到。如果你去把山开了，不光是你再也不受穷了，就连天下的人们也都跟着你沾光。"

黄三急着问："得怎么开呀？"

看宝人说："开山得有开山的钥匙。开这山的钥匙有三把：第一把是绣福乾坤杵，就是一根使八辈子的绣花针；第二把是火龙驹，就是长得出奇的花毛驴；第三把是水火棍，就是一把使八辈子的锄头。开山钥匙不离山，这三件东西就在你们这一带，你细心找找吧。"

黄三听了乐够呛，急着问："那怎么使开山钥匙呢？"

看宝人说："把这三种宝贝弄到手后，到了大年三十晚上，你骑着花毛驴，扛着锄杆，拿着绣花针，围着山左转三圈、右转三圈，等花毛驴大叫三声，山就起了空。这时你再用锄杆把山支住，然后进去先把针别在金魔姑身上，金魔姑就不会动了。之后，你再把毛驴套在磨上倒着拉，一拉就把磨拉翻了，接着卸下毛驴，牵着它往外跑，跑出山就没事了。注意：一定要快，千万别把毛驴扔在里头！因为没有火龙驹就拉不动金钢磨，金魔姑正在找这个花毛驴呢，所以要是把毛驴扔到里头，那就是白搭工，你反倒成了白送驴的了。"

黄三听了满心欢喜，毫不在意地说："这算啥？我一定办到！"说完，黄三就送走了看宝人。

看宝人走后，黄三就到处溜达，细心寻找开山钥匙。有一天，黄三走到一个屯子，住在了一个老太太家。晚上，老太太借着灯光绣花。他见老太太使的那根针又短又细，闪闪放光。她不戴花镜，但穿针引线可灵巧了。黄三就问：

"老奶奶，你这针使几辈子啦？这么小，咋不买个新的呢？"

老太太说："使八辈子啦！别看针小，使起来又光滑又灵便。"

黄三一听就明白了，便央求老太太："把你这根针送给我吧。这是一把开山钥匙，我用它去开宝山。"

老太太寻思寻思，说："行啊，为了开山取宝，就给你吧。可有一宗，开了宝山别忘了送绣花针的人。"

黄三拿起绣花针，乐颠颠地走了，接着去找第二把开山钥匙。

秋去冬来，大雪落地。这一天，黄三来到一个小镇，路过一家豆腐坊，便进屋去暖和一下。屋子又矮又小，磨就安在炕沿底下，一对老夫妻正在磨豆腐，屋里热气腾腾的。黄三一边喝着热豆浆，一边和老夫妻唠嗑儿。这时，他一眼看见拉磨的毛驴长得出奇：黑毛驴却长着白肚皮、白耳尖、白眼圈、白尾巴尖，还有四个白蹄。他忽然想起看宝人说的那个火龙驹，就向老夫妻问：

"这个毛驴怎么这样好看呢?"

老夫妻说:"它不光好看,力气可大啦! 拉得多、走得快,还不吃草料,饿了烤烤火就行。"

黄三说:"把这个毛驴给我吧! 这是把开山钥匙,我用它去开宝山。"

老夫妻说:"这个毛驴是我们一家人的命根子,没有它,我们全家就得挨饿掉顿儿,但为了开宝山,让大家有福享,你就先牵去吧。可有一宗,开了宝山千万别忘了磨豆腐借驴的。"

说罢,黄三牵着毛驴就走,去找第三把开山钥匙去了。

冬去春来,又到草绿花红、禾苗出土的时候了。这一天,太阳火辣辣的,真要把人晒死了。黄三来到地边上,见一老农扛着锄头正从地里走出来,走到地头的一棵大树下歇阴凉。黄三也凑了过去,一眼看见老头使的锄头又破又旧,锄板磨成了拳头那么大,锄杆细细的,手攥的地方都出了腊腊壳儿。

黄三就问他:"你这锄头使几辈子啦? 怎么这么破? 换把新的多好。"

老头说:"使八辈子啦。你别看它破,它又有水来又有火,旱了,锄锄不旱;涝了,锄锄不涝。"

黄三心里一转念,这不正是那个水火棍嘛! 就对老头说:

"把这个锄头给我吧。这是一把开山钥匙,我用它去开宝山。"

老头说:"说真的,这个锄头我真舍不得丢了它,但为了开宝山,你就拿去吧。可有一宗,开了宝山千万别忘了送锄种田的。"

"大家都沾光。"黄三说完扛着锄头就走了。三把开山钥匙拿到手,就等着到时候开山了,黄三的心里真是怀揣了二十五个老鼠——百爪挠心。他盼哪盼哪,可下盼到了腊月三十儿晚上。等到星星出全的时候,他骑着花毛驴,扛着锄杆,带上绣花针就走了。

大年三十夜里没月亮,岁岁如此。大山里也没人家,冷风吹得枯草沙沙作响,可真有点瘆人。黄三就觉得头皮发麻、头发根发乍,可为了开山得金子,便壮着胆子摸到山下,围着山左转了三圈、右转了三圈。这时,那花毛驴便扬起头来,"哇——哇——哇——"叫了三声。就见小格拉球山像宝盒被揭盖似的,山顶尖一下就掀开了,过了不大工夫,便飘飘摇摇地离开了地皮,升起一丈多高。黄三急忙将锄杆立起来，把山支住。只见锄杆一下长成了比大碾盘还粗的顶山柱，把整个大山都撑在了半空里。黄三牵着毛驴就进了山。

黄三到里边一看，嗬，真好啊！只见紫金殿、金魔姑、金钢磨和大块的金子，都放着耀眼的金光，整个大山里黄澄澄的亮得没法说。黄三把针别在金魔姑的身上，金魔姑就不动了。

黄三看着这些金子直眼馋，心想：先拿出几块金子吧，等拿完金子再拉磨也赶趟，要是不拿金子，光牵毛驴出去，这山不是白开了吗？于是，他就往山外抱金子，一边抱一边想：这回可该我得好、发大财了！我要盖上高楼大厦，娶上三妻四妾，买上侍女丫鬟，能怎么享福就怎么享福。黄三光顾着美了，把看宝人说的话早都忘在脑后了。他抬头向山外一看，见山外一片红光，红光中有很多人，有磨豆腐的老夫妻、锄地的老农夫、绣花的老太太，还有许多没见过的穷苦人。黄三立刻慌了起来，以为这些人都是来跟自己劈份子、分成的呢，便喊了起来：

"山是我开的，金子是我抱的，你们谁也没有份儿！"

喊声刚落，就听锄杆嘎巴嘎巴地响了。黄三一看，锄杆被压细了、压弯了，再向山外一看，红光和人影都没有了，变得漆黑一片。他感到往外搬金子不赶趟了，就朝外扔，扔一块、捡一块，再扔、再捡。末了，他刚想牵毛驴去拉磨，猛听"咔嚓"一声，锄杆断了，大山落地，把黄三扣在山里了。

时辰过了，绣花针不灵了，金魔姑又会动了。金魔姑把火龙驹套在金钢磨上，飞快地拉起来，把大块的金子都研成碎末儿，埋在了小格拉球山深处。（人们有时从外边还能捡到些金粉哩。）

隔年春天，看宝人又从南方回来了。他到黄三家一看没有人，就知道出岔了，急忙来到山下，长叹一声，说：

"唉，我用错了人，坏了大事。"他想了一会儿，在石板上写了几行字：

　　　　黄金世上有，

　　　　至宝最难求。

　　　　沙里挖，水里沙，

碎末就使水银拿。①

从此,便留下了五大连池"沙金"这一行。

讲述者:孙连荣

整理者:孙连金

---

① 沙出的细碎金子没法收起来,就要用水银来抱。金末碰见水银都会抱在一起,叫"水银抱金、金抱水银"。

金猪圈

火烧山原来奇峰耸立、树木繁盛,挺好看的,不像现在半拉坷叽、烟熏火燎的寒碜样子。为什么会变成这样儿呢? 据说这是让憋宝人给憋的。

在早,山下住着个跑腿子,姓康叫康万年。他的老家在关里,因为家乡遭灾,掏不起官款,所以才跑到这边来的。每逢大年三十儿,这里的人家都在院中心拢一堆豆秸点着火,再到外边去迎财神。有些上了岁数的人常说,大年三十晚上天地亮宝,百宝出世,有福气的人能碰上。虽然多少年来也没看见谁碰上一件宝贝,但是一年到头,大伙儿都图个吉利,因此一辈传一辈,留下了这么个老风俗。康万年因为年轻,所以就跟着瞎起哄。他也不买香蜡、纸马,找了半截破锄杠给它点着了,自己一个人扛着,撅搭撅搭地往前走。他猛地看见山前边通亮一片,寻思谁笼火还整到山根底下来了。走到跟前儿一看,哪是火呀,原来是五头金猪正在雪地里拱着呢。他咪咪咪地一叫,五头金猪抹身就跑,他一撵,就都钻到山里去了。结果,他连个小末末渣儿也没捞着。

从此,火烧山是金猪圈,圈里养着一窝金猪的传说,吸引了好多想发财

的人,慢慢地传出来两句歌儿:

聚宝盆,

万年糠。

开山斧,

软丢当。

有人说这是四样宝贝,缺一样就打不开金猪圈,也抓不住金老母猪和那窝小猪羔儿,可到底是四样啥东西,谁也说不明白,只能像猜谜似的瞎猜。有时一帮人,你说是这四样,他又说是那四样,吵得脸红脖子粗,谁也不服谁。可到了归终,要问究竟谁说得对,连他们自个儿也不知道。不管人们咋着急,那金猪就是有抻头儿,自从康万年看见那一回以后,再说啥也不露面儿了。于是,大伙儿都说宝物还不到出世的时候。

不知过了几年,突然来了个牵着骆驼的憋宝人,围着山整整转了三圈儿。有人就说,那人憋宝来了,金猪该出世了。

憋宝的南方人又在屯子里走了三个来回儿,最后到康万年的小马架子前边拴好了骆驼,进了屋想找口水喝。康万年给他烧了一锅开水,两人一边喝水一边唠扯。康万年知道他是为金猪来的,就用话往这上引。南方人也不瞒康万年,说这山是个金猪圈,里边有五头金猪。康万年问他:"你想怎么打开金猪圈去抓那五头猪呢?"南方人就说出了四句和当地传的一模一样的歌谣。康万年又问他:"说的都指的是啥?"

"'聚宝盆',是你家门口儿那半拉喂狗的破盆碴子;'开山斧',是你家门后搁着的那把豁牙露齿的破斧子;'软丢当',是你家猪圈上用柳条棍和麻绳儿拴的吓唬狼用的套子。"南方人说。那年头到处都是青草棵子,遍地是狼,猪圈上要是不拴个套子,小猪羔儿说让狼叼去就让狼叼去,有时连大肥猪都能让狼给赶跑了。南方人把别的都说了,就是没说"万年糠"到底是啥。康万年也就没好意思打破砂锅问到底。南方人又接着说:"明天晚上半夜时,你拿着这三样东西,站在山根儿下,冲着山唱:'聚宝盆,亮堂堂;万年糠,喷喷香。开山斧,响叮当;软丢当,捉克郎。'连唱三遍,猪圈门儿自动就打开了。你用斧子把掩住,那帮金猪准奔着聚宝盆来吃食……"

再说,跟前儿有个大粮户也姓康,外号叫"康百万"。虽说他家发得矻哧矻哧的,可还总嫌钱不够花,特别眼馋那金猪圈里的金猪。南方人一来,康百万就派人把他给瞟上了。那个狗屎奴才偷听到这儿,便乐颠颠儿地跑回去告诉康百万了。南方人说的后半截话,那个狗屎奴才一点儿也没听着。南方人说:"时间一定得掐准,早了不行,晚了也不行。弄不好就得山毁宝丢,还把这一方的风水给破了。"

"好吧!"康万年说。

南方人和康万年定好了,就等到时候动手了。谁知康百万听了狗屎奴才的汇报,乐得一宿连眼睛也没眨,准备好一把新勃力斧子、一个铜洗脸盆、一个新猪套子,小半夜就蹽去了。他实在是等不到半夜,就站在山根儿喝喝咧咧地唱起来:

> 聚宝盆,亮堂堂;
>
> 万年糠,喷喷香。
>
> 开山斧,响叮当;
>
> 软丢当,捉克郎。

康百万一连唱了三遍,就听"咔吧"一声,山开了,露出来个金光闪闪的猪圈,猪圈门也慢慢地开了。他一看金猪就要到手了,别的啥都忘了,一伏身爬了进去,想堵窝儿掏,一个也别让外人得去。谁知他这一爬不要紧,"呼"的一声,从圈里蹿出火来,接着满山都着了起来。青枝绿叶的大树被烧得咔吧咔吧直响,着得像一根根蜡似的。山也变成了一座火焰山;金猪在圈里被烧得吱吱直叫唤。康百万早化为一股青烟,变成一堆焦炭了。

大火着了七天七宿,山顶被烧塌了,变成现在这个像破火盆碴子的怪样子;五头金猪也被烧化了,淌出来的金子水儿把地烫成了形状不一的五个大坑。这就是现在的五大连池。怪不得大伙儿都说,五大连池是金子铺底儿呢!

整理者:孙连金

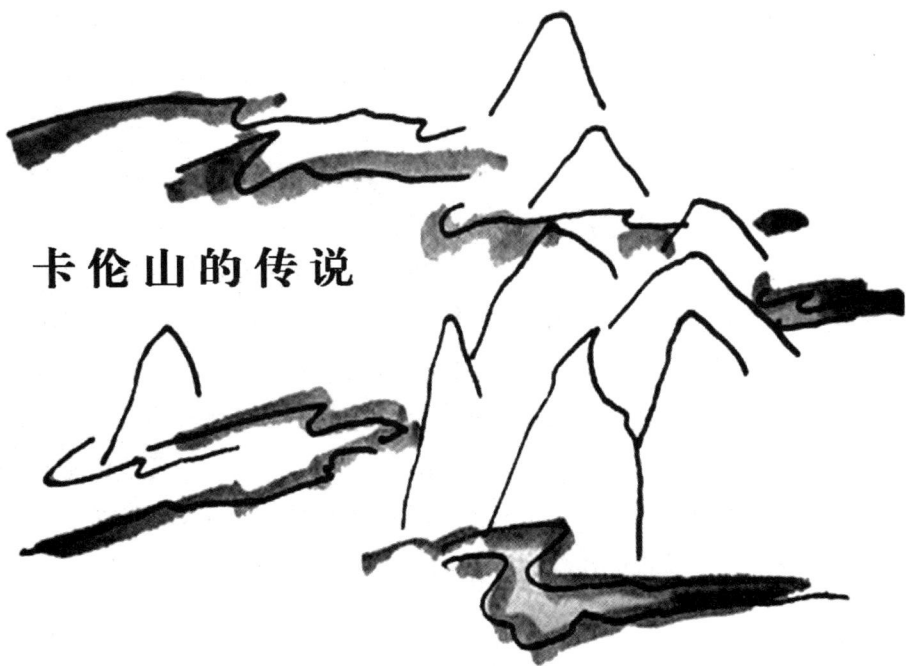

卡伦山的传说

金龙盘玉兔

　　传说在几百年前，有把兄弟三人，老大姓关，属兔；老二姓钱，属龙；老三姓何，属蛇。三个人一心要找个好鱼窝子，就沿着江边往前走。他们走呀走，一路上的辛苦就别提了。就这样走了八八六十四天，迎面又碰上一座山，哥仨走到半山腰，累得呼哧带喘，于是坐在地上一边吧嗒着旱烟解乏，一边闲聊着天儿。

　　突然，"噌"的一声，从草棵子里窜出一只如雪似玉的白兔，而两条比大海碗还粗的金蛇正摇头摆尾地在后面直追。哥仨都被吓了一跳。老大心里一激灵，二话没说，抄起砍钩就追了上去。他穿林拨草一直追到了山顶，眼见两条金蛇的一片片鳞甲一起一落地呼扇着，吐着像小簸箕似的血红舌头，将白兔团团围住。老大抡起砍钩用力向金蛇打去，只听"咔吧"一声，砍钩被震得飞了出去，老大的两条胳膊也被震得直发麻，两手的虎口都渗出了血。

这时,老大再一细看,白兔和金蛇却都不见了! 只有几块长满苔藓的青石。老大虽然心里犯疑,但已经累得上气不接下气了,索性就坐在青石上闭目养神歇息着。

　　老大还没等身上的汗落下来,眼眶一热,就打起盹来了。这时,他眼见一个老头一步三晃地走来,笑呵呵地告诉他:"此山原已被双龙所占,那被你解救的白兔乃是月宫嫦娥仙子怀中所抱的玉兔,这叫金龙盘玉兔。此处山水可供善人久居。"说完,老头扭头便走。老大刚想起身追问,却从青石上滑了下来,连打了两个呵欠,醒了。老大觉得实在纳闷,忙将此事告诉了两个弟弟。哥仨半信半疑,急忙下江,张网捕鱼,果然,头一网就打上一条一丈多长的大鳇鱼,以后也是网网不空。于是,哥仨就在这落了脚,成为目前卡伦山关、钱、何三大姓的祖先。由于卡伦山以盛产大鳇鱼出名,所以,老哥仨经常撒网捕鱼的沙滩就被叫作鳇鱼滩了。

卡龙山

　　传说,小白龙被秃尾巴老李打败后,一直没善罢甘休,可又不敢亲自出战,便指使自己的两个小儿子来黑龙江报仇,却被镇海龙王发觉。镇海龙王一怒之下,将它们俩头北尾南地锁在江边,成了光秃秃的双龙山。

　　这两条小孽龙虽说被锁,但仍不甘心,还经常偷偷摸摸地兴风作浪,搅得人们下江捕鱼不是船翻就是网破,种地不是遭沙打就是挨雨泡,不得安生。

　　正在人们打算往别处搬家的时候,从内地来了个会看风水的汉人,大伙高兴地纷纷请他出面帮忙。那个汉人也特别热心肠,满口答应了。只见他山前岭后地察看一番后,便领着大伙破土修道,横穿双龙的脊梁骨,卡得双龙死去活来,不能动弹。接着,他又领着大伙在双龙的身上栽满了镇妖红松。

　　打这以后,双龙被制得服服帖帖,再也没翻过身兴妖作怪。那位能降妖的汉人被当地人苦苦留住了。从此满汉两族人同居一村,称兄道弟,你来我往,情同手足。卡龙山的名字就是这样得来的。后来,清兵在这里设过卡伦(哨所),因"龙"字和"伦"字的读音差不多,所以就把这山写成卡伦山了。

祭天树

双龙被制伏后,人们安居乐业。时隔不久,在人们经常聚会、洒酒祭天的屯子中央,竟长出了一棵榆树苗。说也奇怪,这棵榆树苗转眼间长成了一棵大榆树,那树腰粗得要几个人手拉手才能围过来。每年端午节那天,人们都会齐聚树下祭天,年老的摆酒设宴,谈天说地;小孩子就在树下蹦来跳去,满地捡榆树钱儿吃。据说,那榆树钱儿又大又厚,又甜又脆,小孩子吃上七八片就会一个劲儿地打饱嗝,就算三天不吃饭都不会饿。

后来,大概是清咸丰年间,不知什么缘故,黑龙江突然发了一场大水,一股又腥又臭的黄汤子铺天盖地地向着祭天树冲来,直到淹没了树梢,连续泡了七天七宿。大水过后,虽说祭天树没咋的,照样枝嫩叶绿,可到底还是把卡伦山屯子一劈两半,冲出个小岛子,硬把屯子和祭天树给隔开了。尽管隔了一条江汊,但每年端午节一到,人们还是想方设法地蹚水过江登岛,在祭天树下摆酒设宴,痛痛快快地玩一天!

日本投降后的第三年,祭天树被人偷偷地砍倒拉走了,那雪地上的爬犁印儿清清楚楚地显示,偷伐者是一直朝东走的。如今,四五十岁的人都能说出祭天树的样子,以及当年在祭天树下洒酒祭天的场面呢!

讲述者:吴海玉

整理者:白水夫

老鳖为什么遭罚

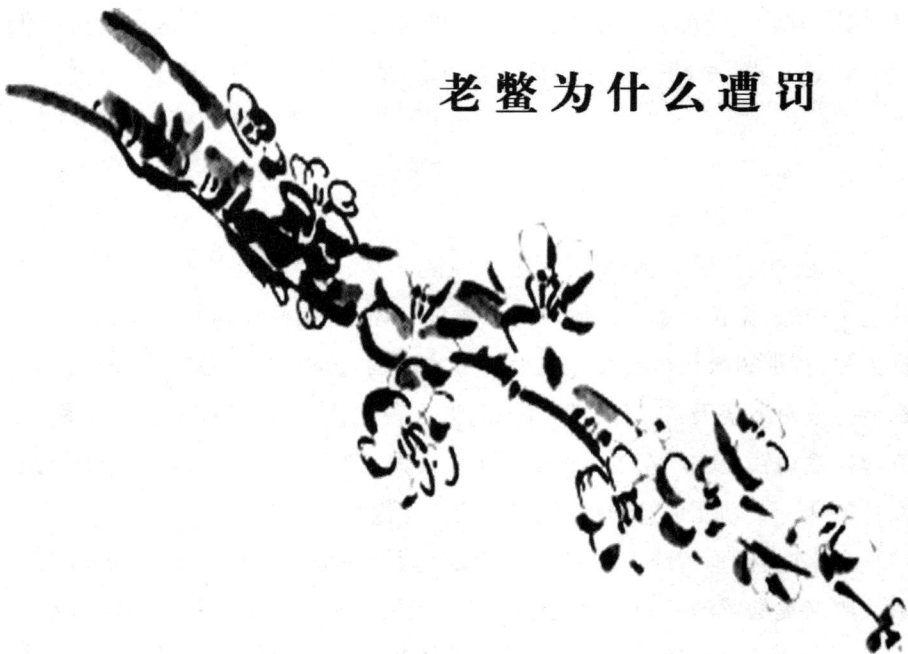

五大连池里的鱼种类很多,有鲤鱼、鲫鱼、鲇鱼、狗鱼、胖头鱼、白鲢鱼、马口鱼、哲罗鱼、鳊花鱼、鳌花鱼等,最沉的有上百斤重。说来也怪,啥鱼都有,就是没有甲鱼(王八)。这地方自从有人烟以来,渔民上千,撒网过万,可就是从来没有人打着过甲鱼。有人不信,好奇地从讷谟尔河里捞来甲鱼,放到这池子里,结果头一天放进去,第二天就翻白儿漂了上来。你说怪不怪?

五大连池为啥没有甲鱼呢?

相传很早很早以前,在五大连池的三池子边有一个老财主,家中雇了一个小牛倌儿。他当时只有十一二岁,放着大小十头牛。小牛倌儿上无三兄、下无四弟,父母早亡,孤苦伶仃。他不仅给财主家白干活,还三天两头地挨打、挨骂,受尽了折磨。

小牛倌儿天天起早贪黑地在三池子东沿放牛,渴了,喝口池中水;热了,就在池子边上洗洗澡儿。

有一天,快到晌午的时候,小牛倌儿要回去吃饭,一查数,发现少了一头小花牛犊。他找了半天也没找到,心想:找不到牛犊,回去就得挨一顿胖揍。

他急得直劲儿哭，坐在草地上不敢回家。

这时天正晌午，小牛倌儿忽然听见池水哗哗作响，吓得止住了哭声，急忙猫腰悄悄地来到芦苇稀少的地方，顺着芦苇缝往池子里看。只见池子当间儿的水直翻花，水花溅起有三尺多高。不一会儿，出来一个黑不溜秋的东西。那东西滴溜圆，像大笸箩那么大，在水面上转悠一会儿就不见了。就这样，它连着转悠了三回，然后又钻进了水中。过了有一袋烟的工夫，水又翻花了，不一会儿，水上漂起一张八仙桌，桌上盖着黄布，上面摆满了山珍海味，还有酒壶和酒盅，真是酒气四溢、香味扑鼻！这时，只听鼓乐喧天，笙箫齐鸣，有很多穿着绫罗绸缎、头戴金银首饰的仙女，簇拥着龙王、龙母浮上了水面。龙王身上的蟒袍玉带，龙母头上的凤冠霞帔，金光闪闪，映得池水通亮。仙女随着乐曲翩翩起舞，歌声悠扬，十分动听。

小牛倌儿看呆了，把找小牛犊的事早忘到脑后头去了。过了好半天，只见寒光一闪，直冲霄汉，鼓乐停止了，它们慢慢地沉入了水中，池水又恢复了原样。

又过了好一阵子，小牛倌儿才想起小牛犊来，就离开池子去找牛。

第二天晌午，小牛倌儿又没回家，忍着饿看热闹。

小牛倌儿连着两天晌午没回去，让老财主知道了。他就把小牛倌找了来，骂道："小兔崽子，这两天晌午怎么没回来？上哪淘气去了？牛都被饿瘦了！"小孩儿不会撒谎，就把在三池子沿上看跳舞、听唱歌的事，一五一十地告诉了老财主。老财主听了半信半疑，骂道："不用你撒谎撩屁儿的！明天我去看看，要是真有这事，还则罢了；要是没有这事，我就把你扔到三池子里喂鱼！"小牛倌儿就说："不信？那你就去看！"

第二天，老财主和小牛倌儿老早就来到池边，蹲在芦苇里等着。左等不来，右等也不来，老财主骂道："小兔崽子，我非把你扔进去不可！"小牛倌儿忙说："东家，你别着急呀！还没到时候呢，等日影一正，他们就会出来。"

果然，当日影一正，那个黑不溜秋、滴溜圆的家伙又三次出来转悠，转悠完了，又钻入水中。不一会儿，前景又重现了。老财主看得真魂都出窍了，看着看着，"嗷"的一声就站了起来！只听"哗啦"一响，池子上就什么也不见了。

过了不一会儿，黑风四起，飞沙走石，只刮得天昏地暗，日月无光。小牛倌儿紧紧地趴在地上，两只小手紧抓着芦苇不放。老财主却被风卷起，甩入池中了。

等风停了，小牛倌儿使出全身力气往外拱，才从沙堆里拱了出来。他一看老财主不见了，再往池里一看，只见老财主从池水中漂了上来，慢慢地漂到了岸边。老财主的肚子被灌得鼓鼓的，活像条大甲鱼。

小牛倌儿想：不好！老财主被淹死了，一会儿要是家里来人找他可就糟了，得赶快离开，另找生路。

到了正晌午时，三池子龙宫里传出三声炮响，立时黑风怒号，大雨倾盆，黑浪滔天。过了片刻，从水中漂上来那个黑不溜秋、圆溜的大家伙。等它漂到岸边，小牛倌儿过去一看，原来是一只大甲鱼，身上写着两行十六个大字："巡差失职，窃窥宫禁。罪已不赦，犯驾当死。"

这天晚上，黑风又起，湖水通明，大大小小的甲鱼黑压压地可池子都是，顺着石龙河就向南漂，一直漂了三天三夜，直到完全被赶出了五大连池水府。人们都说，龙王还下令，要它们永世不得再回来！

从那以后，五大连池就再也没有甲鱼了。

讲述者：王振武

整理者：徐进

老君炼海

这话说起来，得在几千几百年以前了。

那时候，德都一带没有人烟，只见白亮亮的一片大水接地连天、没边没沿，成年价恶浪翻卷，也没个消停时候。后来，不知道从哪年哪月开始，慢慢地，水里浮出了漂垡甸子，滚出了荒滩，变成了绿茵茵的一片草地，接着就有人来这里放牧了。一来二去，放牧的多了，都管这地场叫北海。

有一年，记不得是从哪月哪天开始，天色忽然大变，雷声滚滚，雾气蒙蒙，对面看不见人。这样足足闹腾了九九八十一天，才云消雾散，开天放晴。这时，来了个老羊倌儿，是达斡尔人。他到那一看，惊奇得不得了：原来平平的海面，忽拉一下子突起了十二座大山。他再一瞅，海底有十二条蛟龙，全都金翅金鳞的，正上上下下、翻天滚地地戏水玩哩！

"北海出龙啦！这还了得吗？"达斡尔人知道了，紧忙报给了地方官。

"北海出龙啦！这还了得吗？"地方官飞马去了京城后，由大臣领着，上金銮殿朝见皇上。

皇上是谁？就是刚登基的清朝康熙皇帝。

康熙端端正正地坐在宝座上，听了关于北海出龙的奏报后，倒吸了口气，老半天没吱声。他暗暗寻思：十二座山，十二条龙！十二条龙，十二家王子！十二家王子，就是十二路反贼呀！这要是结伙肇事，对抗天朝，我这金銮殿也坐不稳哪！想到这儿，他又惊又怕，不住地对天祷告。康熙虽然心里长草，可是又装作啥事也没有似的。这时，大臣说："启奏皇上，那十二条金龙可咋办呢？"康熙思忖半晌，才嘟哝着说：

"降龙不作难，还得老君炼！"

都说皇上"金口玉牙"，说的话就是圣旨，这就板上钉钉儿了。大臣不敢多问，连忙叩头，说："是！"说完，就赶紧领着地方官出了金銮殿，打发他星夜赶回北海。

再说地方官正打马朝东北走，约莫离北海地界还有三百里光景。这时猛孤丁地一阵山摇地动，接着打起了闪电霹雳，仿佛就要天塌地陷似的。半空中，咕嘟咕嘟地滚着黑烟，一股接着一股；地面上，像滚水开锅似的，热浪一阵连着一阵。那热浪喷得人不敢靠近，一靠近就浑身流汗；马不敢近前，一近前就喘不过气来。这样直到九九八十一天以后，才慢慢地安稳下来，那地方官才又上马，继续赶路。

地方官赶哪赶哪，这天可算赶到北海地界了。他再一看，哪还有什么海哟，全干啦！只有五个大水池子，一个连着一个。那十二条龙呢？哪里有什么龙啊，只有一条条石龙横七竖八地躺着，纹丝不动。那十二座山呢？山可是还在，不过不是十二座了，又多出来两座。其中紧靠着池子的那座山，像个八卦炉，有棱有角的。另一座山，却如同炼炉清出来的焦渣堆似的。

这是咋回事呢？

有一个达斡尔族老羊倌儿喜欢讲古，跟自己的儿孙、儿孙又对自己的晚辈讲了这个传说。说是当年康熙求告老天保佑，事有凑巧，正赶上太上老君见下方的达斡尔人一天比一天多，羊群一天比一天大，慢慢地地场不够用了，就想替下方出点力。这回，玉皇大帝让太上老君去炼海。太上老君忙从兜率宫推出他的八卦炉，轰隆轰隆地来到北海，架起炉子就开始炼海了。他一边烧火，一边清炉膛，顺手把清出来的焦渣、火块啥的往旁边一扔。焦渣越积越高,最后竟堆成了一座山。太上老君这一炼可不得了,居然把原来的一片海水给烧干锅啦!那欢蹦乱跳的十二条金龙,也被炼成了服服帖帖倒在地面上的"焦龙"了!

从此,人们就把那月牙儿形排开的五个大池子,叫作五大连池,把那个像大煤堆似的山,叫作老黑山,而这包括老黑山在内的十四座山,就是远近闻名的"德都十四架名山"。

整理者:熏风

老龙头（龙头山）

五大连池东南五十里有座龙头山，当地人都叫它老龙头。听老辈儿人说，那可真是龙脑袋，是被人割下来扔到这儿的。据说，详细情形是这么回事儿。

在早，这还没有讷谟尔河。北边有个小屯子，住着二十多户人家，百十来口人。屯子里有户姓刘的，老少爷儿仨，老刘头儿的老伴儿早丧了，自己领着一个丫头、一个小子过日子。丫头的小名叫唤小，小子的小名叫唤来。

老刘头儿的大号叫刘金榜，是个念大书的，可惜念了半辈子书，连个"金榜"的边儿也没摸着。他光会念书，肩不能担担，手不能提篮。一年开春，来了个朋友，他的老伴忙着做饭，让他去地里割把韭菜。他可倒好，薅了一把麦秧，闹了个大笑话。还有一回，地里活儿忙，让他帮把手，铲铲谷子地。他却把谷子铲了个溜净，把草都留下了，气得老伴嘟囔了好几天，心疼得不得了。从那以后，老刘头儿的老伴儿就是忙死，也不敢叫他帮忙了。就这样，他成天赔吃赔喝，一个伺候不到了还挑眼。他坐吃山空，日子越过越难，就这么把个老伴给操劳死了。好在唤小、唤来也大了，一个屋里、一个外头，倒也不用操心，他乐不得当个甩手老爷子。但是，猪往前拱，鸡往后刨，各有各的道儿。一个大活人总不能让别人养活着，多少也得干点，这样端饭碗也仗硬。他酌量再三，可是没他干的事儿。本来就是嘛，除了念书、写字，他任吗儿不会。

这一天，老刘头儿家来了个南方人，是专给人家出黑儿、看风水的。俩人一见面儿，唠扯得挺对撇子，越唠越近便，慢慢儿就说到了老刘头儿想干点啥又干不了的事儿上来。南方人听他说话，知道他功底不浅，就跟他说："俗话儿说，'念了《大学》会理财，念了《易经》会算卦'，你不如跟我学这行得了。咱这行，虽算不上上九流，也不占下九流，咱是中九流。"老刘头儿问："啥是中九流？你说给我听听。"南方人掰着手指头数给他听："一流举子二流医，三流风鉴四流批……这'风鉴'就是看风水的，'批'是算卦的，金批利卦嘛。"老刘头儿一听，高兴地说："占中九流前三名，跟上九流近、和下九流远，这行不错。"打这时起，他就跟着南方人学看风水。

都说这念书到了多咱也不白念，老刘头儿学起来顺当，像层窗户纸儿似的，一捅就透。这一天，南方人跟他出去溜达，看中了一个地方，便撅根干巴柳条儿插在地上了。三天以后，南方人让老刘头儿去看看那柳条儿活没活。他到那儿一看，那柳条儿青枝绿叶的，长得可好了。他知道这准是块风水宝地，便留了个心眼儿，把柳条儿薅下来插到别场儿去了，又撅根干柳条儿插在原地，回来就说柳条儿没话。南方人的脑袋晃得像拨浪鼓似的，说啥也不信。老刘头儿只好领他去亲眼看了一趟。南方人围着那块地方像老驴拉磨似的，左转三圈儿，右转三圈儿，嘴里还连连叨咕："怪事！怪事！看了一辈子风水，到老了怎么还走眼了呢？"回到家，他又翻书、又掐算，叨叨咕咕地折腾了好几天，慢慢地也就把这事撂下了。

老刘头儿学得挺上心，看书跟吃书似的，把书上那些歌子（口诀）背得滚瓜烂熟，顺嘴往外流。南方人一看，吓了一大跳。要知道那年头儿，教会徒弟，饿死师父，同行是冤家。老虎跟小猫学艺，要不是小猫有心眼儿，留了手上树的绝招儿，横是早让老虎给抹搭（吃）了。这还了得！南方人说啥也不敢再教老刘头儿了，找个由子说家里有事，收拾收拾便忙三火四地走了。临走,他还把在房檐下插着的一把镰刀带走了。那是老刘头儿的老伴使了半辈子的玩意儿,老刘头儿真有点儿舍不得,可是人家教自个儿一回,挺大个人张一回嘴,总得让人家闭上,要不也太不通人情了。

转过年春旱,一夏天也没落雨。庄稼苗儿春起就没出全,好不容易出来几棵,架不住风吹日头晒,也蔫巴了。青黄不接,屯子里家家都揭不开锅了,盼雨盼得眼都蓝了。已往每年入伏,只要有块云彩多少能拉拉点儿雨,这一遭可倒好,眼瞅着来块云彩,寻思准有雨,谁知"咔嚓"一个响雷,把云彩轰得一丝儿不剩。真气人!

老刘头儿看风水的本领,学得差不多了。南方人走了以后,他又四面八方地淘登书看,不断地鼓秋,到底鼓秋了个八九不离十。他看大伙儿盼雨盼得眼发蓝,地里又像着了火似的,眼见一个个愁眉苦脸、唉声叹气的样子,心里也不是滋味。最近,他在一本书上看到了南方人插柳条儿的那块地方,原来是条龙脉,谁家要是把先人埋在那疙瘩,准能出"真命天子"。不过,这个穴可跟其他的不一样,葬法挺特殊。老刘头儿是逃荒过来的,爹妈的尸骨都在关里,再说就是能起过来也不行,这地场非得现死现埋不可。老刘头儿思来想去,看样子就只能埋他自个儿了,可是没病没灾儿的,咋死啊?不死总不能活埋吧?

这时,家里早断顿儿了,全仗着唤小挖野菜、撸榆树钱儿对付着吃。她把干的给老爹和干活儿的兄弟留着,自个儿只能喝点儿稀汤,早被饿得黄皮拉瘦、前腔塌后腔了。唤来,一个大小伙子也瘦得跟大眼儿灯似的。把这看在眼里,当老人的能不揪心吗?老刘头儿越寻思越没活路儿,寻思寻思就寻思到左道儿上去了。他想:我这辈子算是白活了,不如早点死了,埋到那块风水宝地里,让孩子们得好。这人哪,要是认准一个道儿,还真没治呢!老刘头儿琢磨了几天,拿定了主意。这天,他写好了遗嘱,搓根麻绳,找棵歪脖树就把自个儿吊上了。

老刘头儿出去半天没回来,唤小还以为他不是给谁家看阴阳宅,就是找哪个老哥们儿唠嗑儿去了,也就没理会儿。可是一直到晚上,老刘头儿还没回来。姐俩便分头到各家去找,可都说他没来串门儿。这回姐俩可有点儿老太太穿毡袜——毛了脚了！于是，姐俩便求别人帮着找，找了一溜十三遭儿，发现老刘头儿在歪脖树上吊着呢！唤来将他抱下来一看，早绝气儿了，再一掏他的兜儿，里面有张纸条儿，上边写着：

唤来吾儿知悉：吾死后，将吾葬于吾插柳之处。不要棺材，不穿衣服，光身来、光身去可也。切切此嘱！

姐俩看了纸条后，以为一定是爹看欠年日子过得艰难，想给姐俩省口吃的，才走了这条绝路。这不是吗？爹知道家里没钱，连个棺材都不让给他打，还不让穿衣服。老人这心可真细呀，都给儿女想到了！姐俩越想越伤心，哭了个死去活来。大伙儿好说歹说，连拉带劝，姐俩这才住声不哭。人死了，入土为安，再加上天头热，又是横死（自杀）的，不能停得日子多了。

可咋个埋法呢？老刘头儿自个儿白纸黑字写得明明白白，不让打棺材、不让穿衣服，可有儿有女的人，还能叫土压脸吗？不用秫秸箔子，也得用炕席卷出去呀！最难办的就是衣裳。老刘头儿是写着要光身子走，可当儿女的能忍心吗？不做寿衣也就罢了，还能把死人身上穿的衣裳给扒下来？

唤来一直孝顺，说："人死了，让咋办就咋办。就是打寿材、做寿衣，也只是遮活人眼目，死人得不着。爹是明白人，他让这么做，必是有这么做的道理。"大伙儿都说唤来说得对，唤小也就没了主意。唤来冲姐姐说："爹的衣裳脱下来后，我也不要，都给爹烧了。到了阴间他穿不穿，就与咱无关了。"唤小一听他说得有理，也就答应了。于是，大伙儿就七手八脚地帮着姐俩给老刘头儿脱衣服。人都挺尸了，一点儿也不好脱，好不容易脱得只剩下一条裤衩了，唤小说啥也不让脱了，谁劝也不顶事儿。就这样，大伙儿用秫秸箔子将老刘头儿一卷，抬到地方，把那棵柳条儿拔了，把他埋在那儿了。

老刘头儿死后刚好到了一百天，那个南方人又来了。他这回来还不是自个儿呢，是由县太爷领着，带着五百羽林军来的。前呼后拥，像众星捧月似的，可威风了。南方人说他当了皇上的钦天监，夜观星斗，看出五大连池出了真龙，现在是奉圣旨来破龙脉。南方人一来到这儿，就把唤来、唤小传来了，说老刘头儿变成了真龙。姐俩不信，南方人就要扒开坟看看。姐俩说："变龙咋的，没变龙又咋的，不说清楚了可不能随便挖坟掘墓、挪尸动骨!"南方人说:"好! 你们的爹要是没变龙,我披麻戴孝,给他金井玉葬,另起坟茔。可是,他要真变龙了呢?"姐俩愣了愣神儿,说:"要真变了,任你处置。""好!"南方人哈哈大笑,说,"来呀!"羽林军头子答应了。南方人命令道:"给我挖!"人多好干活儿,五百羽林军锹镐齐动,顺着南方人指的方向,挑了一道大沟。大伙儿听说了,都来看热闹,人越聚越多。

就看挖着挖着,底下的土动弹了,往两边儿一分,露出一条金翅金鳞的龙来,只是穿裤衩的地方没长出鳞。正因如此,这龙只能两头干撅搭,愣是起不来。唤来一看就明白了,狠狠地瞪了姐姐一眼,心说:"都怨你!非让留条裤衩儿。咋样,耽误多大的事儿?"唤小一看,也知道自个儿好心帮了倒忙,刚想上去把裤衩儿给撕碎了。但是不赶趟了,只见龙抬起上半截身子张牙舞爪地直扑南方人。南方人双手擎着一把明晃晃的镰刀,正是他临走时拿去的那把老刘头儿老伴儿使过的镰刀。老刘头儿虽然形变了,可心没变。他见刀想人,寻思老伴儿跟着自个儿受了一辈子苦,一天好日子也没过上……他就这么一愣神儿,刀早下来了,一下子就把龙脑袋给削下来了。龙脑袋掉到地上了还直蹦呢。南方人伸手把它拎起来,顺手儿就扔到了现在这个地方。他怕龙身子和龙脑袋接到一块堆儿,便用镰刀一划,出现了一条小河,将龙身子和龙脑袋隔开了,永远也到不了一块儿了。

这条小河就是讷谟尔河。龙脑袋化成一座山,大家就管这山叫龙头山,有时候也顺口儿叫老刘头儿,不知底细的人把它听成了"老龙头",因此这地场又叫老龙头。

讲述者:孙万金

整理者:张文彬

鲤鱼跳龙门

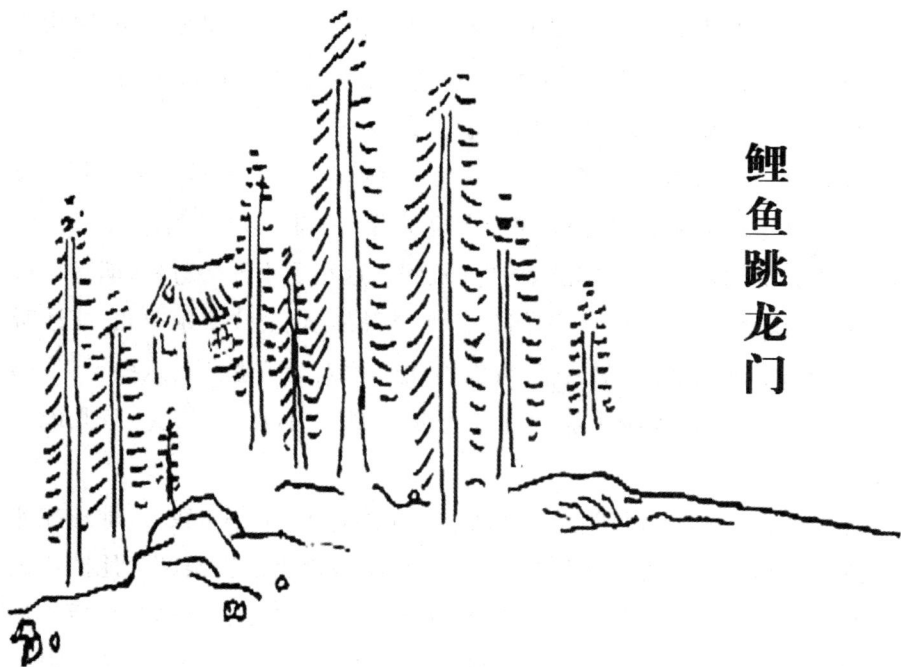

龙门山,因东西两座石崖立陡的大石砬子并摆儿站着,像个龙门而得名。一小儿听老人们讲瞎话儿,还真有条鲤鱼从这上边跳过去,成了气候儿。

从前,五大连池的鱼可老鼻子了,不少外地人赶着大车、拉着渔网,大老远儿地赶来打鱼。南边儿有个大粮户听着这个信儿,一寻思这可是个发财的好机会,便打发人买船、置网,自个儿坐在家里招人去打鱼。他明说明讲:头年倒本儿。以后每年打鱼卖的钱,倒三七劈成,就是东家赚七成,打鱼的劳金们得三成。那年头,庄稼人都穷,满心想打鱼可买不起船、置不起网,就得给有钱儿的人家效力,哪怕是明摆着的窟窿桥儿也得上。有个叫王老疙瘩的年轻小伙儿,找了一伙人,把话儿讲妥了,然后带着人来到了池子沿儿上,砍木头、割草,搭了个渔窝棚就住下了。头一年,去了给大粮户倒本儿,大伙儿没剩下几个钱儿。大伙儿寻思第二年就好了,可谁知到了第二年,水旷鱼稀,渔网怎么撒下去的又怎么拽上来,瞪眼儿没鱼。别看王老疙瘩岁数儿不大,打鱼可有两下子,要不敢带一帮人出来吗? 这回却糟心了,他把压箱底儿的能耐都使出来了,可就是打不着鱼。没钱养家糊口先不说,眼瞅着就揭不开锅了,大伙儿都愁眉苦脸、唉声叹气的,七嘴八舌说啥的都有了。王老疙瘩听了直闹心,越发熬拉巴糟地难受。

老话儿说,"男愁唱,女愁哭,老太太瞎嘟嘟"。他为了耳不听、心不烦,拎着那把从家带出来的破胡琴,成天在池子沿上一坐,自拉自唱。他一坐就是大半天儿,有时候半夜前儿还在那儿拉呢。这小子不但会打鱼,胡琴拉得也不错,就跟会说话儿似的。那胡琴让他拉得都绝了:拉欢乐曲儿,能让听的人美出鼻涕泡儿来;拉悲曲子,管保能让听的人哭不够儿。这些天,他心里不痛快,那琴声让人听了抓心挠肝地难受,眼泪都会一对儿一双儿地往下掉。

这一天,他从早上拉到晌午,又从晌午拉到晚上,都小半夜了,他还在那儿拉呢。大伙儿的心都让他给拉碎了,星星听得都直眨巴眼睛。他拉着拉着,就觉得眼前有个黑影儿一晃,开始还以为是眼睛花了,也没在意,后来仔细一看,才发现黑乎乎的真是个人影儿,再一看,原来还是个女的,正哭得直抽搭。他寻思这必是谁家的团圆媳妇儿受了气想不开要跳池子寻死,年轻轻地怪可惜了儿的,得劝劝。于是,王老疙瘩把琴弓子往琴轴儿上挂好,走到那姑娘跟前儿,说:"大姐,不在家好好睡觉,三更半夜地你上池子边儿上干啥来了?"见她双手捂着脸没吱声,他又说:"凡事都得往宽了想,年轻轻地可别寻左道儿。"

"你以为我要跳池子寻死?"姑娘擦干眼泪,瞪着一双水汪汪的大眼睛说。

"那黑灯瞎火地你上这儿来干啥?"他不解地问。

"你这人也真是!要是安心想死,这么大个五大连池,我非得跑到你眼皮底下来?"姑娘带着眼泪的脸,笑成了一朵含着露水珠儿的花儿。

他一想:对呀!要想死哪死不了,偏找个有人的地方好救她?想到这儿,他不由得脸上一红,说:"对不起。"转身打算往回走。这时姑娘把他叫住了:"你别走啊!"

他问:"你找我有事儿?"

"啊。"姑娘说。

他大声地说："啥事儿？你说吧,只要我王老疙瘩能办得到的……"

姑娘用下巴颏儿一指他手中的胡琴,两只大眼睛好像在说："我就是来听你拉胡琴的,你怎么能走呢?"

他问："乐意听?"

"不乐意听,能天天来吗?"姑娘答道。

他纳闷地问："我咋不知道?"

"这不知道了嘛。"姑娘说。

他又问："我咋不认识你呢?"

"这不认识了? 一回生、两回熟嘛。"姑娘笑着说。

"唉! 这玩意儿天天听有啥听头儿。"他叹了口气,说道。

姑娘说："我越听越爱听。"

"你?"他这才注意打量姑娘,见她人很漂亮,长得像水葱似的,穿得溜光水滑的,不像穷人家的孩子,不由得想起了东家,心里立马挂了火:敢情你们有钱人家吃饱了撑的,拿穷人开心来了! 于是,他便顺嘴说了一句:"我正事儿还愁不过来呢! 哪有闲工夫给你们解闷儿?"

姑娘一听,问道："不就是没打着鱼嘛。那还值得一愁?"

"你真是站着说话不腰疼。我们穷人打不着鱼,吃啥? 喝西北风都没有人给刮。"他说。

姑娘说："你找我呀!"

"找你听我拉胡琴哪?"他撇撇嘴,说道。

姑娘也撇了撇嘴,说："我也不白听你的。"

"你不说你天天来听吗? 咋的啦?"他问道。

"噢! 这就来了?"姑娘笑着问。

"我一个人跳井不绊下巴,可别人都是拉家带口的,打不着鱼就得断顿儿。"

"这么的吧,"姑娘打个沉儿,"每天傍擦黑前儿,你往这儿下三片网试试。"

他说:"要是好使,我天天给你拉胡琴听!"

"它们也乐意听你拉胡琴哪!"姑娘又笑着说。

"哎,你家在哪儿住?贵姓?"他问道。

"我家在哪儿,告诉你你也找不着。我叫李瑜,赵钱孙李的李,周瑜的瑜。"姑娘说。

"那我上哪儿找你去?"他问。

"不用找。到时候只要你的胡琴一响,我准到。"姑娘说。

他说:"行。想找你,我就拉胡琴。天儿不早了,我得回去好好睡一觉儿,养足了精神,明晚上好打鱼。"

姑娘说:"不用。你天擦黑前儿下上网,第二天天放亮再起就行。"

"好,明晚上咱们还到这儿来。"说完,王老疙瘩回到窝棚,一头扎到地铺上,呼呼地睡了一天。大伙儿都知道他心里有事,谁也没有惊动他,该下池子的都下池子了。大伙儿又辛苦了一天,还和每天一样,就都想散伙,各找活路儿去。正好这时王老疙瘩醒了,告诉大伙儿先别着急,今晚把网下上试试再说,实在不行再散伙也不晚。大伙儿一想,二十四拜都拜了,还在乎这一哆嗦?就按他说的地方把网下上了。大伙儿知道这也是没指望的事,就都回去睡觉了,赌等着明天卷行李回家。就剩王老疙瘩一个人,坐在原来的地方拉胡琴。今天跟昨天不同,他拉的是欢乐曲儿,大伙儿听了都笑着过二道岭(睡着)了。那姑娘远远地站着听他拉,脸上乐滋儿滋儿的。

等东边儿天上刚露出鱼肚白来,王老疙瘩把胡琴一搁,就去拽渔网。谁知他使出了吃奶的劲儿,那网还是纹丝不动。姑娘抿嘴一笑,说:"看把你能的!一个人就拽动了?还不回去找人!"他乐颠颠地跑到窝棚里把人都给撮落起来了。大伙儿带信不信地来到这儿,一拽网,是挺沉,有人就说:"是不是挂石头上了?再拽就把网拽碎乎了!"

"老太太不吃肺子——你就来干(肝)儿吧!"王老疙瘩说,"来,大伙儿都使劲儿,一!二!三!"他喊着号子,大伙儿一使劲儿把网拉了上来。那鱼挂得可厚了!摘了一层又一层,又大又匀乎。大伙儿坐池子边儿上没动窝儿,一会儿就没了,卖了不少钱。这回大伙儿乐了,都夸王老疙瘩有道眼,会喂鱼窝子。只有他自个儿心里跟明镜儿似的——那爱听胡琴的姑娘不是神仙就是妖精,反正不能是小白人儿。

能打着鱼,兜里也有钱了,不缺吃、不少穿,王老疙瘩也有闲心了。于是,他天天晚上跟那姑娘说呀、笑啊,有唠不完的嗑儿、说不完的话儿。他总想掏她的根底儿,可她就是不说。他问她家在哪儿住,她也不告诉他。越是这么的,他越觉着是个事儿,老太太胯骨——就惦(垫)心上了。有一天分手的时候,王老疙瘩没回窝棚,偷着跟在她后边瞟着,想看看她家到底在哪儿住,可是跟来跟去把个人给跟没了。他正纳闷儿傻呵呵地四外撒摸呢,突然有人在背后拍了他一把,吓了他一大跳,回头一看,原来是那姑娘。她"扑哧"一声乐了,说:"你这老实人,今儿个咋也跟我要开滑头啦?"

他的脸儿一红,说:"到底儿还是没奸过你呀!哎,你咋知道我在后边跟着你呢?"

"我看你那两个眼珠儿滴溜儿乱转,准有花花道儿。咋样,没看错吧?"她笑着说。

他央求道:"告诉我你在哪儿住,我就不跟着你了。"

"我劝你还是不问好。"她眉头一皱,说道。

他脖子一挺,说:"那我就自个儿跟着看!"

"那你非惹大祸不可!"她说。

他说:"你不用吓唬我,我又不是三岁、两岁的小孩子。"

"真的。你要是不听话,大伙儿都得得窝子病,瘟净了拉倒!"她郑重其事地说。

他被吓了一跳,问:"没治吗?"

"嗯,反正我是治不了。"她说。

他一听她这么说,只好说道:"那好,你走吧。我不跟着你就是了。"

人都好信儿,越不让他知道,他越觉着是个事儿,非踅踅摸摸地弄明白不可。时间一长,王老疙瘩又把她嘱咐的话当成耳旁风,扔到耳前、脖子后去了。有一天,他亲眼看着她"哧溜"一声钻进池子里,变成了一条金翅金鳞的大鲤鱼。他一拍后脑勺儿,自言自语地说:"我这脑瓜子真笨!人家不早就明明白白地告诉我叫'李瑜'？就是鲤鱼嘛！"

　　说来这事儿真挺蹊跷，打那以后，王老疙瘩就是把胡琴弓子给拉飞了，那姑娘也不露面儿了。过了不几天儿，屯子里真得了窝子病，慢慢地也传到了窝棚里，当天就撂倒了好几口子。这回王老疙瘩想起那姑娘嘱咐的话，才有点后悔。他整天坐在原来那个地方，用胡琴反反复复地拉着一句话："李瑜呀，快来吧！我再也不敢啦！"他一连三天三宿没挪窝儿，水米没打牙，真有点儿拉不动了。这时，就见眼前闪过一道红光，从池子里飞出一条红尾大鲤鱼，直扑龙门山。他想：这一定是鲤鱼跳龙门，要是真能跳过去就好了。想到这儿，他拔腿就往龙门山跑，跑到跟前儿一看，鲤鱼直挺挺地摔在地上。他过去把鲤鱼抱了起来，连哭带叫："李瑜呀，都是我害了你呀！"过了老半天，她才睁开眼睛，对他点点头，说："大哥，别哭，我不恨你，现在就得错打错上来了。我本打算跳过龙门，好上仙女洞去取药水给乡亲们治病，没承想道行浅，没跳过去。要是没有药水，我这条小命儿也得交待了。"

　　王老疙瘩急忙说："没事儿，我上仙女洞给你取药水去！"

　　"你不知道路儿，让蛙姐跟你一块儿去，有事多问她。"

　　他扭头一看，旁边真趴了个大蛤蟆。他接着急忙回窝棚取来一把勃力斧子和一个瓦罐，给瓦罐灌了半罐子池水，把蛤蟆搁里，拎着斧子和瓦罐就奔仙女洞来了。到了仙女洞跟前儿，他都听见泉水的响了，可就是怎么也劈不开洞门。他一斧子下去，火星子乱迸，只在洞门上砍出了一道白印儿，却震得他两膀发酸、虎口出血，一个腚蹲儿坐到了地上，半天没爬起来。他好不容易缓过这口气来，又抄起了斧子，往手心吐口唾沫，运足了劲儿，照洞门"咔嚓"就是一斧。就听"轰隆"一声，扒下一层石头皮儿来。他再一看，石门上有四行诗：

童男童女血，

斧磨石蛙身。

七七四十九，

洞开救亲人。

　　王老疙瘩怎么也想不明白这诗是啥意思，就把蛤蟆捧了出来，蛤蟆立马变成个大姑娘。他问她："这是咋回事儿?"蛤蟆姑娘说："就是告诉咱们,得蘸着童男童女的血,在石蛤蟆的脊梁骨上把斧子磨七七四十九下,才能劈开洞门。"

"这上哪儿找童男童女去?"他皱着眉头说。

"来,你先在罐子里把手洗洗。"蛤蟆姑娘说。

"哎!"他把手洗干净,在衣裳襟上擦干了。蛤蟆姑娘拿斧子划破他俩的中指,把血滴到了瓦罐里,说:"这不就有了?"

"那……石蛤蟆呢?"他问道。

"你看,那不是吗?"蛤蟆姑娘用手冲他的背后一指。趁他回头找的工夫,她已变成一块蛤蟆石。王老疙瘩回过头来才发现,感动得眼泪在眼眶里直打转,接着操起斧子蘸着罐子里的血水,就在石蛤蟆的后背上狠狠地磨了起来。他磨完七七四十九下,出了一身透汗,又精神了不少,然后又抢起斧子朝着洞门劈去,一斧子劈出个小窟窿,两斧子劈开一半儿,三斧子就劈开了洞门。他扔下豁牙露齿的破斧子,倒掉瓦罐里的血水,到洞里灌了满满一罐子药水,接着飞也似的向龙门山跑去。

到了地场,他把药水给李瑜灌了下去,眼看她煞白的脸蛋儿有了点儿血色,慢慢地醒过来,又变成整天听他拉胡琴的姑娘了。然后两个人又来到了仙女洞。李瑜喝着药水,修炼了七七四十九天,恢复了元气后,又化为一道红光,跳过了龙门山。她蜕了鱼皮,成了一个仙女,跟王老疙瘩一起拎着药水,到五大连池边儿上治病救人去了。

讲述者:孙万金

整理者:张文彬

莲花山的由来

几百年以前，莲花山到处都是花草树木，但没有人烟。直到有一天，从南方来了一个十八岁的小伙子，叫开端。他的家特别穷，常年吃糠皮和野菜。由于生活所迫，所以他不得不从南方背着一口小锅来到了北方。他跋山涉水，历尽了千辛万苦，身板发虚，加上过度劳累，就倒在路旁人事不省了。也不知过了多长时间，开端慢慢地苏醒了过来，发现自己睡在一个用木头搭的板铺上，心里想：这是何人把我弄到这儿的呢？他鼓足力气，挣扎着站了起来，看到火红的太阳，觉得暖烘烘的。他漫无目的地走了起来，看着那一片片翠绿的大树，看着那开得漫山遍野的马莲花，听着小河哗啦哗啦的流水声，听着百鸟叽叽喳喳的欢叫声，心想：这真是一个美丽的地方啊！他走着、看着，看见了一片片紫黑的山都柿，看见了一片片紫红的山葡萄，看见了一片片通红的山丁子，看见了一片片黢黑的臭李子，看见了一片片血红的山里红，看见了一片片半黄半绿的山核桃……这下可把开端给乐坏了。他边走边看，边摘边吃，觉得一会儿比一会儿有精神头儿，身子也感觉轻快多了。

日子长了,开端就在这住了下来。他每天很早就起来刨地,开垦荒原,种上了五谷杂粮。有人可能会问他从哪弄来的种子、工具,原来,这是开端从家里带来的。就这样,他一日一日地干哪、干哪,春种秋收,收获的粮食吃也吃不完。

　　一天,开端去河边玩耍,看见河的两岸开满了瓦蓝的马莲花。其中,有一棵比人高一头的大马莲花开在山脚下,在万花丛中格外地鲜艳夺目。开端非常喜欢这朵马莲花,每天都去给它浇水。

　　又有一天,他到河边去给大马莲花浇水,发现河里有各种各样的鱼儿在游动。于是,他就一条一条地抓了不少鱼,回家后用锅一煮,吃起来真香啊!

　　从那以后,他每天都去河边给大马莲花浇水,顺手儿抓上几条鱼回来吃。有时他还上山,打一些獐狍野鹿回来吃,自个儿活得可高兴了!

　　也不知道是哪天,他正蹲在河边抓鱼,突然发现前边不远处有一座漂亮的小房子,心想:是什么人住在这个地方呢?以前我怎么没看着呢?这就怪了。我得过去看一看。于是,他就走了过去,发现屋外坐着一个十六七岁的小姑娘,长得像天仙一般,美极了!不等开端说话,小姑娘先开口了:"喂,你在水里抓什么呢?"开端说:"我抓鱼呢。"小姑娘说:"小哥哥,我叫莲花,是莲花仙子。我的父母都去世了,孤身一人住在此地已有十多年了。"开端立刻想到那日救自己的人一定是她。

　　从此,两人便经常往来,一起上山采集野果,一起下河捕鱼,天长日久,互相产生了爱慕之情。

　　慢慢地,两个人就搬到一起住,成了一对美满的夫妻。小两口每天耕地、打鱼、狩猎、采山货,小日子越过越好。

　　后来,夫妻俩相继离开了人世。后人为纪念这对美满的夫妻,就将此地取名为莲花山了。

讲述者:阎守和

搜集者:刘春艳

整理者:徐进

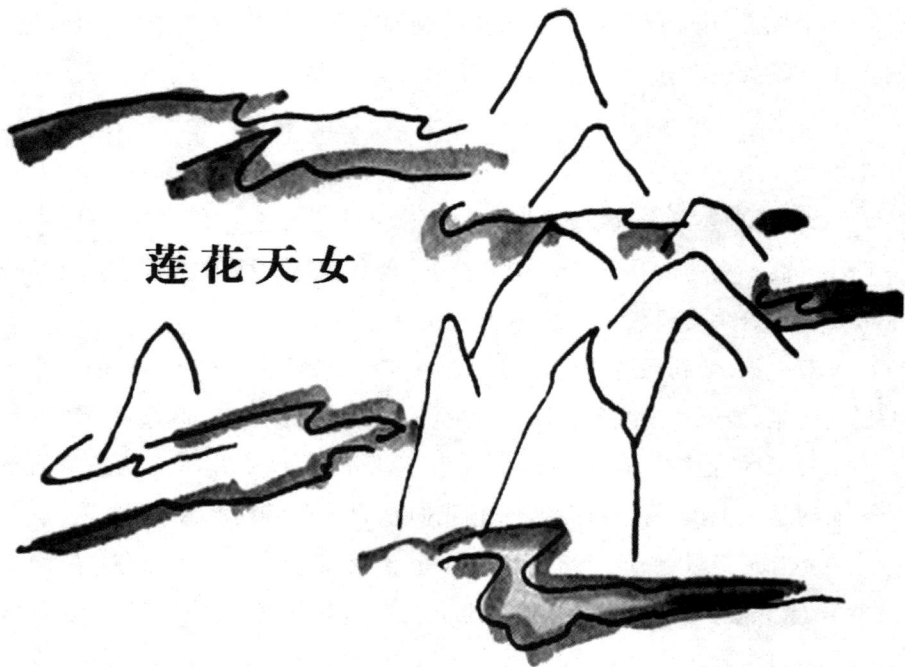

莲花天女

　　过去,五大连池叫"五大莲池",因池中生满各色莲花,赤、橙、黄、绿相映生辉。虽说五泓池水彼此相连,可是形貌、秉性却很不相同。传说,它们原来是由五个脾气颇不一样的天女幻化而成的。这五位天女都有自己挺好听的名字:老大叫碧波,老二叫雷波,老三叫洪波,老四叫静波,老妹妹叫海波。大姐性情温和,体态轻盈小巧,人们把她比成半块碧玉,赞美地说她"美如半璧水清清"。老二性格暴躁,动不动就发火。在她跟前,响晴的天头也能听到轰轰打雷的声音,人们因而赞美地说她"性情暴烈煞威风",并且管那个池子叫大雷池。老三体态丰满,又憨又壮,性格淳朴、刚强,是人们最喜爱的一个。人们赞美她说:"位处中央称主宰,红鲤金鲫负盛名。"老四生性娴静,不爱多言多语,却喜打扮,在她身边长满了遮江草、菱角秧,恰似披纱着锦。她平平静静,不掀风浪。因此人们赞美她说:"人称静波芳讳好,柳绿花红草青青。"五妹生得胖胖的,心胸开阔、爽朗,从不妒忌、使小性子,所以人们称她为"北海"。

传说，当初在王母的瑶池里，有大群的天女，只有碧波她们五个姐妹相处得最亲热。二姐雷波性情耿直，胆子也大。她对其他四位姐妹说："瑶池蟠桃会，五百年才开一回。那其余的无数个朝朝暮暮，姐妹们就只能闷居天宫，无事可做，该是多么难度、难熬！莫不如到欢乐的人间去走一走、逛一逛，也不枉居仙得道一回。"雷波的话，正合众家姐妹的心意。大姐稍有些担忧地说："好是好，就怕王母知道了怪罪下来，吃罪不起。"

　　四姐慢条斯理地插言道："咱们不会找个好时候，偷偷摸摸下去玩玩，不让王母知道吗？"

　　五妹说话总是娇憨、直爽。她说："用不着怕！万一王母知道了，咱就永久地留在人间，再也不重返瑶池了！"

　　还是三姐胆大心细，想得周全。她沉思片刻，跟姐妹们说："别的仙子偷下凡间，都是找人们常常来往的繁华盛景去看，我们何不找个虽不出名，但景致却无比优美的所在，前去观赏观赏。一来那里距天宫遥远，不易为王母寻得，二来又有天下奇观可供游乐，岂不很好吗？"

　　几个姐妹齐声说"好"。于是，她们就趁王母歇息的时候，偷偷打开了北天门。她们看见五大连池上空云雾缥缈，山水秀丽，是个风光绝好、美景醉人的所在，于是就变作五朵绽开的莲花，飘摇直下，降落人间。平常时，她们静静地卧在莲池，闭目凝神，成为硕大、颀长的五朵莲花。等到偕行游走时，她们就变成了五位风韵不同、神态各异的美丽仙子。她们飘落在地上，对什么都感到新鲜。风飘罗带，星伴倩影，姐妹几个不论是手牵着手在土丘顶漫步，还是在青翠的草坪上游玩，都感到人间是那么温暖！

　　五姐妹初临人间，见到那亭亭玉立的白桦树、青翠欲滴的松柏、五颜六色的山花、狂欢跳跃的獐狍野鹿，真不知人世还有这样美好的仙境，不由得心花怒放，流连忘返。

　　五姐妹正在说着、玩着，不知不觉已到了正当午，只听九天之上金钟响亮，眼看就要关天门了，只好依依不舍地离开莲池，携手牵腕，匆匆地回天庭去了。

天上方七日，世上已千年。谁也不知过了多久，五姐妹依然不断地来到莲池戏耍。

这一年，人间久旱不雨，闹得花草树木都干枯了，獐狍野鹿也潜踪绝迹了。五姐妹听得这个讯息后暗自商定，决意为一方生灵盗取瑶池仙水。

一日，大地披红，莲花天女又来到了人间。她们每人手中捧着一个金盅儿，里面盛满了从瑶池灌来的仙水。

姐妹们轻盈地起舞，一面玩赏莲池的风光景致，一面寻找倾倒仙水的地方。她们左瞅右看也没相中个最好的地方，正迟疑间，忽听一阵金鼓像巨雷一般响了起来，惊天动地，越敲越急。接着便是狂风大作，飞沙走石，就连日月星辰也立时失去了光亮。

只见王母腾云驾雾，率天兵天将来到了莲花池上空。五仙女被惊吓得缩作一团，赶紧变成五朵莲花在碾盘大的荷叶底下藏身。她们几个没想到，躲得再隐蔽也逃不过王母的神睛慧眼啊。王母知道荷叶背后那五朵颤抖的莲花就是那五个不守天规的仙女变的，便喝令她们变回人形。五仙女站在莲池边，手里举着金盅，低头不语。

王母痛斥了她们一顿，吩咐天兵天将把五姐妹打入天牢，永世不得翻身。

这时，五仙女苦苦地哀求道："我等甘愿永驻人间，宁死也不再返回天宫！"

王母哪里肯听，又命天兵天将抢夺五姐妹手中的金盅、仙水。五仙女四散躲开，可是天兵天将铺天盖地、遮云蔽日而来，五仙女万般无奈，最后只好将金盅连同仙水摔在了地上。地面立即涌出五汪清水。王母一看金盅已经破碎，再难收拾了，不禁大发了一阵雷霆，下令把五位莲花仙子贬在人间，强令她们变成池身，长久地留在这里。王母的旨意正合五位莲花仙子的心愿。

王母临走时留下几声惊天动地的霹雳。这时，五位仙子已经不见了。在奇峰峻岭之间，骤然出现了五个大水池子，每个池子都是湛清如玉，平卧地心，像一弓弯弯的月亮。从那以后，五个仙女就高高兴兴地住在了莲池，为一方百姓造福。因为池子是摔碎的金盅变的,池身有仙女佩戴的玉石,所以,人们传说五大连池是"金子铺底、玉石镶边"的。

讲述者:石海

整理者:朱占敏

两兄弟

刚有鄂伦春人的时候,有一个部落一共有八户人家,后来流行一种传染病,除了一个姑娘,人都病死了。于是,这个姑娘就盖了个撮罗子,自个儿过日子。

有一天,来了一个白胡子老头,那胡子有一尺多长。老头从右手的中指上摘下一个戒指,送给了姑娘。姑娘接过戒指看了看,是个铜的。老头就说:"别看它是个铜的,它会给你带来好处。"听老头这么一说,姑娘就把戒指往右手的中指上套。老头又说:"不能戴在右手上,要戴在左手中指上才行。"姑娘就把戒指戴在左手中指上了。

过了几个月,姑娘的肚子一天天地鼓了起来,还觉得里面一阵阵地动。她想:这是怎么回事?我也没接触过男人,怎么会有孩子呢?她看了看手上的戒指,心想:大概是恩都力给我的吧。就这样,又过了几个月,她把孩子生下来了,是一对双儿的两个男孩儿。这小哥俩长得一模一样,连她自己也分不出来谁是哥哥、谁是弟弟。

自从她生了这一对双儿，每天早上开门时，门口都摆着柴、面、肉等东西。就这样，靠着不知什么人送来的东西，她慢慢地把兄弟俩抚养大了。兄弟俩形影不离，每天一同出去打猎，一同回家，一同吃，一同睡，就连走路都得胳膊挎胳膊。他们的阿尼无论如何也分不出谁是哥哥、谁是弟弟，为此她很发愁。

有一天睡觉时，阿尼做了个梦，梦见那个白胡子老头对她说："你的两个儿子总也不分开不好，干不出什么大事来，一定得让他们分开。"可是，怎么才能让他们分开呢？她连哪个大、哪个小都分不出呢。老头就告诉她："你明天装病，两个儿子一着急，就有一个搂你的脖子，他就是你的小儿子；有一个抱着你的腿，他就是你的大儿子。"

早上，阿尼一醒来，就抱着脑袋喊"头疼"。看她疼得一会儿站起来、一会儿坐下去，急得两个儿子一个搂着阿尼的脖子、一个抱着阿尼的腿，说："阿尼，你怎么了？你这是怎么了？"阿尼这时候偷偷地把哥哥腿上的皮割下一块，贴到了弟弟的胳肢窝下。从那以后，阿尼就能分出来哪个是哥哥、哪个是弟弟了。可是，还得让他们分开，该怎么分呢？阿尼又犯愁了。

阿尼想啊想，终于想出了一个主意。她给弟弟吃好的东西，而给哥哥净吃一些乱七八糟的东西，像野兽的肠子、肝脏了，她洗也不洗就给哥哥煮了吃。哥哥每天吃完饭就恶心、呕吐，后来他实在吐得受不了了，就对弟弟说："阿尼这是不想让咱俩在一块儿，撵我走呢，咱们该分手了。"兄弟俩都很难过。他们走到山坡上坐下来，哥哥指着一棵倒木，说："你靠在木头那边，我靠在木头这边，咱俩睡觉吧。"不会儿，两人都睡着了。醒来的时候，哥哥说："我做了一个奇怪的梦，梦见一个白胡子老头对我说：'你们兄弟俩该分开了，在一块儿是永远不会有出息的。从家里出去往西走，有个岔路口。你往左边的岔路上走，那里有一匹白马等着你。你喊它三声，它就过来了。'"弟弟觉得奇怪，说："我也做了这样一个梦，和你说的一模一样。"

兄弟俩回到家里和阿尼说了要分开的事，阿尼又高兴又悲伤。她拿出两把刀，给兄弟俩一人一把。哥哥说："弟弟呀，你在家照顾阿尼吧，我先走了。如果你的刀刃生锈了，就是我出事了；如果我的刀刃生锈了，就是你出事了。"说完，哥哥告别了阿尼和弟弟，沿着西面的山路走去。

哥哥走啊走，看见前面有一个岔路口，就按照老头说的朝左边的路上走去，走得累了，就靠着树墩子睡着了。他睡着睡着，突然被几声马叫给惊醒了，睁眼一看，果然有一匹白马站在那里。这匹白马备着漂亮的马鞍、马缰绳，马背上还挂着弓箭、腰刀等东西。哥哥高兴得跳了起来，连喊了三声，那马就跑了过来。哥哥翻身跨上马背，可是那马却乱踢乱跳地直尥蹶子。哥哥说："你是我的马，怎么能尥蹶子呢？我是主人哪！"那马听了就不踢了，对哥哥说："那你就是我的主人了。咱们应该朝北方的路走，那里有座庙，看看是不是能学点儿什么本领。"于是，哥哥骑着马朝北方走了一天，看见有座庙，就进去了。庙里什么也没有，哥哥和白马住了一夜，也没什么动静。第二天，白马又说："这回朝南方的路走吧。"于是，哥哥骑着马又朝南方走去，走着走着，看见有一个土窑子，哥哥下了马，就走了进去。

土窑子里有一个八十多岁的白胡子老头儿，见来了一个小伙子，就说："孩子，你可别在这儿住。这屋里每天晚上都有蟒猊来，成天死人，在这里住的人都死了。你看那儿，人骨头都堆得老高了。"哥哥说："我不怕，我把门扣上。"老头儿说："扣上也不行，蟒猊一扒拉就开了。"哥哥说："你的好心我领了，谢谢你！我今天就住在这里了。"说着就走进后屋去了。后屋里有个神像，神像的下面是个石头台儿，是上供用的。他就靠着石头台儿睡了。

哥哥睡着睡着，就听见轰隆轰隆直响，只见一个影子一扒拉门就进了后屋。那影子朝着哥哥扑了过来，哥哥赶紧坐了起来，谁知那影子一见哥哥却变成一道光，围着哥哥转了几圈，然后一下扎到石头台儿上不见了。哥哥觉得奇怪，想搬开石头台儿看看，可一想那是敬神的，就没敢动，又躺下睡了。

第二天，老头儿过来一看小伙子睡得正香，就问他："你没见着什么东西？"哥哥说："没有。"后来他又觉得住在这里不说实话不好，就说看见一道亮光钻进石头台儿里去了。老头儿到石头台儿跟前儿一看，那上面有五个包，就对哥哥说："哎呀！小伙子，你的武艺高强啊，连蟒猊都怕你！你看那五个包,每一个包是一种武艺。你什么人都能打败!"哥哥听了也没在意,又上马走了。

哥哥又走了好多天,来到了一座城下。那里正在打仗,领兵的一看来了个身背弓箭、长刀的山里人,就让他带兵去打仗。哥哥果然武艺很高,谁也不是他的对手,一连胜了几仗,领兵的很高兴。这时,敌人那边一看这个带兵的山里人武艺很高,就想出了一个办法,在打仗的地方挖了一个陷阱。哥哥不知有陷阱,结果掉了进去,被里边的尖刺扎伤了,没有爬上来。

再说阿尼和弟弟。自从哥哥走了以后,两人整天盼着哥哥的消息。忽然有一天,弟弟发现自己的长刀生了锈,就流着泪对阿尼说:"哥哥出事了,我得去救他。"阿尼赶紧给他准备了吃的、用的,送他走了。

弟弟也是按白胡子老头指的路走的,在西边的岔路口也得了一匹白马。他走到那座土窑子时,看见一个老头儿正在挖坑,就问:"你挖坑干什么?"老头儿说:"我这里有蟒猊,每天晚上都死人。我正在挖坑把他们埋起来呢。小伙子,快走吧,别在这住了。"弟弟说:"我不怕,今天晚上就住这儿了。"晚上,弟弟被一阵声音惊醒了。他看见一个黑影走了进来,那黑影看见弟弟就一下钻进神像下的石头台儿里不见了。弟弟没在意,又睡了。第二天,老头儿过来一看弟弟好好地睡在那里,再往石头台儿上一看,心想:这孩子不简单啊,他的武艺更高!老头叫醒弟弟,说:"小伙子,你看那台儿上的七个包,说明你比前些天来的那个小伙子武艺更高强!你不但刀枪不入,还有心眼儿,谁也打不过你呀!你别走了,留下做我的干儿子吧。"弟弟说:"做你的干儿子可以,可是我得去救我的哥哥,哥哥出事儿了。"老头儿看留不住,就只好送他走了。

弟弟来到那座城下,救出了哥哥,然后找到领兵的,要求带兵去打仗给哥哥报仇。弟弟打到哪儿,哪儿的敌人就都被他杀死了。后来,敌人一看见弟弟就逃,再也不敢打了。

那个领兵的是皇帝派来保护这座城的,现在敌人该杀死的都被杀死了,剩下的也逃跑了,他就把这事报告给了皇帝。皇帝很高兴,下令召见弟弟。

皇帝一看弟弟的穿戴,就知道他是山岭上来的人,见他又是个功臣,就招他做了驸马。弟弟很想念阿尼,想回家看看,皇帝就派兵送他们回去了。

兄弟俩回到家,看见撮罗子的里里外外长满了一人深的草,就知道好长时间没住人了。他们急得到处喊着"阿尼",到处去找阿尼。后来,从草丛里爬出来一个老太太,头发都白了,眼睛也瞎了。兄弟俩一看,正是阿尼! 娘儿三个抱在一起就痛哭起来。原来,弟弟走了以后,阿尼整天哭,把眼睛给哭坏了。她看不见东西,又怕野兽来祸害,只好东躲西藏,得到点什么能吃的就吃什么,总算熬到兄弟俩回来了。

兄弟俩把阿尼安置在马车上,一同回京城了。他们走到那白胡子老头住的土窑子时,弟弟认老头做了干爹,也接了干爹一同回京城过好日子去了。

讲述者:吴青梅

整理者:方方土

菱角保媒

五大连池的四池子整天风平浪静的,因此当地人又管它叫静波池。这里的菱角那才厚呢!一到三伏天,菱角熟了,就有不少大闺女、小媳妇驾着小船儿,用绳儿捆一团麻秧子往水里一扔,等拽出来时,麻秧子上就挂满了紫不溜丢、沉甸甸的菱角。等摘下来的菱角攒多了,拿回家用锅一烀,里头雪白的菱角肉像糖炒栗子似的,吃一口又甜又香。遇着歉年跟青黄不接的时候,有不少人家就拿它当饭吃,一直接续到有粮了才拉倒。有人还编了菱角歌,采菱角的时候大伙都唱,可热闹了!

单说在四池子边儿上,住着一户打鱼的,是老两口子领个小子。这家姓杨,给儿子起名叫杨栋梁。这小伙儿身板壮实,心眼儿好使,惜老怜贫,谁家有个大事小情,求到他跟前儿,没有不行的。大家都夸这孩子仁义,说他将来准错不了。谁知他到了二十好几,却连个媳妇儿还没混上,爹妈都跟着着急上火。

要说杨栋梁这小伙儿,哪样都说得出、叫得响,就是家里穷点儿,况且爹妈一年比一年岁数大了，全靠他的两只手养活，也真得有章程啊。俗话说，"严霜单打独根草，黄鼠狼偏咬病鸭子"，这一年，老两口子都闹病，躺到炕上就起不来了。杨栋梁东挪西借，磕头作揖，张罗钱给老爹老妈扎古病。谁知老两口子的病咋治也不见强，临死前儿，他们攥住儿子的手，说："孩子，没给你说上个媳妇儿，我们死了也闭不上眼睛。扔下你自个儿，将来这日子可咋过呢……"

老两口子一死，等发送完了，杨栋梁拉了一屁眼子饥荒，小日子过得更紧巴了。他每天自个儿下池子打鱼，不管咋乏、咋累，回来还得自个儿整饭吃，不动弹就吃不到嘴里。素常的缝破补绽、洗洗涮涮，哪儿都得他自个儿动手。于是，他就时常心想：爹妈要是活到现在该多好！一想起他们临死的那句话，杨栋梁的心里就会热忽燎地想：是该娶个媳妇儿了。可是谁乐意嫁呢？自个儿又用啥养活人家呢？

这天，他打了一天，一条鱼也没打着，临末了儿，总算打了条小鲫鱼，还不到一拃长。他回到家顺手就把小鲫鱼扔到水缸里了，饭也没心思做，大头冲下躺在冰凉的土炕上就睡着了。睡梦里，就见不知从哪儿来了个十八九岁的大姑娘，到他跟前儿，说："杨大哥，求求你把我放了吧。我爹妈还在家等我呢。"他心里纳闷儿：我也没抓你，让我咋放？可一看姑娘那可怜巴巴的小样儿，又不忍心打驳回儿，只好哼哈地答应。姑娘挺乐呵，给他鞠了个躬，说："谢谢大哥！大哥你心眼儿真好使！"这两句话说得他心怦怦直跳，小脸儿通红，顺口说："好啥呀？长这么大连个老婆都没混上，还好呢！"说完还挺后悔，心想：这扯不扯！不认不识的，头回见面跟人家姑娘说这些干啥？不知道的还以为我拐弯抹角儿地跟人家求婚呢。这她要是翻脸攘斥我几句，不得干听着？他正想着，就看姑娘的小脸一红，冲他一立愣眼睛。他寻思：坏了，姑娘急眼了，非骂我不可！他恨不得找个地缝儿，钻进去躲躲才好。一看他那小样儿，姑娘"扑哧"一声乐了，他也跟着傻笑。姑娘绷住脸，说："谁说你说不上媳妇儿？走！咱们找他去。"说着真拽他来了，他被吓得往后直捎，结结巴巴地说："你找人家干啥呀？"姑娘红头涨脸地说："告诉他，我跟你了!"他听着吓了一跳,愣眉愣眼地瞅她。"咋的?那么看我干啥?"姑娘往前一凑,"不敢要?"他晃晃脑袋。姑娘又说:"你不嫌我疯张?"他又拨楞拨楞头。姑娘紧接着又问:"这么说你答应了?"他还是摇头,可是一想:不对,这么好的事上哪儿找去?他刚想点头,姑娘这回可有点忍不住了,把杏核眼瞪得溜圆,指着他的脑门子,问:"你为啥不说话?光摆脑袋,得摇头病了咋的?"他这时才想起来点头,一想不对,又急忙摇头,气得姑娘哭不得、笑不得。她长出了一口气,说:"唉,上赶着不是买卖。"说完,转身往外就走。他急忙上去拽住人家,想了半天说出一句话来:"你别走!"姑娘说:"我本来没打算走,可人家吓得连句话都不敢说。我又不是送不出去了,非赖上你不可。说句痛快话,到底要不要?"他说:"谁说不要啦?"姑娘说:"你早说这话,何必惹我生气?"他说:"不是我不乐意,是我太穷。""穷怕啥?三穷三富过到老,我帮你挣!"姑娘说。他长这么大还没见过这么闯楞的姑娘,激动地抓住她的手,不知说啥好了。姑娘一挣,说:"这回该放我了吧?"他一听前言不搭后语,愣了巴怔地问:"你说啥呀?"姑娘不理他,转身就往外跑,他随后就撵,被门槛子一绊,忽悠一下子掉进了井里,半天没到底儿。

　　他一下子醒了,原来是观景儿①。他闭着眼睛琢磨这是谁家的闺女,想来想去,根本就没这么个闺女。都说梦是心头想,白天想啥、晚上梦啥,他就笑自个儿想媳妇儿想红眼了,真没出息。

　　他昨天没吃饭,肚子饿得咕咕叫,实在躺不住了,起来想整口饭吃,一想水缸没水,赶紧去挑水,回来搦开缸盖儿一看却是满缸,就见那条小鲫鱼听见响声,仰颏看他,眼泪一对一双地往下掉。他寻思:备不住缸里的水是它哭的眼泪。真可怜,知道这样不把它拿回来就好了。吃完饭,他把小鲫鱼装到鱼篓里,放回四池子里去了。小鲫鱼到了水里冲他点点头,好像在说:"谢谢杨大哥放了我!"不知咋的,他想起了昨天梦里的姑娘老让他放了她,会不会……他又一想:又冒傻气了,这是两码事儿,根本扯不到一块儿去。他收

_____

　　① 观景儿:做梦。

起心思,又去打鱼了。

今年的鱼实在难打,不光他很多时候打不到,都这样,所以一到三伏天菱角熟了,大伙儿就云采菱角。大闺女、小媳妇儿一边采菱角,一边唱菱角歌,里头有个姑娘唱得最好听。他搭眼一看觉得挺面善,好像在哪儿见过。

他想了半天,忽拉想起来这不是在梦里要跟自个儿的那个姑娘吗?想不到真有这么个人儿!他侧棱耳朵细听,就听姑娘唱道:

　　　　小小菱角两头尖,
　　　　各个都穿紫衣衫。
　　　　一到三伏菱角熟,
　　　　采了一船又一船。

他接着唱:

　　　　小小菱角两头弯,
　　　　各个都穿紫衣衫。
　　　　没有粮食吃菱角,
　　　　菱角熟,菱角甜,
　　　　感谢菱角好心田。
　　　　天赐咱们一碗饭,
　　　　来帮穷人过赖年,
　　　　又省挨饿又省钱。

她接着唱:

　　　　小小菱角弯又尖,
　　　　各个都穿紫衣衫。
　　　　下到锅里团团转,
　　　　盛到碗里香又鲜。

他接着唱:

　　　　小小菱角尖又弯,
　　　　各个都穿紫衣衫。

你一碗来我一碗，

吃到嘴里比蜜甜。

他俩合唱：

菱角熟，菱角鲜，

菱角有个好心田。

粉身碎骨都不怕，

来帮穷人过赖年。

俩人儿越唱越近便，连黑天别人回家了都不知道。他一看就剩他俩了，倒有点儿不好意思了。这时，姑娘说："多谢杨大哥放了我！"他有点儿丈二和尚——摸不着头脑儿，问道："你是?"姑娘用手指头蘸点儿唾沫在脸上往下划，像哭了淌眼泪似的。他这才想起那条小鲫鱼来，刚想说："你是……"就见她用手往池子里一指，刚想说话，可这时池子里起雾了，呜呜直响。他打了这么些年鱼，知道是要翻池子，刚想划船跑，结果一个浪就把他的小船儿给打翻了，幸亏姑娘手疾眼快，一把就把他捞到了自个儿的船上。这时池子里像开了锅，那浪像小山似的，一会儿上来、一会儿下去，吓得人心惊胆战，连瞅都不敢瞅。突然，一个大浪过来，把姑娘的小船儿也打翻了。他一看完了，眼睛一闭只等着喝水灌大肚子了，就听姑娘趴在他耳朵上，说："杨大哥，别害怕，有我呢！"他想：有你该没我了。"哪能呢?"姑娘说。她就像他肚子里的蛔虫，连他想啥都知道。这时姑娘又说："你睁眼看看。"他睁眼一看，小船儿变成了菱角叶，跟孙猴子吃了灵吉菩萨的定风丹似的，身不动、膀不摇。他大吃一惊，心想：她准不是人！"对了！"姑娘说，"我是秃尾巴老李的老闺女。因为我好吃菱角，我爹就给我起名儿叫李凌。"他一听，心里更没底了，寻思：我说你咋那么大方，一口一个嫁我，原来是逗我玩儿呢！"我可是真的，可惜我爹不干。"李凌说。他忍不住说道："你爹必是嫌我穷。"李凌说："我爹可不是嫌贫爱富的那路人。"他好奇地问："那是为啥?""他说连个媒人都没有，让人家好说不好听。"李凌答道。"谁敢跟你爹说呀？再说进池子里保媒还不得淹死?"他问道。"淹倒淹不死，你看有人敢去吗?"李凌答道。他直晃脑袋。俩人儿谁也不说话了,在为媒人的事犯愁。突然,就听菱角秧里有人说:"孩子,别犯愁。我去给你们说说看。"原来是菱角要给他们保媒。李凌说:"那先谢谢菱姨,你一去准成!""那可不一定!你爹那黑脸儿一摞,也够十五个人看半拉月儿了。"菱姨说。杨栋梁问李凌:"你爹要是真不干,咋整?"李凌寻思半天,然后趴他耳朵上曲曲半天,最后说:"你记住了,别行大乎的!"他点点头。

这时候,风平浪静,月亮也出来了,把池子照得跟白天似的。李凌往水里一指,杨栋梁一看,原来自个儿的小船又漂上来了,还装着满满一船菱角。他上船回家,坐等好消息。

这一天,菱姨还真来了。她告诉杨栋梁,秃尾巴老李答应是答应了,可有一样,杨栋梁得把李凌脚上穿的那双红缎子绣花鞋偷来。他问:"我要是偷不来呢?"菱姨说:"人家说了,你要是偷不来,人家姑娘找姑娘的婆家,你找你的媳妇儿。"他哼了一声,问:"给我多少期限?"菱姨问:"一个月?"他答道:"多。"菱姨惊道:"啊?你说一个月多了!那你自个儿说吧。"他掰着手指头算了算,说:"三天吧,你不知道我家等人手。"菱姨说:"红口白牙的,说话可得算数儿!"他说:"那当然!偷不来红缎子绣花鞋,她乐意嫁谁就嫁谁,我决不眼馋。"菱姨点着头走了。

今天是九月十八,后天就是秃尾巴老李的生日。到了这天,各路神仙都来给他祝寿。三池子龙宫里灯火通明,鼓乐喧天,喜气洋洋,热热闹闹。秃尾巴老李让老闺女在四池子里住,派独角龙在门口把着,不准任何人进去。独角龙得令,吃饱喝足后领着李凌走了。

再说杨栋梁。这天晚上,他把老箱底儿翻登出来,穿上他爹娶他妈时的那套衣服,半夜子时来到了四池子沿儿上,离老远儿就能听见三池子里吹拉弹唱,闹得正欢。他照着李凌教的那套嗑儿念诵了三遍后,就看池子里的水不住地往下退,直到露出溜光的池子底儿来。他急忙跑下去,直奔那幢青堂瓦舍的房子。独角龙每天到了半夜子时一定得睡一会儿,今儿个秃尾巴老李过生日,又被李凌多劝了几盅,睡得更死了。杨栋梁从独眼龙身边过去,他一点儿也不知道。杨栋梁进到屋里头，一连找了几个屋没找着李凌，一直找到最后一个屋，才看着李凌在炕上睡得正香，地上有双红缎子绣花鞋。他上去一把将绣花鞋抢到手，转身就往回跑，也没顾得上跟李凌打个招呼。来到门口儿时，独角龙一动弹，杨栋梁以为他醒了，吓得在门后猫了半天，后来看他翻个身又睡了，这才放八似地往池沿儿上跑。他刚到池沿儿，水就涨满了，独角龙也醒了。独眼龙紧忙领着李凌出来跟杨栋梁要鞋。

　　杨栋梁看独眼龙是穿着鞋在水皮儿上走，而李凌是光着脚丫儿蹚着水走，寻思水挺凉，怕她的小身板儿抗不住，就想把鞋给她送去。李凌冲他连挤咕眼儿带摇头，急得直跺脚。杨栋梁只好硬着头皮对独眼龙说："那可不行！鞋是我拿的不假，可你们谁也要不去，我非得见秃尾巴老李不可！"独角龙没招儿了，只得领着他去见秃尾巴老李。到了龙宫，杨栋梁把根本来底一说，秃尾巴老李哈哈大笑，冲大伙儿说："大伙儿谁也别动弹！咱们撤去残席重新摆上，吃他个大翻桌儿！今儿个我娶老姑爷儿，双喜临门，谁喝不醉也不许出屋儿。"大伙儿乐得直拍巴掌。这时，杨栋梁忙把鞋给李凌穿上了。现在人们结婚时兴男的给女的穿鞋，就是从他俩这儿留下的说头儿。

讲述者：孙利和

整理者：孙连金

龙骨山的传说

从前，很多地方都建有龙王庙，在瑷珲城的东北角，靠近江边的地方也盖过一座龙王庙。据说，从前有两种情况需要盖龙王庙：容易干旱的地方建龙王庙，为的是求龙王爷开恩降雨；临海的地方建龙王庙，为的是求龙王爷保佑出海打鱼的人能平平安安地回家。但是，瑷珲城这个地方一不干旱，二不靠海，是个连年风调雨顺的丰腴之地，为什么还非要盖个龙王庙呢？这还得从秃尾巴老李的故事说起。

当年，小黑龙从娘胎里出世的时候，被他爹砍掉尾巴之后，便腾云驾雾地离开山东，来到了东北大荒屯。他看到这一带田里没苗，地上没草，树枝没叶，河里没水，就好奇地按下云头，变成一个小伙子来到人间。他向一个坐在地上发愁的老头打听，说："老爷爷，这儿的田地里，怎么一不长苗、二不长草，光是黄土板子呀？"老头磕打磕打烟袋，长长地叹了一口气之后，说："从前，这儿一直是风调雨顺，可自打前年来了一条小白龙之后，节气就全变了。说旱起来，那是一年三百六十五天滴雨不落；说涝起来，那就连阴雨给你下个七七四十九天不停。你说,不是种不上庄稼,就是打不回来粮食,这日子还有法儿过吗?"秃尾巴老李是个火性脾气,没等老头说完,就被气得显了原形,一下子又飞上了天。如今,虽说他是条神龙,可毕竟是在庄户人家托生的,心还是和庄户人家相通的,因此,他非要和小白龙拼个你死我活,拯救这一方百姓不可。

秃尾巴老李找到小白龙,强忍住火、憋住气,先是好言好语地相劝,给他讲清成破利害,可是越唠越僵,小白龙不但不听劝说,反倒发起脾气、动起手来。这下秃尾巴老李可是不讲情面了,两条龙就打起仗来了。他俩一会儿是你上我下,一会儿又是我上你下,直打得昏天黑地。庄户人家向着秃尾巴老李呀,一见黑龙下来,就往上泼水,把秃尾巴老李托上去;一见小白龙下来,就举起大刀向小白龙砍去。这一仗,打了三天三夜没住手,在庄户人家的帮助下,秃尾巴老李终于把小白龙给打败了。秃尾巴老李骑在小白龙的身上,拽着他的须子从河汊子进入大江,顺着黑龙江往上游,一直来到瑷珲城,把他锁在了江底的大石头上,让他再也不能上天闹事,坑害庄户人家。

小白龙的头被锁住后,再也不能出水上天、呼风唤雨、胡作非为了。可是他禀性难移,不肯服输,倚仗身子骨又大又硬棒,每年一到开江的时候,就趁着夜深人静拱起脊梁骨,撞破冰面,像霹雷一样地吼叫,使方圆几十里的人都不得安生。夏天,时常有打鱼的小维户①路过这里,这时他就耍起野性,摇头摆尾的,不是把小维户撞翻了,就是把网给划破了。到了封江的季节,他又不甘心被冰压在底下闭声憋气地待一冬天,就又拱起脊梁骨把上游漂下来的冰排顶住,不让它往下漂。

尽管小白龙在江底年年都干坏事,可是岸上的人谁也不知道是他在捣鬼。只不过有人在星夜里看见江面上拱起一座小山,那样子和画上画的龙差不多。于是大伙儿就以为这江底不但有座龙骨山,而且这座龙骨山还时常显圣呢,因此得罪不起呀。

---

① 维户:小木船。

　　为了能安安稳稳地过上个太平日子，人们就在江岸上盖了一座大庙，供上了龙王爷的画像。每年一到五月十三，人们就都聚集到这里，供上全猪、全羊，烧香磕头，求龙王爷发发慈悲，别让龙骨山显圣，保佑人们过个太平日子。

　　再说那龙王爷早就知道了小白龙在这里兴妖作怪的事，可是他年纪太大了，不能亲自出征来惩治小白龙，就想派秃尾巴老李再次到黑龙江镇服小白龙，但秃尾巴老李早被他的山东乡亲们请了回去，说啥也不放他出来了。龙王爷又想派虾兵蟹将出来教训小白龙，可是这帮家伙过惯了安逸的生活，都愿意在大海里自由自在地玩，派谁谁也不来。最后龙王爷一想，算了吧，反正这条孽龙被锁在江底，再折腾也出不了什么太大的事，索性撒手不管了。就这样，龙王庙倒是修了，可是从来都不管用，因此人们也就不信了。天长日久，架不住风吹雨淋，龙王庙就塌了。

讲述者：钱玉祥

整理者：白水夫

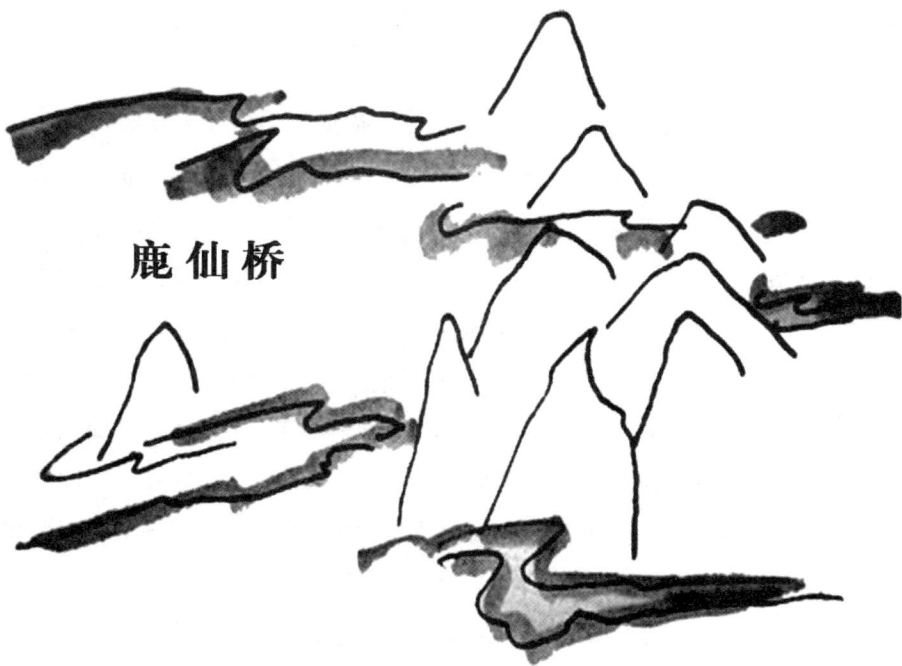

鹿仙桥

从前,有一条无名河,河水一年暴涨三次。河上无桥,河里无船,来往行人被淹死了无数。

河西的屯子里有一位独身老人,姓金名银。他有一身好水性,为人忠厚善良,见义勇为,一辈子依靠背人过河为生。不管是伸手不见五指的黑夜,还是烈日当头的中午,不论是涨水的雨季,还是河水冰凉刺骨的深秋,只要有人想过河,不管冒多大风险,他总是想尽办法把人送过去。

日复一日,年复一年,老人把用汗水换来的零钱积攒了起来,不买马拴车,也不置房买地,而是要修一座桥。他希望在自己死了以后,人们能够走桥过河,再也不用人背!

他从各地请来了能工巧匠,买料开工了。没过多久,一架小巧、敦实的小桥骨架横在了河上,可这时候,老人的钱花光了。没钱谁肯白干?于是,修了一半的桥被迫停工了。

这下可急坏了老人,他东奔西跑地四处借钱,可是穷人没有钱,有钱人又不借，一股火上来，老人双目失明了。他成天坐在桥上伤心地流泪，老泪掉进滔滔的河水，流向遥远的东方。

有一天来了个姑娘，对老人说："老人家，你把这桥借我一用行吗？"老人一听，又高兴又难受，说："谁家姑娘？干啥用这半拉桥啊？""只要您老肯借给我，您就会明白的！"说完，姑娘把老人扶下桥去，回身又站在桥上，对过往的行人喊道："来往行人要听真，我在这儿卖自身。谁用银子打中我，我就和他配成婚。君子若是打不中，银子留下我自用。"这一喊不要紧，人越聚越多，争着朝桥上看，只见这姑娘长得天姿国色，可谓绝代佳人儿。那些举人、秀才、老板、财主、浪荡公子、地痞、恶棍纷纷掏出银子，接二连三地向姑娘掷去。只见银子飞去似流星闪电，落地却像雪花一样轻盈，但没有一个能打中姑娘的。不一会儿，桥面上的银子成了堆，姑娘一声高喊："今天就到这里吧。看来没一人配做我的丈夫，多谢各位帮助了！"说完，弯下身去拾了银子。那些扔银子的人，白眼望天，摸摸钱褡子，都垂头丧气地走了。

姑娘用上衣包好银子，送到老人面前，说："老人家，这点银子给你留下修桥吧！"

老人一听有银子修桥了，心火就撤了。他感激姑娘相助，真想看看姑娘，可干眨巴几下眼，眼前还是一片漆黑。姑娘连忙送给老人一团儿黄药，让老人吞下。老人把药一吞下肚，火蒙就退下了，只觉眼前一亮，重见了光明。老人见眼前的姑娘一笑就不见了，化为一只梅花鹿向深山跑去。老人感激得热泪盈眶。

半年后，桥终于修成了。为了纪念那位鹿仙，老人把这座桥定名为鹿仙桥。今天，来往的行人在过桥时，还会想起老人和鹿仙为大家做的好事。

整理者：王运动

马是怎样有的

从前，鄂伦春人在山里打围的时候，从来不骑马，也没有马。有的时候，大雪天的，孩子又小，不能跟着大人一块儿出去打围，鄂伦春人就得把老婆、孩子放在仙人柱里，不让他们跟着满山跑。打着了野兽，不管离仙人柱有多远，鄂伦春人也得往回背。不然，孩子和老婆吃什么呢？

后来，鄂伦春人就琢磨怎样才能把这些野兽抓住，让它们也像人一样背着东西。这件事让恩都力知道了，他就在天上写封信扔了下来，可是鄂伦春人光会打围，谁也不识字，不知道恩都力在信上写的是什么。

恩都力没办法，就从天上下来了，变成一个老头儿。他嘱咐鄂伦春人在山旁挖个大坑，上面搁上树条子，盖上土，再铺上点草，然后把鹿往坑里赶，就能抓到活鹿，好给人驮东西了。鄂伦春人照着恩都力的话做了，果然抓住不少活鹿并养了起来，以后再打围的时候，就用鹿往回驮野物。时间长了，穿林过岗的，鹿头上的角被刮掉、磨光了，两瓣蹄子也磨平了，鹿就变成了马。起初，这些由鹿变成的马还是和鹿一样，只有那么一小点儿尾巴。一到夏天,蚊子、瞎虻咬得它们受不了,因此总想离开鄂伦春人,还像从前那样自由自在地在山沟里跑来跑去。

恩都力知道了这件事,就把兔子的尾巴都给拽下来,扎成一条又长又粗的尾巴给马安上了。从此,兔子的尾巴就短了,马的尾巴就长了。马一甩尾巴,就能把叮在身上的蚊子和瞎虻给抽死了。

讲述者:莫庆云

整理者:白水夫

玛音奥妩娜吉

传说很早以前,在太阳升起的地方,有一位拥有很多很多牛群的希沃吐汗①,他有一个像草原上的鲜花一样美丽的女儿,叫玛音奥妩娜吉。

一天,玛音奥妩娜吉去草原上采花玩,在回家路过她父亲的牛群时,见牛群里有一头全身银灰、四只蹄子雪白的小牛犊,就走过去逗它玩。那头小牛犊见玛音奥妩娜吉走到跟前,就抖了几抖耳朵,摇了几摇尾巴,用舌头去舐她的手、亲她的脚。玛音奥妩娜吉非常喜欢它,就把它带回家去跟父亲说:"父王,把您的这头小牛给我吧,我会好好地喂养它的。"希沃吐汗见女儿非常喜爱它,又从草原上把它带回家来,就很高兴地说:"既然你这么喜爱它,就给你吧! 你可要好好地喂养它。"

玛音奥妩娜吉把那头小牛犊抱回自己的撮罗子以后,开始每天精心地喂养它,有时候还带着它到山坡下的泉子边去玩,还给它洗澡。就这样,大约过了一年的时间,小牛犊长胖了,也长高了,比以前更加招她喜欢了。

---

① 希沃吐汗:鄂温克语"王"的意思。

有天晚上,玛音奥妩娜吉到她的母亲那里去学绣"豪尔"①,很晚了才回来。她一进自己的撮罗子,见有个长得极漂亮的年轻小伙子,正坐在那里拿着她绣好的"弯豪尔"②出神。

玛音奥妩娜吉很生气地问那小伙子:"你是什么人? 竟敢到我的撮罗子里来?"

那小伙子抬头瞅了瞅玛音奥妩娜吉,笑了笑,没有回答。

就在这时候,玛音奥妩娜吉突然发现自己的那头小牛没了,牛皮在旮旯里放着。她以为心爱的小牛是被那小伙子杀死了,就抓住那小伙子的手要跟他拼命。于是,那小伙子就把自己怎么被魔鬼变成小牛的经过从头对玛音奥妩娜吉说了一遍。

原来,这个小伙子是有名的猎手涂日尔根的儿子,叫额木铁海。去年的一天,他跟着父亲上山去打猎。在回家的路上,他们碰上了黑熊,把他骑的马惊跑了。那匹马驮着他在老林子里狂奔乱跑,最后跑到了一座立陡立陡的大山崖旁边。这时天黑了,前边也没有了路,于是他跳下马来,钻进了跟前儿的一个山洞,打算等明天天亮了再回去。没想到在半夜的时候,从山洞深处钻出来一个像半截大树一样高的魔鬼,他用弓箭射那个魔鬼,可是咋也射不死它。后来,他被魔鬼抓住了,魔鬼用魔法把他变成了一头小牛。再后来,魔鬼就把他扔到了希沃吐汗的牛群里。魔鬼走后不久,又来了一个白胡子、黄眼睛,个头不咋高的瘦老头儿。那个老头儿对他说:"可怜的好孩子,你耐心地等着吧! 以后会有个好心的爱妩娜吉③救你的。你千万要记住:只要她天天在正午的时候,带你到山坡下那眼泉子去洗澡,接连洗到第十八天,你身上的牛皮就会自己脱下来,然后你让救你的人把牛皮拿回去,用干牛粪火把它烧成灰。这样你就再也不会变成牛了。"说完,那个老头儿哈哈地大笑了一阵子,一阵风就不见了。

---

① 豪尔:鄂温克语,即鄂温克族女人绣在皮口袋、烟口袋等物品上的各种花纹。
② 弯豪尔:即"豪尔"中的一种样式。
③ 爱妩娜吉:鄂温克语,即美丽、漂亮的好姑娘。

讲完了自己的遭遇后,额木铁海说:"要不是你经常带我到泉子里洗澡,恐怕就连这一会儿我的牛皮也脱不下来。以后,我能不能变回人样,就只有靠你了。"说完,他又变成了那头银灰色的小牛。

玛音奥妩娜吉听了以后,很同情额木铁海的不幸遭遇,就对那头小牛说:"你做个好梦等着吧。就是发生了天塌的事,我也要把你变成原来的样子!"小牛见玛音奥妩娜吉的心这么好,就呼扇呼扇耳朵,点了点头,又用舌头轻轻地舔了舔她的手和脚。

打这以后,不论刮多大的风、下多大的雨,玛音奥妩娜吉每天都按时到山坡下边的泉子里去给小牛洗澡。人一有事做,时间就过得快。一晃十六天过去了,但就在第十七天的下午,却出事了。

这天下午,为了准备好明天烧牛皮用的牛粪,玛音奥妩娜吉给小牛洗完澡刚回来,就背着家里人套了一辆勒勒车,赶着车到大草甸子上捡干牛粪去了。风,把她的头发刮乱了;日头,把她的脸晒黑了;蚊子和瞎虻,把她的手和眼睛叮肿了。但是,她还跟小鸟一样,在大草甸子上飞来飞去。

天快黑了,玛音奥妩娜吉捡了一车干牛粪回来了,等她乐呵呵地走进撮罗子里一看,立时就傻眼了:她那头心爱的银灰色小牛不见了!玛音奥妩娜吉的心差点就要碎了,可她没哭,什么话也没说,到外头抓了匹马骑上就奔大草甸子去了。她找啊找啊,把她父亲所有的牛群都找遍了,可是连个影子也没找到。心爱的小牛没了,她的心也像草原上的云一样,被风刮走了。她信马由缰,不知不觉地来到了山坡下的泉子边。天哪,她爱如命根子的小牛,喝完水正慢慢悠悠地往回走呢!这时候,她才忽然想起来小牛已经大半天没喝水了。她可真乐坏了,唱着歌把小牛带回了撮罗子。

第二天,玛音奥妩娜吉又按时给小牛在泉子里洗澡的时候,那张牛皮慢慢地脱落,掉在了水里,一个像太阳般漂亮的小伙子站在了她的面前。

玛音奥妩娜吉和额木铁海从水里捞起那张牛皮,两个人说说笑笑地回去了。他们去见希沃吐汗,玛音奥妩娜吉向父王说明了前因后果,请求父王准许她跟额木铁海成亲。

希沃吐汗见额木铁海长得这么好，又听说他是名猎手涂日尔根的儿子，就答应第二天把那张被魔鬼披在额木铁海身上的牛皮，用干牛粪火烧成灰以后，让他俩成亲。

不久，玛音奥妩娜吉和额木铁海成了亲，过起了像火一样红的好日子。

讲述者：敖长林

整理者：倪笑春

猫的故事

　　从前有一个小伙子,靠钓鱼过日子。有一天,小伙子又去钓鱼,可一整天只钓了一条小鱼。小伙子回到家,把小鱼放在锅台上,准备煎了吃。他正要收拾时,小鱼突然说:"大哥哥,放我回家吧!我家里有爸爸妈妈、爷爷奶奶,还有兄弟姐妹。若是找不到我,他们会急坏的!"小伙子听了心里很难受。他想:我自己没有亲人了,也不能让小鱼再没亲人哪!于是,小伙子又把小鱼送回到河里了。小鱼摆了摆尾巴,说:"大哥哥,明天我来接你,请你在河岸等我。"说完,又一摆尾向小伙子打了个招呼后,就慢慢地游进了深水。

　　第二天,小伙子来到河边,等小鱼来接他。不一会儿,小鱼真的游来了,对小伙子说:"大哥哥,你闭上眼睛骑在我背上,我叫你睁开眼睛你再睁开。"小伙子闭着眼睛骑在小鱼的背上,觉得小鱼游得跟风一样快。不一会儿,小鱼说:"你睁开眼睛吧!"小伙子睁眼一看,面前是一座高大漂亮的宫殿,心想:这一定是龙宫了。忽然,小伙子发现小鱼不见了,站在自己面前的是一位漂亮的王子。王子说:"尊敬的恩人,请跟我去拜见我的父母。如果我的父王要送给你什么礼物,你别的东西都不要,只要他身边的那只小花猫。"小伙子说:"好吧!"便跟在王子的后面走进了宫殿。在宫殿的正中,坐着龙王和龙母,龙王的身边果真有一只非常漂亮的小花猫。

龙王对小伙子说:"谢谢你救了我的儿子!请跟我到宝库,挑一件你喜欢的东西送给你。"小伙子说:"金银财宝、珍珠玛瑙,我都不要,我只要你身边的那只小花猫。"龙王看了看龙母,龙母点了点头,龙王便把小花猫送给了小伙子。小伙子高兴地向龙王拜了一拜,跟着王子走出了宫殿。王子还像来时那样,飞一般地把小伙子送到了岸上。

小伙子抱着小花猫回到家,把猫放在炕上,然后又到河边钓鱼去了。到了晚上,小伙子回到家,一看屋子被收拾得干干净净,感到很吃惊,心想:在这荒无人烟的地方,谁会给我收拾屋子呢? 想到这儿,他走到屋外,房前屋后地找了半天,也没看到一个人影。这时,他觉得饿了,就打算点火做饭,可揭开锅盖一看,香喷喷的饭菜都放在锅里呢! 小伙子觉得很奇怪,又想:到底是什么人给我收拾屋子又做饭呢? 于是,他决定明天看个明白。

第二天一早,小伙子吃完饭,假装去钓鱼的样子,走了。在临近日落的时候,小伙子飞快地跑回家,看看究竟是谁在为自己做饭。到了家门口,他从门缝朝里一看,简直不敢相信自己的眼睛:一位美似天仙的姑娘正在为自己做饭,地上放着一张猫皮。小伙子这才猛然明白:经常陪伴自己的是一位美丽的龙女,而不是一只小花猫。就在龙女正做饭时,他闯进屋里,一把抓起地上的猫皮,拿在手里准备去烧掉。龙女慌忙阻拦,恳求地说:"请你把猫皮还给我,不要把它烧掉!"小伙子说:"不烧掉可以,但你必须答应我一个条件:请你永远不要离开我,也不要再披上猫皮了。"龙女答应了他的条件。从此,小伙子便和龙女一块过日子了,白头到老。

讲述者:吴丽伟

整理者:李学伟

莫拉布

　　方圆百里的石龙到了药泉山西南的讷谟尔河边,就被卡住了。在石龙的头顶有一块大礁石,像一个武士站在那里,旁边是一个狭长的泡子,像一把闪光的宝剑。至于这人形巨石和这把宝剑形的泡子是怎样形成的,有一个传说。

　　据说在太上老君炼山的时候,冲天大火足足烧了七天七夜,五大连池这一带成了浓烟烈火的世界。等到烟雾慢慢消散后,突然间拔地千尺,出现了十二座山峰,有的山顶还咕嘟咕嘟地直往外冒岩浆。那凶猛的岩浆像一条庞大的火龙,到处乱窜,窜到哪里,哪里的草原、树木便都化成了灰烬。不管牧民还是牲畜,都受到了火龙的威胁。这可怎么办?

　　有一位身强力壮、胆量过人的达斡尔族年轻壮士,名叫莫拉布。他仪表堂堂,武艺高强,淳朴善良,性情倔强,是达斡尔族部落中少有的好汉。一提到莫拉布的名字,牧民们个个都伸大拇指,把他看成本民族的骄傲。

　　莫拉布为了反抗官府的欺压,为乡里造福,走访了许多名山、宝刹,投拜了几位大师、圣母，学得了一身法术，终于用自己那移山填海、腾云驾雾的本领，惩治了不少贪官、恶人及毒蛇猛兽，使牧民们过上了舒心日子。

可是谁也没想到，竟会天塌地陷，眼瞅着人们就要遭受大灾大难了，莫拉布的心像被刀子扎似的难受。他紧锁浓眉，圆睁双目，默默地注视着远方奔涌的岩浆。最后，他对大家说："乡亲们，不要发愁！我莫拉布为了保住这片草原和牲畜，为了父老兄弟不遭受苦难，一定想法儿把这条火龙制住。就算烧化了我，也心甘情愿！"

他的声音是那样洪亮、坚定，十二座山峰都发出了回响。

莫拉布说罢，一个筋斗就扎到了岩浆流中，挥起蘸了天河水的宝剑，用力在岩浆的两旁深劈两剑，清亮、透明的泉水立刻就从莫拉布砍出的沟里，汩汩地流了出来。这下子岩浆就不往两边淌了，却一直向着西南方滚滚而去，直扑讷谟尔河。莫拉布一见，万分吃惊：若是岩浆把讷谟尔河堵住，河水泛滥成灾，就更厉害了。于是，莫拉布瞪起双眼，怒视着逞凶的岩浆，周身的热血沸腾了。只见他一个箭步冲到火龙面前，把宝剑向后一甩，叉开双腿，伸出两条粗壮的胳膊，好似一道铜墙铁壁，接着大喊一声："站住！"果然，岩浆慢慢地流到他跟前儿就停息了。随着岩浆的逐渐冷却，莫拉布变成了一块巨人礁石，屹立在炽热、火红的岩浆之中。他扔在地上的宝剑，变成了一个晶莹、闪亮的大水塘。

从此，这里的百姓又恢复了往日的欢乐，草地又布满了肥壮的牲畜。

每当人们望着甸子上的牛羊和那清澈甘甜、永不干涸的泉水，都不禁会想起为遏制火龙而献身的英雄莫拉布。为了永远怀念他，人们就把那十二座山中的第一座山，取名叫莫拉布山。

讲述者：石海

整理者：沙金

莫拉罕宝寻父

莫拉罕宝从一生下来算起,直到懂事儿的年纪,也不知道自己的阿曼是什么模样。每当看见别人家的小孩亲亲热热地跟着阿曼学骑马、练射箭的时候,他的心里总是有股说不出来的滋味儿。可是这有什么办法呢?他还在阿尼肚子里的时候,阿曼就到很远很远的地方去了。

莫拉罕宝年纪虽小,却挺乖巧懂事。记得刚刚懂事的时候,有一天,他天真地对阿尼说:"人家都说莫拉罕宝长得和他英俊的阿曼一模一样,可我怎么一直没见过我的阿曼呢?"阿尼一听这话,心里咯噔一下,一把拉过莫拉罕宝,把他紧紧地搂在怀里。过了好半天,阿尼才对莫拉罕宝说:"你的阿曼在你还没出世的时候,就到很远很远的地方当兵去了。也不怪别人说,只要看见你这双机灵的眼睛,我就会想起你的阿曼,你长得多像他呀!一晃都七八年了,也不知你的阿曼如今是死是活。"说着说着,阿尼的心快要碎了,眼泪就像她脖子上那条项链上的珠子,一颗接一颗地连在一起往下掉。打这以后,莫拉罕宝再也不当着阿尼的面提起这件事了。他在心里暗暗发誓:练好本事,长大了找阿曼去!

莫拉罕宝拉折了九十九张榆木弓,拉断了九十九根罕达犴筋弓弦,终于练出了一手好箭术。他闭上眼睛,单凭声音就能一箭射中天上的飞禽;他拉个满弓,隔着树枝也能一箭射倒地上的走兽。

莫拉罕宝的箭术一天比一天高,年纪也一年比一年大,而思念阿曼的心情,更像刚上笼头的生个子马①一样,越来越拴不住了。阿尼看出了儿子那颗痛苦、焦灼的心,就在莫拉罕宝十六七岁那年刚下头场雪的时候,答应了儿子的请求,同意他到很远很远的边塞城堡去寻找阿曼。临行前,阿尼千叮咛、万嘱咐,告诉莫拉罕宝:"你宁可挨饿、受冻,也不要下山,更不能进城。城里的好人少、骗子多。"

莫拉罕宝告别了阿尼,身背弓箭和肉干,孤身一人向东北方向走去。他不分白天黑夜地往前赶路,饿了,就啃几块冻肉干;渴了,就抓把雪塞到嘴里;困了,就找个背风的地方,和衣躺下。他不知走了多少天,只见山越来越高,雪越来越深。

一天,莫拉罕宝走到一个塔头甸子,刚坐下来想歇歇气,突然发现雪地上躺着个老头儿。那老头儿抱着个挂棍,被冻得哆哆嗦嗦地缩成了一团。莫拉罕宝急忙脱下皮袍子,披在老头儿的身上,接着又掏出一捧肉干递了过去。老头儿接过一看,肉干被冻得梆梆硬,连句话也没说,随手就扔在了地上。莫拉罕宝怪自己心太粗,怎么能把这样的食物送给老人吃呢?他急忙抱来干树枝,堆在一起,打着火镰,点上一堆火,把冻肉干埋在了热灰里。那老头儿一见笼上了火,就凑过来烤火。烤了一会儿,见火小了,他连招呼也没打,就咔吧咔吧地把莫拉罕宝放在地上的弓和箭折断后扔在了火堆上。莫拉罕宝气得直想发脾气,可一看老头儿的年纪那么大,瘦得干巴拉瞎的样子,也就二话没说,扒开火堆,拿出肉干,吹了吹上面的浮灰,递给了老头儿。莫拉罕宝烤一块,老头儿吃一块,不大一会儿,肉干就全被老头儿吃光了。

---

① 生个子马:即未被驯服的小马。

老头儿吃完肉干,站起身来,穿上莫拉罕宝的皮袍子,连句感谢的话都没说,只是把他那根挂棍扔给了莫拉罕宝,一转身就走了。

莫拉罕宝望着刚走出不远的老头儿,心里犯起愁来:这么大的雪,身上穿得这么单薄,肉干又光了,弓箭也没有了,怎么办呢? 找老人把皮袍子要回来? 可老人不也得被冻死吗? 他思来想去,觉得帮人帮到底,走一步、算一步吧! 于是,他捡起老头儿扔下的挂棍,咬着牙又向前走,可是刚翻过几座山,就连冻带饿地倒下去了。

不知过了多久,莫拉罕宝迷迷糊糊地听见有呼唤自己的声音:"善良的人哪,快醒醒,快醒醒吧!"他睁开眼睛一看,眼前的景色全都变了,只见高高密密的树上,又大又绿的叶子几乎遮天蔽日,让人分不清东西南北。他心里想:我这是在哪儿? 谁又在叫我呢? 抬头一看,只见一只漂亮的乌力鸟挂在一张网上,那网绳足足有大拇指那么粗。

莫拉罕宝问乌力鸟:"你在上面干什么呀?"

乌力鸟答:"我是不小心被挂在阿塔黑的网上了。"

莫拉罕宝问:"谁是阿塔黑呀?"

乌力鸟答:"阿塔黑就是蜘蛛精啊!"

莫拉罕宝问:"蜘蛛精在哪儿? 我怎么没看见呢?"

乌力鸟答:"它正在下风头的树上睡懒觉呢,醒了就会爬过来吃我。快救救我吧!"

莫拉罕宝站起来,伸手就要去扯断那蜘蛛网,乌力鸟急忙说:"不要扯网! 一动网,蜘蛛就会被惊醒的。"

莫拉罕宝问:"那怎么办? 我怎样才能救出你呢?"

乌力鸟说:"蜘蛛精的爪子又长又尖又有力,千万别碰! 你只有趁它还没醒过来的时候,悄悄地用箭把它的左眼射穿,它就完蛋了。"

莫拉罕宝说:"要说射箭,那我保证百发百中,可我到哪儿去寻弓找箭呢?"

乌力鸟答:"你身旁不明明是弓箭吗?"

莫拉罕宝把老头儿扔给自己的拄棍捡起来，晃了晃，说："这哪是弓箭哪？"

乌力鸟说："你手里的拄棍就是宝弓和神箭。你想用时，只要对它说声'宝弓神箭'，它就会变成弓箭；不用时，把它连拍三下，就又变成拄棍了。"

莫拉罕宝半信半疑地拿起拄棍，按照乌力鸟的话刚说一声"宝弓神箭"，果然，只见红光一闪，手中的拄棍立刻变成一张红木弓和一枚缀有天鹅羽毛的箭矢。

莫拉罕宝顿时来了精神。他轻手轻脚地向下风头树林里走去，没走出多远，果真见到一只灰色的大蜘蛛倒挂在树上。它的爪子有马腿那么粗，盖子有磨盘那么大，身上的灰毛有一巴掌长，正闭着眼睛呼呼地睡着大觉，鼾声如雷，吐出的气像冰一样凉。莫拉罕宝不由得倒吸了一口冷气，浑身直打冷战。他急忙拉开红木弓，搭上箭，瞄了瞄，"嗖"的一声，不偏不倚，一下子射穿了蜘蛛精的左眼。蜘蛛精"咕咚"一声从树上掉到地上，爪子把旁边的树枝刮断了好几根，硬盖子把地砸了个大坑。

蜘蛛精死了，乌力鸟得救了，可莫拉罕宝还是愁眉苦脸，闷闷不乐。乌力鸟问他有什么心事，莫拉罕宝就把自己的身世来历和眼下的难处一五一十地向乌力鸟说了一遍。乌力鸟听后，便从翅膀上拔下一根羽毛，交给莫拉罕宝，说："救命的恩人，请你不要发愁。我领着你翻过三座大山，就可以辨别出方向了。假如你今后还有什么为难之处，就拿出这根羽毛，连叫三声'乌力鸟，快来呀'，我就会来帮助你。可你要记住：只能用一次。不到紧要关头，千万不要使用！"说完，乌力鸟拍拍翅膀，领着莫拉罕宝一口气儿翻过了三座大山。

莫拉罕宝走出遮天蔽日的密林后，谢别乌力鸟，一边打猎一边赶路，没几天就打中了四只梅花鹿，割下了四架鹿茸。凑巧，他听一个过路的猎人说山下有个贡市，心里就活了，一来想用鹿茸换身穿戴，二来想看看贡市是个什么样。可是，他又想起临行前阿尼的话："宁可挨饿、受冻，也不要下山，更不能进城。"到底下不下山，他犹豫了半天，可一看手中的宝弓神箭，胆子就壮了十分。他把宝弓神箭拿在手上连拍三下，那宝弓神箭又变成了一根挂棍，然后，他把鹿茸捆上背好，就拎着挂棍下山了。

　　莫拉罕宝走在通往城里的大道上，人们都好奇地望着他。他想：就凭我的箭术和这么贵重、值钱的猎物，别人也得高看我一眼。于是，他像个打了很多胜仗的英雄一样扬着头、挺着胸往前走。在离城还有一箭之地时，他突然被两个穿长衫的人迎头拦住，其中一个胖乎乎的人笑呵呵地对他说："打了这么多又粗又壮的鹿茸，真是个好猎手啊！"说着，拍了拍莫拉罕宝的肩膀，又摸了摸他背上的鹿茸。莫拉罕宝把这两个人从上到下打量了一遍，见他俩和平常人一样，那个胖乎乎的人长着一副菩萨脸，那个瘦子还挺英俊，一点也看不出有什么奸诈的样子。这时，那胖子拉着他的手，用熟练的鄂伦春语说："小兄弟，你一定累了，走，进屋歇会儿。"说着，两个人横挡竖拦地把莫拉罕宝拉进路旁的一家酒店，叫了一桌酒菜。莫拉罕宝心里不托底，忙说："不能喝酒，我还要进城去逛贡市呢。"胖子说："着什么急呀？我们俩就是操办这种事的人。明天，我们俩领你好好地逛逛，要什么东西，尽管说话。"莫拉罕宝从没经过这种场面，也没吃过这么好的酒菜，又架不住这两人的甜言蜜语，几杯酒进肚就头重脚轻、腾云驾雾，醉倒在地了。

　　半夜里，莫拉罕宝觉得浑身冰凉，爬起来一看，四周黑咕咚的，脚底下放着那根挂棍，可那四架鹿茸全都不见了，再一细看，才发现自己原来是躺在酒店外面的大道上。他气哼哼地去砸酒店的大门，可那门窗被关得严严的，砸了半天，也没有一点动静。这时他才明白过来，悔恨自己不听阿尼的话，上了坏人的当。

　　莫拉罕宝一气之下，又上了山，继续朝前走，走着走着，来到了一条河边。由于河宽水深流急，所以他绕来绕去，绕了很长时间也没绕过去。正在他为难的时候，就见一个老太婆领着一个俊俏的姑娘走到他的身旁。在这荒山野甸子里，能遇上个人可真是件不容易的事。莫拉罕宝忙躬身施礼，老太婆还礼后，说："小伙子，别着急。我家就住在离这儿不远的地方，别看这条河河宽水深流急，我却知道从哪里能蹚过去，你就跟着我们娘俩走吧！"

于是,老太婆在前,莫拉罕宝在中间,姑娘在后,一行三人就下了河。果然,老太婆的脚尖所到之处,河水哗地分向两旁,中间闪出一条石路来。三人走到河中央时,老太婆回头一笑,那姑娘在莫拉罕宝的后背拍了一巴掌,只听"扑通"一声,莫拉罕宝一下子掉进了河水里。这时,四周全是黄澄澄带腥味的水,老太婆和姑娘转眼间都不见了,只有两只大蛤蟆一左一右地把莫拉罕宝夹在了中间。他拼命地向水面上浮去,可两只脚却被蛤蟆死死地拖住了。他浮上去几次,就被拖下来几回,累得实在是一点儿劲儿也没有了,只好由着蛤蟆把自己拖走。

莫拉罕宝被两只蛤蟆拖到一座亭台楼阁前,一眨眼的工夫,两只蛤蟆又都不见了。过了一会儿,那个俊俏的姑娘从楼阁里走了出来,把一盘乌黑发亮的果子捧到他的面前,可是莫拉罕宝对那果子连眼皮都没眨一下。这时,老太婆张着大嘴说:"小伙子,你不要害怕!到了这里,就像到你家里一样,该吃就吃,该喝就喝!"莫拉罕宝还是一动不动。那个俊俏的姑娘用娇滴滴的声音说:"你尝尝吧,这些果子我们平时都舍不得吃呢!"经她这么一说,莫拉罕宝还真觉得肚子饿了,便顾不得细想,从盘子上拿起一颗黑果子就塞进了嘴里,果然是喷香喷香的,比那犴鼻子、狍头肉不知要香多少倍。

老太婆说:"实话告诉你,虽然我们俩不是人,是蛤蟆精,可没有伤害你的意思。我的女儿看中了你,你就留在这里和她成亲过日子吧!"

莫拉罕宝说:"不行啊!我得去找我的阿曼。"

老太婆说:"这里的山珍海味随你吃,这里的绫罗绸缎随你穿,这日子有多好!干啥非要找你阿曼呢?找他去为的是要跟他一起受苦吗?"

莫拉罕宝听到这里,反问道:"你的女儿要是离开你,你不想她吗?"

不管老太婆怎样劝说,莫拉罕宝就是不答应留在这里。

最后,老太婆生气了,恶声恶气地说:"你不答应和我女儿成亲,那你这辈子也就别想走了,等我们娘俩饿的时候,饱饱地把你吃一顿吧!"说完,鼓起腮帮子,冲着莫拉罕宝喷了一口水,那水立刻变成一条绳子把莫拉罕宝的双脚紧紧地捆住了,他一步也不能动了。

一连被捆了好几天,莫拉罕宝尽管心急如焚,但却没有一点办法。突然,他想起了乌力鸟的话来,就偷偷地从怀里拿出那根羽毛,轻轻地连叫三声:"乌力鸟,快来呀!"话音刚落,那根羽毛跳动两下,变成了一只乌力鸟,停在他的手掌上,问道:"救命的恩人,你有什么为难的事要我帮忙吗?请吩咐吧!"莫拉罕宝说:"我被一个老蛤蟆精骗到这里。她逼着我和她女儿成亲,我不答应,被她捆在这里,就等着被她们吃掉了。你快帮助我离开这里吧!"乌力鸟听莫拉罕宝说完,跳下去用那又尖又硬的嘴,三叼两叼就把绳子给叼断了。这时,两个蛤蟆精发现莫拉罕宝要逃跑,就一齐向莫拉罕宝扑过来。乌力鸟跳起来向蛤蟆精扑去,莫拉罕宝急忙拿起挂棍说了一声"宝弓神箭",那挂棍立刻又变成了一张红木弓和一枚缀有天鹅羽毛的箭矢。这时,乌力鸟正同两个蛤蟆精打得不可开交,莫拉罕宝一箭射去,射中了一只蛤蟆精,他立时闻到一股腥气扑面而来。等莫拉罕宝再搭箭欲射时,剩下的那个蛤蟆精已被乌力鸟给叼死了。然后,乌力鸟领着莫拉罕宝浮出水面,过了河。

　　此后,莫拉罕宝不知又走了多少天,遭了多少罪,遇了多少风险,终于来到一座边塞城堡,找到了日夜思念的阿曼。

讲述者:关吉瑞

整理者:白水夫

姆提哈

早先,在色尔坡一带有一个力大如牛,跑起来像鹿一样快的猎人,叫姆提哈。人们都说他的脚心长着一颗红痣,刚下生来就有。他的饭量特别大,一顿早饭就能吃掉两个煮熟的狍座子①,晚饭能吃下一个小犴的腔子,末了也剩不下几根骨头。他立地一蹦,能从撮罗子的天窗跳到外面。姆提哈打围从不骑马,也不拿弓箭,他嫌啰唆,只拿一把猎刀别在腰上。他撵野兽靠两条腿,几步就能追上,然后,骑到鹿、熊、狍子或野猪的身上,用猎刀捅死它们,再扛回家。姆提哈有两个美丽俊俏、赛过天仙的老婆,一家人过着和睦的日子。

有一天,姆提哈出外打猎,傍晚回家时,老远地就看见撮罗子不冒烟儿,四周悄没声的。他赶紧走了两步,进撮罗子一看,家里的东西全没有了,两个老婆也没影了。他心里明白,一定是山贼抢走了东西,拐跑了老婆。

于是,姆提哈顺着山贼的马蹄印就去撵,一口气跑了两天两夜,才找到

---

① 狍座子:狍子的半个后臀,带后腿。

了山贼的部落。只见这里彩灯满寨,酒肉味扑鼻,人们都忙忙活活的。原来山贼的头领正和姆提哈的大老婆拜天地呢! 姆提哈怒气冲天,上去一把揪住头领的衣领和他评理。头领醉醺醺地说:"兄弟,别动手! 今天是我的大喜日子,先喝酒、吃肉,有事儿慢慢说嘛。"姆提哈无奈,只好跟着头领走进中间一座最阔气最大的撮罗子里,刚坐下,小山贼们就端上两盆热腾腾的手把肉和一桶酒,还递上来一把锋利的猎刀。姆提哈看看猎刀,心里想:先吃饭再说。他吃肉切大块,喝酒使大碗,转眼就把两大盆手把肉吃光了。他抹抹嘴,擦擦刀,手腕一扭,就把身边的头领给捅死了,接着立地一蹦,就蹦到了撮罗子外边,紧跟着左一刀、右一刀地把小山贼一个个都捅死了。然后,他一个胳膊夹一个老婆,放开飞腿就跑回了家。从此以后,姆提哈一家的日子过得都挺太平。

讲述者:莫庆云

整理者:莫桂茹

奶山羊的故事

有只奶山羊在山根底下吃草,碰见一只刚下山的老虎。老虎看见奶山羊肚子底下有一对大乳房,就问奶山羊:"你肚子底下长的是什么?"奶山羊说:"是两个吃老虎肉时加盐的盐袋子。"老虎听了吓一跳,又问奶山羊:"你头顶上长的那两个又弯又尖的东西是干什么用的?"奶山羊说:"这你都不知道吗? 是杀老虎时用的两把刀啊!"老虎听了很害怕,又问:"那你嘴巴下面那撮毛是什么?"奶山羊说:"是吃完虎肉擦嘴用的手巾呗!"老虎越听越害怕,一转身就又跑回山上了。

讲述者:杜小凤

整理者:郭树绵

尼雅岛

黑龙江沿岸有个地方,叫黄河口①。黄河口岸有个小岛,叫尼雅岛②。为啥叫这么个名字呢? 这里边有个故事。

相传,在金兀术当朝的那个年月,江边上住着个小伙子,会打一手好鱼。他看江心这个小岛上又是树木药草,又是花枝鸟雀的,一打眼就离不开了。于是,他伐倒几棵树,压巴个木头垛儿,就住了下来。小岛原先就挺美的,一有了人烟,就更好看了。

这一年上秋,有一天,小伙子打完鱼正往家走,半道上冷丁听见一阵女孩儿的哭声,抽抽噎噎的,叫人听了怪揪心的。他心里觉着纳闷儿:这岛上也没别人哪,哪来的女子哭得那么伤心呢? 他忙放下鱼篓,放眼望了望,也瞧不见别的,只有一行呼扇着翅膀的大雁,在自己头上转悠来、转悠去的。

---

① 黄河:即精奇里江,今称结雅河,因其水呈黄色,故俗称黄河。

② 尼雅岛:即女雅通岛。"女雅"是女真语"尼雅"的谐音,为汉语"大雁"之意。当地满族老人一直称女雅通岛为尼雅岛。

小伙子暗想：备不住是听错了，把雁叫当成人哭啦。想着，便又背起柳条鱼篓，朝前走下去了。还没走几步，就听草棵里"扑棱"一声，把他吓了一跳，只见一只大雁正一瘸一拐地朝树棵子里钻呢。小伙子忙又搁下鱼篓，拨开树棵子，一下把大雁捧了起来，细一看，雁腿正往下滴答血呢。这雁还吧嗒吧嗒地直劲儿掉眼泪。小伙子急忙撕条小褂上的布，给大雁包好，又双手捧着大雁，送它往天上飞。可是大雁伤得太重，怎么也飞不起来了。小伙子眼睁睁地望着这只灰肚囊的大雁，见它眨眨眼皮儿，又簌簌地淌下了眼泪，心想：它长得秀气、俊俏，好像懂人事似的。小伙子越瞅大雁越喜爱，真不忍心把它扔在荒草野甸上不管，便急忙把篓里的鱼倒出一半，腾出空儿把大雁轻轻地装里，然后背着就回家了。

就这样，日子一天天地过去了，大雁腿上的伤也养好了。它整天屋里屋外地叫着，又飞又跳的，给小伙子一个人的孤单日子像多增了口人似的。不知不觉间，大江开了，树也绿了，南飞的大雁和各种鸟雀都飞回来了，岛上又热闹起来了。小伙子望着半空里的雁群，心里想：我家的大雁伤好了，也能飞了，应该放它上天了。于是，小伙子就把大雁捧在手掌心，恋恋不舍地跟它说：

"雁儿雁儿，你走吧，找你妈妈和姐妹去吧！"说着，朝半空里一扔，那大雁张开翅膀，一下就飞走了。大雁走后，小伙子还跟往常一样过着一个人的孤单日子。

时光过得好快，转眼又是一年。望着冰凌开花、春草发芽，小伙子心想：该补网了，等冰排跑净，好下江打鱼。他这样想着，刚要出门，就见门前有一个白胖白胖的大姑娘，穿一身青灰褂子，正坐在地上补网呢。这可把小伙吓愣了，忙问道：

"你是哪家的？为啥给我补渔网？"

就见补网的姑娘笑了一笑,丢下手中的网梭子,大大方方地对他说:

"我叫尼雅,是爹妈让我找你来成亲的。"

小伙子细细端量这姑娘,见她有一张又白又胖的鸭蛋脸,长得细眉大眼的,真俊俏!不觉又是惊、又是喜。可是,这姑娘到底是谁家的呢?他想问,又难开口。尼雅看透了他的心思,就笑眯眯地跟他说:"看你这记性!我那年贪玩,跌伤了腿,不是你给我治好的吗?"

小伙子是个忠厚人,皱着眉头想了又想,还是想不起来。姑娘见他不信,就挽起裤腿给他看:可不,大腿上真有块紫红的伤疤。小伙子把眼前的姑娘又看了几眼,赶忙低下脑袋,说:

"我除了两只手,还有一条船和一张破网,别的什么都没有,只要你不嫌弃就行。"就这样,他俩成亲了。小两口的日子过得挺舒心。尼雅心灵手巧,家里外头干什么都行。

转眼就过去了三年,慢慢地到了秋令,天渐渐地冷下来了。不知怎的,尼雅的脾气突然变得好像另一个人,不蹦不跳,不说也不笑了,整天躲在窝棚里唉声叹气。一天晚上,小伙子打鱼回来,见一只黑老鹰正在家门前呼扇呼扇地直转悠,便捡起根棒子,赶忙把老鹰撵跑了。他刚进屋,就听尼雅正哭呢,忙问她:"你怎么啦?"尼雅听了,哭得更厉害了,急得小伙子直转磨磨。尼雅哭了一阵子后,便拉住他的手,眼泪汪汪地说:"唉,咱俩相处这么多日子,别怪我没跟你说实话。告诉你吧,我不是人哪。"小伙子用手揉揉眼,把尼雅由头到脚看了一遍,笑着摇了摇头。尼雅接着说:"我本是东海龙王的三孙女,那年,变成一只大雁出来玩,一不小心跌伤了腿,幸亏你好心救了我。为了报答你,我才变成姑娘和你来成亲的。谁知,这事让爷爷知道了,他就叫二哥变成一只老鹰来追我,逼着我回去。若不,就要啄死我!可是,我宁死也不离开你呀!"小伙子听得心酸,连忙说:"不管你是龙还是雁,有我就有你,谁也拆不开咱俩!"尼雅不哭了,让小伙子把门关严,把窗户打开,不大不小地挂上一张渔网。他都照着做了。那只老鹰接连好几天地转啊转啊,就是不敢扑进来,生怕被渔网套住。

过了几天,老鹰不再来了,可是尼雅却被折磨得黄皮拉瘦的,小伙子看在眼里怎能不心疼得要命!他想:去打点鱼,给尼雅补补身子、提提气吧。于是他就插上门,摘下网,悄悄地到江边打鱼去了。他左一网、右一网,网网不空,连打了八大网,鱼篓被装得满满登登的,只好扛着回家了。他进屋一看,饭菜还冒着热气呢,可是尼雅却不见了。他顾不上吃饭,连忙跑出去找,从河湾找到江滩,又从江滩找到柳条沟,后来终于在水边找到了尼雅:她的一半身子在水里,一半身子在岸上,已经让黑老鹰给啄死了。

小伙子的心上像被插了一把刀,背起尼雅的尸身,把她埋在了房子跟前儿。小伙子想念尼雅,天天地哭啊哭,嗓子哭哑了,眼泪哭干了,后来就死在尼雅的坟前了。

传说尼雅死后,她的姐妹们也都很伤心,总是想念她,于是每年春天一到,就相约飞到小岛上来,围着尼雅的坟头转,衔泥叼土,给尼雅添坟。就这样,小岛也跟着越来越高、越来越大,慢慢地就成了今天这样一个大岛了。为了纪念尼雅,人们就把这个岛叫成尼雅岛了。

讲述者:武维斌

整理者:白水夫

欧欣波和勒安其

欧欣波和勒安其是一对脾气秉性不大一样的磕头弟兄,欧欣波能干、实在,勒安其总爱耍小心眼儿。

有一天,他俩一块儿下山去城里办事,走到离城门不远的地方时,冷不丁地从城里刮过来一股旋风。欧欣波和勒安其听见旋风里夹着一个女人的哭叫声:"我真命苦啊!这么小的岁数就被妖精抓走啦!"他俩看到那股旋风刮到不太远的地方就没影了,觉得挺纳闷,就追了过去,到跟前儿一看,原来这里有个阴森森的洞,从里面冒出一股凉气来。他俩看完洞口,天也擦黑了,就在跟前儿的人家住下,打算明天进城。

再说刚才的旋风里真的卷着个女人,是这个城里国王的姑娘。国王的宝贝姑娘丢了,他能不着急吗?为此,国王许下愿说:"谁要是能把姑娘找着、救出来,就把姑娘嫁给谁做媳妇儿。"这时候,国王的手下有人嘀咕,说有两个小伙子追这股旋风去了,八成他俩能知道。于是,国王就马上派人去找欧欣波和勒安其。他俩对国王的手下人说:"没见到过国王的姑娘,只看见了一个洞。"国王的手下人就对他俩说："那你们就跑一趟吧，找回来，（姑娘）就给你当中的一个做媳妇儿；找不到，回来了就得砍脑袋。"这是国王传下来的话呀，他俩哪敢不听呢，立时就走了。

两个人来到洞口，勒安其心里想：这么深的洞，下去了还能上来吗？他就对欧欣波说："兄弟，你下去吧。找到国王的姑娘就给你做媳妇，我当哥哥的也高兴。"欧欣波没想那么多，就在腰上拴了根绳子下去了。洞里面黢黑。欧欣波走着走着，前面是一条大江，就见江对面有一个姑娘坐在江边上，一边哭一边蘸着江水梳头。听那哭声和旋风里的哭声一个样，欧欣波猜想：她八成就是被妖精抱来的国王的姑娘，要不然干啥哭呢？于是，欧欣波就喊："喂，梳头的姑娘，请你把小船划过来，我是来救你的人！"姑娘听了，忙接着喊："小声点！要是让妖精听见，你就没命了！"接着，姑娘好不容易才把小船划过来，上气不接下气地说："这个妖精就是大蟒猊。他现在正睡大觉呢，咱们得快点儿走！"两个人来到洞口底下后，你让我、我让你，谁也不肯先上去。姑娘说："我不要紧，蟒猊不能把我怎的。他要是看见你，一定会把你吃了。你先上去吧！"欧欣波说："不行。我来这儿为的就是救你，还是你先上去！"不管姑娘怎么推辞，欧欣波还是把绳子给姑娘扎在腰上了。姑娘一看欧欣波这么能干、这么实在，长得也挺俊，就相中他了。于是，她脱下一只鞋，褪下一只手镯递给了欧欣波，说："好心的哥哥，你出去后一定要马上进城里找我。要是把门的不让你进去，你就把我的鞋和手镯拿出来给他们看。"

姑娘出去后，欧欣波等了老半天，也不见绳子放下来。原来，勒安其一见拉上来的国王的姑娘太漂亮了，就变了心，把绳子扔在一边，背起国王的姑娘就跑了。

欧欣波在洞里出不来了。这时候，洞里刮起一阵大风，把欧欣波吹到了大江里。他顺着江漂啊漂，一直漂到一座大石砬子跟前儿，就见石砬子缝里夹着一个小伙子。小伙子招呼欧欣波说："好心的人，救救我吧！"欧欣波爬上石砬子，对小伙子说："你怎么掉进这里啦？"小伙子说："我把我们大王的碗给打碎了，大王就罚我夹在这里，都好多年了。请你把钉在我背上的橛子拔下来，我就能出来了。"欧欣波仔细一瞧，见小伙子的后背果真有一个犴角橛子，就给拔出来了。小伙子爬起身子，领着欧欣波回到了家里，好酒好菜地招待欧欣波。说话唠嗑的夹空儿，小伙子知道了欧欣波掉进洞里出不去的事，就给了欧欣波一个小红灯笼，说："这是个宝贝。你走道的时候，缺什么东西都可以跟它要。可有话在先，不能让别人看见。"两人吃饱喝足了，小伙子说："你趴在我的后背上，不许睁眼睛。我送你出去。"欧欣波就趴在了小伙子的背上，只听得两只耳朵旁边呼呼风响。过了一会儿，小伙子把欧欣波撂在地上，说："到地方了。"欧欣波睁开眼睛一看，正好出了洞口。两个人你谢我、我谢你地分手了。

欧欣波一看天黑了，离城里还挺远，一时半会儿地也走不到，这时正好肚子也饿了，就对红灯笼说："灯笼灯笼，我饿了，给我来点酒和菜。"地上立时就摆上了一桌好酒好菜。欧欣波吃饱了，觉得眼皮睁不开，就对红灯笼说："灯笼灯笼，我困了，给我弄个房子来。"地上立时就盖出了一个比城里人住得还漂亮的大房子。欧欣波就躺在里面睡着了。这事被一个路过的老头儿看见了，知道红灯笼是个宝贝，就趁欧欣波睡觉的夹空儿，进屋把他杀了。就在这时候，红灯笼不见了，房子也没有了。老头儿啥也没捞着，又怕杀人的事被别人知道了报官，就把欧欣波的尸身扔进井里了。

红灯笼一见欧欣波被坏人杀死了，就又回到了原来的地方。小伙子一见红灯笼回来了，知道欧欣波被人害了，就又救欧欣波去了。

原来，小伙子是恩都力变的。他看见欧欣波被勒安其骗了，就把蟒猊锁在了大山里，不让他再回洞去。欧欣波这才没让蟒猊回来给吃掉，并救出了国王的姑娘。这回恩都力出了洞口，变成一个小耗子跳进井里，把国王的姑娘送给欧欣波的一只鞋和一只手镯叼了出来，然后一直跑进王宫里，把鞋和手镯放在了国王姑娘的梳妆台上。国王的姑娘这时候早都和勒安其成亲了，虽说她满心地不愿意，可是也没办法，就整天坐在屋里，也没个笑模样。

这天，她刚坐在梳妆台前想梳头，就看见了自己送给欧欣波的那只鞋和那只镯子,心里想:救我的小伙子已经死了,这些东西怎么又回到这了呢?这时,小耗子来到梳妆台边,咬住她的袖口就往外拽。于是,国王的姑娘带着人跟着小耗子来到一个井边,把欧欣波的尸身捞了上来。国王的姑娘一见欧欣波的尸身,就哭得死去活来的。这时候,小耗子早没影了,天上飞下来一个骑马的人对国王的姑娘说:"你不要哭了。他是个好汉,我来救活他。"说完,让人把欧欣波的脑袋装进脖子里,再把胸口露出来。那骑马的人念叨了一句:"波奥巴依云吧!"然后使劲儿地向欧欣波吹了一口气。欧欣波就睁开了眼睛,说:"我睡得真香啊!"国王的姑娘看见自己相中的人活过来了,便急急忙忙地领着欧欣波回到王宫,见到了国王。

国王听宝贝姑娘把欧欣波怎样救自己和勒安其把磕头兄弟扔在洞里不管的事,前前后后说了一遍,知道勒安其的心眼儿不好使,就让手下人把勒安其给杀了,然后让欧欣波做了自己的姑爷。

讲述者:莫庆云

整理者:白水夫

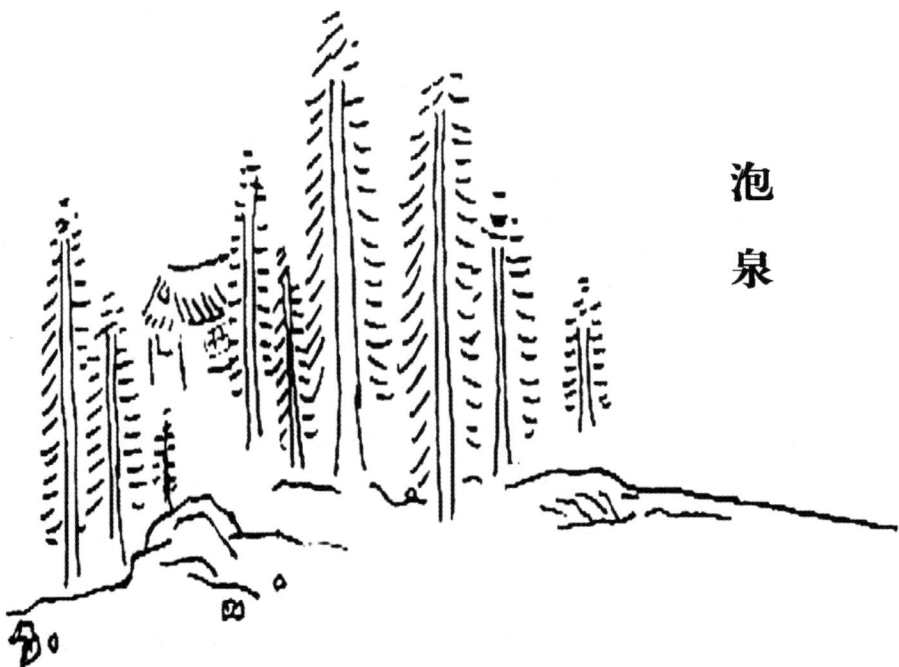

泡泉

离火烧山下边不远儿,东西走向的那片桦树林子里有眼泉子,无冬立夏地往上咕噜咕噜地冒气泡儿,那泉水喝一口跟药泉水是一个味儿,也能治病。大伙儿都管它叫泡泉。听老辈子人说,它原来不是泉眼,是口水井,那怎么就变成泉子了呢?这里头有个瞎话儿。

在早,这地场是个屯子,叫白桦屯。屯子里五方杂姓,哪儿来的都有,有个二三十户人家,百十口人。有一家人姓白,是老两口子领着两个儿子过日子。长子叫白大,次子叫白二,都没成家。老白头儿虽说年龄大了,但两个儿子都年轻力壮,倒也不愁吃、不愁喝,就是得攒钱给俩儿子娶媳妇儿,因此日子过得紧巴点儿。

有一年是歉年,颗粒不收。屯子里的人把草根儿吃个精光、树皮啃个溜净,饿死的死倒儿横躺竖卧,可哪儿都是。老白头儿看两个儿子年轻轻的,要是饿死怪可惜了儿的,就跟他俩说:"老大、老二,你们俩轻手利脚儿的,赶紧出去找个吃饭的地场去吧。"

"上哪儿去呀?"老大问。

"咱们这儿这样,别处也够呛。"老二说。

"有家雀儿的地场就饿不死人,哪能没地场去呢?"老白头儿反问道。

"那你跟我妈咋整啊?"老大、老二一块堆儿说。

"我们俩都土埋脖颈儿了,有命呢,就活到你们回来;没命呢,死了也不算夭亡。"老白头儿回过脸儿来问老伴儿,"哎,你说对不?"

老白太太都被饿得没有筋骨囊儿了,连说话的劲儿也没有了,艰难地点了点头,算是答应了。

哥俩没招儿了,跪下给爹妈叩了几个头,抹着眼泪,跟着逃荒儿的走了。儿子走后,就剩老两口子了。眼瞅老伴儿就要不行了,老白头儿寻思:咋的也不能瞪眼儿等死啊。于是拿过柳条儿筐,里头有把刀——老白太太头儿几天挖菜使的家巴什儿,然后好不容易挪到屯子头儿,就在白桦树底下抠,看有没有草芽伍的好度命儿。人都有个毛病,看别人干啥,他也想干啥。这也一样儿,有人一看老白头儿在树底下抠,以为一定有啥好吃的,于是能动弹的都来了,跟着一块儿抠。那树底下的洞被越抠越大、越抠越深,抠着抠着,就被抠漏了。只听"咕咚"一声,老白头儿就掉进去了,吓得大伙儿呼啦一下全跑了。

老白头儿好几天没吃饭了,本来就十二个时辰占仨——申子戌(身子虚),这被冷丁地一摔,一下子就昏过去了。等他醒过来,睁眼一看,四周黢黑。就这么的,那把刀和柳条儿筐他也没舍得撒手。他又待了一会儿,活动活动胳膊腿儿,觉着哪儿也没摔坏。他这时也能朦朦胧胧地看出几步远去了,好像身在一个山洞子,里边影影绰绰地好像有亮儿。于是,他爬起来就冲亮儿去了。他怕有啥野兽,紧紧地攥着那把刀,准备到时候好拼命。他越走洞里越亮,地场也越宽绰。他壮着胆子一门儿地往前走,约有一袋烟的工夫,来到了一个地场,有两间房子那么大。这地场四面儿都是石头的,像镜子面儿那么滑溜,里面有石锅、石灶、石桌、石凳、石炕,炕上坐着个白头发的老太太,正在纳鞋底儿呢。老太太看他进来了,就像认得似的,对他点点头,说:"来了,坐下吧。"

老白头儿也真有点累了,就坐到了石头凳子上,觉得热乎乎的,跟坐炕头儿那么舒坦。

"饿了吧?"老太太又问。

他想:饿了? 我都快被饿死了! 抬头一撒摸,看有啥吃的没有,就见桌子上有个大冰盘,上面盛着一盘子大米饭团子。要说也怪,不看饭还不觉咋的,他一看见饭团子当时肚子就饿得不行了。他伸手拿过一个饭团子,张口就咬,只听"嘎巴"一声,硌得牙生疼,却连个饭粒儿也没咬下来,仔细一看,才知道是石头。他想:这老太太怎么调理人呢? 抬头刚想说道几句,却见老太太跟那盘饭团子都没了。他以为眼睛花了,用袖子擦擦再看,还是没有,又想可能是做梦,再一看,"饭团儿"还在手里攥着呢。虽说咬不动,可看着也解心宽,想到这儿,他不由得伸出舌头舔了舔那"饭团儿",感觉瓦凉儿,接着顺手就搁筐里了。他这时缓过乏儿来了,也有劲儿了,抬腿儿就往回走,走到头儿,听见上边吵吵嚷嚷的,原来大伙儿正在想法儿救自己呢。他忙让上边放下条绳子来,拴到腰上,大伙儿七手八脚地把他拽了上去。

这时,他忽拉一下子想起来,自个儿是出来给老伴儿挖菜的,这么半天没回去,不知老伴儿是死是活。他赶紧回到家,一看老伴儿光有出气没有进气,眼看就不行了。他出去半天连根草芽儿都没整回来,真难心,这时冷丁想起那"饭团儿"来了。他寻思:虽说不是真的,不能顶饿,但让她看看,解解心宽,死了也能安心。于是,他把它拿到老伴儿面前,她一见,眼睛一亮。他把它送到她的嘴跟前儿,她已经不能张口咬了,伸出舌头舔了舔,然后闭上了眼睛。他以为她死了呢,抱着她这个哭哇。突然,他觉着她的身子一动弹,吓了一大跳,急忙把老伴儿往炕上一扔,以为要诈尸,吓得说不出话来了。老白太太睁开眼睛,老白头儿见她的眼睛发直,吓得直往后捎。

"饭团儿——饭团儿——"老白太太说。

那"饭团儿"不知刚才让老白头儿扔哪儿去了,他找了半天才在炕沿根儿底下找着,都沾上土了。他用袄袖子把"饭团儿"擦了擦,给老伴儿送了过去。她又伸舌头舔了舔"饭团儿",然后让他扶自己坐起来。他把她扶起来倚着枕头坐了,寻思:她死到脖子上的人了,怎么忽然又好了呢? 大概是回光返照,要不就是诈尸。唉,要不叫赶上这年头儿,兴许还能陪我几年。

"你总盯着我干啥? 像看怪物似的!"老白太太问他。

"没啥,没啥。"老白头儿说。

"哎,你说我咋虎巴儿地就不饿了呢?"她又问。

他奇怪地问:"不饿了? 饱了?"

她说:"嗯! 你把'饭团儿'给我。"他又把"饭团儿"递给了她,她又伸舌头舔了舔,说:"舔舔就不饿了。这八成是个宝物,你从哪儿整来的?"他灵机一动:是呀,自个儿舔完了这么半天也没觉得饿! 这里备不住有说道儿。于是,他就把在洞里遇着的事儿跟老伴儿说了。听他说完,她点点头,说:"这是神仙可怜咱们,送宝贝来了!"

老两口子越琢磨越是这个理儿。他俩是一对热肠子人,不想独吞这宝贝,就把事儿跟大伙儿挑明了。于是,老白头儿便每天往各家送那"饭团儿"。就这样,有不少摸着阎王爷鼻子的人,又活过来了,屯子里再没饿死一个人。

第二年开春儿,大伙儿四处讨换种子,都把地给种上了,到了秋后,获得了一个大丰收。小屯儿又恢复了原来的样子。逃荒儿的人们故土难离,又陆陆续续地回来了。白大、白二在外面混阔了,都娶了媳妇,本来不想回来,但听说老爹得了宝贝,就又都蹽回来了。哥俩儿到了家二话没说,都要先看宝贝,看完了都想独吞。老白头儿一看不对劲儿,当时就要过来给锁上了,让两个儿子好好种地。哥俩儿都老大不高兴,说老爹没良心,明知道有宝贝,却等着把他俩支走了才取出来。现在要是拿出来,进京献给皇上,准能弄个进宝状元当,兴许还被招为驸马呢。可是老爹是个死脑筋,硬抱着金碗要饭吃,真是越老越糊涂了。这样的人真不如早点儿死了好!

老白头儿听了这话,挺伤心。他想:宝贝救大伙儿的命那会儿,是真招人稀罕! 但看这阵儿,弄得父不父、子不子、兄不兄、弟不弟的,亲骨肉却各揣各的心眼儿,真不如没有了好。这天半夜睡不着觉,他就捧着"饭团儿"吧嗒吧嗒地直掉眼泪。他想起说书讲古中为了宝贝图财害命的事儿,脖子后直冒凉风,寻思:将来那两个小子还不得要了我的老命啊!他真有点害怕了,便狠狠心,半夜前儿偷偷爬起来,开门儿出去,把"饭团儿"扔到那眼井里去了。刚一扔进去,吓了他一跳,就见井水一下子就顶到井口儿了,还咕噜咕噜地往上直冒泡儿。

后来,人们就给这口井起名叫泡泉。为了纪念老白头儿,人们在泉子四周栽上了白桦树,现在这倒成了一个有名的景点儿——桦林沸泉。

讲述者:郑宝权

整理者:张文彬

青蛇洞

　　从前有兄弟两人,都在茨尔滨河畔打猎。哥俩儿虽说是一奶同胞,可俗话说得好,一母生九子,九子不一样啊!

　　有一年秋末冬初,哥俩儿一块儿去打围,可一连转悠了好几天,什么野物也没见着。两个人实在是累乏了,就将大白马拴好,把猎枪挂在树上,坐在老桦树下歇息。

　　老大刚合上眼睛,似睡非睡的工夫,就听"咕咚"一声,地面突然裂开了一尺多长的口子,老大的身子正好掉在了里面,只剩两只手卡在地上。他急忙招呼老二过来拉一把。

　　谁知老二眼睁睁地看着哥哥卡在洞口上,生怕连累自己也掉进去,不仅没上前拉一把,还急急忙忙地解开马缰绳,骑着大白马躲开了。

　　这时,老大的两手实在抓不住洞口了,身子一沉,就掉进了黑乎乎的洞里,把腿磕破了,腰也摔坏了。老大的心里难过极了,心想:这是掉在哪里了?他使劲儿眨巴眨巴眼睛,只见不远处有一对像香火一样大小的蓝光,忽上忽下,忽左忽右,一闪一闪的。于是,他拔出腰刀,咬牙强忍着伤痛,悄么声地向蓝光走去。他到了蓝光跟前儿一看,只见一块大青石压在一条青蛇身上,那青蛇正摇头摆尾地哭泣,在它的四周围着许许多多的青蛇,都在张望、叹息。老大走到近前,手搬肩扛,累得两眼发花,出了一身透汗,好不容易把大青石搬到了一旁。青蛇得救了,老大却晕了过去。

不知过了多久,老大醒了过来,觉得浑身冰凉,用手一摸,原来是那青蛇正在用舌头给自己舔着伤口。他被吓得一激灵,噌地站起身来,然后摸摸腰,腰一点都不疼了;摸摸腿,伤口也全好了。这时,他只觉得肚子饿得叽里咕噜乱响,便东瞅瞅、西望望,见这洞里除了石头就是青蛇,没有一点儿可充饥的食物。就在老大不知该咋办的时候,他见那青蛇尬巴尬巴嘴,就听石洞里传来一阵嗡嗡的说话声:"善良的小伙子,你救了我,但我没有什么东西可以报答你,只能把这颗小石头送给你,你吃进去它就不会饿啦。你以后还能懂得兽言鸟语,这样就不愁打不到野物了。可是,你千万不要贪心,贪心的人是不会有好结果的!"那青蛇说完,从嘴里把一个普普通通的小石头吐到了老大的手掌上。老大按照青蛇的话把小石头吞了下去,只觉得香气四溢,果然肚子不咕噜了,浑身也有使不完的劲儿了。

老大自从出了青蛇洞,就懂得了兽言鸟语,从它们的说话中,知道了飞禽走兽有多少,都躲在什么地方,因此他每次打围都能满载而归。可是他一点儿也不贪心,把狍子头、狍座子都分给了附近的孤寡老人,自己只留下狍腔子掺和李子干或老山芹吃。没过多久,他就被推举为首领了。

再说老二一看老大跌进青蛇洞后不仅没死,出来后还有了新的本领,受到了人们的尊敬,就三番五次地追问老大得了什么法宝。老实、厚道的老大不仅没有记恨弟弟,反而一五一十地向老二述说了自己掉进青蛇洞后的全部经过。

听完老大的介绍后,老二三步并作两步,急急忙忙地赶到那棵老桦树下,躺在地上等着掉下去。说来也真巧,第三天夜里,老二也"咕咚"一声掉进了青蛇洞。他顾不得伤痛,急急忙忙地摸到大青石旁,找到了那青蛇,然后"扑通"一声跪在地上就哭了起来。那青蛇又尬巴尬巴嘴,洞里又传来一阵嗡嗡的说话声:"小伙子,你为什么哭得那样伤心呢?"老二一听那青蛇真的能说话,忙撒谎说:"蛇爷爷,我是个猎人,家里又有个上了年纪的阿尼,可猎物太少了,总打不着,日子过不下去了。你就可怜可怜我吧!"说着又挤出了几滴眼泪。那青蛇看到这情景,就又把一块小石头吐在了老二的手掌上,然后说:"我把这块石头送给你,你吞下去就能听懂兽言鸟语,就能打到野物、养活你的老娘了。可是你要记住:千万不要贪心,贪心的人是没有好结果的!"老二没等青蛇说完,生怕小石头被青蛇要回去,一扬脖就把小石头吞了下去。老二出了青蛇洞后,果然听懂了兽言鸟语,便拼命地打起猎来,没过多长时间,就打了许许多多的野物,堆在一起快有山那么高了。于是,老二觉得天下都属于他了,心里就没有了别人。他谁都瞧不起,谁也别想吃上他打的一点儿野物。

没过多久,也就是青草一绿一黄的工夫,老二又坐在了那棵老桦树下歇息。他刚坐下,还没等打盹儿,那青蛇就缠住了他,问他为什么撒谎,为什么这样贪心。老二支支吾吾地答不上来,被吓得缩成了一团,最后化成了一摊水。

讲述者:孟学红　徐佩英

整理者:白水夫

群山聚会

五大连池的五个池子里头就数三池子最大、最深，也最灵，真有点儿神神道道的。

听说每天天亮前、黄昏后，人们坐船到三池子东北角儿往水里看，能看到十二座名山的十二个山头，可要是抬脖儿往四外瞅，却怎么也看不全科。你说怪不怪？这就是五大连池的奇景之一：群山聚会。据说，这里还有段瞎话儿呢。

话说早先那会儿，太上老君用八卦炉炼山时，有一面通天宝镜照着十二座山，等炼完了，太上老君着急忙慌地回天宫，就把这面镜子落到这儿了。过了一阵儿，他要用那通天宝镜的时候，才想起来落在这儿了，可回来一找，却说啥也找不着了，只得丧胆游魂地回去了。

也不知道又过了多少年，山都凉凉了，慢慢儿地长出了树木、野草、山花。于是，有人看中了这块地方，就上这落脚过日子来了。开始是一户两户人家，后来来的人一多，就有了屯子。这屯子新来了一户姓金的老两口子，老头儿叫金成山,他老伴儿姓佟。老两口子眼看着年近半百了,还是无儿无女的。有一天晚上睡觉,佟氏虎巴儿地观个景儿,梦见个白胡子老头儿给了她一面镜子,金灿灿的,溜光锃亮。从那以后,她的肚子就一天比一天大。老两口子以为八成是病,结果找了个大夫一看,说是喜脉,这下把老两口子乐得连嘴都闭不上了,睭等着抱大胖儿子了。谁知天不遂人愿,到月儿却养活了个丫头儿。小嘎儿一落地儿,怀里抱了面镜子。那镜子像茶碗口儿大小,金灿灿的,锃明瓦亮。它见风就长,长得跟大冰盘似的,照得满屋子通亮。隔壁邻居还以为他们家起火了呢,忙跑了过来,一看原来是添人进口、养活了个丫头儿。大伙儿都说这孩子主贵,是个大命人,将来准能当娘娘。于是,金成山就给丫头儿起了名叫宝镜。

自打宝镜下生那天起,人和镜子就分不开。她一离开镜子就哭,跟镜子在一块堆儿就好。她小时候抱着镜子,长大了就把镜子揣在怀里。有一回,她妈把镜子藏了起来,她哭了一天一宿,活活地哭背气了,要不是她妈被吓麻爪儿了,把镜子拿了出来,她准得把小命搭上。从那以后,谁也不敢再碰她的镜子了。一晃儿,宝镜这丫头儿都十八岁了,可一天儿也没离开过这面镜子。

常言说得好,"女大十八变,越变越好看"。宝镜这几年出落得不说百里挑一也差不离儿,再加上心灵手巧,小嘴儿也甜,真招人稀罕。

媒人来了无数,恨不得把门槛子都踩平了,可老两口子就这么一个宝贝疙瘩,怕爹妈给找的宝镜觉得不遂心,就让她自个儿拿主意。谁知她的眼眶儿更高,这些媒人提的她一个也没看上,弄得媒人都打怵了,来得越来越少了,末了干脆就断捻儿了。爹妈都替宝镜着急,她倒不在乎。两个当老人的虽然嘴上不再提这码子事,却都暗地里留心,想给闺女找个年貌相当的好小伙子。

转过年来,天头大旱,种子像被扔到了干炕上,苗都没出全。大伙寻思,旱地儿上不收,兴许能从水里找补找补。每年三池子里头的鱼最多,网网不空。没承想,最近池子里出了怪物,啥样儿谁也没见过,反正凡是下去的船,都是船翻人亡。有人说这是得罪水神了，给大伙儿眼罩儿戴呢，可是大伙儿烧香上供，磕头如捣蒜，却一点用也没有。金成山老两口子愁得不行，吃不下饭，睡不好觉，都瘦成眍䁖眼儿了。宝镜看着直揪心，这天就跟爹妈说："两位老人家不是为我的婚事发愁吗？我看这么的，谁能把三池子里的怪物降住，我就跟谁过一辈子。"金成山一听，挺赞成闺女这个主意，马上就跟大伙儿说了。

这可比四门贴告示传得还快，四门贴告示还有不识字儿的呢。于是，这消息一传俩、俩传仨，越传越多。小伙子们都脑瓜顶儿削个尖儿地往前钻，连县太爷的儿子贾仁、贾义哥俩儿也来了。因为怕大伙儿白送命，所以宝镜要先考考，考上了才能去降妖捉怪。

到了正日子这天，宝镜把房门紧闭，人也不出来，连点动静儿都没有。大伙儿不知闺女要出啥题，心里像十五只吊桶打水——七上八下的，都伸脖儿等着。傍晌午前儿，房门开了。大伙儿都等急了，一下子糊到了门口，想看看姑娘怎么个考法，一看宝镜不在，门口有张八仙桌子，桌上支着她那面不离身的金镜子。这个稀罕玩意儿，除了本屯子的几个人外，光听说真还没见着过，大伙儿都想仔细看看。谁知不看倒好，往里一看，就见镜子把整个天地都照进去了。天像黑锅底，地像墨盘子(砚台)，漆黑一团。再看镜子里的黑云彩，像开锅似的直翻花，冷丁从里头蹿出一个怪物。那怪物青脸黑发，张着血盆大嘴，龇着一嘴蒜瓣牙，两只眼睛像铜铃似的，直冒凶光。它就跟现在立体电影里的似的，张牙舞爪地奔你来了，谁不害怕？胆儿小的，当时就堆碎了；胆儿大的，"嗷"的一声，撒丫子就蹽。工夫不大，除了不能动弹的，都跑了。

这时，宝镜从屋里走出来，叹了口气，顺手把金镜子揣到了怀里。她抬头往四外一撒摸，脸上慢慢地露出了笑容，就看有个不起眼的小伙儿，正一手夹着一个穿得像缎棍儿似的少爷在那儿叫呢。这小伙儿是贾仁、贾义带来的书童。他姓王，叫王发，从小没爹没妈，让贾老爷雇去给两个宝贝儿子当了书童。王发今儿个起早陪着两个少爷来了。因为贾仁、贾义恐怕好处让别人抢去，紧着往前钻，所以也就头一个被吓得屙裤子里了。王发叫完这个叫那个，忙得满头大汗，被熏得直筋鼻子，宝镜来到他跟前儿半天了，都不知道。宝镜告诉王发，她相中他了，让王发帮她把三池子里的怪物降住。王发点点头，为难地说："我得先把两位少爷送回去。"宝镜就给王发找了辆车，又帮他把两个半死不活儿的阔少爷捆上了车，然后告诉他早点儿回来。王发答应着，赶车走了。

到了第三天，小伙子回来了。

金成山生起了火，自己掌钳子，让老伴儿拉风匣，王发抡大锤，打了三把大钐刀，接着给三把钐刀安上黄波罗的长杆儿，挂到了房檐子下边儿。然后，金成山让老伴儿跟闺女点火做饭。晚上，娘俩儿一个屋儿，爷俩儿一个屋儿。王发睡不着，就问金成山："大爷，三池子里那个怪物长啥样？咋的才能把它制住？"金成山说："要说它长得啥样儿，谁也没见过，可是它老这么祸害人咱也受不了啊。你没看我打了三把钐刀吗？那就是给它预备的。"王发说："到时候咋使唤（钐刀），你老可得事先教给我。要不然临时抓瞎，我搭条命不要紧，就怕耽误大事啊！"金成山说："说容易也容易，就得胆子大、主意正，遇事不慌。你大妹子的怀里有面金镜子，到时候，她在池子沿上用镜子一照，不管多邪乎的玩意儿都得现出原形，寸步难挪。我划船送你下池子，它必来拱船。这时你别害怕，一钐刀砍它头，二钐刀砍它腰，三钐刀砍它尾巴。到这时候，不管是咋霸气的东西，也完了。"王发说："中。你老就放心吧！这点儿胆儿我还是有的。"说完话儿，爷俩就睡了。

第二天，四个人早早儿地吃了饭。宝镜在三池子东北角上站好，王发将三把钐刀扛到船上，爷俩推船下水。金成山掌舵，王发掐着钐刀在船头上等着。船到了池子当间儿，就看一个浪撵着一个浪，像小山似的往小船上压了过来。这时，宝镜举起了金镜子，王发跳进了池子里，只见池水翻花冒泡儿，王发和水里的怪物打上了。宝镜用镜子照住了怪物，怪物像被定身法给定住了似的，动不了了。王发一钐刀就砍在了它的脑瓜盖儿上，那血放箭似的往外蹿。就在他正想砍第二刀时，不知咋的镜子一偏，怪物又来了精神头儿，一爪子好悬没把王发给叼住。

原来，县太爷的两个宝贝儿子让王发送回去以后，县太爷请先生、接大夫地好顿舞扎，总算把他俩扎古过来了。贾仁、贾义一被治好，就不是他俩了，还惦记着宝镜，后来听说书童王发考上了，真是把鼻子都气歪了。他俩就在背后杵咕县太爷，硬说宝镜是妖女，妖言惑众，应该拿来治罪。到时候人镜两得，再好也没有了。县太爷架不住儿子杵咕，带人就来抓宝镜，俩儿子跟着，偏赶上这时候到了。贾仁、贾义一看见宝镜，眼珠儿都红了，一边儿一个拦腰就来抱宝镜。她一闪身，金镜子就照偏了，王发没防备，好悬没吃亏。怪物也知道今天没好，一旦缓过劲来，就拼命地去抓王发。王发一手一把钐刀，可是紧胡拉，总也砍不到要命的地方。人的劲儿哪有它的劲儿长，小伙子眼看就不行了。金成山一看不好，脚下一使劲儿蹬翻了船，来到水里，接过王发手里的一把钐刀，两个打一个。按理说该差不多了，可是镜子老照不准成，两人咋舞扎也白搭。

常言说，"一心不可二用"。宝镜既要照水里的怪物，又要躲贾仁、贾义，那镜子就老也照不准。时间一长，水里的老爹和王发活不成，自个儿也得让贾氏兄弟给抓了去……想到这儿，她牙一咬、脚一跺，带着贾仁、贾义一块堆儿就跳进了池子里。正好这时候，水里这爷俩儿的两把刀一刀砍在了怪物的腰上，一刀砍在了怪物的尾巴上，"咔嚓"一个响雷后，只见云开雾散，湖平如镜。爷俩儿终于为大伙儿除了大害。

从那以后，在三池子东北角儿金镜子落下去的地方，人们就能看着十二座名山的倒影了，这就是"群山聚会"的奇景。

讲述者：孙万全

整理者：张文彬

人身上为啥不长毛

从前，人不知道穿衣服，和野兽一样浑身上下都是毛烘烘的，跑得也特别快。

恩都力看见这些光不出溜的人三个一帮、两个一伙地在大山里跑来跑去，觉得怪可怜的，就总想给他们找个好地方安顿下来。恩都力赏给他们十只野兽，让他们吃，没承想，这些人吃完了就跑；恩都力又赏给他们二十只野兽，还让他们吃，没承想，他们吃完了还是跑。恩都力心里琢磨，八成是他们没吃饱，就又赏给他们五十只野兽，还是让他们吃。没承想，他们吃完了还是照样跑，总也安顿不下来。

恩都力琢磨半天，总算明白是怎么回事了：原来，他们浑身上下都是毛，一不跑就浑身刺挠。于是，恩都力就含了一口热水，从天上冲着这些人吐了下来，一下子就把他们身上的毛全都给烫掉了。这些人浑身上下露出了肉皮子，只剩胳肢窝里等地方还有那么一点儿毛没被烫着，就留下来了。

这些人身上的毛被烫掉之后，浑身不刺挠了，也就不再像以前那样瞎跑了,可是一到刮风下雨的天,他们就会被冻得直打哆嗦,实在被冻得受不了了。他们就把野兽皮围在了身上。打这开始,这些人就慢慢地会穿着衣服过日子了。

后来,恩都力看见这些人的脑袋上光秃秃的不好看,就抓了一把野兽毛,安在了他们的头皮上。从此,这些人的脑袋上就有了各式各样的头发,有黑色的、灰色的,还有半黑不黑、半白不白的,有卷卷的,还有溜直的。

讲述者:莫庆云

整理者:白水夫

人为什么会死

很早以前,地上一个人也没有。恩都力搬来五块石头,摆成一溜,刻成了五个一模一样的石头人。

石头人刻好后,恩都力用手挨个摸摸石头人的眼睛,石头人的眼珠就会转了。恩都力又用手拨拉拨拉石头人的耳朵,石头人的耳朵就能听见声音了。恩都力又用手捅咕捅咕石头人的鼻孔儿,石头人的鼻孔儿就通气了。就这样,凡是被恩都力用手摸到的地方,不是下巴颏会动,就是脖子会转,再不就是手脚都会动弹。恩都力摸来摸去,就肚脐眼儿没摸到,于是肚脐眼儿就什么用都没有。

等五个石头人都成了活蹦乱跳的人的时候,恩都力在每个石头人的腰上拍了两巴掌,五个石头人就一前一后地走了。他们身子的两边也就从此留下了恩都力的手巴掌印。(据说肋条骨就是这样留下的)

这五个人离开恩都力以后,就在一块生儿养女地过日子,可是光生不死,人越来越多,地上都装不下了。恩都力一看,这样下去怎么能行呢,就一巴掌一个、一脚一个地把人全都给整死了。

恩都力把用石头刻成的人整死以后,又用土做了五个泥人,还是像从前那样,把这五个泥人也都整成了活蹦乱跳的人。然后,恩都力又用手拍拍他们的腰,这五个用土捏成的人也像用石头刻成的人那样,一块儿离开恩都力过日子去了。

这五个用土捏成的人,长相和用石头刻成的人一模一样,什么活都能干,也会生儿育女。可是他们的脸总也洗不干净,洗完了还有土,再就是身板不如用石头刻成的人那样结实,遇上个风吹雨淋啥的,晃常儿就死了。

讲述者:莫庆云　车景珍

整理者:白水夫

萨满的故事

有一萨满,是个老太太,特别有能耐。她时常到阴间去走走,把不该死的人的魂灵从阎王爷那里要回来。

有一天,萨满正在河边洗桦皮篓时,来了个比她的岁数还大不少的老太太,说自己的儿子不知是怎么回事,冷不丁地就迷糊过去了。老太太一边说一边掉眼泪,哭得叫人揪心。

于是,萨满就到了老太太家,看了看病人,说:"他的魂灵已经到阎王爷那里去了,我还得到阴间去一趟,三天后就回来。"

这天晚上,萨满请下神以后,就向阴间走去,走着走着,看见前面有座大山,山顶上有座小房子。萨满爬到山顶,看见一个白胡子老头儿正在小房子前往地上浇水。老头儿把一碗开水递给萨满,说:"你爬山爬得汗巴流水的,喝口水解解渴吧。"萨满把水碗推了过去,说啥也不喝。原来,这里是阴间的第一关,白胡子老头儿给的不是开水,是迷魂汤,谁要是喝了,就再也回不了人间了。萨满来过阴间多少趟了,啥事也瞒不了她,她才不上这个当呢!

萨满翻过大山，见山下是一条大江，江边有个老头儿正坐在桦皮船上冲盹（打瞌睡）呢。萨满坐到桦皮船上，把老头儿叫醒，说："你送我过江吧。我也是替别人办事，等把别人的病治好了，我让他们时常给你狍子头和酒，行不行？"老头儿点了点头，不声不响地拿起一支桨，只划了一下，桦皮船就像箭似的漂到了江对岸。

萨满过了江，又走了好半天才上了一条大道。大道上人来人往，车马不断，热热闹闹的。萨满又往前走了一会儿，来到了一个城门前。这里可不像大道上那样热闹，两边都是黑黢黢的大树，过往的人谁也不敢大声说话。原来，这里离阎王爷住的地方不远了。

萨满走到了阎王爷府第的大门口，两个小鬼儿正站在门口把门，不让她进去，说阎王爷正在里面比武呢。萨满便对站岗的小鬼儿说："那我就抽袋烟等一会儿吧。"说完，萨满掏出烟袋，装上烟，可是忘记带火了，就向站岗的小鬼儿借火。站岗的小鬼儿拿出火递给她，可她抓来抓去怎么也抓不着。站岗的小鬼儿说："我们用的火，你们哪能用呢？"萨满只好把烟袋掖了起来。等了半天，站岗的小鬼儿还是不让她进去。于是，萨满便把自己的雷神掏出来往空中一扬，就听"咔嚓"一声，来了一块黑云彩，把萨满托上了天。

萨满站在云彩上往下一看：嗬，阎王爷住的院子里，四边也都是矮趴趴的小房，中间有一块空场，阎王爷正在空场上和好多大力士摔跤呢，那替阎王爷拿生死簿的小鬼儿正站在一边看热闹呢。萨满就让雷神下去，把夹着生死簿的小鬼儿给带上来，然后赶着云彩就跑出了阎王爷住的大院。萨满对夹着生死簿的小鬼儿说："我们那儿有个小伙子，年轻力壮的，又孝敬老人，你们干啥把他的魂灵给拿来啦？你快查查，查完了还给我。不然的话，我就让雷神把你押走！"夹着生死簿的小鬼儿刚翻开生死簿，阎王爷就带着两个小鬼儿追上来了。阎王爷一看是萨满，就说："你怎么这么爱管闲事儿？"萨满说："你们把小伙子的魂灵拿来了，小伙子死了，他的两个老人咋办？"阎王爷说："小伙子倒是没什么错处，只是他的寿禄到了。"萨满说："你就行行好，让他把两个老人发送完，再活个十年二十年就行啊。"阎王爷听

259

了,点点头,让随身的小鬼儿把小伙子的魂灵拿来,交给了萨满。

萨满把小伙子的魂灵接过来揣进皮袍子里,拍了拍,说:"你在里面好好地待着,咱们这就回去。你家的老人一定是等得着急了。"小伙子的魂灵在萨满的皮袍子里说:"好阿妈,袍子里太憋屈了,你把我放在你的腰带上站一会儿吧。"萨满就把小伙子的魂灵掏出来,掖在了腰带子上。

萨满带着小伙子的魂灵往回走,又走到了那条大江边上,又上了那条桦皮船,但船上坐的却不是那个老头儿,而是她死去的掌柜的。她掌柜的说:"你这么有能耐,能救别人,为啥不救我? 这趟把我也带回去吧。"萨满说:"你怎么能怪我呢? 你死的时候,我还没当萨满呢!"她掌柜的见她不答应,说啥也不让她过江。萨满没办法,只好又掏出雷神往空中一扬,又是"咔嚓"一声来了块黑云彩把她托过了江。

萨满过了江,走了一会儿,路过一片林子,见一帮人正在你推我搡地打一个女人。小伙子的魂灵问萨满:"他们为啥打那个女人?"萨满说:"那个女人的寿禄还没到就上吊了,怎么不打她呢?"小伙子的魂灵随萨满进了屯子,看见两个人把一个女人的舌头拉出来,拴上皮条,来回地拽,就问萨满:"他们为啥把这个人的舌头拴上皮条啊?"萨满说:"这个女人活着的时候,净说别人的坏话,就该受这样的苦!"萨满又往前走了一段路。小伙子的魂灵看见又有两个人把一个小孩的两只耳朵拴上绳子往外拽,小孩疼得嗷嗷直叫,就问萨满:"这么点儿的小孩,抓他干什么?"萨满说:"这个小孩不听老人的话,总淘气,就得这么管管他。"

小伙子的魂灵随着萨满走进了一座大房子,见里面一男一女老老实实地坐在那里。房子里凉气拔人,可那一男一女坐在那儿却浑身冒汗。小伙子的魂灵就问萨满是怎么回事,萨满说:"这两个人在阳间快要成亲了,阎王爷不知道他们俩诚心不诚心,就让他们俩先在这房子里看看。谁要是不诚心,就得被冻死,再也回不到人间啦。你看这两个人都在冒汗,那就是诚心。"离大房子不远,有一根木桩子,上面钉着一个女人,有两个人拿着一把大锯,把那女人从中间锯开了。小伙子的魂灵问萨满这又是怎么回事,萨满说:"这个女人活着的时候,有了掌柜的还和别的男人瞎胡搞,不把她锯开怎么能行呢?"

离木桩子不远,有几个女人正在吃死小孩。萨满对小伙子的魂灵说:"她们几个在世的时候,和别的男人胡搞,生了孩子又不养活,就想着弄死。阎王爷就罚她们吃自己弄死的孩子啦!"萨满带着小伙子的魂灵又走了一会儿,到了屯子边了。他们看见有几个女人正在那里吃臭烘烘的肉。萨满就对小伙子的魂灵说:"这些女人把吃剩下的肉乱扔,等她们死了,阎王爷就罚她们吃这些东西啦。"

他们走出屯子不远,碰见一个白头发的老太太,长相挺和善的。萨满把小伙子的魂灵拿在手上,对他说:"这个老太太是专门管人生的。你要给她磕个头,好好谢谢人家。"小伙子的魂灵就在老太太的面前跳了两下。老太太对他说:"因为你孝敬老人,阎王爷才放你回来的。你回去后要把看见的事儿,一件一件地对别人说,要让他们做好事,别做坏事。"小伙子的魂灵又跳了几下。老太太说完话,在萨满的脑门上拍了三下。萨满长长地打了一个哈欠,醒了过来。这时小伙子也坐了起来,和他的两个老人唠起嗑来了。

小伙子的病好了,他的两个老人挺乐,又是肉、又是酒、又是烟地伺候着萨满。

讲述者:莫庆云

整理者:白水夫

三池冰裂

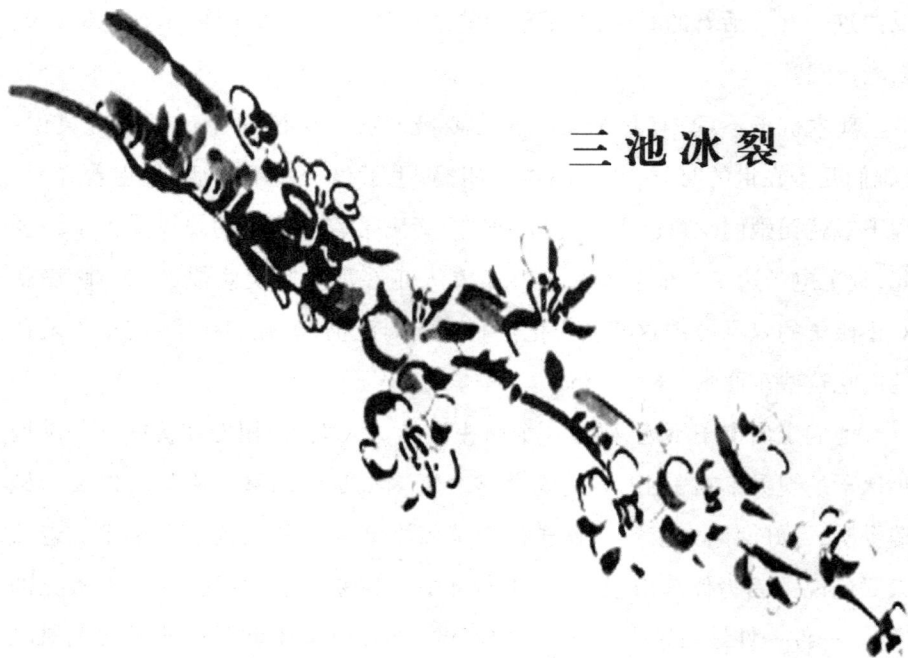

　　五大连池的三池子在冬天里有一个奇特的景象,叫三池冰裂。这是个什么样的景象呢? 就是在三九天里,只听"咔嚓咔嚓"的一阵响,厚厚的冰层好像被什么硬的东西从底下劐开了一样,由西北向东南,冰块被向两边掀翻,冰面呈现出一个大裂缝,有五尺宽。裂缝的两边笔直。这时,水只在冰层下流动,不往上冒。对于这种奇怪的现象,谁也琢磨不透,由此引出了一个美丽的传说。

　　早些年,五大连池里的鱼特别多,多到什么程度呢? 那可真是头挨头、尾靠尾,上下一层压一层,有多深的水就有多厚的鱼。那时候,人们要是想吃鱼了,用不着使网打,用瓢舀就可以了。由于那时五大连池的人太少,所以无论怎么吃,那鱼也是吃不过来的,只能是越吃越多。

　　什么东西都是这样:缺了不行,多了也不行,太过剩了就是灾难。五大连池里因此年年冬季都要死掉很多的鱼,等来年春天池子开了以后,都要漂上厚厚的一层死鱼。这些死鱼有些被风浪推到岸边的草地里,成了鸟兽的美餐;有些泡在池子里烂掉了,那气味腥臭冲天,不但熏得人们下不去池子,而且弄脏了池水。这里的渔民们眼睁睁地看着年年白瞎了这么些鱼,真是心疼。

有一个老渔民叫张友,五十多岁,在渔民中数他的技术最好,年纪也最大。他为人正直、仗义,深受大家的尊重,理所当然地成了大家心目中的把头。渔民们有事都找他商量。张友对年年死鱼的事非常关心,经常在心里念叨:这是人间的财富,白白扔掉了,真是罪过!

对于死鱼的事,人们的说法不一。有的说,是这里冬天太冷被冻死的;有的说,是闹鱼瘟了被瘟死的。张友对这两种说法都不以为然,觉得不是那么回事儿,但他又一时弄不清到底是啥原因。弄不清的事不能瞎说,因此他把这事搁在心上,年年春夏秋冬地进行细致的观察。功夫不负有心人。经过几年的观察,他发现春夏秋三个季节,深水、浅水里都有鱼,这时的鱼显得并不多,也不死一条鱼;冬天就不同了,浅水里没有鱼了,可也没有一条鱼被冻死在冰层里。那么,鱼都哪儿去了呢? 于是,张友便在深水处打了个冰眼一看:哈! 都在这儿呢。只见鱼挤鱼、鱼压鱼,像堆柴火垛一样。这时,他发现有很多鱼已经死了,就把手伸进鱼层里一摸,还是热乎的。他完全明白了:鱼既不是被瘟死的,也不是被冻死的,而是浅水处被冻到了底,鱼便都聚集在了深水处,因鱼多、冰层厚,透不过气来而被闷死的。那该怎么样把鱼疏散开呢? 他经过试验也没有找到好办法。

一年夏天,鱼王神从天上来到人间察看江河湖海的鱼情时,闻到东北方向腥臭异常,便急忙赶来这里一看,被吓了一跳,只见死鱼满池、满地,都烂了,臭气冲天。他寻思:这还了得! 要是让玉皇大帝知道了,非降罪不可。于是,鱼王神急忙回到天宫,在玉帝面前告了水神一状,告他渎职,五大连池水少,鱼都被干死了。玉帝一听很恼火,便把水神叫来质问。水神不服,说:"湖水不过岸、河水不出槽,这是我水神的规矩,再多就要危害百姓了。五大连池的水是在池沿下三尺,雨季不涨、旱季不落,怎么会干死鱼呢? 死鱼是鱼种的毛病。年年无限地繁殖,加上人太少吃不过来,池子里又装不下,不死往哪儿跑？不是我的水少,而是你的鱼太多了!"

玉帝一听水神说得也在理,火就消了不少,可究竟谁是谁非呢? 他一时弄不明白,便对太白金星说:

"你下去好好察看察看究竟是谁的罪过。"

于是,太白金星就变成一个白胡子老头儿,来到五大连池进行察看。一看鱼确实死得不少,岸上也有、水里也是,臭气熏天。他来到水边看看,水也不算少,不由得疑惑起来:岸上的死鱼是被干死的,难道水里的死鱼也是被干死的吗? 他糊涂了。不过,太白金星还算是个有心计的神仙,他明白:天神地神不如人神。人间的事得问人间的人,水里的事得问打鱼的人。

这时,张友恰巧正坐在岸上抽闷烟,太白金星便走到张友身边,说:"快当快当嘴儿。"

张友抬头见是个白胡子老头儿,也回了一句:"大家发财。"说着拿过一块板石,放在跟前儿让太白金星坐下。

张友问:"老哥从哪儿来? 没见过呀!"

太白金星也不隐瞒,就照直说:"这里每年都死很多鱼,鱼王神告了水神,说水太少把鱼干死了;水神不服,说是鱼太多了,水并不少。玉皇大帝一时弄不清谁是谁非,派我来察访察访。我虽然看过了,但也弄不明白到底是怎么回事,特向老哥来请教请教。"

张友笑了笑,说:"你们可真是高高在上,不知下情啊! 这岸上和水里的死鱼,哪条也不是被干死的,更不是这时候死的。那都是冬天里死的,然后被水浪推到岸上的。鱼王神说水少,水神说鱼多,他俩说得全不对。"

听张友这样一说,太白金星更糊涂了,急忙问:"这话怎么讲呢?"

张友说:"老哥,我实话对你说吧:这里的鱼多不假,但是鱼在春夏秋不死。北方的冬天太冷,冰冻八尺,浅水处被冻到了底,鱼就都聚到了深水处,这时鱼多、水少、冰层厚,透不过气来,就把鱼给活活地闷死了。"

太白金星一听,心里立刻像开了扇门,完全明白了,感激地说:"谢谢老哥! 多亏你的指教。"他沉思了一下,接着又问:"可有解救的法子吗?"

张友慢吞吞地说："只有开冰、透气、活水、散鱼,可是办不到啊!"

太白金星听完没再说什么,只是点了点头,便告辞了。

他回到天宫把察访的情况一五一十地向玉帝回禀了。玉帝听完又犯了难:北方的冬天滴水成冰,这是天地气数,不可扭转,要开冰、透气、活水、散鱼,谈何容易?玉帝正在沉思,猛听一声高喊:"请玉帝不要烦恼,小神愿去民间办理此事!"

玉帝回头一看,原来是保驾的独角神龙。这独角神龙原在东海,白鳞白角,侠肝义胆,力大无穷,颇有法术,乐意为百姓做事。因为他见义勇为,爱打抱不平,所以也常常惹事。玉帝为避免是非,减少麻烦,便把他召到了天宫做保驾神,可是独角神龙却受不了。他每天朝朝暮暮地不离玉帝左右,东挪不得、西去不得,比蹲天牢还难受,实在憋得慌。因此,独角神龙总想回到人间去,可老是找不到机会,这下子机会可来了,便自告奋勇要去五大连池解除这一难题。

玉帝问道:"你能有把握办成这件事吗?"

"一定能办到!"独角神龙答道。

玉帝说:"好吧,办完了即刻回转天宫。"

"遵命。"独角神龙嘴里这样答应着,心里却不是这样想的。他打算这次回到人间后,就再也不回来了。

于是,独角神龙变了个彪悍的小伙子,头戴一顶独角帽,径直来到渔窝棚,见了张友和众渔民就说:"我是独角神龙,玉帝派我来解决死鱼的事儿。你们说怎么办好?我有的是力气。"

大伙儿既惊讶又感激:"那敢情好啦!这是我们最痛心的事情,先谢谢了!"

"哎!先别谢。还没干活呢,也不知成不成。"独角神龙忙说。

张友说:"鱼是冬天被闷死的。只有开冰、活水,一透气就可以不死鱼啦!"

独角神龙问:"那什么时间为好呢?"

张友说:"三九后、四九前,冰冻三尺没过年,便是开冰的好时间。"

独角神龙屈指一算,现在是八月,到腊月还有四个多月。"好吧!"独角神龙说,"为了不惊动大家,我在早晨天不亮的时候开冰。"说完便进了三池子。

时间过得很快,转眼冬天到了,池子面上的冰一天比一天厚。在腊月的一天早上,天还黑乎乎的时候,就听池子里一声高喊:"开冰喽!"那喊声震天动地,接着就听"咔嚓"一声,厚厚的冰层被顶破了,从下面伸出一个大角。这大角有大锅那么粗,上尖下粗,白光闪闪的。只见它从东北向西南劐去,冰块随着往两边翻滚,池子面上现出了一条大裂缝,池水只在冰下哗哗地流动,不往上冒。这大缝子一冬天也不会冻上,这就是独角神龙的法术和神力。这年冬天,鱼都很太平地度过了,来年春天水面上一条死鱼也没有。

渔民们对独角神龙很感激,可是又担心它回到天宫去,于是就在池子边上用四块方板石搭了个龙王庙,还写了一副对联。上联:开冰养鱼造福百姓;下联:志在民间永不回天;横批:永留人间。

独角神龙对这个庙毫不在意,但对这副对联很是满意。他本不想再回天宫,见渔民留他,很对心思。民意不可违,天意不可欺,这是天条的规定,就连玉帝也是无法违拗的。于是,独角神龙就心安理得地留了下来,每年冬天都毫不懈怠地破冰、活水、透气,为这一方造福。几百年过去了,那用四块方板石搭成的龙王庙没有了,但冰裂却年年冬天都出现,而独角神龙劐冰的故事也一直流传着。

讲述者:石玉海

整理者:孙连金

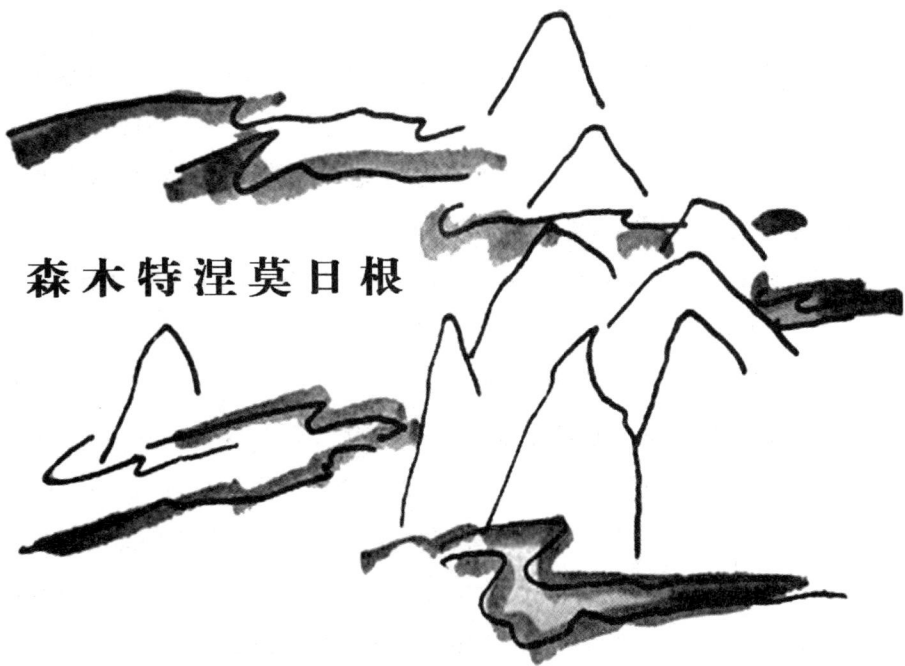

森木特涅莫日根

　　相传很久以前，在杜鲁河以南的半青山上，有一棵古老的大柞树，树干粗得要三个人手拉手才搂得过来。据说，这里是森木特涅莫日根的出生地，而这棵枝繁叶茂的老柞树就是养育他成人的襁褓。

　　森木特涅莫日根的阿曼布日涅莫日根，是半青山一带有名的猎手，他有一个美丽、善良的妻子。她绣的花边儿像天边的云霞一样瑰丽；穿上她用狍爪子皮做的其卡密，就像骑上火龙驹一样，温暖无比，行走如飞。布日涅莫日根的妻子怀胎九个月了，夫妻俩高兴地盼望着他们的小莫日根呱呱坠地。

　　一天早上，布日涅莫日根正准备出去打猎，妻子拦住他，说："你别离开我！昨儿晚上我做了一个噩梦，梦见一只凶狠的得尔给得依①来抓我，我真有点怕。"布日涅莫日根却满不在乎地说："别瞎想了，不会出啥事儿的。我打只狍子给孩子做皮衣，打只山鹿给你补身体，马上就回来。"说完就骑马走了。

---

　　①　得尔给得依：能飞的大鸟的总称。

天近晌午时，外面忽然呼呼地刮起了大风，风中夹杂着哇哇的怪叫声。布日涅莫日根的妻子担心打猎的丈夫，急忙跑出门想看个究竟，不料刚一出门就被一只凶狠的亚欠①给抓走了。

亚欠抓着她飞到半青山的上空时，她看见了自家狩猎时存放东西的奥仑②和那棵古老的大柞树，流下了伤感的眼泪。

忽然，她看见一只奔逃的野鹿，后面追赶着的正是她的丈夫。她悲哀地喊道："布日涅莫日根哪，你和你的鹿过日子去吧，我被亚欠抓走了！"凄厉的喊声使布日涅莫日根停住了脚步，他看见了亚欠，也看见了亚欠利爪下的爱妻。他愤怒了，抽出一支花翎箭，搭上弓、拉满弦，只听"嗖"的一声，花翎箭射中了亚欠的翅膀。亚欠疼得大叫一声，歪斜着又飞了一程，终于在那棵老柞树下停了下来。他丢开布日涅莫日根的妻子，去抚弄那只受伤的翅膀。

这时，怀胎九个月的孩子挣扎着要出世了，布日涅莫日根的妻子爬到自家的奥仑旁边，生下了一个男孩儿。她用围巾裹住了这苦命的孩子，并咬破手指，在围巾上画出了殷红的花边儿。画完，她冲着老柞树磕了个头，说："慈悲的白那恰呀，保佑我的孩子吧！希望他成为坚强的莫日根，他的名字就叫森木特涅③莫日根吧。"这时亚欠冲了过来，森木特涅莫日根的阿尼连忙拉过一口带着拉拉饭④锅巴的铁锅，在上面砸了个洞，把孩子扣在了里边。可怜的阿尼连孩子的模样都没细看，就又被那凶狠的亚欠抓走了。

布日涅莫日根追到亚欠的老巢，也被亚欠给抓起来了。

原来，这亚欠是一个山怪，霸占着半青山北面的一片森林。他逼布日涅莫日根的妻子给他做小老婆不成，就把她的手钉在了门拉手上，让她整天给自己开门。亚欠又在布日涅莫日根的肩上钉上了一根扁担，让他整天挑水。

小森木特涅莫日根在铁锅里吃着拉拉饭锅巴长得很快，不久就钻出了

① 亚欠：老鹰。
② 奥仑：在野外狩猎时存放东西的仓库，由八根柱子支着。
③ 森木特涅：即绣的花边的意思。
④ 拉拉饭：大黄米做的饭。

铁锅,爬上了道旁的老柞树。就这样,他每天在老柞树上爬来爬去,饿了就上树掏鸟吃,渴了就吸着老柞树树叶里的汁水。

一晃儿十几年过去了,小森木特涅莫日根长成小伙子了。

一天,他照样爬到树上抓鸟吃,老柞树叹息了一声,说:"孩子,这十多年你在我的背上爬来爬去,把我的腰都压弯了、皮都磨光了,可是却你什么本领都没学会。要知道你的阿曼可是半青山有名的猎手啊!"森木特涅莫日根从来不知道这些事,一听老柞树说阿曼、阿尼被山怪抓去了,到现在还在受罪,就蹦了起来,要去找山怪报仇。老柞树说:"你现在还打不过山怪,照我说的去做吧,你一定能救出你的阿曼、阿尼的。"

于是,森木特涅莫日根按老柞树的指点,去找阿曼留下的神马。他找到那个泉眼,一看里面的水已经被喝光了,也就是说马喝完水走了。于是,他就顺着马蹄印追到了河边,一看果然有一匹雪青马一动不动地站在那里。他从后面悄悄地绕过去,一个猛扑蹿上了马背,那马立刻又踢又咬,随即狂奔了起来。森木特涅莫日根死死地抓住马鬃不放。那马跑了一程,见甩不掉背上的人,便长叹了一声,说:"除了你的阿曼,还没有人能骑得了我呢!小主人,我听你的了。"于是,森木特涅莫日根便骑着雪青马,找亚欠报仇去了。

一路上,他打狼、射雁练习箭法。当快到亚欠的老巢时,雪青马又说话了:"我的主人哪,山怪的妖法很厉害,恐怕你不是他的对手,你得用智谋来战胜他。山怪的命根子不在他身上,是他窝里的两个蛋,你要想法儿偷来那两个蛋。到那时,他就是有天大的本事也用不上了。"

森木特涅莫日根按照雪青马的指点,拿着阿曼留下的花翎箭,冲着亚欠栖息的树干笃笃地敲了起来。这时亚欠正在睡觉,不耐烦地问道:"那是谁在敲我的树啊?"

"我是啄木鸟。你的树上虫子太多了,我是来捉虫子的。"亚欠一听就没介意,在笃笃的啄树声中又睡着了。森木特涅莫日根便乘机偷走了他的蛋。

然后,森木特涅莫日根在亚欠的门前大声讨战,亚欠的两个老婆慌忙把他喊醒。亚欠一看森木特涅莫日根手里高举着的两个蛋，连忙跪下，哀求着说："小主人哪，快把蛋还给我吧！我愿意给你牵马、拿烟荷包、点烟，做你的奴仆！"森木特涅莫日根没听他的，一下子把两个蛋摔碎了，亚欠也跟着怪叫一声死了。这时亚欠的两个老婆疯狂地扑了上来，森木特涅莫日根一脚一个，把她们都给踢死了。可万万没想到，这一脚踢在了她们的肚子上，把肚子踢裂了，从里面蹦出来两个小孩。他们蹿上来和森木特涅莫日根打了起来。

亚欠的儿子比亚欠还厉害，森木特涅莫日根的箭射光了，刀也砍钝了，最后还是让两个小孩给打倒在地晕了过去。这时雪青马冲了过来，叼起小主人飞快地跑开了。

雪青马一直跑到杜鲁河边，把河水喷洒在小主人的脸上，小主人醒来了。雪青马告诉小主人，这两个小山怪的命根子是在他们老巢后面的两根线，砍断那两根线，他们就没命了。

森木特涅莫日根又偷偷地摸到两个小山怪老巢的后面，一看果然有两根线挂在树上。这时，两个小山怪嗷嗷叫着扑了上来，森木特涅莫日根举起刀，用尽力气朝那两根线砍去，只听"咔嚓"两声，小山怪随声倒在了他的脚下。

森木特涅莫日根救出了阿曼和阿尼，为半青山一带的猎民除了大害，方圆百里的猎民们纷纷拿着酒肉来庆贺。森木特涅莫日根把酒和狍子头供在了老柞树下，感谢老柞树的养育之恩。从此，人们就不断地在老柞树下摆供，以求白那恰保佑大伙儿出猎顺利，人畜平安。据说，这样一直延续了数百年。

讲述者：关吉瑞

整理者：王丽坤

山水是怎样形成的

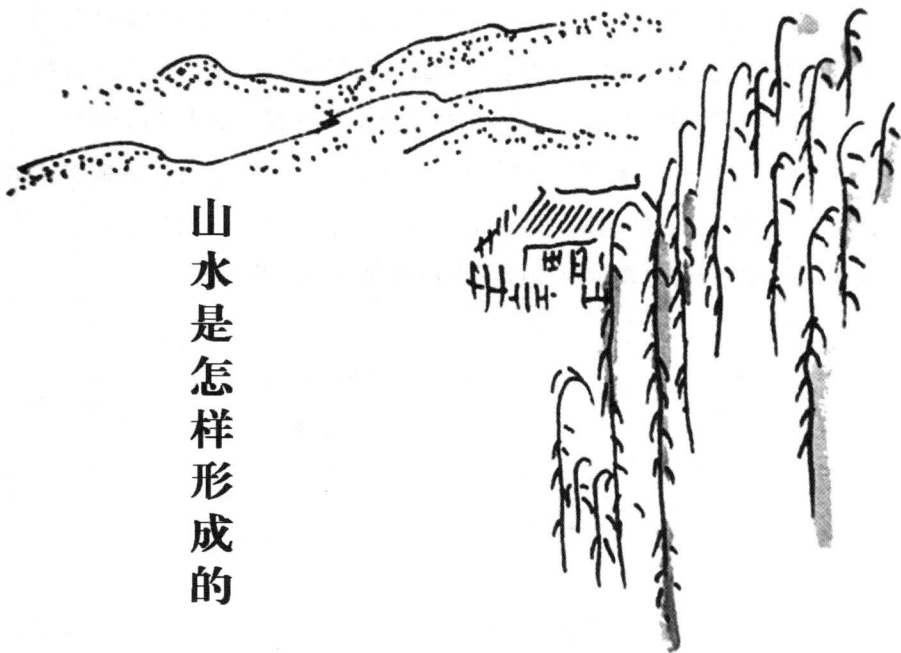

在很久很久以前，有一大群人流落在喀尔末大草原上。这里没山没树，连鸟兽都很少，人们的日子过得很紧巴，总想再找个好地方。老人们说，在很远很远的地方，有一只大鹿，它头上的角能伸到天上。有一个鄂伦春小伙子听了这个故事，决定找到这只巨鹿，好上天去请恩都力给大伙儿找个好地方，让鄂伦春人过上好日子。老人们告诉他，以前也有几个小伙子去找过这只巨鹿，但都没有成功，可是这个小伙子不听，说自己不管吃多大苦，也要找到这只巨鹿。

第二天一大早，小伙子就启程了。他走过九十九个大草原，过了九十九条河，困了就睡在地上，饿了就吃几把草，终于在一天早上，找到了天边的巨鹿。他高兴极了，跪在地上向巨鹿说明了来意。巨鹿问："你能答应我的条件吗？"小伙子说："能！不论什么条件我都答应你。"巨鹿说："你给我割三堆像山那样高的草，足够我吃三年的。"于是，小伙子便开始割草，割了三大堆。巨鹿说："草已经够我吃的了。你上天后喊一声，我好停下。"小伙子说：

"行!"接着,他就抱住鹿角往上爬,爬了九十九天,刚摸到天顶就高兴地喊了起来。这时,巨鹿以为小伙子已经上了天,就趴下了,但是小伙子没能抓住天顶,抱着鹿角就摔了下来。后来,这个小伙子和巨鹿就变成了山和树。

这样一来,喀尔末大草原也就有山有树了,野兽也一天一天地多了起来。鄂伦春人的日子从此就好过了。以后,人们每当上山打猎之前,都要对山用酒肉祭祀一遍,以表示对变成了山神的那个小伙子的尊敬。

讲述者:吴秀虎

整理者:张玉环

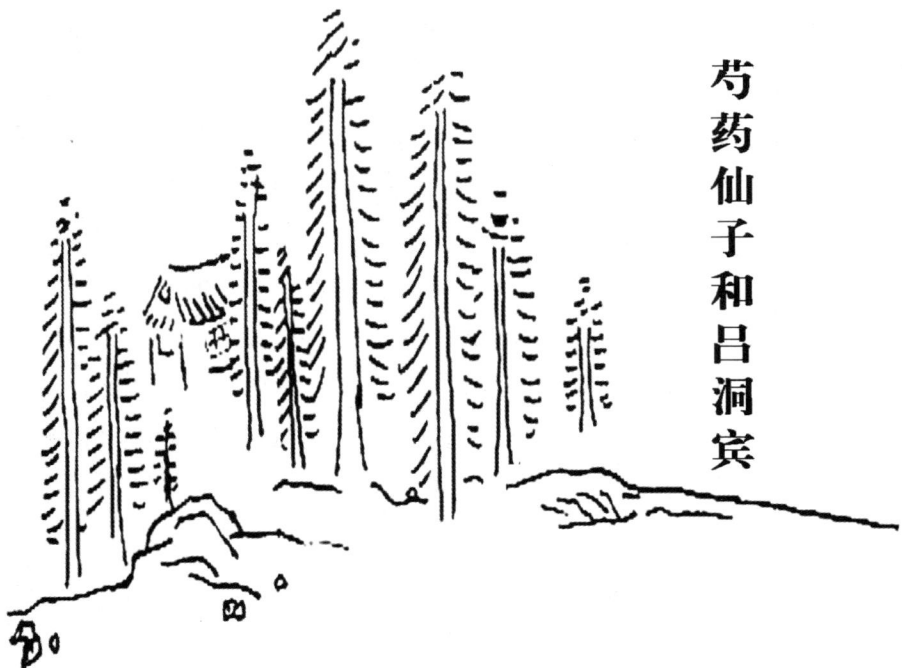

芍药仙子和吕洞宾

　　传说吕洞宾云游天下来到了松花江边，发现这一带连天下雨，江水不断上涨，已毁坏了许多庄稼和房屋，百姓正在烧香祭神，以求平安。吕洞宾定睛一看，原来是一条黑鱼精在作怪。

　　于是，吕洞宾召集各路山神商议如何捉拿黑鱼精。众山神说："大仙，此怪修炼了两千年，有翻江倒海之术，我们敌不过它，望大仙禀告玉帝，派天兵前来捉拿，以拯救这里的百姓。"

　　吕洞宾一笑，说："一条小小的黑鱼精作怪，不必惊动天兵天将，我一人就可以制伏它了。"众山神一齐称谢而去。

　　众山神走了以后，吕洞宾暗想：此怪妖术厉害，我怎么能制了它呢？也是我一时说了大话，但若不把此怪镇住，众山神岂不笑话于我，怎么办……

　　吕洞宾正在犯愁，这时太白金星赶来了，对吕洞宾说："要想降住黑鱼精，非用定水神针不可，但那定水神针是王母娘娘头上的玉针！"

　　吕洞宾说："既然玉针是王母娘娘的心爱之物，恐怕我借不来。"太白金星说:"王母娘娘身边有一个贴身侍女,叫芍药仙子,她有思念人间之意。你若能打动她的心,此事定能成功。"

这天,王母娘娘请各路大仙赴蟠桃盛会,吕洞宾便和太白金星驾起祥云,直奔天宫。蟠桃会上,各路大仙开怀畅饮。菜上齐备,酒过三巡,王母娘娘叫侍女芍药仙子给各路大仙斟酒。芍药仙子来到吕洞宾面前斟酒时,太白金星用胳膊碰了吕洞宾一下,吕洞宾就在接酒时将芍药仙子的手轻轻地摸了一下。芍药仙子脸一红,低着头退了下去。

过了片刻,王母娘娘又令送仙桃,芍药仙子慢慢腾腾地来到吕洞宾面前。太白金星又用脚尖儿踢了踢吕洞宾。吕洞宾会意,便在取桃时将桃盘重重地往下一按。芍药仙子手腕一软,羞得脸蛋儿通红,低着头穿过后门向桃园走去。吕洞宾紧跟而去。

芍药仙子来到仙桃园里,一动不动地沉思着。吕洞宾悄悄地来到芍药仙子的背后,轻声问:"芍药仙子,你在想什么?"

芍药仙子扭头一看,见是吕洞宾,急忙说:"你,你可知天规?"

吕洞宾嘿嘿一笑,说:"我不但知道天规,而且能看透你的心思。你很羡慕人间,是吗?"芍药仙子低下了头。

吕洞宾向前走了几步,说:"人间真是美好啊!到处山清水秀,鸟语花香,胜过天堂十倍。"

芍药仙子慢慢地抬起头,轻轻地问:"真的吗?"

吕洞宾用手一指,说:"芍药仙子,你往那看。那是一对夫妻,他们在欢欢乐乐地耕地、撒种。你再来看,这是两个情人正在花园读书。……"这时,吕洞宾回头一看,只见芍药仙子还站在那呆呆地望着那对情人。于是,吕洞宾又接着说:"芍药仙子,你如果想到人间去过美好生活,我可以帮助你呀!"

芍药仙子脸一红,问:"真的吗?"

吕洞宾说:"真的。不过,你也得帮我一下忙。"

芍药仙子问:"我能帮上你什么忙啊?"

"王母娘娘头上的玉针,借我用一下。"吕洞宾说。

"哎呀！那哪成啊？玉针是王母娘娘的心爱宝物,谁也不能借用。"芍药仙子为难地说。

吕洞宾说:"我借玉针一用,是为了拯救天下的百姓。"

芍药仙子问:"天下的百姓不都很幸福吗?"

吕洞宾上前几步,说:"芍药仙子,你往那边看。松花江一带洪水泛滥,田地被水淹没,房屋被水冲倒,人畜死伤无数,全是黑鱼精在作怪。我借王母娘娘的玉针,就是为了除掉这个祸害。"

芍药仙子一听人间遭难,急忙说:"我愿帮忙！可是,怎么办呢?"

于是,吕洞宾如此这般地嘱咐了她一番,又将一支假玉针交给了芍药仙子。

次日清晨,王母娘娘起床后,让芍药仙子帮她洗脸、梳头。芍药仙子便趁这个机会将假玉针别了在王母娘娘的头上,把真的玉针藏在袖内,当日就交给了吕洞宾。

吕洞宾带着定水神针,来到松花江边的依兰县,很快将在那作怪的黑鱼精捉拿住了。乌云散了,雨停了,太阳也出来了,老百姓的脸上露出了笑容。

吕宾洞惩治了黑鱼精后,便和太白金星一起赶往天宫归还了定水神针,并请求王母娘娘饶恕芍药仙子的盗宝之罪。

王母娘娘见二位神仙讲情,说:"看在二位神仙的面上,免芍药一死,但要赶出天宫、送往人间！"

这正合了吕洞宾和芍药仙子之意。吕洞宾笑着送芍药仙子下了凡,从此,人间就有了芍药花。

讲述者:李达春

整理者:吴斌

舍利子

清咸丰年间,五大连池畔的药泉山中有一座远近闻名的钟灵寺,寺中的住持惠明是个很有功德的百岁老方丈。惠明的师父是个游遍暹罗国、去过琉球岛的大师,他在一○八岁的时候,来到药泉山建了这座钟灵寺。寺院建成的那天,他对徒弟也就是现在的钟灵寺住持惠明方丈说:"五大连池是块难得的佛门净土,我建钟灵寺是为了使这里的神泉圣水能更好地普度芸芸众生。药泉山西北有一座老黑山,山中有一火山险口,口深百丈,我不日将在那里圆寂西去。我去之后,险口内将遗有一枚稀世舍利,它将保佑钟灵寺逢凶化吉。"大师一直叮嘱惠明,心中有这一舍利便可足矣,切勿命人寻找。话说过了不几日,大师果然隐踪不见了。弟子们都知道大师是去了老黑山的火山险口,坐化归西了。

大师去后,惠明接任了钟灵寺住持。他始终想着火山险口中有一枚舍利子在保佑着寺院,所以,主持寺院里的大事小情也就腰直胆壮,总觉得身后有师父在帮助自己。几十年过去了,钟灵寺已有良田百顷,铜佛百尊,僧侣七八十人。

惠明方丈看到钟灵寺的香火日盛一日，每日善男信女进香不断，便越发怀念师父的功德，怀念久了，遂萌发了一种取回师父的遗骨，为师父塑一金身的想法。但是，火山险口深逾百丈，从未听说有人下去过，那么让谁下去寻找那只有一点点大小的舍利子呢？钟灵寺的监院为他出了个主意：花重金从民间雇人下去找。于是，惠明方丈悬赏白银一百两，募人去火山险口寻找舍利子。

应募的一共有四个人：从墨尔根来的收皮货的商贩，蒙古大屯的土财主，其他两人一个是本地的樵夫，一个是本地的秀才。四个人有四个心眼儿：皮货商跑生意赔了本儿，急着凑本钱。土财主因看上了一块向阳的坡地，正愁思苦想地要把这块地买回来，这一百两银子足以买下这块好地。秀才因几次省试不第，为博得一官半职想再去应试一次，这一百两银子正好够盘缠。樵夫因常到老黑山打柴，转遍了所有的沟谷，唯独没下到火山险口里去过，好奇心早就促使他想下去看个究竟了。这次正是一个机会，一来能找到一块打柴的好地方，二来又有银子可赚，于是他便抱着试一试的念头儿来了。

寺院的和尚给他们搓了一根百十丈长的绳子，还给他们蒸了四大锅馒头，装了满满一箩筐。晚饭后，又打扫出一间禅房，让四个人好好地休息一夜，第二天早晨一起去老黑山。睡觉前，惠明方丈告诉四个人，只要大家齐心合力找到舍利子，赏银平分。

四个人躺在床上，两个时辰过去了，只有樵夫睡得呼呼的，其他三个人都眼望房梁睡不着。皮货商想：这二十五两银子做一宗大买卖是肯定不够了，要想把上次折的本赚回来，少说也得要四十两银子做本钱。土财主的心里更犯嘀咕：他妈的，偏偏来了这么多争嘴的，二十五两银子只能买那块阳坡地的一半。秀才的心里也不是滋味儿：本来一百两银子正好够赶考的盘缠,要是四个人平分,事情就难办了。他们仨翻来覆去睡不着,脑子里总在想着那白花花的一百两银子。唯独樵夫睡得香,如雷的鼾声愈发使其他三人不自在。

过了一会儿,土财主闷不住了,小声对皮货商说:"一百两银子三个人分和四个人分,是不是一码事?"没等皮货商回答,秀才就探过头来说:"当然不是一码事!"土财主朝呼呼大睡的樵夫努努嘴,三个人都会意地点了点头。于是,三个人蹑手蹑脚地下了床,抬着那捆大绳子轻轻地出了门,在夜色里匆匆地朝老黑山奔去。

樵夫一觉醒来,太阳已升起两竿子高了。他发现三个人都不见了,心里很是懊恼。同伴们扛走了绳子,屋内只剩下了一大箩筐馒头,于是樵夫就背起这箩筐馒头,又拎着两葫芦水去撵他的三个同伴。

四十里山路,樵夫走了小半天儿。一箩筐馒头外加两葫芦水足有百十斤重,走到火山险口时,樵夫已经累得筋疲力尽了。他沿着火山险口走了一圈儿,也没有找着下到险口的绳子。原来,那三个人因为着急,忙中出错,将绳子系在了一棵小树上。皮货商先下去了,土财主有些害怕,就让秀才跟着下去。秀才下去后,土财主便哆哆嗦嗦地抓着绳子往下去。土财主浑身是肉,加上绳细树小,待他下到险口底部时,两脚一放空,小树被连根拔起拽进了险口里。樵夫是从翻着新土的树坑猜出这事的。他望着险口里缓缓升腾的雾气,也想不出什么法子来。

再说皮货商和秀才一看土财主连绳子带树一块掉了下来,都傻了眼。这火山险口有百十丈深,四周都是长满青苔的陡峭的石壁,没有绳子可怎么上得去呀?土财主捧着脑袋蹲在地上大哭,皮货商在一边咬牙切齿地骂,秀才虽也害怕,可总有点秀才的机灵。趁皮货商和土财主哭骂的时候,秀才偷偷地走进了黑桦林。他知道寺院会派人救他们,现在最要紧的是找着舍利子。皮货商骂了一会儿,扭头一看,不见了秀才,这才想起去找舍利子。皮货商慌慌张张地一走,土财主也不哭了,跟着皮货商钻进了林子。

三个人分头找遍了火山险口底,连每一片树叶都翻了个个儿,也没找到舍利子。天黑了,三个人在潮乎乎的火山险口里蹲着,又饥又渴、又累又乏,你埋怨我、我埋怨你,就这样过了一夜。

再说火山险口上的樵夫想到天黑也没想出什么法子来,最后只好回寺院去找绳子。可是寺院一时也找不到这么长的绳子,僧侣们只好现搓,待找足线麻,搓出百十丈长的一根绳子时,已是第二天五更时分了。夜黑无法走山路,惠明方丈只好叫人待天亮再去险口搭救。第三天,众人来到了火山险口,大伙儿推来让去,最后还是樵夫下去了。临下去前,惠明方丈告诉樵夫,千万别忘了找舍利子。

樵夫下到火山险口底,待找到那三个人时,见他们由于又渴又饿,三个人都没剩下一口气儿。樵夫很伤心,就用手在地上挖坑,想把三个人埋起来。他挖呀挖,手挖出了血还接着挖。突然,他的手碰到了一个硬东西,捡起来用衣襟擦净一看,是一块白石头,他就把这块白石头塞进了怀里。埋了皮货商、土财主和秀才后,樵夫攀着绳子爬了上来。惠明方丈听说三个人都死了,很是难过,就写了一首诗让石匠刻在火山险口的石壁上。诗是这样写的:

舍利一枚起纠纷,平地下面有森林。

可笑凡尘生俗念,却把性命易金银。

如果现在你到老黑山上的火山险口,往下去五六米,便可见到这首用隶书刻成的诗。下到火山险口底,在东北角你会看到一个圆圆的坟堆,坟上长满了灰灰菜。

樵夫把那块白石头给了惠明方丈,没要方丈的一两银子。惠明用这块白石头做佛心,为师父塑了个金身。一百多年以后,伪满洲国的时候,日本人焚烧了钟灵寺,把所有的铜佛都拉到齐齐哈尔去做了炮弹,那尊包着舍利子的金佛从此就不知下落了。有人说金佛被日本人抢走了,有人说金佛就埋在药泉山钟灵寺那片废墟底下,还有人说金佛被一个和尚埋在了火山险口底下。就这样,那尊包着舍利子的金佛的去向,至今仍是一个不解之谜。

讲述者:钟灵寺筹建处的几个
和尚
整理者:滕贞甫

神箭手

　　相传在很久很久以前,在茫茫的大兴安岭里,有一个名叫保好勒的鄂伦春青年猎手,由于他的箭法超群,所以人们都称他神箭手。

　　保好勒刚刚十岁的时候,阿曼和阿尼便去世了。阿曼在临死前拉着保好勒的手,说:"朝着太阳的方向,翻过九十九个山头,在一个悬崖上有一张弓,你一定要找它。"

　　保好勒流着泪,点点头,答应了。

　　保好勒按照阿曼的遗嘱去找那张弓了。他想:要翻过九十九个山头,那还不容易?一天就算翻过一个,当太阳落下九十九次时也就够了。可是,事情并不像他想得那么简单。因为他朝着太阳走,太阳也在走。太阳在天上走一天,他就得在地上转好大一圈儿。他一连走了好多天,总算翻过了一个山头。有时遇到阴天下雨,太阳不出来,他就只好等着晴天时再走。就这样,他走啊走啊,不知走了多少路,经历了多少艰难险阻,终于来到了阿曼说的那个地方。这时的保好勒已不是一个少年,而是一个膀大腰圆、英武剽悍的小伙子了。

他站在悬崖下,举目望去,只见在悬崖中间,果然有一张弓在阳光下闪烁着耀眼的光芒。他顿时高兴得不得了,便运足力气,手攀山崖,像猴子一样朝上爬去。他来到跟前儿,用牙齿咬住弓弦,叼着弓又一口气登到了悬崖顶上。

弓一到手,他便迫不及待地想试一试,可没想到,他怎么用劲也拉不开。就在这时,树丛中闪出一只鹿,站在不远的地方盯着他。他赶紧搭上箭,朝鹿射去,可是那箭只飞出几步远就落地了,而鹿连动也没动。保好勒气急了,拿着弓去撵,这时那只鹿才敏捷地逃走了。

保好勒的心里很不是滋味儿,心想:跑了几年的路,好不容易找到这张弓,却不能用。往后该怎么办呢?他边走边想,不知不觉地来到了一条小河边。河水清清亮亮的,叮叮咚咚的流水声就像阿曼在世时拨响了口弦琴一样动听。他望着河水出了神。忽然,风儿送来了动人的歌声:

> 满山的花儿多好看哪,
>
> 我的阿尼看不见;
>
> 乌那季(姑娘)长得像朵花呀,
>
> 我的阿曼看不见……

保好勒循着歌声走去。绕过一片丛林,他清清楚楚地看见,在那清清亮亮的小河边,有一个姑娘正在洗衣衫。她的歌声在继续:

> 谁能打下那只秃鹰啊,
>
> 阿尼的眼睛就能亮;
>
> 谁能赶走那黑风啊,
>
> 阿曼的眼泪就不再淌……

姑娘专心致志地唱着歌,就连保好勒来到跟前儿了也没察觉。保好勒只好打断了她的歌声,问她唱的是什么歌,他怎么一点也听不明白。

姑娘抬起头,眼泪汪汪地向他诉说起自己不幸的身世。

姑娘告诉他,她叫那拉。在她还没出生的时候,阿曼和阿尼的眼睛就瞎了,所以直到现在,她已经十八岁了,阿曼和阿尼也不知道自己的女儿长得什么样。她一直想为阿曼和阿尼治好眼睛,可等了多少年也没碰到阿曼说的那样的人。

保好勒赶忙问："什么样的人？"

姑娘告诉他，这个人是神箭手。阿曼的眼睛，吃了鹰心就会好；阿尼的眼睛，没了黑风就会好。可这两样东西，都离不开神箭手。

保好勒又问："那神箭手在哪儿？"

姑娘答道："阿曼说，只有能得到悬崖上那张弓的人，才能当上神箭手。"

保好勒听了，眼睛一亮，赶忙把背后的弓移到胸前，问："你说的是这张弓吗？"

姑娘惊喜地喊道："哎呀，就是这个！这下可好了，阿曼和阿尼的眼睛有治了！"

可是，保好勒却不知怎么回答好了，过了半天，才吞吞吐吐地说："可我，还不会使……"

姑娘听了长叹一声，说："唉，我白在这儿等了这么多年了。"说完，扭头就走了。

保好勒望着姑娘的背影，心里很不好受。他一直看着姑娘走进茂密的丛林后，才扭转身来。忽然，他发现河边的岩石上有一根红色的头绳，非常好看。他赶紧拾起来，心想：这一定是姑娘丢下的。只要等在这儿，姑娘一定会来找的。

于是，保好勒在河边搭了个撮罗子，住了下来。他还把那根红色的头绳拴在了弓背上，为的是随时能想到姑娘唱过的歌、留下的话。

可是好多天过去了，姑娘一直没有来，他有些失望了。有一天，他把身子靠在撮罗子上，望着头绳出神，慢慢地就睡着了。

他做了一个梦，梦见姑娘又来到了河边，对他说："你想当神箭手，可你能把这根头绳拉断吗？"保好勒说："能拉断。"说完，就用尽平生的力气去拉，可怎么也拉不断。姑娘说："你就拉吧。什么时候能拉断，你就能拉动弓了。"

保好勒醒来后觉得奇怪：莫非梦见的真是这么回事？于是，他解下头绳，用力一试，果然拉不断。他又反复试了不知多少次，累得满头大汗，也不抵事。不过，越是拉不断，越增强了他非拉断头绳不可的决心。

从那以后，他就天天拉这根头绳。他把头绳挂在了两棵树之间，一天不知要拉多少次。开始的时候，两棵树一动不动，后来，两棵树的树枝被拽得轻轻地摇动了，再后来，两棵树竟被拽得东倒西歪了，可那根头绳依然没有被拉断。

转眼间，几个月的时间过去了。有一天，他又去拉那根头绳，只轻轻地一扯，它就断成两截儿了。他非常高兴，回到撮罗子里取出那张弓又拉起来，说也奇怪，原来一点也拉不动，现在毫不费力地就一下子拉成了满月形。

保好勒拿着弓箭进山去了，他要试一试自己的箭法。山林里的珍禽异兽真多，可他射来射去，一只也没射着。那箭不是高了就是低了，要不就是偏了。他非常恼火，回到撮罗子里连饭都没吃，倒头就睡下了。

他又做了一个梦，梦见姑娘又来到他的身边，把被拉断的头绳要了回去，对他说："扯断头绳容易。要在百步之外射断这根头绳，那才算得上是神箭手呢！"说完，姑娘把被扯断的头绳又接了起来，然后走到百步之外，将头绳拴在了一根树枝上，又走了。

保好勒醒来后，发现眼前的情景和梦中见到的一模一样：那根红头绳在微风中飘荡不定，像燃烧的火苗挂在树枝上。

保好勒按照梦中姑娘的话，开始练习射箭。一次又一次，不知练了多少日子，那一棵大树的枝叶都快叫他射光了，树干也已伤痕累累，但唯独那根头绳却仍安然无恙。可是，他一点儿也不灰心，还是没早没晚地练习，而且越是风雨天越会加紧练。当满山的树叶由绿变黄，清亮的小河冰封雪裹的时候，他终于把头绳射断了，接着，每一箭都能射断一节头绳了。最后，他即使紧闭双眼，也能百发百中了。

保好勒练就了娴熟的箭法后，有一天，姑娘真的又来了，还为他牵来一匹马。姑娘说："你已经成为神箭手了，骑上这匹马去找那只秃鹰和那股黑风吧。把秃鹰的眼睛射瞎，把那股黑风射碎，我阿曼和阿尼的眼睛就好了。"

保好勒高兴地答应了。他骑着马在山林里转了好久，终于找到了那只秃鹰。他搭弓射箭，一下子就把秃鹰的眼睛射瞎了。之后，他又在一个深深的山谷里,遇到了那股黑风。那黑风也真厉害,一下子就把他和马刮到了半空中,但保好勒一点儿也不惊慌,对着黑风连射三箭,黑风马上就不见了,只在地上留下了一片血污。

保好勒快马加鞭地往回赶,两天后,在一片树林边见到了姑娘。姑娘领着他去拜见她的阿曼和阿尼。阿曼的眼睛这时已经复明了。姑娘把秃鹰的心用吊锅子煮了,阿尼吃后,眼睛也立刻看得见东西了。夫妻俩看着俊俏的女儿和勇敢的保好勒,高兴得不得了,当时就答应把女儿嫁给保好勒了。从此,他们过上了好日子。

讲述者:莫海廷

整理者:孟宪钧

神水

从前，讷谟尔河边上有个小屯子，叫向阳屯儿，有十来户人家。大伙儿春天种地，夏天打鱼，一入冬就进山打野牲口，一年到头虽说没有大富大贵，也能弄个年吃年用。

屯子里有老夫妻俩，老头儿姓关。老两口子日子过得挺好，就是没接继，盼小孩儿都盼红眼了。眼瞅都五十多岁了，显然是没啥指望了，老两口子也都死心了。可谁承想，这一不盼反倒有了，到日子老关太太猫下了，养活了个大胖丫头。这丫头一落地儿不会哭，接生婆说是让草迷了，冲着她的脊梁杆子啪啪啪拍了三巴掌，她"哇"的一声就哭出来了。丫头是活了，可老关太太一口气上不来，死了。大伙儿就都说这丫头命硬，让老关头儿把她送人。老关头儿眼看着土埋半截了才捡这么个宝贝疙瘩，哪还舍得送人？把老伴发送出去后，他又当爹又当妈，擦屎裹尿地侍候这孩子，还真把孩子拉巴大了。这孩子也没个名儿，老关头儿顺口管她叫丫蛋儿，这就成了孩子的小名了。丫蛋儿长到七岁，哪样儿都好，就是不会说话，大伙儿背地里都管她叫哑巴。

哑巴长到十六岁时,真是女大十八变,越变越好看。她长得瘦溜儿的大个儿,瓜子脸儿有红似白的,大眼睛双眼皮儿,真招人稀罕。特别是她那一脑袋好头发,又黑又亮的,大辫儿都拖拉地,气得那些黄毛丫头们直骂。

都说十个哑巴九个巧,这话一点儿不假。这哑巴不管炕上地下还是锄田抱垛,都是一把好手儿。老关头儿的岁数一年比一年大,家里外头地就耍哑巴一个人儿了。人们都说,别看人家丫头不会说话,老关头儿可是得老济了。老关头儿自个儿也说有个老来福,谁知说完这话不几天,就扔下哑巴找他老伴儿去了。哑巴这个哭哇,背过气好几回。左邻右舍看着不过意,强了巴火地把老关头儿抬出去埋了。哑巴趴到坟上不起,哭得死去活来,大伙儿劝她她又不懂得,也真拿她没办法。多亏了牛倌锁住儿,白天黑夜地陪着她、照看她。几天以后过了劲儿,她渐渐地就好了。

打那以后,两个人好得跟一个人儿似的,形影不离。后来,锁住儿就娶了哑巴,两人搬到一起住了。小两口儿可对撇子了,锁住儿也不给别人放牛了,跟哑巴一起种地,日子过得一天比一天好。时间长了,屯子里一些好扯老婆舌的人就胡嘞嘞开了,笑话锁住儿五尺多高的男子汉却娶了个哑巴媳妇儿。开始锁住儿也没在乎,可架不住时间长啊。再说人这一天都有三不顺,两口子过日子哪有舌头不碰牙的?他慢慢地也觉着跟她比比画画的,连句体己嗑儿都不能唠,是有点儿别扭。庄稼人实在,心里有脸上就带出来了。哑巴虽然不会说话,可知道眉眼儿高低了。她看出锁住儿不乐意来了,便处处小心,闷头儿干活。这几天正赶上挂锄,大伙儿就都去打鱼、摸虾。昨儿个河汊子出了"鱼哈",锁住儿没网,瞪眼儿不能伸手,他觉得心烦,坐在家里生闷气儿。哑巴一看就明白了,急得干挖挈手没办法。

晚上,两人在厨房忙活完了,哑巴端着菜盔儿在头前儿,锁住儿端着饭盆在后尾儿。他一不小心,踩了哑巴的大辫儿,她两手一哆嗦,"啪嚓"一声,把小盔儿打碎了,菜也撒了。锁住儿赌气没吃饭。哑巴也气哭了,边哭边一把一把地往下薅头发,一气之下把头发薅了个溜光。她寻思寻思,把这些头发划拉到一起,织了一张网,第二天交给锁住儿,让他去打鱼。这时候,"鱼哈"都过去了,他想:你这是何苦呢?也不懂个人语,真拿你没办法。虽说这么寻思,可他心里也觉得热忽燎的。于是,锁住儿二意思思地拎着这张网,下河去了。"鱼哈"过去了才来打鱼,别人都笑话他二虎巴叽的。大伙儿站在旱沿儿上看热闹,瞅得锁住儿浑身这个不自在。他心不在焉地随手把网撒出去,持着网纲往上一拽,觉得挺沉,寻思必是让扎蓬棵伍的给挂住了。他使劲一拽,网露出了水皮儿,里头干碴瓦儿地净是大鱼。他一乐和,来股急劲,把网拽了上来。就听旱沿儿上"哄"的一声,大伙儿都说:"又出'鱼哈'了,快回去取网啊!"

等这些人取网回来下河去打鱼时,却连根鱼刺儿也没捞着。大伙儿不信邪,跟着锁住儿的屁股后头撒网,后来干脆在他的转圈儿下网,可还是外甥打灯笼——照旧(舅)。这边锁住儿却网网不空,那鱼都是半斤以上的。

锁住儿越打越来劲儿,眼瞅着就拿不动了。他拿眼睛老往旱沿儿上瞧,寻思:哑巴咋还不来帮我拿呢?傍晌午前儿,他瞅瞅鱼实在是够多了,就卷起网往家走,想招呼哑巴炖鱼吃。锁住儿到家一看,哑巴没在屋儿,出来踅摸一圈儿也没找着,寻思:她必是心里憋屈,上谁家串门儿去了。于是,他绾绾袖子,下手拾掇鱼,打算做好饭,让哑巴回来进屋就吃,她准乐和。谁知他把饭菜做好后,都等到晌午歪了,也没见哑巴回来。这时,他有点沉不住气了,便出来去各家找,也都没找着。最后,猪倌儿说看见她一个人往西北去了。锁住儿听了一拍大腿,撒丫子就去撵,撵到太阳下山了,也没抓住个影儿。他累得不行了,坐在地上就起不来了。他的裤腿子被刮飞了,鞋也不知跑哪儿去了,脚掌子让石头硌得净是口儿,钻心地疼。他两眼直冒金花儿,想起自个儿连晌午饭都没顾得上吃,又跑了一下午,真觉得饿了,迷迷糊糊地躺在石龙上就啥也不知道了。

不知过了多大工夫,他激灵一下子被冻醒了。原来露水把他身上的衣服打了个精湿,夜风一吹,让人觉得刺骨冰凉。他一骨碌爬起来,抬头一看,一弯月牙儿像大姑娘的眼眉似的挂在天上,月光照到石龙上,那石形树影影影绰绰的,很瘆人!他忽拉一下子想起哑巴胆儿小,万一碰上野牲口伍的,非被吓个好歹儿不可。想到这儿,他一翻身蹦了起来,可脚一挨地"咕咚"一声又坐下了,疼得他直咧嘴。他咬着牙站起来,慢慢地往前挪。万事开头难,他溜达溜达觉得脚不像刚才那么疼了,便加快了脚步。

他正走着,忽听前边有人不是好声儿地叫唤。他一着急也忘了脚疼了,撒腿就跑,离老远儿就看一个人让两个张三儿(狼的俗称)撵得跟头把式的。那个人嘴里啊啊地叫唤着,正是他要找的哑巴!

锁住儿大喊一声冲了上去,吓得两个张三儿掉头就跑。他也顾不得撵狼,回身抱起了哑巴。这时,哑巴已经被吓昏过去了,只见她浑身是伤,像血葫芦似的。他的鼻子一酸,眼泪噼里啪啦地往下掉。眼看半夜了,这前不着村儿、后不着店儿的,连个背风的地方都没有,可咋办呢?她伤得这么重,再等不到天亮……

忽然,就听"轰"的一声枪响,天空传来一声哀鸣。锁住儿抬头一看,一只白鹤被打折了腿,一头扎了下来。他寻思:这只鹤肯定是没命了,我把它拾来,让她抱着暖和暖和也好。于是,他放下哑巴,急忙往前走,走了不远儿,就见白亮亮的一个水泡子,有个泉眼哗哗地往外淌水,那白鹤正在水里洗呢。他伸手去抓,白鹤"呼啦"一声就飞了。他灵机一动:白鹤把伤洗好了,人能不能洗好呢?他往前紧走了几步,觉得嗓子渴得直冒烟儿,便捧起水来咕咚咕咚地喝了个饱。这水辣蒿儿的,挺杀口,下到肚子后打了几个饱嗝儿,他感觉精神了不少。他身上舒坦了,就手又洗了洗脚丫子,说来也怪,脚上的伤立刻亮儿地都好了。这下把他乐得屁颠屁颠的,一蹶子往回跑。他抱着哑巴回来这通洗呀,哑巴的伤也好了,人也缓醒过来了。她从早晨到现在水米没打牙,又饥又渴,趴在泉边造了一肚子凉水,之后回头瞅瞅他,笑了。她说:"这水,这么好,八成是神水吧?""神水?"他反问了一句,这时候才反应过来:哑巴会说话了!他乐得直蹦高儿,抱着她喊:"神水!神水!这真是神水!"

他俩喊一阵、跳一阵,折腾乏了,互相依偎着睡了。哑巴心细,特意看了看天上，正是三星晌午、半夜子时，拿现在的钟点儿来说，就是子夜零点。

事也凑巧，结果亮天就是五月节了。从那以后，就传下来了喝零点水（过去叫子时水）的风俗。每年一到五月初五的前一天，人们都骑马、赶车地从很远的地方来抢零点水喝，据说可治百病，万事如意。

五大连池建市以后，索性就把端午节这天定为了饮水节，还要开会庆祝，可热闹了！

讲述者：张学儒

整理者：张文彬

神羊指路

五大连池的水晶宫神奇瑰丽,驰名中外,每年都有数不清的中外游人来这里旅游观光,可是很少有人知道,关于这座水晶宫还有一段动人的传说呢。

很早以前,焦得布山下有一个牧羊的姑娘,叫白音格。她有一副百灵鸟一样的歌喉,焦得布山上经常萦绕着她那美妙的歌声。她牧的绵羊像一片白云在山下的草原上飘来飘去,羊群中有一只强壮的头羊,很通人性。白音格非常喜爱这只头羊,把自己心爱的围巾系在了头羊的犄角上,让头羊领着羊群在山坡上吃草。白音格就在一旁的青石板上,望着蓝天上悠悠飘过的白云唱歌。

有一年端午节,红花集的马王爷来药泉山看庙会。当马王爷的勒勒车队走过焦得布山下的时候,一阵美妙的歌声飞进马王爷乘坐的勒勒车。马王爷忙令车队停下,叫侍卫去看看是什么人在唱歌。不一会儿,侍卫回来禀告,说是一个叫白音格的姑娘在唱歌。马王爷暗暗记住了这个名字。他想叫人把白音格抓来,可又担心随车的王后、王妃们闹起来,就暗想着等明天带几个人来抓白音格。

第二天,白音格像往常一样悠闲地放着羊,她不知道怀有歹意的马王爷正带着两个亲信偷偷地摸上山来了。这时,站在高处的头羊看见了这三个坏人,便不停地朝白音格叫唤。白音格跟着头羊走到高处,看到眼前是一道几十米深的悬崖,还以为头羊害怕悬崖,就伏下身轻轻地抚摸它。这时,马王爷带着两个亲信冲了过来。白音格扬起牧羊鞭一指他们,问:

"你们是什么人?想干什么?"

马王爷嘿嘿一笑,说:"本王爷看上了你的好嗓子,你就到王宫里天天给我唱歌吧。"

"我有我的羊群,凭什么去给你唱歌?"白音格说。

"放羊这样的累活儿,怎么能让你这样美丽的姑娘来干呢?你还是跟我到王宫里享清福吧。"马王爷不死心地说。

"我不去!"白音格说完,把头一甩,扬起鞭子在空中打了一个脆响,不再搭理马王爷了。

马王爷一看软的不行,便向两个亲信使了个眼色。那两个坏家伙扑过去抓住了白音格的手臂,正要掏绳子把她绑上,忽听马王爷在身后哎哟哎哟地直叫。两个坏家伙回头一看,只见一只强壮的大公羊正在拼命地顶马王爷,马王爷惊慌失措,一步步地向后退,眼见就要退到悬崖边了。这时,那只头羊跳起来猛地一撞,马王爷被撞得一个后仰就栽到悬崖下面去了。两个坏蛋被吓慌了神儿,放开白音格,大呼大叫地绕道往悬崖底下跑。

马王爷摔断了两条腿,从此再也离不开勒勒车了。他对白音格恨之入骨,命打手去捉白音格。

却说头羊把马王爷下了悬崖后,便跑进了一片柞树林。白音格也跟着走进了柞树林,可她怎么也找不到头羊的踪影。她转来转去,忽然听到不远处传来一阵羊的叫声。她循着羊的叫声找去,终于在一株高高的美人松下发现了一个隐蔽的山洞,羊的叫声就是从里面传来的。白音格走进洞里。一开始洞里黑得叫人心里发毛,可是走着走着,白音格忽然觉得眼前明亮起来:她走进了一个奇异的冰的世界,那一束束奇形怪状的冰碴,一条条玲珑剔透的冰凌,使人犹如走进了仙境一般。白音格被惊呆了!她看见有好几只头羊在朝自己叫着,用手一摸,才发现原来都是四周的冰壁如镜子般折射出的头羊的影子。白音格又发现自己也被照了进去,高兴极了,放开歌喉便唱了起来。

再说那些奉命来抓白音格的打手,在山上山下找了半天也没有见到白音格的影子,正在纳闷时,忽听一阵响亮的歌声从地下传了出来,可把他们吓坏了。那歌声好像就是从他们脚下的石缝中传出来的,数不清的石缝都在往外传。他们以为碰上了鬼神,忙了半天后,一个带头的喊道:"不好,有鬼!快跑!"一帮人连滚带爬地跑回去了。

原来,这冰洞曲曲弯弯,绵延很长,又有许多缝隙与地面相通,因此白音格在冰洞中唱歌,歌声经回音后便从缝隙传到了地面。那帮打手不知道有冰洞,自然就疑神疑鬼了。

从此以后,马王爷再也不敢惹白音格了。人们都把白音格当成了仙姑,而由白音格发现的冰洞直到前几年才开始对游人们开放。

讲述者:老刘头

整理者:滕贞甫

十里长江的传说

凡是到过瑷珲城的人，一般都听过这里的十里长江要出十个将军和一个娘娘的故事。

传说在清康熙年间，有一位识得天象地气，懂得用金木水火土五行推算地利之术的南方先生来到了瑷珲城。他看到这里四面环山，中间是方圆百八十里一马平川的宝地，像一个敞着口的金盆。他抓起一把黑土，使劲儿一攥，竟能滴答出油来。他又掰开几株麦穗一看，嘿！里面的麦粒个顶个儿赛过蟑螂蛋。南方先生的心里乐了。接着他叫人陪着，沿着江边走了七天七夜。他见那江水依着三十三座山，绕了七十七道弯，流到瑷珲时，江面冷不丁地变得又宽又直，宽得像块大镜子面，直得像用刀削过似的，从头道沟对面算起，不多不少正好有十里之长。南方先生的心里更乐了。他闭上眼睛，用手掐算了一会儿后，对人们说："这里左枕龙江，右环兴安，物华天宝，人杰地灵，必定要出十个将军和一个娘娘。可是……"他停了一会儿，又说，"要想保住这块风水宝地，非得修个镇江塔不可。"

为了保住这块风水宝地，瑷珲城的官府衙门就贴出了有钱的出钱、有物的出物,没钱没物就出人干活的告示。破土之前,人们在南方先生的指点下,选了一块地方,铺上九尺红布,供上三口整猪,然后又做了七个碟、八个碗,由官府里的大人们陪着,好酒好菜地招待南方先生。那南方先生是走南闯北、吃遍八方的人,巴不得肚子里多捞点油水儿,就一口酒、一口菜地吃喝起来,从天黑一直吃到了第二天放亮。再说瑷珲城的小麦那是没比的,不仅磨出的面筋道大,而且烧出的酒酒劲足,还特别有后劲儿。这酒乍一喝,口感甜么滋儿的,让人不觉得怎样,但三大碗一过,纵使你久经沙场,有天大的海量也抵不住那后返劲儿。结果南方先生还没等下桌就出溜到桌子底下去了,醉得三天三夜人事不知。

在这三天里,人们你一锹、我一镐地忙着挖地基,挖着挖着,突然从地底下飞出一只花蝴蝶,足足有小海碗那么大。人们都愣住了,眼看这只花蝴蝶呼扇着一对翅膀,忽上忽下地围着地基左转三圈、右转三圈,然后一拔高就飞没影了。

等到南方先生醒酒之后,人们就好奇地把地基里飞出花蝴蝶的事告诉了他。只见南方先生听完一拍大腿,"哎呀"一声,说:"完了,这块风水宝地让那只花蝴蝶给破了!不但娘娘不能出了,将军也只能出九个了。"

听说风水宝地让花蝴蝶给破了,人们对修镇江塔也就没啥心思了。后来,瑷珲城果真只出了九个将军。

讲述者:何珍录

整理者:白水夫

石龟探海

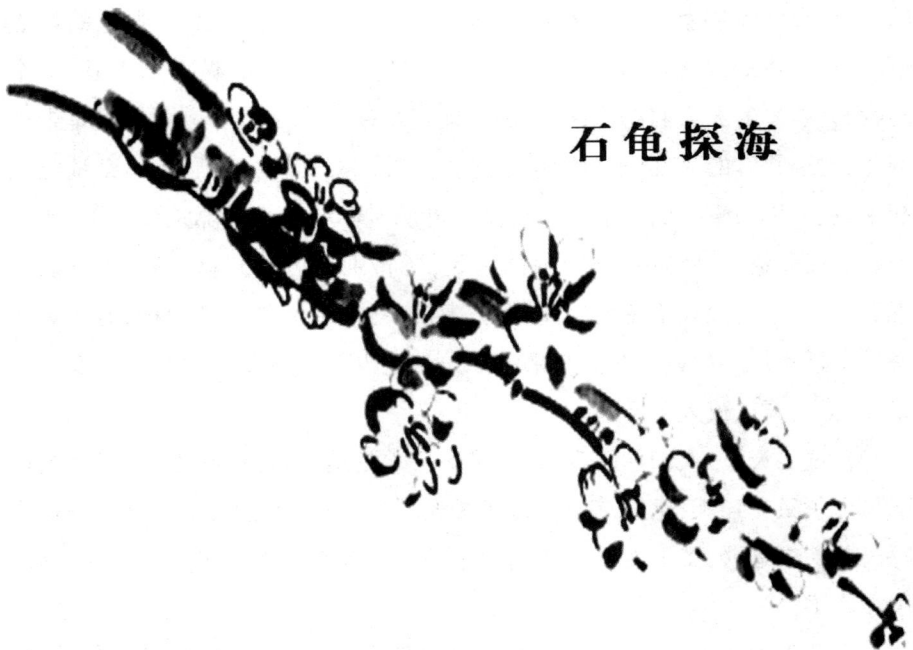

　　五大连池的四池子这儿没有石龙，就东沿儿上星崩儿地有几块石头。池子周围都长着苇子和遮江草，长得又高又壮又密实，人一进里就没影儿。靠近池子西北边儿冷丁地鼓起一座孤零零的小山包儿，圆溜溜的，活像个老鳖；那小脖抻着往池子里探，脖子尽头还有个圆脑瓜儿。老打鱼的告诉我们："都说五大连池里没有王八，就是让它闹的。这里还有段瞎话儿呢！"

　　在早，因为四池子旱沿儿上没有翻花石，能种地，所以来了不少庄稼人到这儿开荒，年头儿多了，就成了屯子。屯子里有个姓王的小跑腿儿，小名叫二小儿，没念过书，到现在也没个大号。他的爹妈都去世了，上无三兄、下无四弟，就自个儿过日子。王二小干了地里的活儿就干不了家里的活儿，一天累得晕头转向也得回家自个儿整口饭吃。有时候，他躺在炕上就寻思：这要是有个媳妇该多好！能给我洗洗涮涮、缝衣做饭，点灯唠嗑儿、吹灯做伴。他越琢磨越美，慢慢儿地犯夜，睡不着觉了。他要是白天跟几个年轻人在一块堆儿咧大膘，到了晚上一个人躺在炕上就想得更邪乎了，像急火儿烙饼似的，翻过来掉过去地一直折腾到天大亮。

有天晚上，都到小半夜儿了，王二小还没睡呢，突然就听见外边儿有人吹打弹拉的，整得热闹冲天。他把脑袋从枕头上抬起来，侧棱耳朵细听：还真不远儿，就在池子里头。他早就听别人说过，池子里的精灵一到月白风清的时候，就出来吹拉弹唱。他听了半天，觉得美耳中听，反正也睡不着，干脆起来穿上衣裳，出屋就奔池子边儿去了。他蹑手蹑脚地进了苇塘，有两只手把遮江草扒开一道小缝儿，往池子里看。只见水皮儿上有不少人，一个个穿得跟缎棍儿似的，溜光水滑儿的。有吹喇叭的，有拉胡琴的，也有打鼓、打钹的。当间儿有个女的，岁数儿跟他相仿，穿一身儿绿，衬着粉红的小脸儿像朵花儿。她正踩着鼓点儿跳舞呢，胳膊腿儿那个软乎，小细腰像面条儿似的。他长到这么大也没看着过，眼睛瞪得像豆包儿，脖子抻得像蒜毫儿，嘴咧得像个瓢儿，都看傻了。

直到小鸡儿咯咯一叫，这些人"唰"的一声都沉到池子底儿了，王二小这才回家烧火做饭，后来上地干活还琢磨这事儿呢。他晚上回来吃完饭儿，老早儿地就上苇塘里去蹲着，等着卖呆。一直等到夜深人静，就听"哗啦"一声，从水里冒出一个黑大个来，提溜着灯笼，围着池子连转三圈儿后就沉下去了。等了好半天，又听"哗啦"一声，从水中漂上来一领炕席，席子上就是他昨天看见的那帮人。那个穿绿衣裳的女的还是连唱带舞，好像比昨天晚上还卖力气。第三天，他又去了。那女的好像认识他了似的，两只水灵灵的大眼睛直瞅他，把他吓得直往后躲，怕人家知道了不让他看。

他就这么天天晚上看蹭戏儿，一晃儿正经有了一段日子。这天，他正看到了捎劲儿上，冷丁地觉着鼻子里刺挠，心想：八成是这几天晚上着凉了，要打喷嚏。他怕弄出动静儿来，忙伸手去捂嘴。可是，那哪儿赶趟儿？就听"啊——嚏"一声，像打了个闷雷似的。这下子可坏菜了！就见那席子一卷沉下去了，他后悔得够呛，真想给自个儿几个大嘴巴。他又等了半天，天都亮了，还没出来，这才恋恋不舍地回去了。他到家后有点儿发烧，也没理会儿，照样儿下地干活儿，晚上又在苇塘里候了一宿，还是老鸹子看戏——白搭工。他回来就病了，一头倒到炕上就昏迷不醒了，烧得直说胡话。

他一连三天水米没打牙儿，迷迷糊糊地觉得自个儿钉把儿像是在池子沿儿上蹲着，看那个穿一身绿的女的跳舞。那女的跳完了，汗巴流水儿地来找他。两个人就开始唠啊唠啊，从苇塘一直唠到家里，越唠越近便。到了后来，那女的也不走了，就跟他在一块堆儿过日子了。他俩一天到晚地也不做饭吃，到时候那女的掏出一粒绿药丸儿，他吃下后不渴也不饿。那绿药丸儿的清香味可好闻了。他抽了抽鼻子，睁开眼睛，一看鼻子底下真有一丸药，便张嘴把药丸含到了口里，就觉得从脚后跟儿一直香到了头发梢儿。他知道家里除了自个儿再没旁人，那给他递药的又是谁呢？他斜眼从一只粉白的小手往上瞅，又看见了绿袖子、绿小褂，于是急忙往上去看脸儿，这不正是每天晚上冲自个儿笑的那张脸吗？那双大眼睛一眨一眨的，好像在说："你好点儿了吗？可真急死我了。"他寻思这八成还是梦，可是把小拇指头伸进嘴里一咬，却贼拉地疼。这时，他也顾不得管它是真格儿的还是梦了，一把拉过她来，让她坐到枕头旁边，问："你咋来的？"

"我自个儿找来的。"她臊得小脸儿通红，"谁知进屋一看，你病得这么邪乎，就整整守了你三天。这回你可好啦！"

"谢谢你！"他听了觉着心里热忽燎的，也不知是难受还是好受，一时找不着别的话说，就冒出了这么一句。

"谢啥？"她停顿了一下，接着说，"你好了，自个儿能侍候自个儿了，我也该回去了。"

"我刚好，你咋就张罗走呢？不能多待几天？"像怕她跑了似的，他边紧紧地攥住她的手边说。

"我都来三天啦！"她说。

"我还没问你尊姓大名，家在哪儿住呢，将来好去串门儿。"他说。

她答道："我不告诉你。"

"怕我去？"他问。

她说："不！我怕你害怕。"

"告诉我你的姓名，怕啥？净糊弄人！"他说。

"说真格儿的，我不是人，是……"她犹豫着说不下去了。

他大声说："是妖精我也不怕！我知道你准是个好妖精！"

"我脑瓜门儿上也没贴帖儿，你咋知道好坏？"她笑着问。

他说："坏妖精趁我病得不能动弹，早一口把我造了，还能像你这么侍候我？"

"你快撒开我！我真得走了。"她边甩手边说。

他问："忙啥？"

"要是回去晚让人家知道了，我就再也出不来、看不着你了。"她说。

他又问："谁这么霸气？"

"池子里的老王八精。我是莲花仙子，他想霸占我，我不干，他就逼我成天给他唱歌、跳舞解闷儿。我看你天天去看我。那天你惊动了他，倒把我给救了，省着成天唱唱咧咧、蹦蹦跶跶的，累得腰疼、脚疼。大前儿个，秃尾巴老李有事找他，他上三池子去了，得四天才能回来，我就找你来了。要是回去晚了，让他知道了，那还得了？"她说。

"那我再也见不着你了呗？"他问。

"你要是想我，就上你每天晚上听歌那地场。离那不远儿，有两棵胳膊粗的江葱。到时候你脸儿冲西拍三下巴掌，我就出来接你。你可记住了？"她说。

他点了点头，答道："记住了。"

"那我走了。"说完，她蹦到地上就出去了。等他穿鞋、下炕，到外头一看连个影儿也没了。

从那以后，王二小的病一天比一天见好，不到半拉月，就好得利索儿的了。这天，他又想莲花仙子了，便来到了以前听歌的地方，果然跟前儿有两棵胳膊粗、一人多高的大江葱。他脸朝西，拍了三巴掌，就见眼前出来一个小黑门楼儿，门一开，莲花仙子把他让了进去，然后回手关上门，插上了门插关儿。她把他领到两间下屋，屋里有梳头匣子，还有铺小炕儿。她说："这是我待的屋儿。你只管待着，外头有啥动静儿也不许看、不能吱声儿。你要是待腻了,我送你出去,可千万别自个儿出去瞎闯!"

他点头答应了。两个人便悄悄地唠上体己嗑儿了。正唠到热闹处,忽听外面儿有人喊莲花仙子,她一边答应一边往外走,到门口了还回过头来嘱咐他:"你可千万记住我的话啊!"

见他使劲儿点了点头,她才拉门出去。过了不大工夫,她慌慌张张地跑回来,说:"不知是谁告诉老王八精,说进来生人了,他正要挨屋搜。快跟我出去吧!"他俩跑到门口,她又说:"你再别上这儿来了,让老王八精看着,非收拾你不可。有空儿我去看你!"说完,把他推出了门外,接着"呱嗒"一声,在里边儿把门锁上了。

王二小回到家里,等啊、盼哪,都盼红眼了,也不见莲花仙子来,弄得他一天迷了摸了的,心里空落落地总不落体。有时候憋不住了,他就跑到那长了两棵江葱的地方去转悠,想拍巴掌又不敢拍。一晃儿半年过去了,可莲花仙子却连个信儿也没有。他寻思:她备不住是变心了,再不就是让老王八精霸占了,慢慢儿地就顺从他了。都说"死肠子好舍,活肠子难离",他明知道是这么回事儿也不行,每天还是在心里提溜着。

这天晚上,他在地里干完活儿,丧胆游魂地往家走,到了屯子头儿上,冷丁看见自个家的烟筒冒烟儿了。他撒腿就往家跑,一推门没推开,原来是乐得忘掏钥匙开门了!进屋一看,正是莲花仙子在给他做饭呢。他上前一把抱住她,说:"你可把我想死了!咋这么长时间不来?我寻思你把我忘了呢!"说着说着,趴在她的肩膀儿上抽抽搭搭地哭了。

"你看你!挺大个老爷们儿,咋像个小孩儿似的说哭就哭呢?"她边给他擦泪边说。

他说:"我这哪是哭?我这是笑,都笑出眼泪来了。"

"我都快被急出霍乱病了,你还有心思笑?"她皱着眉说。

"这不又见面儿了吗?还急个啥劲儿?对了,你咋才来看我呀?"他问。

她说:"自从那天你走了以后,老王八精对我看得可严了。我怕连累你,一步儿都不敢错迈。"

"这回你能多住几天吧?"他又问。

她答道:"不能。老王八精又上三池子议事去了,临走说晚上回来住,明天再去。"

"他还对你信不实?"王二小挠挠头,又问道。

她说:"可不呗。我非得在他头前儿回去不可!"

"多待一会儿吧。从你领我去过的那个门儿走挺近的,一会儿我送你。"他央求道。

她拗不过王二小的一番好意。两人吃完饭儿这个唠啊,真是一团乱线——没头儿。两人正唠着,冷丁地就听池子里像牛似的哞儿哞儿直叫唤,莲花仙子这才想起来,说:"坏菜啦!准是老王八精回来后找不着我,又不知我在谁家,要发水淹这疙瘩。"王二小扒开门缝往外一看:可不得了了!白亮亮的大水,有十来丈高!莲花仙子把头上的金簪子拔下来,让他拿着围屋子画一圈儿,接着赶紧进来关上门。这时就看外头灯笼火把的,不少人跑来跑去,足足闹腾了一宿。

第二天早晨,水退了,可是把屯子都推平了,就剩王二小的这座破房儿了。他一看乡亲们跟着自个儿吃了这么大的挂落儿,心里像刀绞似的难受,非要去找老王八精玩命不可。莲花仙子咋劝他,他也不听。王二小趁莲花仙子不注意,抽冷子就跳进了四池子。夜叉过来挡他,他就跟夜叉吵吵嚷嚷、撕巴起来了。正赶上这时候秃尾巴老李来问老王八精为啥无故发水涂炭生灵,老王八精吭哧瘪肚地递不上报单,听见外面有人吵吵巴火儿的,就把王二小叫进来一问。结果王二小把根本来底一说,把秃尾巴老李可气坏了。他当时就把老王八精绑到旱沿儿上给定住了,又把那些王八崽子通通轰出了五大连池,一个不剩!这些大王八、小王八叫苦连天地全到讷谟尔河里去了。老王八精伸脖儿看着,一对小绿豆眼儿被气得直冒火,就这么连憋气带窝火地风干死了。

这就是"王八看孩"。有些外地来的不知底细的人,根据读音就写成了"王八探海",其实是音近字不同,而意思就更不同了。

至于王二小跟莲花仙子到底配没配成夫妇,大伙儿就不知道了。后来有个人不信,说:"瞎话儿都是瞎编的,根本就没那回事儿。"他还特意从讷谟尔河抓来一只王八,扔到了五大连池里。第二天过去一看,那只王八真的翻白儿漂上来了。打那以后,才没人再犟了。

讲述者:孙万金

整理者:张文彬

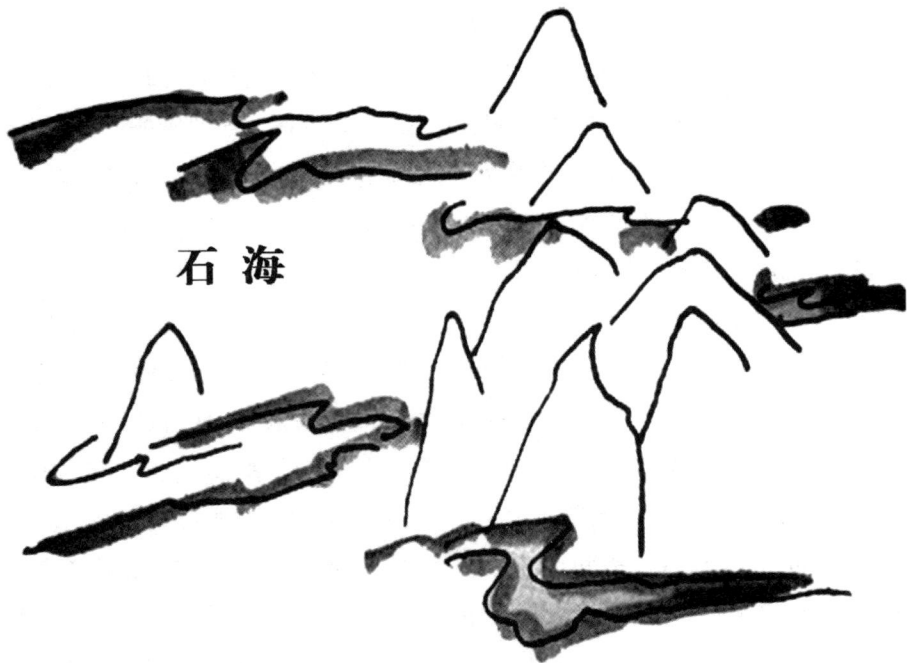

石 海

在老黑山东北,有一大片没边儿没沿儿的翻花石,像海浪一样,不知是谁给起了个名,叫石海。据说,当初这里还真是十二条龙造的大海呢。

大伙儿都知道,从前地上有皇帝,天上有玉帝;一个统治地下,一个统治天上。玉帝住的地方最高,叫凌霄殿。玉帝出门坐的车,是鲁班用玉石刻的,拴了十二副长套,套着十二条龙。这个瞎话儿就出在这十二条龙的身上。

套车的这十二条龙并不是固定的,而是每百年由东西南北四海龙王各挑三条龙给玉帝送去的,正好三四一十二条。这十二条龙一水水儿膀大腰圆的,浑身有使不完的劲儿,拉起车来,又快又稳当。玉帝每回坐车都是打从心眼儿里往外乐和。

有句老话儿说:"云从龙,风从虎。"龙压根儿就是玩水的玩意儿。他们每到一个地方,都是霹雳闪电、大雨倾盆的,要是一走一过,人们还不觉得咋的,可时间一长,谁也受不了。有一年三月三,王母娘娘的蟠桃会刚散,各路神仙把饭碗一推、嘴巴儿一摩挲,都蹽了。玉帝和王母娘娘这老两口子趁着酒劲儿,要坐车出去兜风儿。这车从南天门一出来,天地间立马云山雾罩、风雨交加的。玉帝和王母娘娘并排儿坐在车上,晕乎乎地让凉风一吹,从心里往外头得劲儿,迷迷糊糊地就都睡着了,睡得很香。等他俩醒了,正好来到了一个热闹地方。地上的男男女女、老老少少都在赶集。人们的吵吵声儿离老远儿听起来,像打雷似的轰轰直响。老两口子觉得新鲜,告诉车停下,用手把着车厢板探头儿往下看。

玉帝的车这一停可不得了,惊动了当地的城隍爷和土地老儿。他们都是溜须捧胜的货,一见着玉皇大帝和王母娘娘,就跟两条狗似的,紧着晃荡尾巴。王母娘娘看小摊儿上的首饰好,城隍爷就去取来,献给她;玉皇大帝见小贩儿手里的衣裳可心,土地老儿就紧忙儿去给他拿来。这样一来,玉帝的车半天不挪窝儿,那大雨瓢泼地下,地上可就水深过膝了,人们叫苦连天。可是,玉帝跟王母、城隍爷和土地老儿,都好像听不见、看不着似的,送东西的尽管送,收东西的尽管收。这时,那十二条龙真有点儿看不下去了。这里头有条青龙,心直口快的,心眼儿也最好使。他越看越看不下去,就直炸蹶子,想提醒玉帝赶紧走。

这十二条龙在一块堆儿时间长了,互相知道脾气秉性,越处越近便。大伙儿一见青龙的这个举动,都明白他的用意。可玉帝和王母都不好惹,他们要是一不乐和,说要谁的脑袋,谁的脑袋就得搬家,这可不是闹着玩儿的。于是,大伙儿都给青龙递眼色,让他安静点儿,千万别跳老虎神。

玉皇大帝和王母娘娘倒没理会儿他们这些,四只眼睛紧盯着城隍爷、土地老儿给他俩送来的东西。可是,他们这一黏糊不要紧,大雨成灾,地上发水了。青龙眼瞅着地上房倒屋塌、物漂人死,再也压不下这口气了,大叫一声抬腿就跑。那十一条龙也早就看不下去了,正好他一发作,也跟着跑了起来。这下子可惹了大祸了!车往前猛一蹿,王母娘娘正跟城隍爷说话呢,冷不防地就磕到了车厢板上,把两个门牙磕掉了,那血顺着嘴丫子往下直淌。王母娘娘疼得捂着嘴乔叫唤。玉皇大帝一看老伴儿吃亏了,火撞脑门子,忙叫:"停车!停车!"谁知这十二条龙就像毛了似的,咋也叫不住,拉着车一直冲进了南天门,把车造甩厢了,把老两口子也差点儿给颠散架子了,把玉皇大帝的鼻子差点儿也给气歪了。

玉皇大帝喊着号儿把十二条龙好顿胖揍，问是谁挑头儿干的。青龙说："好汉做事好汉当，不连累别人一起遭殃！这事儿是我干的，杀剐存留，咋处置咋领！"他刚说完，别的龙也一哄声地说是他们干的。玉皇大帝一看，气儿更大了，寻思：哼！你们以为法不责众，大伙儿一起哄就完了。没那么便宜！便叫人把十二条龙都绑到了斩龙台上，等到了午时三刻一块堆儿开刀问斩。四海龙王一听信儿就傻了，忙拿出水晶宫里最好的宝贝，托人来说和，最后把太上老君都搬出来了。太上老君上去好说歹说，这十二条龙的死罪总算是免了，但活罪难饶。玉帝正琢磨罚他们个啥苦差事，好好地教训教训他们呢，碰巧五大连池的土地老儿和山神上奏一本，说火山爆发以后一直缺水，寸草不生，荒无人烟，请玉皇大帝赐水。玉帝看完奏折，心想：有了。我让你们这几条水长虫变成旱鸭子，看你们还敢歹翅儿不！当时就把这十二条龙放了，命他们立刻去造海，限期百日完工。这十二条龙是官身子由不了自己，当时收拾收拾就走了。

这十二条龙到了五大连池，一看到处是烧剩的礁子，啥也长不了。他们趸摸趸摸，相中了老黑山和火烧山的一前一后、一左一右，想把这两座山变成岛子，用水围上。

他们选好了地场，歇了两天，养好了伤，就开始造海。龙造海就像人盖房子似的，虽说费点儿劲儿，可将来待着也舒坦。这十二条龙都挺卖力气，齐心合力地干了一个来月，可下子有点儿模样儿了。大伙儿都挺累的，寻思歇几天，然后一撒欢儿就能把海造出来。他们合计好了，就到黑龙江里好好地洗了洗身子，玩儿了个痛快。可是等他们玩够了，回到原来的地方一看，眼睛都长长了。原来，他们造的海，一滴水都没了。大伙儿都像霜打的茄子——蔫了。光犯愁不顶事儿，还得干！于是，他们又扑下身子猛干了一个多月，眼瞅着八九不离十了，可实在是干不动了，只好先歇歇，然后再接着干。谁知这一歇又歇坏了，跟上回一样，白费劲了。大伙儿这下是真犯愁了：给的是一百天的期限，现在满打满算还剩下十来天儿，到日子说啥也造不成海了，睼等着让玉帝杀个二罪归一吧。青龙反倒乐了，扯肠拽肚地这顿哈哈,笑得大伙儿直来气:叫你忍着点儿,你不干,偏硬逞强。做出事儿来了,大伙儿为你吃挂落儿倒也行,可大伙都愁得跟啥似的,你怎么还哈哈笑呢? 青龙自个儿大概也有点儿觉景了,脸一红,冲大伙儿说:"哥们儿都别在意,我可不是笑你们,我是笑玉皇大帝又使故动儿啦。这是他的老招子、熟套子。大伙儿想想:吴刚犯过,被罚到月宫伐桂树,砍一斧子拔下来,那树又长上了,到现在他还在闷头儿砍呢。织女下凡,被罚到机房织布,也是没完没了。咱们来那天,我就琢磨了,根本就不可能让咱们顺顺当当地把海造成。咱这边造,他那边毁,当然造得没有毁得快。咱们还能算计过他?"大伙儿一听,这才醒过味儿来,都骂玉皇大帝太阴损了。

青龙真不是胡猜。玉皇大帝有件宝贝叫炸海干,扔下去连大海都干瓢儿,别说还没造成的呢。他就是要让这十二条龙武大郎服毒——吃也死,不吃也死,愣把他们往死路上逼。大伙儿这回是真没章程了,就得挺脖儿等着挨刀了。

他们正愁眉不展的时候,凑巧碰上八仙来溜达。吕洞宾好信儿,问他们愁啥。他们也没藏没瞒,把根本来底说了一遍。吕洞宾听完,寻思了一会儿,问:"他不是就叫你们造海吗?""是啊。"他们异口同声地说。吕洞宾接着问:"不是没说造渤海、黄海还是水海、火海吗?"这十二条龙答道:"没说呀。"吕洞宾笑了,说:"好! 你们造吧,贫道助你们一臂之力。"这十二条龙说:"等我们造完,可也到期限了,再想啥招儿都不赶趟了。"话外的意思就是:你这牛鼻子老道可别逗我们了。吕洞宾紧忙说:"大伙儿放心,到时候有我呢!"大伙儿想:有你就没我们了。可是,事儿赶到这儿了,就得死马当活马医了,总比坐等着挨刀要多几分指望。于是,大伙儿又抖擞起精神,恨不得把吃奶的劲儿都使出来,又足足干了一个月,总算把海造完了,正好也到期限了。这时,玉皇大帝又派人来扔炸海干,随后他也到了,想把这十二条龙杀个二罪归一。哪知道吕洞宾在玉帝派人扔炸海干以前就使了法术,把海浪变成了石浪。那炸海干扔到海里还找不着,反倒白瞎了一件宝贝。这时候,吕洞宾扒着青龙的耳朵嘱咐了几句后,就上一边儿去了。

玉皇大帝到这儿一看没有海,只是一片石塘,当场就翻儿了。他问十二条龙:"你们造的海呢?"青龙用手一指石塘,反问他:"这不是吗?"玉皇大帝一瞪眼睛,问:"你们造的这是啥海?"青龙答道:"石海!"玉皇大帝气呼呼地又问:"谁让你们造石海啦?"青龙说:"你也没说明白让我们造啥海呀!"几句话把玉皇大帝呛得哏儿喽哏儿喽的,气得一句话也说不出来了。

最后,玉皇大帝只好把这十二条龙重新带回天上去了,从此就留下了这片石海!

讲述者:孙万金

整理者:张文彬

塔头甸子的传说

从前,山下有一片肥美的水草,可是没有塔头,那么如今的塔头甸子是怎么有的呢?听完这个故事你就明白了。

那时候,每年一到秋天,妇女们都结伴上山去采野果子,温都罕姐妹俩也到很远的河套子去晒臭李子干。

她们搭了个小撮罗子,笼起火堆,支起装满清水的吊锅子,然后就去林中采臭李子了。姐妹俩一边唱、一边采,不一会儿就采满了所有的桦皮篓。在回去的路上,她们看见在撮罗子旁边的一棵臭李子树上挂着一个小摇车,摇车里睡着一个白白胖胖的小男孩。姐妹俩见他怪可怜的,就把他抱回撮罗子里,喂他香喷喷的臭李子粥吃。这个可爱的孩子,吃饱后就睡了。姐妹俩接着又去林中采臭李子了。

傍晚,姐妹俩回到撮罗子,发现她们晒在草帘子上的臭李子一个都不见了。一连几天,温都罕姐妹俩采的臭李子一粒也没剩下,她们觉得很纳闷儿。

这一天,姐妹俩假装还去林中采臭李子,走到半道儿就悄悄地返回了撮罗子,躲在了一棵大树后面。突然,她们看到那个小男孩光不出溜地从摇车里跳出来,站在草地上使劲地蹦啊、跳啊,口里还喃喃地念叨:

快快还我原形,

快快还我原貌。

只见这个光不出溜的孩子一眨眼长到了一丈多高,浑身是毛。他拿起草帘子,把姐妹俩晒的臭李子全倒进了大嘴里,津津有味地吧嗒吧嗒大嚼。吃完臭李子,他又原地蹦啊、跳啊,口里念叨:

快快让我睡悠车,

快快让我睡悠车。

不一会儿,他又变成了那个白胖、可爱的小男孩,睡到摇车里了。这一切都被躲在树后的温都罕姐妹俩看得一清二楚。姐妹俩吓得连大气儿都不敢出,她们明白了:这孩子是魔鬼满盖变的,几天来辛辛苦苦采的臭李子,全让满盖给吃了。

眼看着天已晌午了,妹妹说什么也不敢再回撮罗子。姐姐便对妹妹说:"不回去怎么办?咱们得装作没事儿一样,回到撮罗子里还要争着抢着抱那个摇车里的孩子,然后假装失手,乘机把他扔进水锅里烫死。"

姐妹俩商量好之后,中午照常回到撮罗子,煮好了臭李子粥,然后争着抢着抱孩子,给他喂臭李子粥吃。喂着喂着,姐姐顺手把孩子扔进了滚开的吊锅子里,姐妹俩接着扭头就跑。不一会儿,她们就听见了满盖的喊声:"看你们往哪儿跑!"姐姐回头一看,只见满盖头上顶着吊锅子,正飞快地追赶她们。姐妹俩拼命地跑啊跑啊,突然,眼前的一条大河拦住了去路,姐妹俩急得在岸边来回跑。姐姐一抬头,看到河中有一只绰叉嘿①正站在没膝深的水里用嘴叨小鱼,一下子急中生智,便唱道:

绰叉嘿呀好大妈,

---

① 绰叉嘿:一种大鱼鹰。

> 你的心肠赛菩萨。
>
> 伸过长腿搭个桥，
>
> 救我姐妹过河吧。

绰叉嘿唱道：

> 过河的姑娘莫着急，
>
> 请你耐心等一等。
>
> 我先捉条小细鳞，
>
> 留给孩子做午餐。

姐姐着急了，又唱道：

> 绰叉嘿呀好大妈，
>
> 你的心肠最善良。
>
> 快快伸过长腿搭个桥，
>
> 救救我姐妹过河吧。

绰叉嘿又不慌不忙地唱道：

> 可怜的姑娘莫着慌，
>
> 请你们耐心等一等。
>
> 我再捉条小"金线"，
>
> 留给孩子做晚餐。

眼看着满盖再过一个山梁子就要追上了，姐妹俩急得快哭出声了，绰叉嘿这才慢腾腾地把长腿伸过河，搭成一个结结实实的独木桥。姐妹俩急急忙忙地渡过河，不顾绰叉嘿大妈的热情挽留，只喝了几口鲜鱼汤就赶紧走了。

不一会儿，满盖追到河边，对绰叉嘿唱道：

> 绰叉嘿呀好大妈，
>
> 伸过长腿搭个桥。
>
> 过河去捉两个人，
>
> 填饱肚肠我感激你。

绰叉嘿唱道：

> 满盖大王不要急，
>
> 请你耐心等一等。
>
> 宝宝醒了在哭闹，
>
> 我给宝宝喂口奶。

满盖又唱道：

> 绰叉嘿呀好大妈，
>
> 快把长腿搭个桥。
>
> 不然我可不客气，
>
> 过河先吃你全家。

绰叉嘿又唱道：

> 满盖大王莫着急，
>
> 请你耐心等一等。
>
> 我悠摇车悠悠悠，
>
> 哄睡宝宝再搭桥。

绰叉嘿大妈磨磨蹭蹭，好不容易才慢腾腾地把长腿伸过河，搭了一个摇摇晃晃的独木桥。满盖迫不及待地上了桥。绰叉嘿眼瞅着满盖走到河中心了，便"唰"的一声把长腿抽了回来，满盖"扑通"一声就掉进波涛滚滚的河里了。

满盖在河水里不断地挣扎，斗大的脑袋在汹涌的波涛中时隐时现。绰叉嘿仍旧站在河滩上，看见满盖的脑袋奔拉在草沟里，听到宽阔的河面上断断续续地传来满盖上气不接下气的声音：

> 绰叉嘿呀把我骗，
>
> 把我身子分几截。
>
> 大腿变成背阴坡，
>
> 胳膊变成朝阳坡。
>
> 留下躯体变座山，

斗大脑袋变塔头。

满盖被淹死了,他的身躯变成了一座大山,斗大的脑袋变成了一片塔头甸子。

讲述者:莫庆云

整理者:莫桂茹

逃婚

很早以前,在昆比尔河畔,住着一户有钱的人家,家中有一个漂亮的独生女儿。父母对她百般宠爱,用红玛瑙石给她打耳环,用飞龙鸟的骨头给她做项链,用乌力鸟的爪子皮给她做温得①,用最好的红杠子皮②给她缝苏恩。姑娘渐渐地长大了,出落得水灵灵的,骑马、射箭、绣花、做苏恩样样都会。

这一天,姑娘骑马出去玩儿,遇见了一只花斑豹子,她连射两箭都没射中,眼见那豹子直扑上来,吓得姑娘闭上了眼睛。这时,就听豹子"嗷"的一声吼叫,姑娘想:这下完了。可是光听见"扑通"一声,然后就没动静了。她睁眼一看,原来是一支红翎箭正中豹子的咽喉,它抽搐了几下,就不动了。

姑娘抬头望去,只见一个小伙子站在不远的松树下。他温厚地一笑,说:"姑娘,你敢在虎豹出没的地方游荡? 多险哪!"姑娘羞涩地笑了笑,避开话题,说:"大哥,谢谢你救了我! 你叫什么名字? 是打哪儿来的?"小伙子

---

①　温得:用不带毛的皮做的靴子。
②　红杠子皮:狍子在六、七月份的皮,毛短而轻。

说:"我是从根河来的根葛尔铁诺诺。姑娘,你是哪儿的人呢?"姑娘用手一指前面,说:"我家就住在这昆比尔河边,你就叫我昆比姑娘吧。"从那以后,两人经常见面,互相有了爱慕之情。

过了一阵儿,小伙子托人到昆比姑娘家说亲,却遭到了姑娘父母的拒绝。为此,小伙子很是苦恼。

打那以后,昆比姑娘的父母不让她出门,要把她嫁给有钱的人家。姑娘听说后大哭大闹,饭不吃、觉不睡,渐渐地就病倒了。姑娘的父母为她请遍了有名的萨满,也看不好她的病。眼看姑娘不中用了,她的父母只得贴出告示:谁能治好姑娘的病,就把姑娘嫁给谁。可是,谁也不敢揭这个告示。

根葛尔铁诺诺知道姑娘是为了他而病的,非常感动。他下决心哪怕千难万险,也一定要把昆比姑娘救出来。

这天,根葛尔铁诺诺做了九十九个拉拉饭团儿,装了满满一乌它罕①,带着鹿心血,天黑时来到了昆比姑娘家。他刚翻过院墙,立刻就扑上来九十九条凶狠的猎狗。他把拉拉饭团儿全部扔了出去,猎狗就不咬了。

根葛尔铁诺诺摸到窗前,轻轻地敲着窗子,说:"昆比姑娘,我看你来了。"姑娘一听到他的声音,立刻觉得身上轻松了许多。她流着兴奋的泪水,说:"大哥啊大哥,你到哪儿去了?怎么见不着你了?""昆比姑娘,我骑着黄骠马一直在跟着你呢!我给你带来了鹿心血,你把它吃了,病就好了。"根葛尔铁诺诺边说边把鹿心血从窗子递了进去。姑娘吃了鹿心血,顿时觉得血气回升,身轻如燕,脸色也渐渐地红润了。

姑娘跳出窗户,拉着根葛尔铁诺诺的手,说:"大哥啊大哥,他们要把我嫁到有钱的人家去,我不愿意去,我愿意跟着你。哪怕走到天边,我也心甘情愿!大哥,快带着我逃走吧!"根葛尔铁诺诺高兴极了!他牵来了一匹枣骝马,扶着姑娘上了马,然后开了大门,骑上黄骠马,带着九十九条猎狗,双

---

① 乌它罕:皮口袋。

双离开了昆比尔河,回到他的老家根河去了。

讲述者:吴双梅

整理者:方方土

天池

南格拉球山的山顶上有个大水池子,据说是仙女的洗澡盆儿。那时候池子里的水湛清,一眼能看到底儿。池子里还长着荷花,那大叶子像一把把小旱伞儿似的,给仙女遮阴凉儿;那莲蓬像小拳头似的给仙女搓后脊梁;那粉嘟儿的荷花瓣儿比洋胰子都香,还滑溜。那可真是个天然的好澡堂子,哪像现在,水干碗儿了,荷花也干巴没了,造得破头烂齿的。

听说,开天辟地那时候,这山上跟别的山一样,也没这个洗澡盆儿。后来,虎巴儿地下了三天三宿大雾,山上跟乱马营似的,吵吵巴火儿的,锹镐齐鸣。究竟是些啥人,在山上干啥,谁也不知道。等到云开雾散、晴天露日的时候,山上有水响,有个小牛倌儿挺好信儿,就爬到山上去看。他伸头儿往水池子里一瞅,臊得扭头就往回跑,因为跑得慌乱,一脚走空顺着山坡就出溜下去了,摔得半天没爬起来。原来,有一帮大闺女脱得光不出溜的,正在池子里洗澡儿哪!他吓得也没敢细看,叽哩骨碌地滚下来了。别人看他摔得鼻青脸肿的,就问他咋的了,他不会掏瞎,一五一十地说了。有个好心的上岁数的人就告诉他:"一定是王母娘娘的九个姑娘,叫九天仙女。下回再碰上她们洗澡,你就把老疙瘩的衣裳抱来。没有衣裳,她就上不了天,就得跟你要衣裳,你就让她给你当媳妇儿。要不然,你就别给她。"小牛倌儿半信半疑地问:"那能行吗?人家要是告诉东家,就算不把饭碗打了,也得挨顿胖揍。我不干,你净调理我。""谁调理你,谁是小狗!不信你去照量照量。告诉你,过了这村儿可没这店儿啦。"那人起誓发愿地说。小牛倌儿把这事就存心里了。

要说年轻小伙儿不想娶媳妇儿,那可是瞎扯,不但想娶,还想娶个漂亮儿的大闺女呢。小牛倌儿嘴上说不去,心里却惦记着这回事儿,慢慢儿地饭也吃不下、觉也睡不香了,这才知道自个儿真想王母娘娘的九闺女了。

这天,小牛倌儿正在山下的草甸子上放牛,顺风从山顶的池子里传来一阵叽叽嘎嘎的笑声。他知道准又是九天仙女在洗澡儿呢。这时候,他的心怦怦乱跳,都快提到嗓子眼儿了,两只脚就像中邪了似的,自个儿就往山上跑。他用手把着石砬子,探头一瞅,只见水里有九个大姑娘,洗得正高兴呢。他蹑手蹑脚地出来,顺手把跟前儿的一堆衣裳划拉划拉就抱走了,像抱着新媳妇儿似的,心里这个美就甭提了。他没走远,就蹲在石砬子后面儿睡着了。也不知过了多长时间,一阵哭声把他惊醒了。他揉揉眼睛,一看衣裳还在怀里,又侧棱耳朵细听,果然听到池子里有个姑娘在哭。他出来一看,就剩下那个最小的姑娘因为丢了衣裳,蹲在水里不敢出来,气得呜呜直哭。小牛倌儿这个过意不去呀,心想:挺大个小伙子欺负人家小姑娘,没出息!这时候,他把让姑娘给自个儿做媳妇儿的事早忘到脑后去了,紧忙举着衣裳,红头涨脸地说:"大姐,别哭了,都是我不好。给你衣裳,快穿上回家去吧!"姑娘接过衣裳,狠狠地瞪了他一眼,赌气地说:"行了,别装好人儿啦!"他听姑娘这么一说,脸上火刺辣的,结结巴巴地说:"真……真对不起。"姑娘看他后悔得跟啥似的,心想:就凭你这么小个脸儿,也敢出来偷人家衣服、找媳妇儿?不由得"扑哧"一声笑了,说:"对不起的事儿,往后少干点儿!"小牛倌儿听人家这么说,更有点儿手脚没地方搁了,想转身跑开,又想再跟姑娘道济道济,可一时又找不着恰当的话,真是走不是、站也不是。姑娘错以为他有话要讲,不耐烦地说:"你这人真怪,还在这儿站着干啥?有话也得等人家穿上裤子再说呀!"他这才醒悟:那么大的姑娘,咋好意思当着生人的面儿穿衣裳!他磨回身,急忙就往山下跑,刚跑到山根儿底下,就听后边有人叫他:"小牛倌儿!"他回头一看,原来那姑娘穿好了衣裳在他背后站着呢。仙女冲他一笑,问:"你不是有话还没说吗? 怎么跑了?"他瞅着自个儿的脚尖儿,说:"我拿了你的衣裳,耽误你回家了。你没骂我,我就求之不得了,还有啥说的?"

"咋没啥说的呢? 不是让我答应给你当媳妇儿吗? 不答应你,就别给我衣裳不是吗?"听她这么一说,小牛倌儿才想起来:这是那上岁数的人告诉我的,她怎么知道的呢? 他愣在那儿递不上报单了,脸上一白一红的。仙女接着又说:"你这个小牛倌儿八成是缺心眼儿,把衣裳先给我了。我可没答应给你做媳妇儿,也不告诉你们东家刷(辞退)你了。咱们就算没事儿了。"

"嗯! 没事儿了。"他挺感激仙女的大量。

"那我可要回家啦。"说完,她没动地方,大概是看他还有没有啥说的。他说话了:

"自个儿敢走吗? 用不用我送送你?"

"谢谢你的好意,不用啦。"说话之间,就看她长袖子一甩,身子轻飘飘地就腾空了,一直飞到云彩里不见了。

小牛倌儿像丢了啥东西似的,心里发空,牛跑到地里祸害了一大片庄稼,他都懒得去撵。晚上,他像个幽灵似的赶着牛回去了。东家连饭也没让他吃,把他吊在马棚里好顿胖揍,第二天就把他刷了,工钱一个也没给,说是扣牛糟蹋青苗钱了。

小牛倌儿从小父母双亡,叔叔收养了他,婶子嫌他吃闲饭,给他气受。他好不容易熬大了,给人家放牛、放马,虽说挣不多少钱,可总算有饭吃。谁知鬼迷心窍,想哪门子媳妇儿呢? 他寻思:那天得回没拉嘎妥了,人家要是真答应给我做媳妇儿,那就更糟了。现在连自个儿都没着落儿呢,用啥养活人家? 这事儿要是让别人知道了,都得笑掉大牙,还腆啥脸回家去见叔叔、婶子? 干脆照石砬子一头撞死得了,省着遭罪。他把主意打定了,脱下破小褂儿,把脑袋一蒙,一咬牙,一跺脚,一狠心,一头就往石头上撞去。就听

"咣"的一声,软搭乎地差点儿崴了大脖筋。他心想:人要是倒霉真没整儿,想撞头石头都糟烂了。他正难过呢,忽听有人说:"小牛倌儿,你怎么大天白日蒙着眼睛往人家身上撞呢?"他听着声儿好熟,拽下布衫儿一看,愣了:让自个儿偷了衣裳的那个仙女正瞅他乐呢!原来,他这一头正好撞到人家闺女的肚子上了。小牛倌儿红头涨脸地说:"大姐,我偷你的衣裳当时都如数还你了。我可连半件也没留啊!"仙女说:"谁说我跟你要衣裳来的?"他纳闷儿地问:"那还有啥事儿?"仙女说:"你偷了我的衣裳,我回家晚了,我妈不让我进家了。你说咋办吧?"他挠着头说:"我有啥办法。"仙女瞪了他一眼,说:"没办法?别偷我衣裳啊。"他忙说:"那我送你回去吧,跟大娘好好说说。谁让我错了呢。""我妈可不那么好说话儿。谁去说也不行。你要是不收留我,我也得撞死!"说着,她拉开架子就要撞。人命关天,那还了得?他急忙过去拉。谁知仙女一头向他撞来了,他躲又不敢躲,只得伸手把仙女抱住,嘴里连说:"你看你,让别人看着多不好!"仙女赖在他怀里不起来,抬脸儿问:"你不让我死,那你还死不死啦?"他支支吾吾地说:"我……不死可咋活呀?饭碗都打了。"仙女说:"打就打了呗,我不怕遭罪就是了。""你不怕遭罪倒是行,可我用啥养活你呀?"仙女说:"不用你养活我,我养活你还不行吗?"小牛倌儿试探着问:"你个姑娘家的,咋养活我呀?"仙女说:"别忙,你先坐这儿,等我盖房子。"他说:"盖房子得先备料,就算你有钱也没场儿买去。""我盖房子不用那些啰唆。"说着,仙女折根树枝儿就在地上画,嘴里还直叨咕。小牛倌儿想:我今儿个八成遇着个疯姑娘,画房子要是能住,谁还盖它干啥?

　　他哪知道,这闺女真是王母娘娘的老丫头。老闺女都娇,一小儿就被惯个不像样儿,满哪儿出溜,哪儿好上哪儿去,到哪儿都得被高看一眼。她都跑野了,现在长大了,整天憋在天宫里被闷得够呛,就总想起高调儿,在南格拉球山上洗澡儿就是她的主意。她那天让小牛倌儿给偷去了衣裳,回去晚了,惹得玉帝大怒,非要把她关进冷宫里去不可。她一哭一闹,王母娘娘吃不住劲儿了,出来打横儿,老两口子为这吵翻了天。老头子到底儿没拧过老婆子,虽然最后没把九仙女关到冷宫里,但王母娘娘也怕万一有个三长两短的,老头子找自个儿算账,因此对九仙女管得比过去严了。九仙女也有招儿:又哭又嚎的,装病吓唬她妈。这服药儿果然挺灵,王母娘娘被吓得东找偏方、西讨药的。

其实九仙女早就看中了小牛倌儿的憨厚劲儿了,想下凡跟他过日子。于是,她把枕头塞到被窝儿里,就偷偷地来了。到这儿正赶上小牛倌儿因为牛进地吃庄稼被刷腊了,活不起了,这才哄着、捧着地给他画房子。她照着天宫凌霄宝殿的样子画下来,然后吹口法气儿,嗬!只见平地起楼台,金砖铺地,玉石栏杆,琉璃瓦顶,耀眼明光。小牛倌儿长这么大也没看见过,坐也不敢坐,站也不敢站,想摸又怕碰坏了。九仙女把他往床上一按,让他等着,自个儿拿着万年米上厨房去做饭,工夫不大开上了一桌上等酒席。小牛倌儿长这么大,净吃残羹剩饭了,瞪眼儿瞅着不敢下筷儿,还得九仙女往他的碗里夹菜。小两口乐乐呵呵地吃着饭,小牛倌儿长这么大头一回像个人儿似的。

这荒山野岭的地方冷丁地冒出这么一所房子,很快就传到了小牛倌儿东家的耳朵里。他忙派狗腿子来察看。狗腿子回去说:"一点儿也不假,青堂瓦舍、高楼大厅的,好得都没边儿啦!"听到这一句话,东家也弄不清里边住着什么人物,忙吩咐:"准备厚礼,套车!我去看看这位贵人。""嘻嘻,你去看他?"狗腿子问。东家觉得里边好像有事儿,就问:"咋的?""咋的?"狗腿子挤眉弄眼儿地说,"你猜里边住的谁?""有话快说,有屁快放!"东家不耐烦地说。看东家急眼了,狗腿子这才告诉他是刚让他撵出去的小牛倌儿。"净扯犊子!他一个穷花子,哪儿来的钱?"东家的脑袋摇个不停。"这还不算呢,他还娶了个天仙似的媳妇儿!"狗腿子又说。听到这儿,东家怔住了,觉得自个儿不该去看小牛倌儿,忽然眼珠儿一转,打算先去看看再说。于是,东家让伙计套好了小车子,他上车就去了。

小牛倌儿听说东家来了,都被吓酥骨了,不知咋的好。九仙女告诉他:"别害怕,有我你怕啥?"于是,小牛倌儿哆哆嗦嗦地把东家接了进来,请东家坐下,自个儿忙去倒茶。东家叫住了小牛倌儿:"我说小牛倌儿,恭喜呀!"他干咳了一声,提高了调门儿,"你是怎么发的财呀?""我哪发财了?"小牛倌儿也真说不明白是咋发的财。"没发财?好啊!那这些东西都是哪儿来的?"

东家问。"是呀,哪儿来的呢?"小牛倌儿边挠脑袋边说。东家一看小牛倌儿这样,便吓唬道:"你装啥糊涂?快说,是偷的还是抢的?"小牛倌儿说:"我没偷也没抢。"东家问:"一定是在我家拿的,对不对?"小牛倌儿急忙说:"我没有……"东家打断他的话,说:"我知道你没有,你也不配有,只有我才能有!你说吧,官断还是私了?认打还是认罚?"小牛倌儿说:"我……""你啥呀,咋干支吾不说话?行了,先把你屋里的叫出来,让我瞅瞅。"听东家这么一说,小牛倌儿像遇了大赦似的,忙进屋把九仙女拽出来了。

　　东家虽说家里有八个小老婆,可和九仙女一比,捏一块堆儿也不是个儿。他就像雪人遇着毒太阳一般,当时就软了、化了,心想:我的妈呀,可要了我的命了!九仙女的脸上像挂了霜似的,冷冷地问:"东家找我有事吗?""没事儿,没事儿。"东家忙说,可又一想:我干啥来了?哪能说没事儿呢?得说有事儿。于是东家又说:"对,有事儿。小牛倌儿临走偷了我的东西……"九仙女打断他,问:"你记错了吧?"东家说:"没错儿。这些都是我的。"九仙女说:"这是我从娘家带来的。""胡扯!我说是我的就是我的。不信,你问他们。"说着,东家用手一指自个儿带来的那帮狗腿子。这帮狗腿子跟着起哄,说是亲眼见小牛倌儿偷东家的。九仙女微微一笑,问:"是又能咋的呢?"东家一听有门儿,说:"你说官断还是私了吧?认打还是认罚吧?"九仙女连奔儿都不打地说:"这点小事儿何必惊动官府?你咋罚我们咋领就是了。"东家没承想这小媳妇儿这么好说话,说:"房连地产、家三伙四都归我。小牛倌儿该放牛还放牛,你就给我当个小丫鬟儿吧。咋样?"小牛倌儿知道这老小子准没安好心,直给九仙女使眼色,不让她答应。谁知她像没看着似的,顺口答应:"可有一样儿,归你是归你,我们还得在这儿住。"东家一想:要住你就先住着,既然归我,啥时候撵你还不是在我嘛。忙说:"那当然!"九仙女问:"那就这么定了?"东家说:"就这么定了。"九仙女又说:"到时候你可别后悔呀!"东家说:"拉屎往回坐,那还叫人啦?""那好!走吧。"说完,九仙女出去先上车里坐着去了。小牛倌儿这个气呀,心想:你哪辈子没坐过车?临走跟我连句体己嗑儿都没有!唉!看来你也让人家财大给压住了。

　　东家跟出来刚想上车,九仙女说:"东家跟小丫鬟儿坐一个车,不怕人家笑话？你将就着走两步吧。"到了家，东家把九仙女锁到书房里，自个儿到上房去换衣服，回来后就支使她脚不点地地干这、干那，趁她不注意上去一把抱住了她，她也不挣巴，服服帖帖的。东家这个高兴，把她按到那儿上去就亲了个嘴儿。咦！不对呀，怎么嘴唇净褶子，还有一股臭烘烘的烟袋油子味儿？细一看，满脸皱纹，花白头发，是自个儿的老妈，吓得他"扑通"一声就跪下了。东家他妈左右开弓给了东家一顿大耳雷子，咬牙切齿地骂开了："你个小牲口！乌鸦反哺，马不欺母，你连牲口都不如！挨大刀的，作践你妈，也不怕天打五雷轰？"九仙女看着这母子二人，憋不住地笑。东家知道准是九仙女捣的鬼，心想：制不了你，我还制不了小牛倌儿？你等着。

东家好说歹说，总算把他妈这堂子神儿送走了，然后偷着吩咐狗腿子，晚上趁小牛倌儿睡着了，把他装进麻袋扔到五大连池里喂鱼。狗腿子们答应一声去了。第二天，东家跟九仙女把这事儿实说了，谁知她听了跟没这码事儿一样，连眼皮都没撩。东家就有点觉景儿，正赶上他妈来找他爹："你爹昨儿个上西屯去喝酒，咋到现在还没回来？"东家一听心里直发毛，忙打发人上西屯去找。去找的人回来说老头子昨天晚上就回来了。东家歪着脖子自言自语："我爹上哪儿去了呢？"九仙女接过话来，说："你昨晚上不是叫人装麻袋里，扔五大连池喂鱼去了吗？"东家他妈一听就炸了："小兔崽子！昨儿个调戏你妈，今儿个就谋害你爹，真是猴拉稀——坏肠子啦！我跟你没完，非告你忤逆不可！"东家也顾不得分辩了，急忙带人去捞，等捞上来解开麻袋嘴儿一看，他爹被连憋带灌早没气儿了。他妈连生气带心疼，当时也跟老伴儿去了。

东家发送完老人，这口恶气没出，整天憋在屋里绞尽脑汁地想害九仙女。他琢磨来琢磨去，到底儿想出个绝招儿来：找了个人贩子，花了一百两银子，把九仙女卖到了窑子。到了第三天，东家坐着小车子进城，约了两个狐朋狗友去逛窑子，结果到那儿一看，又差了，原来卖的是他的亲闺女。东家的大老婆听信儿赶来，指着他的鼻子把他一顿臭骂，连他调戏他妈、谋害他爹的事儿，也都抖搂出来了。东家哪吃过这个亏，气得得了一场大病，死了。

之后,小牛倌儿又把九仙女接回去过日子了。

再说王母娘娘淘登偏方回来后,扒门缝儿看老丫头睡得正香甜,也没敢惊动,怕她醒了心眼子不顺穷作(闹起来没完没了)。可是一连三天也没个动静,王母娘娘不放心,便蹑手蹑脚地进来,掀被一看原来是个枕头。王母娘娘这才知道九仙女准是又跑下边洗澡儿去了。这还了得!她忙点起天兵天将,亲自出马,把九仙女捉回了天宫,房子也收回去了。王母娘娘余气未消,把天池砸了个豁牙露齿,荷花都连根拔起扔了,水也放净了,这才在小牛倌儿的哭声中,打着得胜鼓班师回去了。

讲述者:张喜山

整理者:张文彬

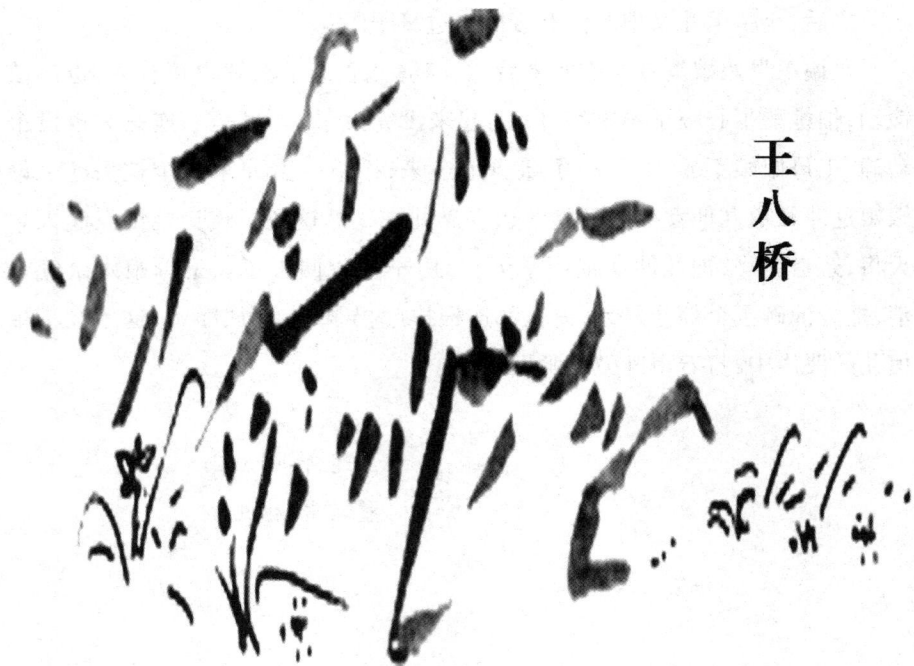

王八桥

嫩江里出王八，大个小个的都有。王八架桥的故事就出在江的上游九站那块儿。

那时清朝皇上派兵赶跑了俄国兵，往回撤兵撤到了九站，正赶上江水挺大，兵马都过不去，只好在江边搭窝棚住了下来。

领兵的大官每天都派手下当差的到江边去察看，看看江水上冻了没有。那时候正是五方六月，哪能上冻呢，当差的就照实向大官说了。领兵的大官一听说江没上冻，就来了气，把当差的给杀了，一连气儿杀了好几个，把当差的都给杀怕了。

这一天，领兵的大官又派一个当差的去江边察看。这个当差的来到江边一看，江水还是没上冻，心里骂道："当官的净扯淡！哪有大夏天江水冻冰的呢？"他又一想：回去照实说吧，就得掉脑袋；不照实说吧，脑袋也保不住。反正是没脑袋了，回去就说上冻了，爱怎的就怎的吧！

于是，这个当差的回到大营，向领兵的大官禀报说江水上冻了。领兵的大官一听说上冻了，就领着几千号兵马来到了江边。领兵的大官一看江面白花花的一片,用棍子一敲,当当硬,就领着兵马呼呼啦啦地过了江。

领兵的大官过江之后,歇了一会儿,问:"过完没有?"后面有人回话说:"过完了!"这一句不要紧,只听"哗啦"一声江就开了,正在过江的兵马一下子都掉进江里了。原来江根本就没有上冻,是一群王八漂上来架的桥。

讲述者:莫庆云

整理者:白水夫

卧虎山

听老辈子人说,从前有个姓孙的小伙子,排行老四,大伙儿都管他叫孙四先生。他拜了个老师学治病,出徒以后走村串屯,当了走方郎中。可是,那病人他治一个不好,再治一个还不好,弄得谁也信不着他了。一天,有家人请他给个病人看病。这个病人已经十分死到九分了,哪个大夫也不敢给开方儿,怕粘包儿,偏是他碟子里扎猛子——不知深浅,给开了一服药,病人吃了就死了。其实,这人并不是他给治死的,就他不给开这服药吃也活不了,可是人家硬说是吃了他开的药才死的。他知道自个儿就是浑身是嘴也说不清——谁让自个儿给开药吃了呢?有知道根底儿的好心人就劝他远走高飞,出去躲躲。他仔细一琢磨,吃官司的滋味确实不好受,反正一个人儿吃饱了全家不饿,自个儿到哪儿都是活着,于是就一下子蹽到了北大荒。他听说五大连池真山真水,风景挺好,就奔这儿来了。

那年头儿没有火车、轮船,全靠步量,他每到一处,就靠着给人家治病弄口吃的。刚到这儿时正赶上连雨天,他鞋底子上沾的泥坨子越来越大、越来越沉，到后来他真有点儿带不动了。那时候，这地场地旷人稀，找口饭吃很不易，饿得他直冒虚汗。他到了石龙桥上，一屁股坐下去，再也不想起来了。他歇了半天，好不容易缓过这口气儿来，然后在桥栏杆上把鞋底儿上的泥磕打干净，又到河边儿捧水洗了把脸。他觉着一阵清凉，有了点儿精神。突然，他听见了一片哭声，便站起来抬头一看，原来是送殡的。四个人抬了个棺材过去，哩哩啦啦地掉到地上几滴血。他低头一看，那血挺新鲜，看样子这人准是没死。当大夫哪有见死不救的！他也忘了自个儿又乏又饿了，上去往大道当间儿一站，说："快把棺材放下，这人没死！"大伙儿看他衣不惊人、貌不压众，不是个二虎子也是个疯子。有个落忙的小伙子抬着棺材，正被压得心烦，见孙四先生一挡道，气儿不打一处来，说："你咋知道没死？你钻到棺材里看去啦？真是狗拿耗子——多管闲事！"孙四先生听了以后，一点儿也不让步，说："这是血晕！你们埋的不是一条人命，是两条！"听他这么一说，大伙儿都愣了。原来棺材里这个小媳妇确实是生孩子生不下来，被活活憋死的。大伙儿见孙四先生隔着棺材没看着病人就说得这么对，兴许真有两下子。送殡的人也都不哭了，呼啦一下把他围上了，七嘴八舌地问：

"你咋知道她是血晕呢？"

"你能治吗？"

"死人要是能治活了，你可就神啦！"

"人不可貌相，海水不可斗量。让他试试嘛！"

孙四先生顾不得回答他们的问话，只告诉他们这病他包治，让大伙儿把棺材抬回去。来到产妇家后，孙四先生给她行了三针，吃了一服草药，产妇顺顺当当地就养活了一个大白胖小子。

从这以后，神医孙四先生的名头就传开了，而且越传越神，成天价来找他求医讨药的人推不开、搡不开的。说来也怪，这回他是治一个好一个，不管多重的病，他都能手到病除。外地传得更邪乎，说："不怕死了三年五载的，只要尸首不坏，吃上孙四先生开的药也能起死回生，一个高儿就能蹦起来。"

孙四先生跟一般的大夫不一样。别的大夫有架子、好摆谱儿,出去行诊,非车上来、马上去不可。他这人一点儿架子没有,无论白天黑夜,只要有人儿来请,他就背起药箱子撅搭撅搭地跟着走。他还不像一般的大夫,净往钱上奔,不等治好病,先抠你个半死儿。他要是碰着穷人,连药钱都得搭上。大伙儿都感激他,庄稼人又没啥礼可送,等秋天老母猪下崽子了,就给孙四先生抓一个去。一个给的,两个随的,差不多找他治过病的人家,都给他抓了个小猪崽儿来。孙四先生每天除了给人家看病,就是上山采药捎带整点猪食,没事儿了就喂喂猪。这些猪他既不卖也不杀,就这么干养着,三四年的光景就繁殖成了一大群,约莫有百十来头,一抹儿都是黑猪。药泉山西北有片大甸子,猪也不用放,每天在甸子上自个儿拱食儿吃。

一天晚上到半夜前儿,孙四先生睡醒了一觉儿,就听外边起风了,刮得窗户纸沙沙直响,接着听见有啥玩意儿扒门的动静。他以为是猪拱的,便披上衣服开门一看,吓了一跳:原来是只老虎,像个牛犊子似的在门口儿蹲着,还张着血盆大口。孙四先生见老虎没扑过来,还冲他磕了仨头,眼泪巴叉地看着他。他定了定神儿,猛然想起它可能也是找自己治病的,就问它:"你也看病来啦?"老虎冲他点了点头。他又问:"你咋的啦?"老虎依然张着嘴,嗓子眼儿里发出"呃呃"的声音。他想老虎八成是闹嗓子了,便回身进屋,端来油灯一照,就见老虎的嗓子里卡着一块骨头。他就用虎撑子(走方郎中手中摇着的铁环,中间空,含有铁珠,一摇哗啦啦直响,是走方郎中的标志。据说是孙四先生这次治虎留下的)支住虎嘴,伸手从嗓子里把骨头给它掏了出来。老虎趴在地上给孙四先生磕了三个头,说:"孙先生救了我一条命,跟我的重生父母、再造爹娘一样。我没啥报答你的,以后只要有用得着我的地方,尽管吱声。"

"我也没啥用得着你的地方,"孙四先生说,"只求你以后别祸害人就行了。"

"孙先生的话我一定记住了。不过,要是不给你干点儿啥,我总觉着于心不忍。"老虎说。

孙四先生看它是真心诚意的,就想了想,说:"草甸子上有群猪,你给我放猪去吧,省着狼掏狗拽的。"老虎点点头,驾着风走了。从此以后,它真趴在那儿一动不动地看猪去了。

后来,孙四先生死了,那帮猪变成了大大小小的大青石。老虎变成了一座山,人们都叫它卧虎山。它永世千年地在给孙四先生看着那群猪哪。

讲述者:孙万金

整理者:张文彬

乌聂尔特屋恩

从前,有个小伙子叫乌聂尔特屋恩,特别机灵,他要想办的事,没有一件是办不成的。

他听别人说山下的大粮户时常骗鄂伦春人,就想治治他们。

有一天,他下山后抓到一只猫,就把它揣进了怀里。他走到一个大粮户家,那大粮户见他怀里揣着一只猫,就对他说:"英俊的小伙子,山上的野兽哪一只不比这只猫值钱,你揣它干啥?"乌聂尔特屋恩说:"你不知道,就是你把山上所有的野兽都给我,也赶不上这只猫值钱。这是一只什么野兽都能捉的神猫。"那大粮户见他一本正经地说着,就起了坏心,客客气气地对他说:"那你今天就住在我们家吧。"乌聂尔特屋恩摇摇头,说:"不行啊,我怕你家后院那头牛把我的这只神猫给顶死。"那大粮户想把这只猫弄到手,就死皮赖脸地说:"没事儿,住个三天两天也就熟悉了,要是牛真的把你的猫顶死了,这头牛就给你。"乌聂尔特屋恩说:"好吧,你这么热心,我也没啥说的啦。"乌聂尔特屋恩住下后,半夜里就把猫给打死了,并将它挂在了牛角上。第二天早上,他就吵吵嚷嚷地说猫没了。他和那大粮户一家满屋子找,一直找到了后院，一看那只猫正挂在牛角上呢。乌聂尔特屋恩大哭起来，说："你还说什么呀！是你的牛把我的神猫给顶死了，你看怎么办吧？"那大粮户没办法，只好让他把牛牵走了。乌聂尔特屋恩一边牵牛一边还说："你们总骗我们，这头牛能有我的神猫值钱吗？"

乌聂尔特屋恩牵着牛又走进一个村子的大粮户家。这个大粮户正和自己的三个姑娘坐在院子里吃糜子米饭呢。这个大粮户看见乌聂尔特屋恩牵着一头又肥又大的牛进了院子，他眼睛盯着牛，心里就打好了主意，忙迎上去，说："小伙子，你上哪去？"乌聂尔特屋恩说："没地方！"这个大粮户说："你就住在我家吧！"乌聂尔特屋恩说："不行啊，你的姑娘这么多，要是她们吃了我的牛怎么办？"这个大粮户说："没事儿，要是谁吃了，我就让谁给你做媳妇儿。"乌聂尔特屋恩就住下了。半夜里，他偷偷地把牛打死了，把一条牛腿放在了那个最漂亮姑娘的身旁。第二天，天刚刚放亮，乌聂尔特屋恩就叫醒了这个大粮户，说："你干啥骗我呀？"这个大粮户说："小伙子，我怎么能骗你呢？"乌聂尔特屋恩说："我的牛让你的姑娘打死了，有一条大腿还放在你姑娘的身旁呢！不信的话，你起来看看去！"这个大粮户当然不信，就爬起来走进姑娘住的屋一看，真有一条牛大腿在那里，姑娘还在呼呼地睡大觉呢！这个大粮户说："我给你钱吧，你要多少，我给多少。"乌聂尔特屋恩说什么也不干。这个大粮户没办法，只好把那个最漂亮的姑娘给乌聂尔特屋恩做了媳妇儿。

乌聂尔特屋恩听人说蟒猊是谁也制伏不了的魔鬼，心里很不服气，总想着和蟒猊比试比试。

有一天，他和妻子在打围的道上遇见了一伙人，他们告诉乌聂尔特屋恩山上有一只大蟒猊，劝他俩赶快离开这里。乌聂尔特屋恩听了，高兴得直拍巴掌，非要上山去对付蟒猊不可，妻子劝他，他也不听，他还嫌她碍手碍脚的。于是，他把妻子留在山下，自己一个人带把刀子上了山。

到了山上，乌聂尔特屋恩东瞧瞧、西望望，也没看着蟒猊在哪儿。正在纳闷儿的时候，他看见前面有个小石砬子在动弹，再一细看：哪是石砬子呀，原来是一个个子特别高大的蟒猊！他想：和蟒猊拼力气，那是说啥也不行的。好吧,我就钻进它的肚子里逛逛吧。正好这时蟒猊张嘴打哈欠,乌聂尔特屋恩一纵身便钻进了蟒猊的嘴里,顺着嗓子眼儿走到了它的肚子里。他拿着小刀,一会儿把蟒猊的肝割下来,一会儿又揪着蟒猊的心吊着打提溜。蟒猊痛得哇哇直叫。乌聂尔特屋恩一边在蟒猊的心上打着提溜一边骂道:"害人的魔鬼你别叫了!"骂完,几刀就把蟒猊的心给摘了下来,蟒猊立时就死了。

　　乌聂尔特屋恩从蟒猊的肚子里走出来,下山到小河里洗净了身子,领着妻子又搬到新的地方过日子去了。

讲述者:莫庆云

整理者:白水夫

乌裕尔河的传说

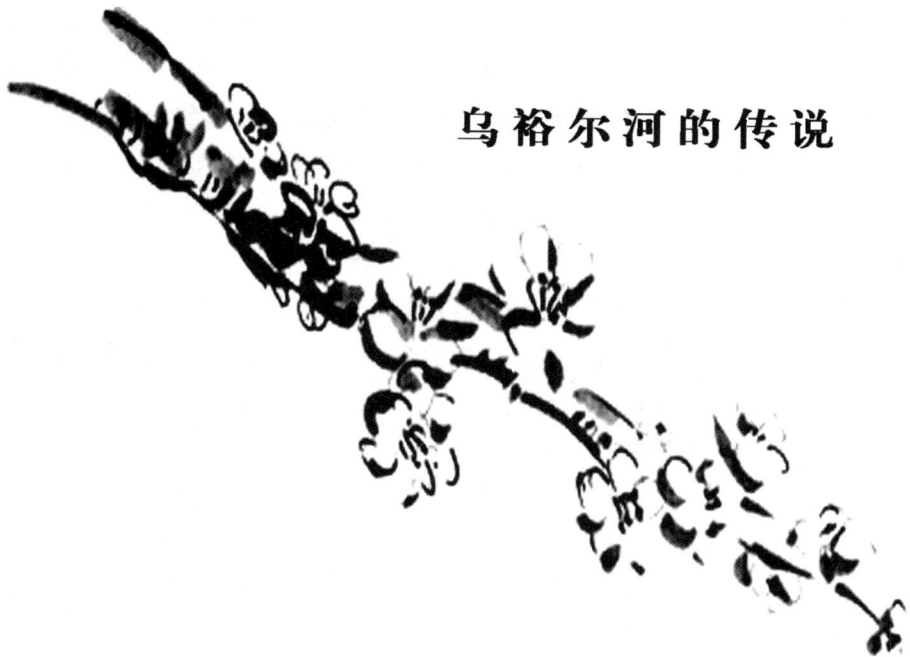

古时候,有一个叫乌裕尔的青年在一条河边打鱼时,看到一朵大叶花从河面慢慢地伸出来,十分鲜艳、美丽。乌裕尔记得老人们常说,在关里有一种能在水中生长的大叶花,名叫荷花。乌裕尔很纳闷儿:如今水面上这大绿叶托着一朵大花,不正是荷花吗?可真怪,这地方从来没有过这种花。

突然,就听"咕噜咕噜"一阵响,顶着气泡冒出来一群狗虾,为首的虾将破口大骂:"你这个东西,不在水晶宫里修身,胆敢偷着跑出来,黑鱼娘娘命你立即回去!"说着,抢起虾枪向无声摇摆的荷花进行威逼。那荷花只好慢慢地沉回了水里。

第二天,乌裕尔又去打鱼,见那朵荷花又从河面伸出来,可还没等她完全把腰挺直,一个大浪就卷了过来,狗虾们又抢起虾枪向她进行威逼。这时,乌裕尔再也忍不住了,大喝一声:"慢着,看网!""唰"的一声撒出网去。狗虾们一看不好,慌忙缩回了水底。那荷花颤巍巍地点着头,好像在冲乌裕尔微笑,然后慢慢地由小变大,花瓣张开,从花蕊里出来一位容貌秀丽的少女。她的上身裹在花瓣里,下身浸在水中,全身沐浴在金光里。乌裕尔被这突如其来的事情惊呆了，也不知害羞，直勾勾地看着这位少女。不一会儿，少女浮出水面，满面含羞地给乌裕尔施了个礼，热情地向他打招呼，然后挨近他坐下，倾吐了愿意将终身许配给这位忠厚老实的打鱼青年的心里话。

不久，夏天过去了，秋风刮了起来。荷花女被冻得瑟瑟发抖，她怎能忍受得了秋风的袭击？于是，乌裕尔扯过家织的布片给她裹在身上，又点燃炭火、烧暖火炕，为荷花女温暖身体。

冬天到了，天气更冷了，水面结上了薄冰。突然，一阵气泡顶开冰碴儿冒了上来，无数虾兵蟹将在黑鱼精的带领下，如狼似虎地来到乌裕尔家门前要找荷花女。这时，荷花女正在缝做棉衣，可是一阵冷风卷过后，只留下一条缝衣的长线，却不见了她的身影。

风停了，乌裕尔打鱼回来找不见妻子，便到处呼唤："荷花女，荷花女！"他来到和荷花女初会时的河边，只见一道冰缝慢慢地合上了，冰面上有一朵掐断的荷花，旁边有一摊殷红的血迹。乌裕尔仰望暗淡的苍天，心似被撕裂般地疼痛，接着一头扑在了血泊中。他不能没有荷花女，不能离开她。他的头撞进了冰里，洁白的冰面上落下了点点滴滴的鲜血。

这时，一阵清风吹来，一位仙翁飘然而至。他用龙头拐杖一指，乌裕尔和荷花女的尸身便一齐飞了起来，落在了一棵大白松上，变成了一对美丽的金凤凰。它们膀挨膀地站在一起，过路的人谁也不轰打它俩。可是没过半月，黑鱼精又带着虾兵蟹将冒出了水面，随着滚滚炸雷，一只凤凰从树上跌落，另一只高叫几声，向死去的凤凰身边撞去。北风一阵紧似一阵，漫天飞雪最终掩埋了两只凤凰的尸体。

冬去春来，冰融雪化，掩埋凤凰的地方，并排长出来两棵树。它们的根子扎在河水里，枝梢交叉在一起，如一对恋人在热吻，任凭风吹雨打、烈日严寒，牢牢地扎根在河里。

打这以后，乌裕尔的名字就被传开了。人们都被他和荷花仙女的真挚爱情所感动，为了纪念他，就把这条河定名为乌裕尔河了。

整理者：王运动

五大连池的传说

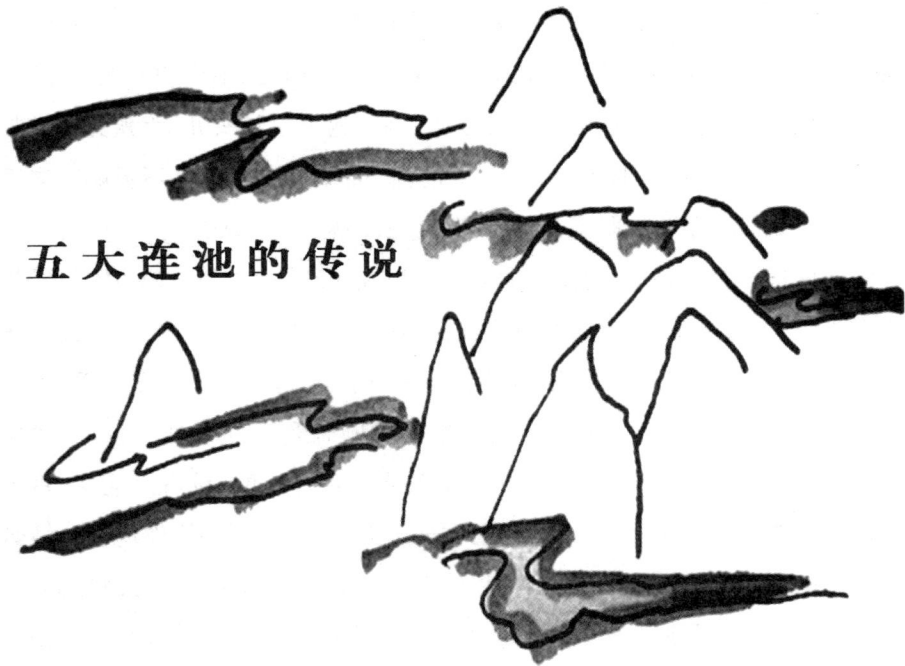

　　传说很早以前，五大连池这疙瘩根本没有这五个大水泡子，就有一条白龙河从十二座名山中间淌过。在河边儿上住着老夫妻俩，老头儿姓姚，别人都管他叫姚大爷；老伴儿娘家姓迟，大伙儿都称呼她姚大娘。那时候生活好混，只要人们在大草甸子上刨块地，春天撒上种子，豁出来吃苦流汗，到老秋就瞧着来货儿吧，保管你大囤满、小囤流，吃不完、花不净。既没人要租子，也没人派官花销，大伙儿的小日子过得像火炭儿似的。

　　姚大爷和姚大娘俩人儿吃不愁、穿不愁，就愁炕上没有屙屎的、坟上没有烧纸的。说来也是呀，老两口子年过半百，土都埋到脖颈了，可跟前儿却连个小孩儿都没有。姚大娘一辈子没有开怀儿，也没吃过鸡蛋蘸芝麻盐儿。老两口子年轻那时候能蹦跶，倒还不觉咋的，可现在老了，眼看都咬不动黄瓜了，一想哪天撂倒了连个舀水的人都没有，就觉得寒心。于是，姚大爷成天地"磨豆腐"，埋怨老伴儿不会养活孩子，属骡子的。姚大娘也不白给，数叨老头子是没儿女的命："你个老灯台，命里该是八升，想凑一斗也难！"就为这个，老两口子可真没少哟咯。隔壁邻居来劝架，也都替老两口子可惜，就劝他俩到庙上找子孙娘娘要个儿子去。可是这跟前儿，不用说娘娘庙了，连座老爷庙都找不出来。河沿上就有座龙王庙，遇上旱年头儿，大伙儿顶着柳条圈儿跪着求雨，还有时下、有时不下的呢，谁知道求儿子灵不灵啊。老两口子反正是盼儿子盼红眼了，管它灵不灵呢，寻思求求试试。

老两口子合计妥了，把使了半辈子的粗瓷碗洗三遍、涮三遍、抹三遍，擦得溜光锃亮，蒙上三尺红布，然后捧到龙王爷脚下的供桌上摆好。老两口子三拜九叩完了，又恭恭敬敬地足足跪了一个时辰，起来揭开红布一看：哪有药啊，就在碗底儿有汪儿清水。姚大娘说是刷碗剩下的没抹干，就要给倒了。姚大爷一把抢过来，说："别介。龙王爷是管行雨的，没看过病，扎古老娘们儿不养孩子这病，也是大姑娘上轿——头一回，上哪儿给你淘登丸散膏丹去？这是汤药。你快喝了，备不住能养活一对双棒儿呢！"姚大娘接过碗来一闻，喷香，用舌头一舔，直杀口，不是抹布水的味儿。姚大爷得意扬扬地说："咋样？我没说错吧？快喝了。"当时不容分说，逼着老伴儿把水喝了，然后，老两口子高高兴兴地回家等着抱儿子去了。

老两口子回到家后，把褯子裁好了，小毛衫儿也做妥了，都是双份儿的。姚大爷连地儿都不让老伴下，好吃好喝地恭敬了老伴儿一年，可姚大娘的肚子还是溜瘪，连点儿鼓溜的意思都没有。两个人不死心，第二年又上龙王庙讨了碗水喝，又是足足等了一年，可还是外甥打灯笼——照旧（舅）。人到老了盼儿女，就像耍钱鬼儿盼赢钱似的，越输越想捞捎。这老两口子就是，要是求不来个一儿半女的，死了都闭不上眼睛。就这样，老两口子一连溜儿去了五年，讨了五碗水喝。可是姚大娘不但没怀孕，反倒落了包瘸：肚子一天比一天见长。老两口子起初挺乐，以为是有喜了，请个老大夫给姚大娘号了号脉，想看看是丫头还是小子。谁知老大夫号完脉，摇摇头，说："不是丫头，也不是小子，是臌症。"接着问姚大娘是不是喝串水了。老两口子一听就长长眼睛了。那年头，谁要是得了痨痨气臌噎，就跟现代人得了癌症一样，是没治了，大夫都不敢给开药吃，病人就得等死。

这臌症分两种:从气上得的,叫气臌;从水上得的,叫水臌。两种都叫大肚子病。现在听老大夫这么一说,老两口子也顾不得想儿女了,就央告老大夫,无论如何也得给开个方儿。老大夫没办法,只得提起笔来开了一张利水化瘀的药方,告诉先吃三服试试。姚大爷把先生一送走,就去抓药了。姚大娘把三服汤药喝完了,肚子不但一点儿没消,反倒鼓得像个大水铃铛似的,逛荡逛荡直响,一下子就落炕了。姚大娘约莫着这算是没好儿了,哭得舞天嚎地的,一个劲儿地埋怨老头子,说不该让她上龙王庙去讨水喝。姚大爷这回也没章程了,要是早知道求不来儿子反倒把老伴儿搭上,说啥他也不能去扯这个,现在知道理亏也晚了,急得干挓挲手,就得衣不解带地在炕沿边守着,连装老衣裳都做了,睛等着老伴儿咽那口气儿了。

　　这天傍黑前儿,姚大娘的病突然大发了。她就觉着肚子里胀乎乎的,像有啥东西从里边往外拱似的,整个人就像要两半儿似的那么疼。她两手捂着肚子,脑袋顶着墙,黄豆粒儿大的汗珠子顺着脸往下淌。姚大爷见老伴脸煞白,出气多、入气少,眼瞅着就不行了,急得直拍大腿,说话都不是动静了。邻居们过来一看,姚大娘眼看着就不行了,就要动手她给穿装老衣裳。姚大爷怕一动弹老伴儿的肚子冒泡,说啥也不干。大伙儿眼瞅着她折腾到小半夜。后来,她大概是累乏了,浑身连点儿筋骨囊儿都没有了。大伙就都以为她死了,趁尸首没硬,把衣服给她穿好了,又将她抬到秫秸扎的排子上停着。姚大爷让别人都回去睡一会儿,说他自己看着就行了。邻居们都走了,他一个人看着老伴儿,见她的肚子肿得像琉璃灯似的。姚大爷真后悔不该逼着老伴儿给他养活儿子,想到这儿不由得老泪横流,咧着大嘴就哭起来了。

　　他哭着哭着就哭累了,打了一个盹儿。就听半空中传来一阵笙管笛箫、吹打弹拉的声音,美耳中听,而且越来越近、越来越真亮。他仰脖儿一看,就见从云彩里掉下来五朵莲花,穿过房扒变成了五颗斗大的夜明珠。这五颗夜明珠在老伴儿鼓鼓溜溜的大肚子上滚来滚去,越滚越小,最后没有了。他正纳闷儿,就听门帘儿"吧嗒"一响,从外边进来三个人:一个是小丫头,手里擎着一根青枝绿叶的柳条;一个是小小子,怀里抱个铮明瓦亮的白瓷瓶;一个是老太太。小丫头用柳条儿到白瓷瓶里蘸点水，向屋里一掸。老太太走到姚大娘跟前儿，挽起袖子，用大拇指盖儿在姚大娘肚皮上一划，就听"嘶"的一声，白花花的肚皮往两边一卷，从肚子里面冒出一股清水，淌了满屋子，门开着也不往外流。老太太把姚大娘肚皮合上，用手一摩挲，那肚皮跟原来一样，连个疤瘌都没落下。这时再一看，水没了。老太太和小丫头、小小子也不知啥时候走了。炕上坐着一水水儿五个小丫蛋儿，都戴着红兜肚、金锁链儿，都长得白净净、水灵灵的，真招人稀罕！

姚大爷以为自个儿老眼昏花，没看准成，用袄袖子把眼睛擦了又擦、抹了又抹，想再仔细看看，突然就听有人连摇带喊："老头子！老头子！快醒醒！"他睁开眼一看，吓得头皮直发炸，就见老伴儿穿一身装老衣裳正叫他呢，她的肚子也平了，跟好人儿一样。他胆儿突地问："你不是诈尸呀？咱俩过半辈子了，你可别吓唬我呀！""我好了。你再看看炕上……"说着，姚大娘用手往炕上一指。他顺着老伴儿的手指往炕上一看：嗬！五个十七大八的大姑娘在炕上坐着呢！这个喊爹、那个叫妈，这个要裤子、那个要袄，这个要胭粉、那个要花儿……差点没把房盖儿给掀起来。老两口子忙不迭地答应，半辈子的儿女瘾这一下子都过足了。屋里嘻嘻哈哈、叽叽嘎嘎地当时就热闹起来了，五个姑娘把老两口子哄得滴溜转，俩人儿乐得都找不着北了。

姚大娘让姚大爷给孩子们起名儿，他挠破了秃脑瓜儿，憋得满脑门子的汗，一直到天亮，也没想出个好名儿来。这时姐五个饿了，吵吵着要吃饽饽。姚大娘冷丁一拍巴掌，说："有了！"姚大爷被吓得一激灵，问："有啥了。"她说："有名儿了。"他问："叫啥？"她说："老来得女，大的叫香饽饽。"他又问："那老二呢？"姚大娘说："叫甜饽饽。"姚大爷一拨楞脑袋，一皱眉头，说："拉倒吧，我看你像个瘦饽饽。饽——波，音同字不同，别说，还真有你的。不过可不是饽饽的'饽'，是水波的'波'……"姚大娘说："那可不行！水水汤汤的，有啥讲究？"他说："这讲究可大了！龙王爷是管水的，给你喝的是药水儿，孩子生下来满屋子水。咱这姑娘都是水做的，离开水就没劲了。"姚大娘一听觉得在理儿，说："说道儿还不少。那你先说说，我听听顺不顺耳。"姚大爷说："老大叫碧波，老二叫雷波，老三叫洪波，老四叫静波，老疙瘩叫海波。"
五个闺女一听都有了小名儿，挺高兴。姚大娘也直夸："这名儿起得又水灵、
又豁亮！磕头不赶趟儿，我替孩子们给你滚儿一个吧。"姚大爷乐得山羊胡
子直门儿地撅搭，说："快做饭去吧！孩子们都饿了。"姚大娘刚一出门儿，把
扛着锹、镐来打墓子的邻居给吓得嗷嗷往外跑。

　　老姚家一宿的工夫捡了五个又白又胖的大姑娘，成了爆炸性的新闻，像
一阵风儿似的，从东西两院儿传到了南北两屯儿，又从地上吹到了天上，顺
着南天门就吹到了天宫。这天，玉皇大帝坐在凌霄宝殿上，见下边的神仙一
个个交头接耳、喊喊喳喳的，一问才知道有这码事儿，于是回头告诉王母娘
娘，让她查查仙女少不少。王母娘娘拉下老脸，从蟠桃园一直查到织女的机
房，才发现看瑶池的仙女有五个不见了。

　　原来，姚大爷和姚大娘老两口子上庙讨药那天，正是三月三蟠桃会。老
龙王喝得醉么哈儿的，正扶着瑶池边上的玉石栏杆凉快呢，就觉得耳热眼跳
的，便掐指一算，才知道有人求子。他闲不间儿地从瑶池里舀了点儿水，打
发身边的一个仙女给送去了。一连五年，这五个仙女到下方送水的事，不知
让谁给告诉王母娘娘了。王母娘娘一生气，把她们五个挨个打了一顿，然后
关在宫里不让出来。五个仙女一合计，觉得反正也没好了，干脆跑吧。这时
正赶上老龙王从外面过，她们就喊他救命。老龙王把她们五个放出来，告诉她
们去找南海大士观世音菩萨，一定能把她们送到老姚家。弄清事情的来龙
去脉之后，王母娘娘的老脸被气得像紫茄子皮似的，到玉皇大帝跟前儿着着
实实地奏了一本。这一阵枕头风，把玉皇大帝吹了个晕头转向，当时就打发
火龙下界去惩治这五个不守天规的丫头。

　　火龙张牙舞爪地一溜火线来到人间，烧了老姚家的两间草房，老两口子
也被烧死了。邻居们看姐五个可怜，帮她们埋了爹妈的骨灰，又帮着盖了个
小窝棚。姐五个想爹妈，黑天白天地哭。婶子、大娘都来劝她们："死人哭不
活，还得顾活的，别哭坏了身子。"碧波一想：可也是呀，家有长子，国有大臣。
爹妈没了，我是老大，得领着妹妹们好好过。光哭有啥用，找火龙给爹妈报

仇是正理儿。想到这,她擦擦眼泪,说:"好妹妹,都别哭了,得想法儿给爹妈报仇啊!"那姐四个一听,觉得有理,都擦干眼泪不哭了,大眼儿瞪小眼儿,等着大姐拿主意。碧波说:"我叫大伙想主意,你们都不吱声,光傻看着我干啥?"那姐四个说:"爹妈刚死,连个主心骨儿都没有了。你是大姐,以后就依靠你了。你说咋的就咋的,谁不听,大伙就收拾她!"碧波说:"只要咱们姐妹抱团儿,就能打败火龙。常言说,'三个臭皮匠,顶个诸葛亮',大伙儿都想想,谁的主意好就听谁的。"于是,姐五个有的皱着眉头,有的挠着脑袋,有的托着下颏儿,都认真琢磨开了,一个个憋得脑瓜仁子直疼,也没想出个好主意来。她们寻思:要不是火龙烧死了爹妈,成天吃粮不管穿的,哪用受这个罪?想到这儿,又都伤心地哭了起来。

她们这一哭可不要紧,惊动了老龙王。他一想:事出有因。那老两口子求子讨药时,我要是压根不理这个茬儿,也就没这个事了。常言说:"杀人杀个死,救人救个活。"既然把手插进磨眼儿里了,那就插到底吧。于是,老龙王摇身一变,变成个白胡子老头儿,来到了姐五个住的小窝棚,问:"你们哭啥呀?"雷波性急,接过来就把事情的来龙去脉讲了一遍,然后说:"老大爷,你来得正好,替我们拿个主意吧。"老头儿用手摸着白胡子,一边寻思一边说:"真是有志不在年高,好闺女,有志气!不过,要报仇可不那么容易呀。"碧波说:"老大爷,你尽管说吧。就是上刀山、下油锅,这个仇也得报!"那姐四个也跟着说:"豁出命来也得出这口气!"老头儿点点头,说:"这虽然比不上上刀山、下油锅,可也差不了多少。要是告诉你们地方,你们敢去吗?"姐五个异口同声地说:"敢!你老就说吧。"老头儿说:"好!从这儿朝着西南往前走,得爬九十九座山,蹚九十九条河,走九万九千九百九十九里路,就到南海边了。海里有座洛迦山,山上有片紫竹林,林子里有个小草房,房里有个白头发老太太。她有个白瓷瓶,里面装着五湖四海九江八河一百零八泉的水。水能克火,火龙就怕这玩意儿。你们要是能把这个白瓷瓶借来,报仇就不费吹灰之力了。"姐五个一听,忙向老头儿道谢,谁知老头儿化阵清风就不见了。她们便知道,这一定是哪路神仙来点化她们了,就合计着趁早儿动身,早去早回来。

老疙瘩张罗得最欢,前蹿后跳的,非要去不可。碧波说:"老妹儿,道儿远,遭罪呀,你寻思啥好事儿呢?"海波见四个姐姐都不让她去,也就泄气了,她不去也不让大姐去。姐几个争来争去,最后决定让雷波和洪波去。雷波、洪波便高高兴兴地开始收拾东西。碧波给两个妹妹蒸了几锅干粮,又带了点咸肉干儿,给两人一人灌了一葫芦水。乡亲们听说姐俩要上南海去借宝瓶,都来送行,嘱咐她们早去早回。

雷波、洪波辞别了姐妹和乡亲们,硬着心肠,扭头走了。姐俩逢山爬山,遇河蹚河,干粮吃光了,咸肉干儿也没了,要是遇着好心人家,就找口热乎饭吃,遇不着就吃草根儿、啃树皮。她俩的衣服被刮烂了,鞋也穿飞了,脚掌子磨破了,身上划得净是口子。要不是时时想着给爹妈报仇,降伏火龙救乡亲们,她俩真是一步也不想往南走了。

这天,姐俩连饿带累,实在是连一步也走不动了,就脸对脸地躺在地上歇气儿。忽然,隐隐约约地听见一阵水声,不是江、不是河,那么,是海?也不知从哪儿来的一股急劲,俩人儿一齐从地上蹦起来,向前跑去。水声越来越近了,嗬! 好大一片水呀! 就跟家乡的大草甸子似的,无边无沿,扯地连天。都说大海无风三尺浪,一点也不假,那浪头撞在石头上,摔个稀碎,哗哗作响,怪瘆人的。姐俩乐得攀脖子搂腰地坐在海边儿等船。谁知一连等了三天三宿,连个船影儿都没有。到了第四天头上,从浪里钻出个小丫头,摆着条小船。姐俩把小丫头招呼过来,一看小船还没有底儿。小丫头见她俩二意思思的,转身就要摆船走。雷波拽着洪波,不管三七二十一,两眼一闭就蹦上去了。四周都是白亮亮的大水,小船在里边就像一片树叶似的,一会儿让大浪推到了浪尖上,一会儿又被扔在了旋涡里,真吓人哪! 小船一上一下,把姐俩颠达得头昏眼花,翻肠子、倒肚子地好个吐,不一会儿就昏昏沉沉地啥也不知道了。

不知过了多久,一阵凉风吹来,姐俩觉着身上冷飕飕的,激灵一下子,揉揉眼睛坐了起来,一看前边是大海,身后是一片紫竹林。姐俩一想:这不是到了吗？急忙爬起来，用手扒拉着竹枝往前走。用了不大工夫，姐俩就钻出了竹林，就见紧靠山根儿的向阳坡上盖了两间小草房。她俩蹑手蹑脚地进了院，隔着窗户听见屋里有嘤嘤的纺线声。姐俩推开破门板进屋一看，就见窗下坐着个白头发的老太太，正纺线呢，旁边坐着个小丫头，正给老太太打棉花瓜儿呢。姐俩细一看，正是摆船的那个小丫头。老太太可能是到岁数了，耳朵背，不知道姐俩进来了，头没抬、眼没睁，还在那儿低头纺线。小丫头冲她俩一笑，说："刚到啊？饿了吧？锅里有饺子，还热乎呢——我刚吃完。"

姐俩答应一声，来到锅台跟前儿，揭开锅盖一看，哪有饺子，就剩一锅空汤了，热乎倒是挺热乎，还喷香的，让它给逗得肚子里咕咕直叫。锅台后有个破碗架子，里边有两个粗瓷碗，两双竹筷子，一个破笊篱，一个半拉勺子，再就啥也没有了。姐俩也是饿红眼了，一人盛一碗饺子汤就灌开大肚儿了。小丫头看着她俩又笑了，说："光喝汤顶啥事啊？撒两泡尿就没了。锅里不是有饺子吗？"雷波用笊篱一捞，啥也没有。洪波用勺子一擤落，擤落出个饺子来，大概是煮的时候贴在后边锅帮儿上剩下的。可是，妹妹吃姐姐瞅着，还是姐姐吃妹妹看着？这么大两个姑娘吃一个小饺子，还不够塞牙缝儿的呢。小丫头一看她俩都舍不得吃，就撂下手里的活儿，跑过来，拿过半拉勺子把锅里的饺子舀到了洪波的碗里，说："这个你吃。"洪波正要往姐姐的碗里拨，就见小丫头像变戏法似的，又从锅里舀出一个饺子扣到了雷波的碗里。姐俩再一看锅里，锅里还是那个饺子。小丫头说："眼大肚子小。你们别看少，千军万马都吃不了。"说完，冲她俩咯咯一笑，又回到老太太身边打棉花瓜儿去了。

姐俩从离家到现在可下子吃了顿好饭，可是吃到顶嗓子眼儿了，锅里还是那一个饺子。姐俩这才忽然醒过味儿来：这老太太准是南海大士观世音菩萨！于是，姐俩跪在了老太太面前，说明了来意。老太太听完，打了个咳声，说："善门难开，善门难闭，真是多一事不如少一事，借就借吧。不过咱们先小人、后君子，把丑话说在头里。你们要是过期不还怎么办？"雷波说："你这老太太真是小心眼儿……"洪波瞪了二姐一眼,抢过话头:"你老尽管放心,我们只要降住了火龙,一定把宝瓶马上送回来!"老太太说:"你们借瓶子干啥我不管,到时候要是还不回来,我可要惩罚你们。"雷波问:"借多少天?"老太太说:"从你们到家那天算,给你们三天时间。"洪波问:"要是三天不够用咋办?"老太太又说:"多一个时辰也不行!到了期限还不回来,我要叫你们每人化为一潭清水。"雷波说:"咱们一言为定。到期不还,我情愿化成一潭清水,让火龙看着不自在!"洪波说:"对,我也和二姐一样!"老太太说:"好!到时间不管使没使完,一定按期送回来。要不然可要话符前言!"姐俩对看一眼,咬着嘴唇儿,点头答应了。于是,老太太让小丫头抱出了宝瓶。姐俩接过宝瓶,辞别了这一老一小,离开南海,高高兴兴地往家走。

自从雷波、洪波去借宝瓶走了之后,火龙捣乱捣得更欢了。因为乡亲们护着苦命的姐仨跟火龙作对,他一赌气把全屯的房子都给烧了个溜净。眼瞅着乡亲们连个窠儿都没有,孩子哭、老婆叫,真够可怜的,于是碧波领着乡亲们砍树条子、打苦房草,在河沿儿上搭了一溜儿小窝棚。可是没过几天,火龙又来了,让姐五个跟他回天宫,要不然就把这一带烧得天塌地陷,寸草不生。碧波糊弄他,说雷波、洪波住姥儿家去了,等她俩回来再商量。就这样,火龙给她们容了一个月的空儿。

这一个月里,碧波领着俩妹妹和乡亲们成天倚着门框往南瞅,抬得脖子直发酸。眼看今天就到期了,还不见雷波和洪波的影儿,可把大伙愁坏了。火龙眼看到时候了便又来了。就在火龙正要喷火烧房,大家要和他拼命的节骨眼儿上,雷波和洪波抱着宝瓶赶到了。火龙一看姐俩回来了,就地跟碧波说:"你不是说等她俩回来好商量跟我回天宫吗?现在她俩回来了,你们商量吧,我回去听信儿。"雷波上前一步,说:"没啥好商量的,二姑奶奶去借宝瓶,就是要你好瞧儿的!三妹,别听他的,往他身上倒!"火龙冷笑一声,说:"我寻思你们淘登啥厉害玩意儿了,原来不知从哪儿捡个破瓷瓶吓唬人来了。倒吧!我要是皱一下眉,都不是我妈养活的!"雷波说:"洪波,他这是吹着唠,寻思说大话好救他一条小命儿。要是听兔子叫唤还不种黄豆了?

快倒啊?"火龙赶紧说:"家有千口,主事一人。等你们俩回来好商量跟我回天宫,这话是你大姐说的。不信你问她。"碧波不知火龙用的是缓兵之计,心想:宝瓶在手,啥时候收拾他还不是自个儿说了算。今儿个雷波、洪波刚到家,看那样都累得不行了,不如叫他多活一天,也让俩妹妹好好歇歇。她主意打定,忙说:"二妹、三妹,这话是我答应的。"火龙冲雷波说:"你看咋样,我不巴瞎吧? 这样吧,我再容你们一天的空儿,你们好好商量商量,我明天听信儿。"说完,也不等别人答话,一溜火线儿挠岗了。雷波气得暴跳如雷,招呼洪波就要去追。碧波紧忙拦挡,说:"二妹,别生气。好饭不怕晚,明儿个他也跑不了! 看你们俩累得这个小样儿,快回家好好歇歇,养足了精神,明天再收拾他也不晚。"乡亲们也过来劝,雷波和洪波这才回到家里。

海波杀鸡、宰鸭子,碧波、静波点火做饭。雷波和洪波梳头、洗脸、换衣服。各家也做了好吃的给姐五个送来。这顿团圆饭,姐五个直吃到天黑日头落,星月齐出,才收拾碗筷儿睡觉。碧波说:"你们都好好睡吧,我看着宝瓶。"海波搂着宝瓶躺在二姐、三姐中间,瞪着毛的噜儿的大眼睛,说:"你们都睡吧,有我呢!"碧波假装生气地说:"小孩伢子逞啥能?"海波不服气地说:"我比你小多少? 就比你们跑慢了一步呗!"她这一下子逗得大伙都笑了。碧波心想:既然老妹儿没稀罕够,我注意点儿就是了。碧波这一宿连眼皮儿也没敢眨,不错眼珠儿地盯着海波和宝瓶,好像海波和宝瓶能飞了似的。

等到鸡叫头遍,天快亮了,碧波觉着这回没事儿了。她眼皮儿发沉,迷迷糊糊地刚过二道岭,忽听海波哭叽叽地喊:"大姐! 瓶子呢? 你别把瓶子藏起来吓唬我,快拿出来!"就跟响晴天打了个炸雷似的,碧波被吓出了一身冷汗。她一骨碌爬起来,见四个妹妹正满屋子找宝瓶呢。五个人咒天骂地地找了一天,连点儿影儿都没有。乡亲们听着信儿,也都四处去帮着找,还是没找着。海波急得直哭,要自儿个去找火龙拼命。大伙儿好不容易才把她劝住。突然,从外边进来个小伙子,大伙儿一看是隔壁的王老疙瘩,还背着一个被烧得煳了巴黢的人。大伙儿围上来一看,原来是王老好儿,被烧得都没个人样儿了。碧波忙问是咋回事儿。王老疙瘩说:"我跟着大伙儿去找宝瓶，看见这老头儿从屯子外边往回爬。我问他咋的了，他说有要紧事儿要见你，我就把他背来了。"碧波一摸王老好儿的心口，觉得忽搭忽搭还有心跳，便给他喂了点水，又叫了他半天，王老好儿这才睁开眼睛。他看见碧波，强打精神地说："傍亮天前儿，我起来喂马，看见从你们这屋跑出个人影儿，怀里好像还抱个白瓷瓶子，跟二姑娘、三姑娘借来的那个一模一样。我觉着事儿不好，脚跟脚就撵上去了。出了屯子他一回头，我看得真真亮亮的，正是火龙。我刚要叫，他一口火喷来，我就被烧迷糊过去了……"说到这儿，王老好儿上气不接下气，又昏过去了。碧波这才知道上火龙的当了。她告诉王老疙瘩用烧酒拌白糖，烧了给王老好儿敷上，接着自个儿领着四个妹妹找火龙算账去了。

可是，姐五个找遍了十二座名山，也没找着火龙。最后，她们来到了老黑山下。这时雷波和洪波到家已经三天了，她俩就变成了两潭清水。火龙不知从哪儿冒了出来，恶狠狠地说："看着没有？不跟我回天宫，这就是你们的下场！"海波看见他，眼睛都红了，边哭边说："你还我宝瓶！还我姐姐！"火龙一声狂笑，说："我替你们给人家送回去了，要是有能耐你们再去借呀！"海波说："借就借！你敢等吗？"火龙说："我给你们一百天期限，借去吧！"海波说："好！你等着！"火龙说："你们要是借不来呢？"海波说："借不来就跟你回天宫。可是，我要借来呢？"火龙说："你们肯定借不来。"海波说："你就知道我借不来？"火龙说："当然了！观世音菩萨跟前儿的散财童子跟我是铁哥们儿，能向着你们？"海波说："你说，真借来了你怎么办吧？"火龙说："这回你们要是再借来，我就服了。"海波说："怎么个服法？说明白点儿。"火龙说："我……你们叫我咋的，我就咋的。"海波说："好！"火龙说："不过，你们得在一百天以内回来，我可是过期不候！"海波说："不候能咋的？你不就是会烧吗？"火龙说："我就烧个天塌地陷，寸草不生！"海波说："借来宝瓶你就得完蛋！还咋呼啥？"火龙说："净想美事儿，去试试你们就知道马王爷三只眼了！"

跟海波打赌击掌以后，火龙扬扬得意地走了。姐仨和乡亲们哭了半天雷波、洪波。之后,碧波让静波和海波好好等着,她再去借宝瓶回来给雷波和洪波报仇。海波说:"宝瓶是我弄丢的,这回我去借。"大家都不放心,于是碧波把海波托付给乡亲们,然后就跟静波上路了。

姐俩在道儿上起五更、爬半夜,饥一顿、饱一顿,紧赶慢赶,这一天总算赶到了南海。这回还是那个小丫头把她俩摆过去的。到了紫竹林,小丫头告诉她俩小心点儿,说完就不见了。姐俩穿过竹林,突然从道旁蹿出一只老虎,大叫一声就扑过来了。姐俩往旁边一躲,老虎扑空了。老虎刚一落地,又把尾巴拦腰扫了过来。姐俩一着急,脚下被竹根子一绊,静波闹了个倒仰儿,碧波造了个仰八叉。趁老虎回头的工夫,姐俩爬起来就跑,刚跑不几步,迎面又碰上一头卷毛狮子。那狮子眼睛像两盏灯,嘴像血盆,牙跟小刀子似的,冲她俩大叫一声,直震得地动山摇。后边有老虎追,前面有狮子拦路,这可怎么办?姐俩腿一软,都坐地上了,心想:这回完了,仇也不用报了,可怜乡亲们都得让火龙烧死。南海大士呀南海大士,你们这些当神仙的也软的欺、硬的怕吗?这时,老虎、狮子分别冲两人扑了过来。姐俩急得用手在地上瞎划拉,突然灵机一动,抠起两把土就扬出去了。老虎、狮子都被迷了眼睛,用爪子直扑拉。趁这个工夫,姐俩爬起来就向前跑。

姐俩跑了一阵儿,就见迎面有个青石台,台上围着玉石栏杆,台中间有张八仙桌子,桌子上面摆的正是那个大肚儿、细脖儿的白瓷宝瓶。姐俩心里忽拉一下子像开了两扇门似的,刚想上台去取,冷丁地从台后钻出来两条碗口粗的大长虫,龇着毒牙、吐着红芯子,直冲她俩脑瓜顶儿扑来。老年人常说长虫这玩意儿,只要让人抓住尾巴一抖搂,就浑身脱节。于是,姐俩伸手抓住长虫的尾巴,狠劲儿一抖搂,两条长虫却变成了两把锋利的宝剑。姐俩一愣,这时就听台上有人喊:"哪儿来的两个黄毛丫头,鬼鬼祟祟的,是来偷宝瓶的吧?"随着话音儿从台上飞下一个小小子,绾着两个鬏髻,穿着一身红,手里拎着刀,冲她俩直立愣眼睛。碧波说:"你别误会,我们姐俩可不是那种偷偷摸摸的人。"小小子冷笑一声,说:"不偷宝瓶,你们上这儿干啥来了?"碧波说:"我们是来借宝瓶的。""借?好啊!你两个妹妹不是把宝瓶借去了吗？现在还回来吧。常言说：'好借好还，再借不难。'你们光借不还，还一个劲儿地借？哪有这道理？"小小子挺能说，句句话都挺叨理，问得姐俩真有点儿递不上报单了。碧波脸上火烧火燎的，说："借回去就……丢了。""丢了？找啊！想拿我的顶缸啊？真不害臊！"姐俩架不住他连冤带损这顿糟践，气直顶脑门子。碧波说："少说没用的！火龙说给你们送回来了，你就说借不借吧？""嗬，还挺硬气哪。怕你们咋的？来吧，有真本事的过来。赢了我，宝瓶在台上，你们拿走；输了嘛，对不起，咋来的咋回去！"小小子说着抢刀就剁。碧波没办法，只得还手，两个人就打了起来。静波一看姐姐不行，挥长剑过来帮忙。可是姐俩打一个，还是不行。三人正打着，就听台上有人说："哎，你们姐俩咋欺负人呢？不许俩打一个。"原来，摆船的那个小丫头剑随人到，一剑挑开了小小子的刀，嘴里还直叨咕："看，都让你们姐俩把我气糊涂了。这扯不扯！"小小子狠狠地瞪了小丫头一眼，把刀抢得像风车儿似的。显然，小丫头来不但没给他帮上忙，反倒有点害事巴拉的。即使这样，姐俩也占不着便宜，最后都让小小子给抓了，关在了两间小房里。

过了好几天，老太太不知从哪儿回来了，小丫头便领着老太太来看姐俩。老太太脸色很难看，让小丫头把姐俩放开，把宝剑给姐俩拿来，就要打发姐俩走。碧波和静波跪下，哭着把事情经过说了。老太太为难地说："孩子，恐怕来不及了。火龙已经放火，又引来了地火，烧得正旺……"姐俩一听，"哎呀"一声都昏过去了。小丫头把姐俩叫醒。姐俩想：乡亲们和小妹一定早被烧死了。想到这儿，姐俩心疼得放声大哭，哀求老太太借给她俩宝瓶，好去惩治火龙。老太太说："你们要是一定得借，也行。咱们还是三天为限，而且宝瓶里的水不许倒净。过了期限、倒净了水，你们也得化为两潭清水。"二人答应了，可一想回去又犯难了：要是还像来时候似的用步蹦，得哪百年能到？老太太看透了她俩的心思，说："这回让散财和你们一起回去。他要是不关你们这些天，事情也许不致到这步田地，让他立功赎罪。"接着回头冲小丫头说："龙女也跟着去，助她俩一臂之力。"说完，老太太在地上画个十字儿，让他们四个站上去。碧波和静波就听两耳呼呼风响，不一会儿就望见正北半拉天都红了，白龙河都被烧干锅儿了，十二座名山都被烧塌了，木头烧得咔咔直响，大树着得像一根根儿大蜡似的，乡亲们正在火里挣扎……

原来，散财童子把碧波、静波困在南海，到了一百天没回来。火龙以为她俩回不来了，便喷出大火，把河沿儿上的小窝棚挨个儿都给烧了。乡亲们护着海波，在雷波、洪波化成的两池子清水的掩护下，和火龙打了起来。两个池子翻腾着愤怒的波涛，雷波池更是发出闷雷似的声音。火龙听了觉得有点发瘆，心想：一不做，二不休，搬倒葫芦，洒了油，烧吧！都烧光！于是火势越烧越猛，渐渐引起了地火。这下火势更大了，整个白龙河沿儿像一座大火炉，烧塌了山，烧干了河，烧化了石，烧光了树。乡亲们在池水里弄湿了衣裳，虽说不怕烧了，但受着火燎烟呛，时间长了也不是火龙的对手。海波心里这个难过呀：要不是自个儿粗心大意丢了宝瓶，哪有今天？她把心一横、脚一跺，用嘴叼着辫子，挥着两把镰刀，扑向了火龙，没头没脑地朝着火龙连搂带砍。火龙用爪子连抓带挠，嘴里不停地喷烟吐火。

正当海波和乡亲们跟火龙打得不可开交的时候，碧波他们四个到了。火龙一见散财童子来了，高兴地大叫："哥们儿来得正是时候，快帮我收拾这几个臭丫头！"龙女听他张口骂人，上去就是一剑，说："我叫你满口不说人话！让你知道知道姑奶奶的厉害！"碧波、静波也挥剑相助。海波见大姐、四姐和一个小丫头、一个小小子从天而降，不但借来了宝瓶，还有仙人帮忙，精神头一下子就来了。她忙向抱着宝瓶发愣的小小子喊："哎！小嘎儿，让你看热闹来了？还不快把宝瓶里的神水向他身上倒！"散财童子狠狠地瞪了她一眼，没理这个茬儿。这时大火越烧越旺，大伙儿有点抵挡不住了。火龙见散财童子怀抱宝瓶却迟迟不下手，知道这个铁哥们儿是在偷着帮忙，于是便更加猖狂了。碧波和龙女她们都催散财童子快倒出宝瓶里的神水，可他还是二意思思拿不定主意。突然，龙女一把夺过宝瓶，用柳条儿蘸着宝瓶里的神水向火龙扬去。登时来了一阵大雨，浇灭了火。雨过之后，火又复燃。火龙一看，像吃了定心丸似的又扑了上来。海波大喊："倒！口朝下，往外倒！"龙女让海波一提醒，忙倒控宝瓶，大水扑向火苗，火势渐弱。可是，水遇热变成了水汽，化成了白茫茫的云彩，火又旺了起来。倒着倒着，龙女觉得宝瓶渐轻，往里一看，不由得大吃一惊，原来神水已经就剩瓶底儿那些了。这时，海波还在一个劲儿地催她："快倒！看啥呀？"龙女为难了，把宝瓶顺手递给了海波，意思是说："还倒？把水倒光了，你还要不要命了？"哪知海波接过宝瓶根本不看，猛往外倒。火龙知道这个黄毛丫头没深拉浅的，肯定没自己的好儿，转身就跑。海波随后就撵。海波抱着宝瓶，边撵边控，控着控着，再也控不出一滴水来了。火龙回头一看，狞笑着说："这回你还仗着啥？"谁知她冷不防举起宝瓶就向火龙头上砸去。火龙万万没想到她有这招儿，一个高儿就向西南逃去，结果躲过了脑袋，却被宝瓶正打在后心上。宝瓶被砸了个稀碎，火龙也趴在那里变成了一条石龙。这时火灭了，姐仁也化作了大水泡子，和之前那两个互相通连着。

人们为了纪念这姐五个，就把头池子叫碧波，二池子叫雷波，三池子叫洪波，四池子叫静波，末池子叫北海眼，合称五大连池。

讲述者：郑宝权

整理者：张文彬

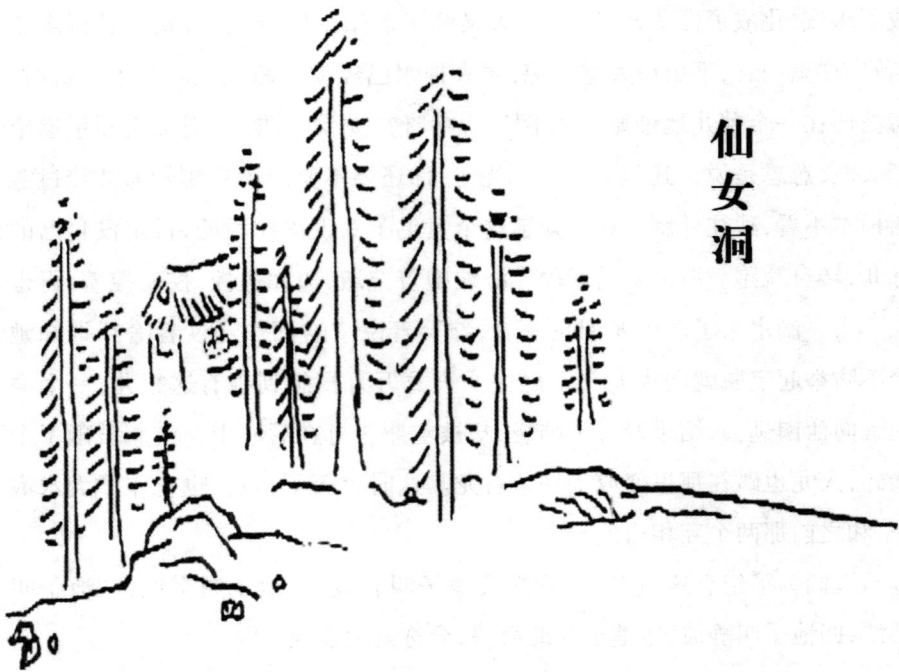

仙女洞

五大连池的十二座名山里,有一座老黑山,山上连一棵树、一棵草都不长。别的山,夏天是绿色的;秋天是黄色的;冬天被雪一盖,是银白色的。单单这座老黑山,不论春夏秋冬,都是一抹黑。在老黑山的半山腰,有一个大洞。洞口有一人多高,洞里阴森森的,一眼望不到底。人站在洞口,能听见里头的风呜呜直叫,水哗哗直响。那动静怪吓人的。这洞本来没名,从来也没人进去过。仙女洞——这是后来人们给起的。

传说在早,在老黑山南边的屯子里,有这么一家,祖孙二人过着艰难的日子。爷爷叫讷勃,是个七十多岁的鄂伦春老猎人;孙女叫讷敏娜,是个十七八岁的漂亮姑娘。她骑马、射箭、做衣服,样样都能,除此之外,还会用鹿筋做线,用兽皮缝制美丽的手套和奇克尼①,远近的人没有一个不知道讷敏娜的。一些小伙子一遇到她,都想显摆两手,好讨她的喜欢。

讷敏娜人品好,手又巧,不知道怎么就传到王爷的耳朵里了。王爷的家

---

① 奇克尼:鄂伦春人穿的一种高腰靴子。

里早有七个老婆了,可他听说讷敏娜是那么出众,便总惦记着把她抢来做第八房老婆。

一天,讷敏娜正在家里缝制手套,听说王爷马上要来抢她,就扑到爷爷怀里大哭起来。老讷勃也恐慌得不知如何是好。说话间,王爷带着兵进了村,直奔他们家来了。还是老人办法多,情急之下,老讷勃拿过弓箭,又牵过一匹马来,对她说:"快!骑马跑!"讷敏娜二话没说,接过弓箭,上马就朝北跑。王爷看见了,带着兵像一群疯狗似的在后边追赶。

讷敏娜骑马跑着跑着,听见后边人喊马叫的,回头一看,见王爷带兵已经赶上来了,眼看就要追到跟前儿了。姑娘怒火中烧,对准王爷就是一箭。这一箭正中王爷的咽喉,一下就把王爷给射死了。

讷敏娜一边跑一边射,不知射出了多少支箭,也不知王爷的兵被射死了多少。这时,她的箭射光了,王爷的追兵又赶上来了。她一直往前跑,不知不觉地跑到了老黑山下。前面是高山,后面是追兵,再也无路可走了。正在危急之时,讷敏娜一眼看见半山腰有个大石洞,于是不管三七二十一,一头便钻进了洞里。王爷的兵追到洞口,见里面阴森森的,谁也不敢进去,叫喊了一阵之后,只好抬着王爷的死尸狼狈地回去了。

洞里一片漆黑,伸手不见五指。风呜呜地吹,水哗哗地响。讷敏娜这时也不觉得害怕,一直往里走。她用手摸了摸四周,碰到的都是尖石头。她一边摸,一边试探着往里走。越往里走,风声、水声响得越厉害,可她还是壮着胆子一直往里走。

讷敏娜又走了一会儿,这时风声、水声都听不见了,脚下也平坦多了,影影绰绰地还看见亮光了。她感觉透了口气,便一直朝亮处走去。等她走近一看,原来是一个大石头屋子,有门有窗。屋内有石头炕,炕上有一石头桌,地上有石头锅灶,看样子是有人住。她看了看,什么也没动,穿过石头屋子又一直往里走。

讷敏娜又走了一会儿,居然走出洞了。她看见了另一个天地:天上的太阳特别红、特别亮。四周是蓝色摩天的山峰。白云好像扯开的绢带一样,在山峰上飘动。野花一片是红的,一片是白的,一片是黄的,格外鲜艳。草格外青,树格外绿,野果又大又鲜。小鹿在山坡上跑,一点也不怕人;蝴蝶、蜜蜂飞来飞去;鸟雀在树上啾啾地叫。小河弯弯,泉水清澈。

讷敏娜常跟爷爷在外边打猎,好山好水见过不少,可是从来没有见过这样好的地方。她越看越爱看,看得正出神呢,猛听一个小姑娘的声音说:

"你是哪来的呀?"

讷敏娜循声细看,见对面山坡上,有一个白发老太太和一个小姑娘在干着什么。

讷敏娜来到老太太跟前跪下,一边磕头一边说:

"老妈妈,你救救我吧!"

老太太急忙拉起了讷敏娜,问究竟是怎么回事。讷敏娜便把事情的经过一五一十地告诉了老太太,并说家里还有一个爷爷,不知是死是活。说着说着,讷敏娜哭了起来。老太太劝她说:

"别哭啦,王爷的兵进不来,抢不去你。你如果不愿意走,就在这里住着吧。"

讷敏娜听老太太留自己,非常高兴,急忙又给老太太磕头道谢。

老太太说:"不要谢了,咱们是一家人啦。闲不着就帮我干活吧。"

老太太边说边拿出一把发光的火种,去往山凹和石缝里点。

不一会儿,老太太点过的地方,都着起了火。火光在花丛里、草丛里闪动着,非常好看。讷敏娜不知道这是干什么,问道:

"老妈妈,这是做啥呀?"

老太太慢吞吞地说:"这是炼宝。我要把这个大山谷变成聚宝盆。这是宝石火种,点哪儿哪儿就着。等这火灭了的时候,宝就炼成了。到那时,穷人就都得好啦!"

讷敏娜听老太太这么一说,心里很高兴,就手跟着点起火来,边点火边盼着将来过好光景。

这里的太阳一直不落,花总是开着,树也老是绿着。三个人整天整天地忙着。

洞里一天，世上就是一年。老讷勃想孙女想得饭也不愿吃、觉也不能睡，整天整天地在洞口转。他总想自己的孙女不会叫妖怪给吃了吧，还能活着吧，想得身子一天比一天瘦了。别人劝他说：

"你孙女回不来啦，不要想了！"可他老是不离开洞口。他盼哪、盼哪，总是盼望讷敏娜有一天能出来。

这年五月间，老讷勃坐在洞口的大石头上，眼睛不住地向洞里看。突然，从洞里出来一个小姑娘，梳着四条小辫子。老讷勃开始还以为是自己的孙女出来了呢，可细一看却发现不认识。这时，小姑娘笑嘻嘻地问：

"老爷爷，你找谁呀？"

"我找孙女。"老讷勃说。

小姑娘又问："你孙女是谁呀？"

"我孙女叫讷敏娜，是叫王爷给逼进洞里的。"老讷勃说。

小姑娘响快地说："她在洞里呢，和我住在一块儿。你明年五月节那天来吧，到时候就能看见她了。"小姑娘说完，扭头又进洞里去了。

老讷勃这回放心了，就盼着明年五月节那一天快点儿到来了，一天天、一日日地盼着。冬天过去了，春天来了。草又绿了，花又红了，五月节终于到来了。过节这天，老讷勃很早就来到洞口等着。

到了晌午，洞里水和风的响声全听不见了。这时，从洞里冒出一股五色云雾，去雾还散发着百花的香味儿。云雾一散，又从洞里射出万道金光，接着讷敏娜和小姑娘从洞里走了出来。

爷俩见面，真是悲喜交加，讷敏娜扑到爷爷怀里痛哭起来。过了一会儿，讷敏娜对爷爷说：

"别哭啦，我又没死，你老也还活着。这是喜事儿！"她将洞里的情况，以及自己要跟老仙母炼宝、不再回家的想法，告诉了爷爷，劝爷爷安心过日子。

爷俩说了会儿话儿，讷敏娜抬头看了看日头，对爷爷说："时间已经到了，我该回去啦，再也别想我啦。"说完告别了爷爷，和小姑娘走进洞去了。

这时，金光收了，洞里照样漆黑一片，什么也看不见了，而水声、风声又响起来了。老讷勃听了一会儿，就放心地回家了。

从此以后，讷敏娜在这个洞里成仙的事就被传开了。因此，人们就给这个洞起名叫仙女洞。

整理者：孙连金

仙女和莫日根

　　从前，有一个名叫莫日根的小伙子，父母早已去世，和哥嫂在一起过日子。可是嫂子对莫日根很不好，对他哥哥说："你弟弟已经长大成人了，我们还是分家吧。我们家有一头牛和一辆破车，还有一间房子，就把那头牛给他吧。"莫日根的哥哥有些不愿意，认为弟弟还小，不能自己顶门过日子，但又不敢得罪老婆，只好和弟弟分家了。

　　这天，莫日根很伤心，牵着分给自己的老牛走了。他走啊走啊，也不知走了多长时间，终于来到了一个非常美的地方，与老牛一起过上了日子。一天下午，老牛突然说话了。它对莫日根说："主人，你太伤心了。为了我，你受了这么多的罪，今天你一定要照我说的去做。在太阳快要落山的时候，天边会出现九道彩霞，这时会有九个仙女在湖边洗澡。如果你听我的话，在她们洗澡的时候，把一件粉红色的衣服藏起来，那么衣服的主人就是你未来的妻子了。"莫日根按照老牛的话去做了。果不其然，那位漂亮的姑娘答应留在人间与他一块过日子了。莫日根和仙女结为夫妻，还盖了一间漂亮的大房子。

谁知莫日根哥哥的生活却过得越来越穷了,穷得都快要揭不开锅了。他听说弟弟过上了好日子,后悔不该把弟弟赶走。

莫日根得知了哥哥和嫂子生活过得越来越苦的消息后,就和仙女商量要帮助哥哥,仙女也答应了。于是,莫日根就送给了哥哥好多吃的、穿的,哥哥的日子又好过了。莫日根原谅了哥哥和嫂子的过错,从此以后,两家一直过得都很好。

讲述者:莫桂珍

整理者:孟蕾

小鲤鱼报恩

河西住着一个富人，家财万贯，还有三个老婆。河东住着一个穷人，家里啥也没有，只好给河西的富人干活儿。

一天下大雨，穷人的院子进了水，他冒雨往外排水时，发现水里有一条金黄色的鲤鱼。穷人把鲤鱼抓了上来，却不敢自己享用，拿去送给了富人。富人见了高兴地说："拿下去给我焖上，我要用它来下酒！"

于是，穷人把鲤鱼拿到了外边。他刚要动手刮鳞时，却见鲤鱼的眼睛里滚出了泪水。穷人便不忍心杀它了，对它说："鲤鱼呀鲤鱼，我放你一条生路，赶快逃走吧！大不了让富人罚我白干一个月活儿就是了。可你总算能得一条命！"就完，他真的把鱼给放在水里了。鲤鱼在水里向穷人点了三下头之后，摇摇尾巴就游走了。

富人没吃上鲤鱼，大发脾气，决定罚穷人白干一个月的活儿。穷人生着闷气回到家中，饭也没吃躺在炕上就睡觉了。第二天醒来，他发现自己的破房子不见了，变成了四合院的瓦房，而且有不少男男女女在侍候着自己，炕上还有一位年轻漂亮的媳妇儿睡在自己身旁。穷人不明白到底是怎么一回事,媳妇儿告诉他说:"我就是昨天你救的鲤鱼变的,这一切都是我对你的报答。"就这样,穷人一下子变成了富人。

河西的富人一连几天不见穷人过来干活儿,就乘船到河东去问个究竟。他到了从前穷人住的地方一看,青堂瓦舍、朱红大门的,反而没有胆量跨进门槛去了。这时,穷人出来把富人让进了屋里,并让家人摆上酒菜,热情地招待他。富人看到穷人的媳妇儿像天仙一般漂亮,把两只眼睛都看直了。富人回家后,冲着他的三个老婆没好气地说:"你们三个加在一起也比不上一个穷人的老婆漂亮,要你们有啥用!"三个老婆也动了气,一齐说:"你看人家的老婆好,那就用我们三个把她换回来吧!"

没承想,富人真的到河东向穷人说起换老婆的事儿了,可是穷人说啥也不干。晚上,穷人的媳妇儿对他说:"你就跟富人换吧!我不能在这里住长久,只是为了报答你的救命之恩,才来做了你的妻子的。我去富人家之前在锅台上种一把韭菜,我去后你马上割掉这把韭菜。只要一割韭菜,富人家的房子就会着火,我也就回去了。"

第二天,富人又来磨叨换老婆的事了,这回穷人真的答应了。就这样,富人的三个老婆成了穷人的媳妇儿,穷人的媳妇儿也到了富人的家。这天夜里,富人家的窗户和门乱响、乱开,就是关不住。富人怕有人偷自己家的东西,便整夜地去关门窗,因此没有睡上觉,累得筋疲力尽。天亮时,穷人家的家人起来做饭,发现锅台上长出了一把韭菜,就拿起菜刀去割。谁知菜刀刚割着韭菜,随着一声响,只见一道亮光飞出屋去直奔河西,韭菜也跟着不见了。然后,河西富人家的房屋、财产被烧得一干二净,富人换来的漂亮媳妇儿也不见了。

从此,富人光棍一条,变成了穷人。原来的穷人得了三个媳妇儿,又有一大堆家产,变成了富人。

讲述者:杜小凤

整理者:郭树绵

小诺诺智斗巴银

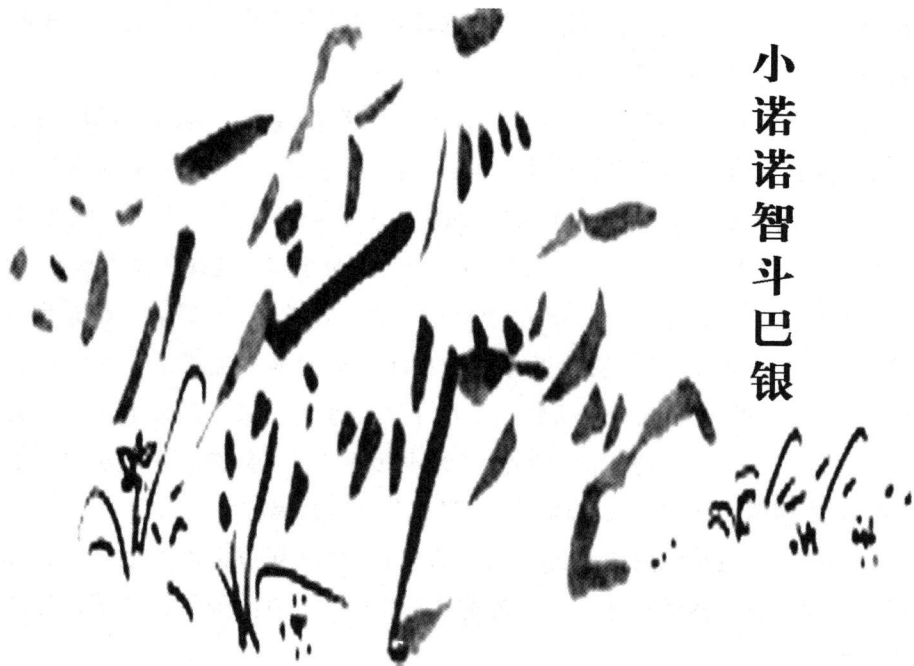

从前,在纳温山里有一户乌恰尔堪巴银。这个巴银心肠狠如狼,手毒如蛇蝎。各个山头都有他的奥仑,里面堆满了库胡热①、乌尔嘎塔②,还有四季的服装和小米儿。尽管有了满河滩的好马,还有成群的妻妾,可他还是不知足,仍然变着法儿地搜刮穷猎民。

一年年过去了,巴银堆在奥仑里的库胡热、乌尔嘎塔都长了白毛,小米儿也发霉变味了。这些积压多年的食物养肥了很多的山鼠,其中有这么一只山鼠得了灵气、成了精怪。它长得像一头大野猪,只差没长两颗大獠牙了,人人见了人人怕,谁也认不出它是什么怪物。这下子可乐坏了巴银:嘿!老天爷又给了我一条生财之道。于是,巴银把山鼠精关进一只银丝大笼子里,每天好吃好喝地供着。他又叫全部落的猎民都来辨认笼中之物。认出者,巴银把自己的家产分一半给对方;认不出者,拿十张貂皮、五只山鹿来赔

---

① 库胡热:熟肉干。
② 乌尔嘎塔:晒干的肉条。

偿,否则灭九族。一连几个月,没一个人认得出这个怪物。无辜的穷猎民不知被杀死了多少,白骨填满了几个大沟。

有一天,从山外来了一个谁也不认识的小诺诺。身穿白袍,脚登其卡密,腰上扎着一条鲜红的腰带。他径自走到巴银家,说:"三天之后,我会认出这是什么东西。如果认不出,我赔双倍的貂皮和山鹿。"巴银一听,乐了:这么些日子了,全部落没有一个人认得。你一个小小的诺诺,能有多大的本事!

好难熬的三天哪!第三天,巴银早早地去了鼠笼前,小诺诺早在那儿等着呢。只看他衣袖一抖,从袖里蹿出一只活灵活现的小黑猫。笼中的怪物浑身发抖,转眼的工夫,庞然大物就变成了贼溜溜的山鼠。黑猫上去一口就咬死了这个害人精。这下惊得巴银半天没缓过气来,他咬着牙把家产分了一半给小诺诺。从此,巴银就病倒了,没过几天一命呜呼就上西天了。

小诺诺把巴银的财产全部分给了穷猎民,自己却悄么声地走了。有人说:"他是邻近部落的小智童——诺诺罕①。"又有人说:"他是神仙下凡帮助穷人的。"

讲述者:吴双梅

整理者:莫桂茹

---

① 诺诺罕:小孩子。

一块绣花手绢

在早，茨尔滨河一带有一个名叫阿斯柯塔的猎手。他一箭能射中两只并排奔跑的库木哈①，一箭能射下排列飞行的几只妞尼嘿。他不但长得英俊、剽悍，心地也非常善良。他常常把猎物分给大家，却从来不要别人一点儿报酬，因此人们都亲切地叫他阿亚尔沁②阿斯柯塔。

阿斯柯塔的父母在世时，给他定下了一门亲事。他的未婚妻性格温柔，心灵手巧，她晒的胡库拉③也比别人晒得鲜美，可不幸的是，她的生母下世太早。后妈自己有一个女儿，因此对阿斯柯塔的未婚妻就特别刻薄。

这一年，皇帝要挑一名最好的猎手去领兵打仗，挑中了阿斯柯塔。临行前，他决定把婚事办了，便备好了虎皮、熊掌，带上骏马、好酒，来到了老丈人家。他献上礼品，说明了来意。老丈人当然高兴得合不拢嘴，只有后妈看小伙子长得剽悍，产生了妒意，心想：我的女儿要是能找上这么好的姑爷有多

---

① 库木哈：鹿。
② 阿亚尔沁：好心肠的。
③ 胡库拉：肉干。

好啊。可是，人家是早就定下的亲事，她也没有办法。

当下，老丈人请来了部落里的穆昆达①和亲朋，热热闹闹地给阿斯柯塔他们俩办了婚事。

酒足饭饱，人们也闹够了，都各自回家睡觉去了。

后妈点上通明的松油灯，盘腿守在那里不睡。老丈人说："你点那么亮的灯干啥？姑爷明天还要赶路，让他们早点儿睡吧。"后妈没办法，只好熄灯睡了。

第二天，夫妻俩一同出了家门。妻子把阿斯柯塔送上大路，递给他一块绣着达子香花的手绢，那鲜艳的花瓣儿就像妻子红扑扑的笑脸。阿斯柯塔更觉依依不舍了。妻子强忍悲伤，笑着说："你放心地去吧，打跑贼兵就回来。我等着你。"她又指着手绢上的花，说："这上边的花不变颜色，我就好好的；若花瓣变成黑色，就是我不在人世了，那你就别回来了。"说完，夫妻俩含泪告别了。

阿斯柯塔走后，妻子受不住后妈的虐待，日渐消瘦，不久就死去了。

阿斯柯塔打了胜仗，急急忙忙地回家看望妻子。他刚进村时，就看见有人抬着棺材往村里走，便上前问道："叔叔、大爷，这是往哪儿抬呀？"人们一见是他，都惊诧地说："哎呀，你怎么才回来呀！快回去看看吧，你媳妇儿病死了。这是给她买的棺材。"阿斯柯塔还不相信，忙拿出绣花手绢一看，上面的花瓣果然变成了黑色。

阿斯柯塔埋了妻子后，整日闷闷不乐，每天看着绣花手绢发怔。

后妈花言巧语、连哄带骗，硬把自己的女儿嫁给了他。他强不过后妈，也只好顺从了。

又过了几日，阿斯柯塔借口要去给父母添坟，准备了一些东西就上路了。走到前妻葬地附近时，他不肯走了，一定要住在那里。后妈的女儿没办法，只好依了他。

晚上，阿斯柯塔来到前妻的坟旁，拿出绣花手绢，想着前妻那哀苦的面

---

① 穆昆达：氏族首领。

容,不由得痛哭起来。大颗大颗的泪珠滴在绣花手绢上,那发黑的花瓣渐渐地变红了,变得又和原来一样鲜艳、好看了。

天刚蒙蒙亮,后妈的女儿一觉醒来,发现不见了阿斯柯塔,就找到了这里。忽然,她惊呆了。原来,她看见阿斯柯塔的前妻从坟里走了出来,和阿斯柯塔一块儿乘着那块绣花手绢,飘飘悠悠地飞上了天,向着太阳升起的地方,越飞越高,越飞越远……

讲述者:关吉瑞

整理者:王丽坤

银骆驼和金毛驴

金银山里住着一头银骆驼和一头金毛驴。它俩年年一进腊月门儿，就给忠厚勤劳的穷人送财宝，帮助他们发财、过好日子。银骆驼年年都能按照自己预先掌握的人家，准确地把金银送去。穷人们不但如数收下，而且表示感谢。可是金毛驴却不然。它不但经常送不出去，有时还换来了打骂，弄得它灰心丧气，老大地不高兴，抱怨这些人没福气，辜负了它的好心。

眼瞅着又快到大年了，金毛驴对银骆驼说："骆驼大哥，你往下送金银，我也往下送金银。你送，为什么人们就收，还能得到赞扬？我送，为什么人们经常就不收，有时还会遭到责难？"

银骆驼说："你没琢磨琢磨吗？"

金毛驴说："我还没来得及琢磨呢！"

银骆驼慢悠悠地说："勤苦之人都有一个共同的脾气——不吃白眼饭，不取不义财。不知你是咋个送法？"

金毛驴听了，感到甚为愕然，但它想了一会儿，觉得跟它往下送金银没什么关系，便不以为然地说："不对！不对！难道他们不愿意发财，愿意受穷吗?"

银骆驼还是慢悠悠地说:"不对。谁都愿意发财、过好日子,哪有愿意受穷的呢? 但是,你要是违背了他们的意志,他们宁可受穷,也不愿意发你这个财。"

金毛驴拨楞着脑袋,说:"我看他们是喜欢你,不喜欢我。"

银骆驼哈哈大笑起来,说:"老弟,你说到哪去啦! 照实说,人们应该喜欢你。你是金的,又是人们常见的形象。我是个牛不像牛、马不像马、龙不像龙、驴又不像驴的人们少见的大怪物,谈不上什么喜欢不喜欢。给穷哥们送金银,让他们发财、过好日子,是我们共同的心愿,不是你我个人的事情。"

银骆驼本想指出金老驴的问题所在,但知它脾气犟,是有名的犟驴子,只好等有机会通过事实来帮助它了。

过了一会儿,金毛驴问:"大哥,你今年给谁送金银呢?"

银骆驼说:"给田老三送。他们两口子领四个孩子,还常受地主的欺负,实在太苦了。"

金毛驴说:"今年我替你去送! 行不行?"

"行啊。"银骆驼随口答应了。

转眼到了大年三十。日头一落山,银骆驼就对金毛驴说:"你不是要替我给田老三送金银吗? 快去吧,戌时前必须送到。"

"好,我这就去。"金毛驴答应着向外就走。

银骆驼急忙叫住它,说:"怎么这样就走呢? 驮着金银哪!"

"不用,我去把他叫来。咱这山里金银财宝什么都有,叫他开开眼界。他愿意拿啥就拿啥呗!"

银骆驼说:"这么远的路,他怎么来呢?"

"我驮他来!"金毛驴说着撒腿就跑。

银骆驼紧随着喊:"等等,去老田家的路……"

金毛驴没有站下,一边跑一边说:"知道,知道!"实际上,它什么也没听清。

半路上,金毛驴忽然想起来:田老三在哪屯住呢? 它正着急呢,见前边走着一个黑色的野驴,便追上去问道:"黑老弟,你知道田老三的家吗?"

"知道,知道。"黑毛驴说。

金毛驴高兴地说:"那好,你带我去吧!"

"行啊!"黑毛驴说。

于是,金毛驴跟着黑毛驴向田老三家走去。黑毛驴问道:"你找田老三干啥呀?"

"他挺穷的,叫他去我那里取财宝。"金毛驴说。

黑毛驴点点头,说:"嗯,是好事。"

金毛驴没现出金身,隐在黑毛驴身后,向田老三家走去。到了门口,黑毛驴指给它后转身要走。但金毛驴不让黑毛驴走,要它和自己一起去叫田老三。于是,它俩就一齐叫了起来。

田老三虽然苦干了一年,但到头来还是啥也没有。这天晚上,全家正在破屋里发愁、掉泪呢,忽听外边驴叫。田老三出门一看,一头黑毛驴站在门口,头冲着屋里正叫呢。田老三心里正烦恼呢,见它头向屋里直劲地叫,便来了气,骂道:"真是狗眼看人低!我人穷,连你这驴也欺负我,大过年的,到我门上号叫!"他一气之下,拿来割地用的镰刀,一刀就把黑毛驴杀了。他一边扒皮一边说:

"你来了也好!正过不去年呢,就用你过年了!"

黑毛驴被杀,吓坏了金毛驴。它慌慌张张地逃了回去,见了银骆驼就大声说:"田老三太恶了!我叫他,他不但不来,还拿刀要杀我;我跑了,却把给我带路的黑毛驴给杀了。这样的人,怎么能给他送钱呢?"

银骆蛇不高兴地说:"坏了,你给田老三闯祸啦!"

金毛驴不解地说:"那怎么会呢?钱虽然没得到,可是他杀了黑毛驴,全家人有了吃的,也算得救啦!"

银骆驼说:"就是因为这样,才闯了祸!"

金毛驴问:"不会吧?"

"看着吧。"银骆驼埋怨地说,"你为什么不现出金身亲自去办呢?要个野驴去干什么?"过了一会儿叹了口气,又说,"今年时间已过,送不去了,只好等明年了。"

金毛驴耷拉着头,什么也说不出来了。

田老三把黑驴肉煑上了,又把驴皮扔到了房上。同屯子有个地主,发现了田老三家房上的驴皮,硬说田老三偷杀他家的驴,把田老三告到了官府。官府罚田老三白给地主干一年活儿。

又到过年了,银骆驼对金毛驴说:"今年我亲自给田老三送金银,你隐在我身后跟着。"说完,就用银水把自己的身子洗刷了一遍,全身变成银亮银亮的了。金毛驴看了很不理解,问道:

"大哥,你把身子弄得这么亮干吗?"

银骆驼说:"到那你就知道了。"

银骆驼拿了一个大口袋,满满地装了一下子金银,然后驮在了自己的背上,接着就走了。金毛驴紧紧地跟在它后面。

田老三这回更穷了,老婆被饿得起不来炕,四个孩子围着她哭。田老三心里又是难受又是恨,要不是有四个孩子,真想拿刀和地主拼了。这时,他忽听门外有沉重的脚步声,还有突突的响鼻声,心想:去年来个驴,今年又来啥了呢?他没好气地拿着镰刀就出去了,开门一看:哈!门口站着个大白骆驼。白骆驼虽然有,可从没看见过这样白的,全身一个杂毛都没有。它站在那一动不动,像个大雪堆。田老三觉着有点怪,心想:去年来了个驴,今年又来了一个骆驼。去年来的驴叫我给杀了,被罚了一年工。今年我杀了这个骆驼又会怎样呢?难道还得蹲监坐狱不成!他一边发着狠一边围着大白骆驼转,当转到白骆驼身旁时,见骆驼背上驮着一个大口袋,看得出口袋里装的是很沉的东西。田老三伸手一摸,觉得梆梆硬,还有金银的响声。于是,他把袋子卸下来,打开嘴儿一看,里面全是金银。他完全明白了,对白骆蛇说:

"去年三十晚上来了个驴,冲着我家门瞎嚎。不能替我解难,却给我添孬糟,一气之下我杀了它。虽然用它的肉过了年,可是却被地主硬熊去了一年工。今年三十晚上你来了,可是你给我送来了金银。有了钱,我全家就能活命啦!我不能杀你,不能无辜害命。你走吧,谢谢你!"说完,他向白骆驼的屁股上拍了一把。白骆驼转身走了。

银骆驼和金毛驴回到金银山。银骆驼对金毛驴说："老弟,你都看见了吧? 好事也得多谋呀。"

金毛驴心悦诚服地点了点头。

讲述者:戴清云

整理者:孙连金

找魂灵的故事

　　有一个刚刚长大成人的小伙子,叫阿拉塔尼。他家搬家的时候,阿爸把阿拉塔尼的魂灵给弄丢了。阿爸要回去找,阿拉塔尼对阿爸说:"我都这么大了,让我自己去找吧。"阿爸拧不过他,也就答应了。

　　于是,阿拉塔尼骑上花斑马找魂灵去了。走到半道上,花斑马突然收住脚步,对主人说:"咱们家搬家都走这么多天了,你的魂灵要是让满盖拎了去可怎么办?"阿拉塔尼说:"不要紧,我都这么大了,还打不过满盖吗?"花斑马说:"不行啊,满盖的力气大着呢!这样吧,你抓个乌鸦,把它的苦胆摘下来,到时候放进满盖的嘴里就行啦。"阿拉塔尼听了花斑马的话,真的抓了一只乌鸦,摘下了它的苦胆,用手拎着。阿拉塔尼骑着花斑马继续往前走,走着走着,发现前面有个小山包似的东西横在道上。花斑马打了个响鼻停下来,说:"阿拉塔尼,你看见了吗? 前面横在道上的东西就是满盖。"阿拉塔尼仔细一看,可不是,满盖张着嘴睡觉的时候,还把阿拉塔尼的魂灵抓在手上呢。阿拉塔尼把缰绳一提,花斑马明白了主人的意思,就轻轻地跑起来,生怕把满盖惊醒。到了满盖身旁,花斑马四蹄腾空地一跳,从满盖的身上蹿了过去。趁这个夹空儿，阿拉塔尼把乌鸦的苦胆正正道道地扔进了满盖的嘴里。满盖正在吸气的时候，觉得嘴里有个东西，便使劲一咬，苦胆一下子就碎了。这下可把他苦坏了。他一急眼，把拎在手里的魂灵冄出去老远，接着就一口接一口地吐了起来。阿拉塔尼趁机拎起自己的魂灵骑马就跑了。

满盖吐完了苦水，一瞧抓在手里的魂灵不见了，就爬起来追了上去，没走几步就追上了阿拉塔尼。他一把就将阿拉塔尼从花斑马身上给捞了下来，恶狠狠地说："小崽子！你的胆子真不小，敢从我身上抢东西，非把你吃了不可！"阿拉塔尼说："放了我吧，你让我干什么都行！"满盖一把将阿拉塔尼的魂灵抢在手里，说："好吧。天边上有个漂亮的姑娘，限你七天内把她给我抓回来做老婆。不然，我就把你的魂灵吃掉！"阿拉塔尼没办法，只好答应下来。

阿拉塔尼不但没找回自己的魂灵，反倒让满盖逼着去天边抢人。这天边在哪儿？离这儿有多远？他越想越窝囊，坐在地上就哭了起来。花斑马也没招了。哭乏了，阿拉塔尼就睡着了。等他醒来一看，一只小狐狸正在吃花斑马的肚子，再仔细一看，花斑马只剩下一个骨头架子了！他气得捡起一根棒子就去打狐狸。小狐狸眨巴眨巴眼睛，说："小哥哥，你住手吧。你的花斑马是昨天夜里被我的弟兄们吃的，真对不起你！我是这里的狐狸王，你有什么难事就告诉我，我一定帮助你！"阿拉塔尼也没什么招了，只好把自己找魂灵、被满盖逼着去天边抓人的事告诉给了小狐狸王。小狐狸王听了也怪伤心的，站起来掉了好几滴眼泪，然后一转身变成了个小伙子。他俩越唠越热乎，小狐狸王说："咱俩做个磕头弟兄吧。"两个人一说岁数，小狐狸王比阿拉塔尼大一岁，算是哥哥。小狐狸王说："没说的了，我替你到天边走一趟吧！"说完就上山了。一转眼，一只白色的大雁从山顶上飞起来，向天边飞去了。阿拉塔尼知道这只大雁一定是小狐狸王变的。

大雁飞呀飞呀，飞了一天一宿，到了天边，看到这里真的有一个大粮户家正忙着聘姑娘呢。于是，大雁变成个配着金鞍子的红马，一直跑进了大粮户家的马圈里。

大粮户家里有好几百匹马，其中的两匹红马就拴在圈里，是大粮户自己用的。姑娘出嫁时得骑马走啊，于是，大粮户就让姑娘在这几百匹马里挑一匹。姑娘挑来挑去都没相中，可一到马圈里，看见三匹红马长得精神，真是一匹赛一匹，便回到屋里，对大粮户说："我就要你圈里的一匹红马。"大粮户说："圈里就有两匹红马，是我用的，怎么能给你呢？"姑娘哭着说："明明是三匹嘛，你偏偏说是两匹！说来说去，你就是舍不得给我！"大粮户被姑娘闹得没办法，就说："好吧。真要有三匹，就给你一匹！"于是，大粮户跟着姑娘进了马圈，一看真的有三匹一模一样的红马。大粮户被弄糊涂了，可又说不清楚，只好说："这三匹红马随便你挑吧！"姑娘瞄着配着金鞍子的红马，说："我就要这匹了。"

第二天，娶亲的人来了，姑娘一看掌柜的是个长得很丑的人，满心不愿意，可是老人说了算哪。她没办法，牵过金鞍红马，骑上去一试，还挺稳当。她一提缰绳，这金鞍红马不是朝前走，而是四蹄腾空地飞了起来。大粮户一看金鞍红马把女儿驮走了，赶忙拿出弓箭，朝天上连射了三箭，但都让金鞍红马躲过去了。

金鞍红马驮着姑娘又飞了一天一宿，然后落到地上，又变回一个小伙子，接着领着姑娘找到了阿拉塔尼。阿拉塔尼看见一个穿着像鸟毛一样衣服的漂亮姑娘来到面前，叹了口气，心里说："这么漂亮的姑娘给满盖做老婆，可真是糟蹋了！"小狐狸王来到阿拉塔尼跟前，说："兄弟，事情都办好了，你怎么还叹气呢？"阿拉塔尼说："这么漂亮的姑娘给满盖做老婆，我真不忍心。可要是不给满盖做老婆，我的魂灵还在他手里呢。"小狐狸王说："不碍事、不碍事。你去扎个草人来。"阿拉塔尼就去划拉一捆草，扎成了一个草人。小狐狸王让阿拉塔尼转过身去，然后冲着草人吹了一口气，草人就变成了和大粮户的姑娘一模一样的人。小狐狸王让阿拉塔尼再转过身来在这两个姑娘中挑一个。也真巧，阿拉塔尼看了一会儿，一把就将大粮户的姑娘拉在了自己的身边。姑娘见阿拉塔尼比原来那个掌柜的漂亮多了，又身强力壮，坐地就和阿拉塔尼成亲了。

小狐狸王让阿拉塔尼两口子在这里等着，他自己变成阿拉塔尼的样子，然后领着草人变成的姑娘去找满盖。满盖等了七八天了，一看"阿拉塔尼"

领来了这么漂亮的"美人"儿，乐坏了，生怕"阿拉塔尼"不把"美人"儿给自己，赶忙把阿拉塔尼的魂灵交给了小狐狸王。小狐狸王对满盖说："天边的美女给你领来了，可是人家说，三天之内不能在一块儿睡觉。"满盖一个劲儿地点头。其实，他啥也没听清，眼珠子光在假美女的身上转悠了。满盖等小狐狸王走远了，就着急忙慌地把假美女搂过来压倒在地上。他扒开假美女的袍子一看，原来是个草人，一下子心就凉了。满盖被气火了，爬起来就追，追了半天，却见前面只有一只狐狸，就追上去骂道："站住！你为什么骗我？"小狐狸王眨巴眨巴眼睛，说："这事怎么能怪我呢？你为啥不听我的话等三天呢？"就这样，满盖和小狐狸王打了起来，一直打到了天上。恩都力早就听说满盖在地上横行霸道的，把满盖臭骂了一顿，给撵回来了。

小狐狸王又变回小伙子，找到阿拉塔尼并把魂灵交给了他。阿拉塔尼打心眼儿里感激狐狸哥哥的帮助，便点个火堆，烧好狍子肉，和小狐狸王一直唠到天放亮才恋恋不舍地分手了。

阿拉塔尼回到家，两个老人见儿子找回了魂灵，又领回一个天仙一样漂亮的媳妇儿，乐得就不用提了，都说儿子能耐大，不用老人操心了。

讲述者：莫庆云

整理者：白水夫

笊篱姑娘的传说

听老人们讲,很早以前,有一个十几户人家的乌力楞。在部落最西头有一户人家,老两口子都六十多岁了,膝下只有一个十岁左右的小女孩。这女孩长着像山葡萄一样乌黑的大眼睛,野樱桃一般的小嘴,在她白嫩嫩的脸颊上有一对深深的大酒窝儿。全部落没有一个人不喜欢她。她更是阿曼、阿尼的掌上明珠。

这一年,全乌力楞的年景都非常好,家家户户的奥仑里都堆满了鹿肉、熊肉和狍肉。大年快到了,家家都开始包饺子。整个乌力楞只有东头的一家有一个柳条编的笊篱,全乌力楞都去借他家的笊篱用。有一天,西头的这家要煮饺子吃。饺子下了锅,老太太就打发女儿去东头那家借笊篱。小女孩连蹦带跳地去借笊篱,在回来的路上,不小心被一块冻马粪蛋绊了一跤,摔死了。老两口子眼瞅着锅里的饺子都煮熟了,可是去借笊篱的女儿还没回来。于是,老太太急急忙忙地去东头那家找女儿,走到半道就看见了躺在雪地上摔死的女儿。老两口子悲伤极了,全乌力楞的乡亲也都非常怀念这个可爱的小女孩。

为了纪念这个可爱的小女孩,人们给她立了个牌位,称她为"笊篱姑娘"神。每当有人要从军打仗或出远门打猎,或者有人丢失了马匹时,人们就去请"笊篱姑娘"神来安抚亲人不安的心情。每次请神后,全家要吃一顿饺子。

讲述者:孟安臣

整理者:莫桂茹

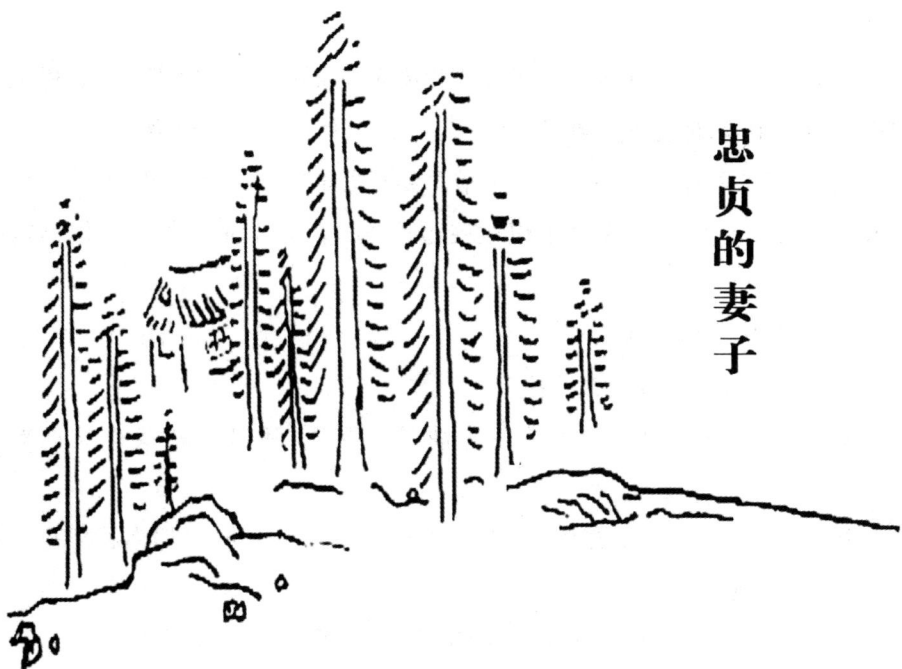

忠贞的妻子

　　名猎手阿什克塔有一个年轻漂亮的妻子,别的乌那吉都不如他的妻子生得这般美丽。为此,阿什克塔每次出猎都不放心,担心那些不着调的男人勾引自己的妻子。

　　他的妻子见丈夫每次出猎前都迟迟疑疑、闷闷不乐的,心下已明白了几分,觉得挺好笑。于是,她想了个医治丈夫疑心病的方法。

　　这一天,阿什克塔本应该一早出猎,但太阳都挂上了树梢儿,他仍然围着妻子转,迟迟不愿离去。于是,妻子对丈夫说:"你爱我吗?"

　　丈夫回答:"爱的,爱的!"

　　妻子说:"你真心爱我吗?"

　　丈夫回答:"真心的,真心的!"

　　妻子说:"你说,我哪儿最迷人?"

　　丈夫回答:"眼睛最迷人。"

　　妻子一把拔出挂在丈夫腰带上的猎刀,说:"那你把我的眼睛挖出来带上吧。”

丈夫愣了一下，直视着妻子那双的确迷人而又的确诚实的眼睛，心里觉得挺惭愧。于是，他拥抱了妻子，吻了那双眼睛，然后放心地出猎了。

过了几天，阿什克塔仍准备去打猎。妻子见他在屋里转磨磨，明白一个形成的习惯不是一天两天就可以改变过来的，于是就对丈夫说：“你喜欢我吗？”

丈夫回答：“喜欢，喜欢！”

妻子说：“你喜欢我什么呢？”

丈夫抬高眼神，看着妻子那一头油黑的秀发，随口答：“我喜欢你的头发。”

妻子弯腰抱起身边的桦皮盒，从里面掏出一把剪刀，说：“那你就把我的头发剪掉带上吧。”

丈夫愣了一下，直视着妻子那果断、坚决的面容，心里觉得挺惭愧。于是，他拥抱了妻子，抚摸了的妻子那散发着香味的秀发，然后放心地出猎了。

又过了许多天，阿什克塔与别的猎手约好到远一点的猎场去狩猎。临行前，妻子见丈夫磨磨蹭蹭的，一直不肯上马离去，知道丈夫的老毛病虽说改了不少，但还不彻底。于是，她对丈夫说：“你喜爱我吗？”

丈夫回答：“喜爱，喜爱！”

妻子说：“你最喜爱我什么呢？”

丈夫一眼瞧见妻子那双正在狍皮手套上绣花的灵巧的手，随口答道：“我最喜爱你的一双手。”

妻子回身抽出一把刮皮毛用的弯月形的长镰刀，说：“那你就把这双手砍下来带去吧。”

这回丈夫彻底醒悟了！美丽的妻子也是可靠的妻子，自己怎能随便猜疑人家呢？于是，他满脸挂着歉意，实心实意地对妻子说：“请你原谅我吧，我的爱妻！你只爱我一个人，谁也夺不走你的心！我呀，好福气！”他满心欢喜地拥抱了妻子，并把妻子的双手贴在了自己的脸上，然后彻底放心地到远处打猎去了。

打那以后，丈夫对妻子无限信赖，妻子对丈夫无可挑剔，两口子相亲相爱，生活过得很美满。

两年后的一天，有一个大人到这一带的各部落巡视，路过名猎手阿什克塔家的时候，停下来歇脚，被主人客客气气地让进了屋里。大人一眼发现，主人的妻子竟像天仙下凡一般光彩夺目。他惊呆了也被迷住了，他的魂儿都被吸去了。在名猎手阿什克塔面前，无论如何也不敢冒失，于是，他对主人大献殷勤，显出了超乎寻常的热情，对主人的妻子也显得十分恭敬。狐狸摇尾巴的时候，那样子也蛮让人怜爱的。豪爽的主人对热心的客人向来报以几倍的敬意、几多的情分。这不，阿什克塔夫妻俩非常热情地款待了大人，临行还送给了他许多礼物。从这以后，这位大人有事没事儿地总往阿什克塔家里跑。他的官位大，有权调遣猎民上山或下山出官差。就这样，名猎手阿什克塔免不了被他多派几次，每次出官差总要十天半月的。大人就利用这个机会摸阿什克塔家的门，明挑直言地向主人的妻子求爱。阿什克塔的妻子哪里肯依，把丈夫的猎刀揣在怀里，使大人靠不得近前儿。大人越追越赖皮，三天两头地闯来对阿什克塔的妻子贫嘴磨牙，但都被顶撞了回去。大人又恼又羞，又一次下令把阿什克塔派遣得远远的。然后，大人披挂齐整，摆出不征服小媳妇儿决不罢休的架势，闯进了阿什克塔家。

阿什克塔的妻子是个聪颖无比的女子。她一眼看透了大人的用意，心想：中箭的野猪倒地了还滚几个个儿呢。这个大人恐怕是因为屡遭拒绝而变得像狼一样贪婪，像发狂的大野猪一样不要命了吧？想到这里，她对大人说："你是真心爱我呢？还是想讨个新鲜、热乎几天呢？"

大人忙道："我爱你，真心地爱你！"

阿什克塔的妻子说："那你用什么来证明你对我的爱呢？"

大人发誓道："用我的心、我的行动来证明。我听你的！"

阿什克塔的妻子说："用你的心证明，是吗？"

大人有点儿忘乎所以，赶紧表白："对！对！我的心里只有你！不信，我掏给你看!"

阿什克塔的妻子笑了,说:"那好吧。我坐在这儿,看着你用你的刀子划开你的胸膛,掏出你的心。我要亲眼看看,你的证明是不是虚假的。"

大人一听,傻眼了,愣在那儿拔刀不是,不拔刀也不是。不知僵持了多久的工夫,大人脸色一变,恶狠狠地说:"你想要我的命,是吗? 那我先要了你,再看我的心是啥样的吧!"他迫不及待地像狼一样朝女主人扑了过来。不料,对准他的竟是一把锋利的短刀! 他呆立在那儿不动了。

女主人心里明白:大人毕竟是猎人,要是交手的话,只有自己吃亏。再说,大树底下的幼树是长不成材的,这个大人有权调派猎民,自然也有权对自己的丈夫进行报复。万一丈夫……她不敢再想下去,便收起刀,换了语气对大人说:"哟,你好大的火气! 消消火吧,大人。"说完,她重新回到皮铺上偏腿儿坐了下来。

大人得意地说:"那……咱俩就相好吧。"

女主人说:"我先问你,你看我什么地方最迷人呢?"大人立刻回答:"眼睛! 你的一双眼睛太迷人啦!"女主人不等大人凑上前儿,"唰"的一声抽出亮闪闪的短刀,说:"那好,我送给你一只眼睛吧。"说完,她用刀剜下左眼,扔给了大人。大人被吓了一跳,一甩手扔掉了圆溜溜的眼球。他看着左眼变成大窟窿、满脸血污的女主人,不禁目瞪口呆,哪里还有寻欢作乐的兴致呢。"好个烈性的女人!"他嘟哝一句,扭头冲出门外,骑马跑了。

过了约莫一个月的光景,名猎手阿什克塔回到家中,见到妻子这般丑样,很是惊讶。妻子哭倒在丈夫的怀里,诉说了前因后果。阿什克塔听了,肺都要被气炸了,操起刀箭就要去找大人替妻子报仇。妻子抱住他,说:"大人权大势大,咱们惹得起吗? 万一你有个好歹,我还怎么活呢?"她拖住丈夫,不让他去拼命。阿什克塔只好依了妻子。妻子为了自己才剜了左眼,他不但不觉得妻子变丑了,反而更加疼爱妻子,对她更加爱惜了。妻子见丈夫这样,并不后悔失去了一只眼睛,反倒觉得很幸福。

再说大人自打遭遇那件事后,每天窝在家里,憋了一肚子晦气不说,天天夜里还做噩梦,闹得他吃不下、睡不着。转眼半年过去了,他才能吃、能睡、能溜达了,可是那双迷人的眼睛老是跟着他。他丢不下、甩不开、扔不掉,老毛病又犯了!天长日久,他的心又痒痒起来了。于是,他横下了心,决定再试上一次,就又下令把名猎手阿什克塔派到远地方办官差去了。然后,他穿戴好,骑上马,直奔阿什克塔家而来。

阿什克塔的妻子刚刚送走丈夫,泪水还挂在脸上,就见那个大人像贼一样溜进了门。

女主人说:"你,还来干吗?"

大人见女主人虽没了一只眼,不但不难看,反而又增添了几分姿色,当时就痴得迈不动步子了,笑嘻嘻地说:"我,我来看看你呀。"

女主人说:"我有什么好看的?死了你那份心吧!"

大人凑前一步,说:"你还是那么好看!"

女主人问:"什么地方值得看?"

大人又凑前一步,说:"你的头发好看。"

女主人说:"真的吗?"

大人索性挨着女主人蹲下来,说:"一点儿不假。"

女主人冷丁地从桦皮篓里抽出一把剪子,嚓嚓两下剪掉了长发,顺手将长发甩在大人的脸上,说:"你爱看,就拿去吧!"

大人没想到女主人有这一手,被惊得后退了好几步,半晌说不出话来。他仔细瞧着女主人,心里像被塞了一块冰,一下子凉透了,全身都在发抖。他只觉得眼前的女人又耀眼又惹不起,只好将长发丢在皮铺上,说:"好吧,你是个了不起的女人。我再也不来了。"说完就慌慌张张地逃走了。

名猎手阿什克塔回到家里,见妻子的一头秀发没了影儿,觉得挺纳闷儿。妻子笑着取出长发告诉他是怎么一回事。末了,她说:"哎,我的好丈夫,眼睛没了没法再安,可头发短了可以长长嘛!你放心,他永远不会再来啦!"

也说不上是阿什克塔夫妻诅咒的还是罪有应得,大人回去就生了一场大病,险些进了棺材——那束长发天天缠住他的脖子,勒得他喘不过气来。他虽然活了下来,但活得也不痛快,而且不到岁数就死掉了。名猎手阿什克塔夫妻却还是那样恩爱,白头偕老才归天。

讲述者:魏金祥

整理者:孟淑珍

钟鼓楼的传说

在早，瑷珲城可兴旺了，光大买卖就有三十多家，什么燕云楼、货栈、酒厂，可热闹了。跑买卖的人多，老百姓的日子过得也挺不错。

清朝的时候，有一年，朝廷派来了一个南方人到县衙门当官，大家都叫他谢大人。这个人眼睛很毒，一眼就看出瑷珲城有宝，是个风水宝地。他看见黑龙江水从北头道沟子到南边甩湾子，是笔直的十里长江。这十里长江能出十个大人物、大将军哪！他再一看，在这十里长江的坎上，是一条土卧龙。南树林子是龙头，北树林子是龙尾，瑷珲城正好盖在龙的脊梁杆子上。龙头上有两眼井，井水可甜了。那是龙的眼睛。他暗暗吃惊：瑷珲城有活宝啊，它是一条就要飞起来的巨龙啊！他越想越眼热，心想：我一定要挖出这块活宝，把它带回老家去。

不久，他提出要在十字街上盖一座钟鼓楼。他仗着有权有势，把老百姓都叫出来挖地基。那地基挖得都一丈多深了，他还让往下挖。其实，盖那么一个小楼，根本用不着挖那么深，可他是想破风水、挖宝物啊。等到地基被挖到两丈多深的时候，真就挖出来一个活物，是个能飞的东西（好像飞蛾）。

他把这个活物给拿走了。

后来,那钟鼓楼盖好了,挺漂亮也挺气派。楼底下有东西南北四扇大门,白天打开,车辆就从门洞子里走过;晚上关起来。门洞子上面就是钟鼓楼。它是个六角亭子,里面有口大钟,一敲嗡嗡响,全城都能听见,官府就用它报时。可是,这钟鼓楼正好盖在了龙脊上,地基又挖得太深,这样就把龙腰给挖断了,还把龙脊髓(活物)给拿走了,因此风水就被破了。另外,挖地基的土都被拉到南树林子里,又把那两眼井也给填死了,这样就把龙眼睛也给弄瞎了。打那以后,瑷珲城就败落了,一年不如一年。

那个谢大人盖完钟鼓楼就弃官不干了,拿着宝物回老家去了。后来,听说他回去以后眼睛就瞎了。于是,大家都说他眼睛太毒了,做事太绝了,遭天报应了。

讲述者:孟长续

整理者:张颖　方方土